Jude Deveraux es autora de cuarenta novelas que han alcanzando los primeros puestos en la lista de superventas de *The New York Times*, entre las que cabe destacar *La seductora*, *El corsario*, *El despertar*, *La doncella*, *El caballero de la brillante armadura*, *El color de la pasión*, *Los días dorados*, *El aroma de la lavanda* y *Dulces mentiras*. Lleva vendidos más de sesenta millones de ejemplares en todo el mundo. Vive en Carolina del Norte.

Título original: *Counterfeit Lady*
Traducción: Aníbal Leal
1.ª edición: septiembre, 2014

© Jude Deveraux, 1984
    Publicado originalmente por Pocket Books,
    una división de Simon and Schuster, Inc.
© Ediciones B, S. A., 2014
    para el sello B de Bolsillo
    Consell de Cent, 425-427 - 08009 Barcelona (España)
    www.edicionesb.com

Printed in Spain
ISBN: 978-84-9872-976-4
DL B 12.093-2014

Impreso por NOVOPRINT
        Energía, 53
        08740 Sant Andreu de la Barca - Barcelona

La mujer falsa

JUDE DEVERAUX

Estimados lectores:

Hace años, mucho antes de que este tema estuviese de moda, investigué el árbol genealógico de mis padres y me remonté hasta el momento en que nuestros antepasados llegaron a este país, algunos durante la Revolución Norteamericana, y otros varios años antes. Obedeciendo al romanticismo de mi propio carácter, abrigaba la esperanza de descubrir a un temerario salteador de caminos o a un duque desheredado. En cambio, encontré generaciones, a lo largo de varios siglos, de agricultores norteamericanos. No hallé criminales fascinantes, pero sí un cierto número de hijos ilegítimos.

Cuando fui mayor, comprendí que la pasión que desembocaba en los hijos concebidos fuera del matrimonio era mucho más romántica que los asaltantes, temerarios o no. Y cuando comencé a escribir, pensé en todos mis antepasados campesinos y en sus pasiones incontrolables, y me pregunté si sería posible escribir una serie de novelas acerca de estos hombres que no comandaban ejércitos ni combatían a los reyes; obras cuyo tema estaría determinado, en cambio, por hombres y mujeres sencillos con una vida que se centraba en las cosechas de primavera.

Abrigo la esperanza de que al lector le complazcan mis relatos acerca de personas sencillas, con los problemas y las necesidades usuales que el amor origina en todos.

JUDE DEVERAUX
Santa Fe, Nuevo México
Septiembre de 1983

1

En junio de 1794, los rosales habían florecido completamente y los prados tenían ese denso verdor que solo existe en Inglaterra. En el condado de Sussex se levantaba una casita pequeña y cuadrada, de dos plantas; una casa sencilla rodeada por una simple verja de hierro. Anteriormente, la casa había formado parte de una propiedad más extensa, era un anexo destinado a la familia de un jardinero o un guardabosques, pero el resto de la propiedad había sido subdividido mucho tiempo atrás y vendido para pagar las deudas de la familia Maleson. Todo lo que quedaba de esa familia, antes numerosa, era esta casa pequeña y descuidada y Jacob Maleson y su hija Bianca.

Jacob Maleson estaba sentado frente al hogar vacío en la sala de la planta baja. Era un hombre bajo y grueso, con su chaleco desabotonado sobre el vientre redondo; la chaqueta había sido arrojada descuidadamente a otra silla. Tenía las gruesas piernas enfundadas en pantalones de sarga y los pies calzados con zapatos de delgado cuero. Un setter irlandés, grande y somnoliento, se apoyaba en un brazo del viejo sillón, y Jacob acariciaba distraídamente las orejas del perro.

Jacob se había acostumbrado a su sencilla vida rural. En realidad, prefería tener una casa pequeña, menos criados y menor responsabilidad. Recordaba la amplia casa de su niñez como un lugar donde se desperdiciaba el espacio, un lugar que exigía gran parte del tiempo y la energía de sus padres. Ahora tenía sus perros, un buen pedazo de carne para la cena e ingresos suficientes para mantener en orden sus establos; de manera que estaba satisfecho.

A su hija no le sucedía lo mismo.

Bianca estaba de pie frente al alto espejo de su dormitorio de la planta alta, y alisaba el largo vestido de muselina sobre el cuerpo alto y un tanto regordete. Siempre que se veía ataviada con las nuevas modas francesas, experimentaba un sentimiento de disgusto. Los campesinos franceses se habían rebelado contra los aristócratas, y ahora, porque esos blandos franceses no podían controlar a sus inferiores, todo el mundo tenía que pagar las consecuencias. Todos los países tenían la mirada puesta en Francia y se inquietaban ante la posibilidad de que les sucediese lo mismo. En Francia, todos deseaban aparentar que pertenecían a la clase baja del pueblo; por eso mismo, los rasos y las sedas prácticamente habían sido desterrados. Las nuevas modas estaban diseñadas en muselinas, zarazas y percales.

Bianca examinó la imagen de su cuerpo, reflejada en el espejo. Por supuesto, los nuevos vestidos le sentaban perfectamente. Pero no estaba segura de que sucediese lo mismo a otras mujeres de físico menos agraciado que el suyo. El vestido tenía un profundo escote sobre los pechos grandes, de modo que ocultaban muy poco la forma y la blancura de los mismos. La gasa celeste estaba sujeta con una cinta de raso azul exactamente bajo el busto y el vestido caía desde allí hasta el suelo. El bajo estaba formado por una cinta de distinto color. Los cabellos castaños de la joven estaban recogidos y sostenidos con una cinta y los gruesos rizos colgaban sobre los hombros desnudos. Bianca tenía cara redonda; ojos celestes, como el vestido; pestañas y cejas claras; boca pequeña y sonrosada, todo lo cual formaba un capullo perfecto. Cuando sonreía, se le formaba un minúsculo hoyuelo en la mejilla izquierda.

Bianca se apartó del alto espejo y se acercó a la mesa de tocador. Esta, como casi todo el resto de lo que había en la habitación, estaba adornada con un tul rosa pálido. A la joven le agradaban los tonos pastel. La complacía todo lo que era tierno, delicado y romántico.

Había una caja grande de bombones en el tocador y la capa superior casi había desaparecido. Al asomarse a la caja, la joven esbozó un bonito gesto. Esa horrible guerra francesa había interrumpido la elaboración del mejor chocolate y ahora ella tenía que arreglarse con el inglés, de menor calidad. Eligió uno, y después otro. Cuando estaba saboreando el cuarto, y lamiéndose los sucios dedos, vio entrar a la habitación a Nicole Courtalain.

El chocolate de inferior calidad, la delgada tela del vestido y la presencia de Nicole era todo resultado de la Revolución Francesa. Bianca eligió otro bombón y observó a la joven francesa que se movía discretamente de un extremo a otro de la habitación y recogía los vestidos que Bianca había arrojado al suelo. La presencia de Nicole recordó a Bianca cuán generosos eran ella y todos los ingleses. Cuando los franceses se vieron expulsados de su propio país, los ingleses los acogieron. Por supuesto, la mayoría de los franceses había solventado sus propios gastos; más aún, habían introducido en Inglaterra una novedad, denominada restaurante. Pero había personas como Nicole: sin dinero, sin parientes ni profesión. En esos casos, los ingleses habían demostrado su verdadera generosidad. Habían aceptado en sus hogares a todos estos desamparados.

Bianca se había trasladado a un puerto de la costa oriental de Inglaterra, precisamente a la llegada de una nave con refugiados. Ese día su humor no era bueno. Su padre acababa de informarle que ya no podría pagar a su doncella personal. Se había suscitado una terrible disputa entre ambos (padre e hija) y entonces Bianca recordó la existencia de los emigrados. En cumplimiento de un alto deber moral, acudió en ayuda de los pobres franceses sin hogar y trató de extender su beneficencia a uno de ellos.

Cuando vio a Nicole, comprendió que había hallado lo que buscaba. Tenía el cuerpo menudo, los cabellos negros recogidos bajo un sombrero de paja, la cara redonda con enormes ojos castaños sombreados por pestañas cortas, gruesas y oscuras. Y en esos ojos había mucha tristeza. Parecía que no le importara mucho vivir o morir. Bianca comprendió que una mujer que adoptaba esa expresión se sentiría muy agradecida por la generosidad de su protectora.

Y ahora, tres meses más tarde, Bianca casi lamentaba todo lo que había dado a Nicole. No era que la joven fuese incompetente; en realidad, era demasiado competente. Pero, a veces, sus movimientos elegantes y desenvueltos conseguían que Bianca se sintiese casi torpe.

Bianca volvió los ojos hacia el espejo. Qué pensamiento tan absurdo. Tenía una figura majestuosa, impresionante... Todos lo decían. Dirigió a Nicole una mirada hostil a través del espejo y se quitó la cinta que le sujetaba los cabellos.

—No me gusta cómo me has peinado esta mañana —dijo Bianca, recostándose sobre el respaldo de la silla y sirviéndose dos bombones más.

En silencio, Nicole se acercó al tocador y cogió un peine para reordenar los cabellos bastante finos de Bianca.

—Todavía no ha abierto la carta del señor Armstrong.

Su voz era tranquila, sin acento, excepto el hecho de que pronunciaba cuidadosamente cada palabra.

Bianca esbozó un breve gesto con la mano.

—Sé lo que tiene que decirme. Quiere saber cuándo iré a América y cuándo me casaré con él.

Nicole enroscó en sus dedos uno de los rizos.

—Creí que usted deseaba fijar una fecha. Sé que le encantará ese matrimonio.

Bianca la miró a través del espejo.

—¡Qué poco sabes! Pero, por supuesto, es imposible que una francesa comprenda el orgullo y la sensibilidad de los ingleses. Clayton Armstrong es norteamericano. ¿Cómo es posible que yo, descendiente de los padres de Inglaterra, me case con un norteamericano?

Con movimientos cuidadosos, Nicole ató la cinta alrededor de los cabellos de Bianca.

—Pero no lo comprendo. Creí que se había anunciado el compromiso.

Bianca arrojó al suelo la hoja de papel que era la base de la primera capa de bombones y retiró uno grande de la segunda capa. El caramelo le gustaba mucho. Con la boca llena, comenzó a explicar.

—¡Los hombres! ¿Quién puede entenderlos? Necesito casarme para huir de esto. —Con un gesto de la mano indicó la reducida habitación—. Pero el hombre con quien me casaré será muy distinto de Clayton. He oído decir que algunos americanos se parecen bastante a la idea que tenemos de lo que es un caballero; por ejemplo, ese señor Jefferson. Pero Clayton está muy lejos de ser un caballero. ¿Sabes que lleva botas incluso en la sala? —Bianca se estremeció—. ¡Algodón! Es un campesino, un patán, ¡un vulgar campesino norteamericano!

Nicole alisó el último rizo.

—Y, sin embargo, ¿aceptó su propuesta?

—¡Por supuesto! Una mujer necesita muchas propuestas; de ese modo es más interesante. Cuando estoy en una fiesta y veo a un hombre que no me gusta, le digo que estoy comprometida. Cuando veo a un hombre que sé que es apropiado para una mujer de mi clase, le informo de que estoy contemplando la posibilidad de romper mi compromiso.

Nicole se apartó de Bianca y recogió las envolturas

vacías de las golosinas. Sabía que no debía hacer comentarios, pero no pudo contenerse.

—Pero, ¿y el señor Armstrong? ¿Eso es justo para él?

Bianca atravesó la habitación hasta una cómoda y arrojó tres chales al suelo antes de elegir uno escocés.

—¿Qué sabe un norteamericano de justicia? Son unos ingratos, se declararon independientes después de todo lo que hemos hecho por ellos. Además, adoptó una actitud insultante conmigo cuando creyó que yo podía casarme con un hombre como él. Y me pareció un tanto temible con sus altas botas y su actitud arrogante. Creí que estaba más cómodo montando un caballo que en un salón. ¿Cómo podría casarme con un hombre así? ¡Y pidió mi mano dos días después de conocerme! Recibió una carta con la noticia de que su hermano y su cuñada habían muerto y de pronto quiso comprometerse. ¡Qué hombre más insensible! Quería que volviese inmediatamente a América con él. Por supuesto, me negué.

Sin permitir que Bianca le viese la cara, Nicole comenzó a doblar los chales desechados. Sabía que lo que sentía a menudo se reflejaba en su rostro y que sus ojos expresaban sus pensamientos y sus sentimientos. Durante los primeros tiempos de su permanencia en el hogar de los Maleson, se sentía demasiado aturdida para prestar atención a los discursos de Bianca acerca de los franceses ignorantes y débiles o de los norteamericanos toscos y desagradecidos. En ese momento, su pensamiento estaba concentrado en el horror sangriento de la Revolución, sus padres arrastrados fuera de la casa, el abuelo... ¡No! Todavía no estaba en condiciones de recordar esa tormentosa noche. Quizá Bianca le había hablado antes de su prometido y Nicole no la había escuchado. Era muy probable. Solo en las últimas semanas parecía que comenzaba a despertarse de ese estado de sonambulismo.

Tres semanas antes se había encontrado con una de sus primas en una tienda, mientras esperaba que Bianca se probase un vestido. La prima de Nicole proyectaba abrir una pequeña tienda dos meses después y había ofrecido una participación a Nicole. Por primera vez, Nicole tenía un modo de independizarse, de ser algo más que un objeto de calidad.

Al huir de Francia, lo había hecho con un relicario de oro y tres esmeraldas cosidas en el dobladillo de su vestido. Después de ver a su prima, vendió las esmeraldas. Obtuvo muy poco dinero, pues el mercado inglés estaba inundado de joyas francesas, y los hambrientos refugiados con frecuencia estaban tan desesperados que no podían regatear. Por la noche, Nicole permanecía levantada hasta tarde en su cuartito del desván de la casa de Bianca y cosía prendas para su prima, con el fin de ganar un poco de dinero. Ahora tenía casi el total de la suma necesaria, oculta cuidadosamente en una cómoda de su habitación.

—¿No puedes darte prisa? —dijo impaciente Bianca—. Siempre estás soñando. ¡No me extraña que tu país esté desgarrado por tantas disputas internas si lo pueblan personas tan haraganas como tú!

Nicole se irguió y elevó su mentón. Se dijo que faltaban pocas semanas. Después, recobraría su libertad.

Incluso en su estado de atontamiento, Nicole había aprendido algo acerca de Bianca: el desagrado que experimentaba ante la presencia física de los hombres. Si podía evitarlo, no permitía que un hombre la tocase. Decía que eran seres groseros, ruidosos e insensibles. Solo una vez Nicole la había visto sonreír con sincera calidez ante un hombre, y en ese caso se trataba de un joven de cuerpo delicado y abundante encaje en las mangas, además de una enjoyada cajita de rapé en la mano. Esa vez Bianca no se había mostrado temerosa ante un hombre e incluso le había permitido besarle la mano. Nicole estaba impresionada por la actitud de Bianca, que se mostraba dispuesta a dominar su aversión al contacto con los hombres y a casarse con el fin de mejorar su condición social. O quizá se trataba de que Bianca no tenía idea de lo que sucedía entre el marido y la mujer.

Ambas mujeres salieron de la casita, después de bajar la estrecha escalera central cubierta por una vieja alfombra. Detrás de la casa había un pequeño establo y un sitio para carruajes, y Jacob Maleson los mantenía en condiciones mucho mejores que la casa. Todos los días, a la una y media, Nicole y Bianca atravesaban el parque en un elegante carruaje de dos asientos, tirado por un caballo. El parque había pertenecido en otro tiempo a la familia Maleson, pero ahora era propiedad de personas a quienes Bianca consideraba advenedizos y plebeyos. La joven nunca había preguntado si podía atravesar el parque boscoso, pero nadie se lo había impedido. A esa hora del día, ella podía imaginar que era la señora de la residencia, como antes lo había sido su abuela.

El padre se había negado a emplear un cochero y Bianca no aceptaba viajar en el mismo vehículo que los malolientes peones del establo. Tampoco quería conducir su propio carruaje. El único recurso que le quedaba era permitir que lo hiciese Nicole. La joven francesa ciertamente no temía al caballo y además le gustaba manejar el pequeño vehículo.

A veces, por la mañana temprano, después de coser unas horas y antes de que Bianca despertase, se dirigía a los establos y acariciaba al hermoso corcel de pelo castaño. En Francia, antes de que la Revolución hubiese destruido su hogar y arrasado el estilo de vida de su familia, ella solía cabalgar horas enteras antes del desayuno. Esas tranquilas horas iniciales de la mañana casi le hacían olvidar la muerte y el fuego que había presenciado. El parque era especialmente hermoso en junio, cuando los árboles se inclinaban sobre los senderos cubiertos de grava y proyectaban su sombra, formando hermosos y pequeños retazos de luz solar sobre los vestidos de las mujeres. Bianca sostenía una sombrilla formando ángulo con su cabeza, y trataba así de conservar pálida su piel. Al mirar a Nicole, la joven inglesa emitió un gruñido. La tonta muchacha había dejado el sombrero de paja en el asiento, entre ambas, y el aire le acariciaba los relucientes cabellos negros. La luz del sol arrancaba chispas a los ojos de la francesa; los brazos que sostenían las riendas eran esbeltos, con leves curvas en algunos lugares. Bianca desvió la mirada con disgusto. Sus propios brazos eran excepcionalmente blancos y suavemente redondeados, como correspondía a una mujer.

—¡Nicole! —exclamó Bianca—. ¿Al menos una vez

podrías comportarte como una dama? ¿O por lo menos recordar que yo lo soy? Ya es bastante desagradable que me vean con una mujer medio desnuda, pero además nos llevas volando en este coche.

Nicole se arregló el delgado chal de algodón sobre los hombros desnudos, pero no se puso el sombrero. Obediente, habló al caballo y lo obligó a reducir la velocidad. Pensó: «Un poco más, y ya no tendré que obedecer las órdenes de Bianca.»

De pronto, la tranquilidad de la tarde se vio quebrada por la presencia de cuatro hombres a caballo. Montaban animales grandes, de patas gruesas, más apropiados para tirar de un carro que para ser montados. Era anormal que hubiese forasteros en el sendero, y sobre todo hombres que sin duda no eran caballeros. Tenían las ropas raídas y sus pantalones de pana manchados. Uno de los hombres vestía una camisa de algodón de manga larga, con grandes rayas rojas y blancas.

Durante un año entero, Nicole había vivido en Francia dominada por el terror. Cuando la turba enfurecida asaltó el castillo de sus padres, ella y el abuelo se escondieron tras una cómoda y después huyeron protegidos por el humo negro que brotaba de la casa en llamas. Ahora reaccionó con presteza. Advirtió la amenaza que representaban aquellos hombres y usó el largo látigo para azuzar la grupa del caballo y obligarlo a trotar.

Bianca cayó pesadamente sobre el cojín de pelo de caballo del carruaje y emitió una breve exclamación antes de gritar a Nicole:

—¿Qué estás haciendo? ¡No me tratarás así!

Nicole no le hizo caso y miró por encima del hombro

a los cuatro hombres que habían llegado al sendero donde el carruaje estaba un momento antes. Sabía que se encontraban muy lejos de las casas, en el centro mismo del parque, y dudaba que alguien las oyese si gritaban.

Bianca, que aferraba con fuerza el mango de su sombrilla, consiguió volverse para averiguar cuál era el objeto de atención de Nicole, pero los cuatro hombres no la atemorizaron. Su primer pensamiento fue preguntarse cómo era posible que esa chusma entrara en el parque de un caballero. Uno de los hombres agitó el brazo, para indicar a sus compañeros que lo siguieran, y se lanzó tras el carruaje que huía. Los hombres montaban a caballo torpemente y se aferraban a las sillas tanto como a las riendas; el movimiento del cuerpo no acompañaba armónicamente al de las cabalgaduras, pero, en cambio, golpeaban una y otra vez la silla con movimientos duros y pesados.

Bianca volvió los ojos hacia Nicole y también ella se atemorizó, pues al fin comprendió que aquellos hombres las perseguían.

—¿No puedes conseguir que ese jamelgo vaya más de prisa? —gritó, aferrándose a los costados del carruaje, que no había sido construido para avanzar a gran velocidad.

Los hombres, que exigían la mayor velocidad posible a sus caballos lentos y macizos, comprendieron que las mujeres se les escapaban. El hombre de la camisa rayada sacó un arma de su ancho cinto y disparó un tiro que pasó sobre el carruaje y atravesó la oreja izquierda del caballo.

El animal comenzó a detenerse y el carruaje cayó

sobre las patas del animal cuando este se detuvo bruscamente, a la vez que Nicole tiraba con fuerza de las riendas. Bianca gritó otra vez y se acurrucó en un rincón del carruaje, con el brazo cubriéndole la cara, mientras Nicole permanecía de pie, con las piernas muy abiertas para afirmarse y una mano en cada rienda.

—¡Quieto, muchacho! —ordenó, y el caballo fue tranquilizándose gradualmente, pero tenía una expresión salvaje en los ojos. Nicole ató las riendas delante del carruaje, se apeó y se acercó al animal; le acarició el pescuezo con las manos, hablándole tiernamente en francés mientras apoyaba la mejilla contra el hocico.

—Mira eso, compañero. No siente el más mínimo miedo del animal que sangra.

Nicole miró a los cuatro hombres que rodeaban el carruaje.

—Jovencita, usted sabe manejar un caballo —dijo uno de los hombres—. Nunca he visto nada semejante.

—Y mira qué pequeña es. Será un verdadero placer llevarla con nosotros.

—Un momento —ordenó el hombre de la camisa de rayas, que sin duda era el jefe—. ¿Cómo sabemos que es ella? ¿Y esta?

Señaló a Bianca, que continuaba acurrucada en un rincón del carruaje, tratando sin éxito de desaparecer en su interior. La joven tenía la cara blanca de terror.

Nicole permaneció en silencio, sosteniendo con las manos la cabeza del caballo. A sus ojos, esto era la repetición del horror que había vivido en Francia, de modo que tenía bastante experiencia para guardar silencio mientras buscaba el modo de huir.

—Es ella —dijo uno de los hombres, señalando a Nicole—. Sé distinguir a una dama.

—¿Quién es Bianca Maleson? —preguntó el hombre de la camisa a rayas. Tenía el ancho mentón cubierto por la barba de varios días.

Nicole pensó que se trataba de un secuestro. Lo único que tenían que hacer las mujeres era demostrar que el padre de Bianca no poseía dinero suficiente para pagar un rescate.

—Es ella —dijo Bianca, y se irguió en el asiento. Con su brazo regordete señaló a Nicole—. Ella es la condenada dama. Yo trabajo a su servicio.

—¿Qué os había dicho? —observó uno de los hombres—. Esta no habla como una dama. Ya os dije que es la otra.

Nicole permaneció inmóvil, con la espalda recta, el mentón alto, observando a Bianca, cuya mirada reflejaba el sentimiento de triunfo. Sabía que nada podía hacer ni decir; de todos modos, los hombres se la llevarían consigo. Por supuesto, cuando supieran que era una refugiada francesa que no tenía un chelín, la liberarían, pues perderían las esperanzas de obtener rescate.

—De modo que es así, joven —dijo uno de los hombres—. Vendrá con nosotros. Y ojalá se muestre sensata y no nos acarree dificultades.

Nicole solo pudo menear la cabeza, sin decir palabra.

El hombre le ofreció la mano y ella la aceptó; deslizó un pie en el estribo, junto al del jinete. Un instante después estaba sobre la silla, frente a él, y sus dos pies pendían a ambos lados del caballo.

—Es una belleza, ¿verdad? —preguntó el hombre—. No me extraña que él quiera que se la llevemos. Fijaos, supe que era una dama en cuanto la vi. Siempre se las conoce por el modo de comportarse.

Sonrió satisfecho ante su propia sabiduría. Rodeó la cintura de Nicole con un brazo velludo y con movimientos torpes apartó el caballo del carruaje inmóvil.

Bianca permaneció quieta varios minutos, contemplando al grupo. Por supuesto, la alegraba que su rápido ingenio le hubiese permitido escapar de los hombres, pero estaba enojada porque esos estúpidos no habían visto en ella a la dama. Cuando el silencio volvió a reinar en el parque, comenzó a mirar de nuevo a su alrededor. Estaba sola. No sabía conducir el carruaje, de modo que no veía cómo podría regresar a su casa. La única forma era caminando. Cuando su talón tocó la grava y las piedras presionaron su piel a través de la delgada lámina de cuero, maldijo a Nicole porque le provocaba tales sufrimientos. Y cuando al fin llegó, estaba tan enfadada que había olvidado por completo el secuestro. Solo después, cuando ella y su padre concluyeron una cena de siete platos, le mencionó el asunto. Jacob Maleson estaba casi dormido y dijo que esos hombres sin duda liberarían a la muchacha, pero que, de todos modos, por la mañana hablaría con las autoridades.

Bianca se dirigió a su dormitorio y pensó en el modo de encontrar otra doncella. ¡Dios mío, todas eran tan desagradecidas!

La planta baja de la posada era una habitación larga con paredes de piedra que convertían el lugar en un ambiente frío y oscuro. En la habitación había varias mesas largas de caballete. Los cuatro secuestradores estaban sentados en los bancos frente a una de las mesas. Ante ellos había cuencos de loza gruesa, colmados con un tosco guisado de carne, y cada uno tenía una alta jarra de cerveza. Los hombres se sentaban apenas sobre los duros bancos. Un día a caballo era una experiencia nueva para ellos y lo estaban pagando, porque sentían dolorido todo el cuerpo.

—No confío en ella, y eso es todo —dijo uno de los hombres—. La veo muy silenciosa. Parece muy inocente con esos ojos grandes, pero digo que está planeando algo que nos traerá dificultades.

Los tres hombres restantes lo escucharon y en sus rostros se dibujó la preocupación.

El primer hombre continuó:

—Ya sabéis cómo es él. No quiero correr el riesgo de perderla. Lo único que deseo es llevarla a América, entregársela como nos ordenó y que no haya inconvenientes.

El hombre de la camisa a rayas bebió un largo sorbo de cerveza.

—Joe tiene razón. Una dama que puede manejar un caballo como lo hizo ella no temerá huir. ¿Alguien se ofrece para vigilarla toda la noche?

Los hombres gimieron al sentir el dolor de sus músculos. Habían contemplado la posibilidad de maniatar a la prisionera, pero en ese sentido las órdenes eran muy rigurosas. No debían hacerle el más mínimo daño.

—Joe, ¿recuerdas cuando aquel médico te dio unas puntadas en el pecho?

Joe asintió desconcertado.

—¿Recuerdas ese polvo blanco que te dio y que te provocó el sueño? ¿Te parece que podrías conseguir un poco?

Joe paseó la mirada por los restantes clientes de la posada. Formaban una variada colección, desde una pareja de ratas de alcantarilla a un elegante caballero que estaba solo en un rincón. Joe sabía que con un grupo así podría comprar lo que se le antojase.

—Creo que puedo conseguirlo —dijo.

Sentada en el borde de la cama, en el sucio cuartito de la planta alta, Nicole miró a su alrededor. Ya se había acercado a la ventana y descubierto que había un caño de desagüe que corría a lo largo de la pared y el techo de un depósito inmediatamente debajo de la ventana. Después, cuando estuviese más oscuro y el patio se vaciara, quizás arriesgaría la fuga. Por supuesto, podía decir su verdadera identidad a los hombres, pero todavía era un poco temprano, porque aún estaban a pocas horas de distancia del hogar de Bianca. Se preguntó cómo habría regresado Bianca a la casa y cuántas horas le habría llevado recorrer el trayecto si había tenido que caminar. Después, el señor Maleson necesitaría un tiempo para encontrar a la autoridad del condado, difundir la alarma y organizar la búsqueda. No, todavía era muy temprano para revelar su identidad a los hombres. Esa noche intentaría fugarse, y, si fracasaba, por la mañana los sacaría de su error. Entonces, la dejarían en libertad. Rogaba a Dios que esos individuos no se encolerizaran.

Cuando se abrió la puerta, volvió los ojos hacia los cuatro hombres que entraron al cuartito.

—Le hemos traído algo de beber. Chocolate auténtico de América del Sur. Vea, uno de nosotros ha viajado y ha traído esto.

¡De modo que eran marinos! Fue lo que pensó Nicole mientras aceptaba el jarro. ¿Cómo no lo había advertido antes? Por eso se mostraban tan torpes a caballo y las ropas que vestían olían de un modo tan extraño.

Mientras bebía el delicioso chocolate, comenzó a relajarse y la calidez y la dulzura de la bebida se difundieron por todo su cuerpo; le permitieron comprender lo cansada que estaba. Trató de concentrar su atención en el plan de fuga, pero sus pensamientos pasaron de un tema a otro y comenzaron a perder claridad. Elevó los ojos hacia los hombres inclinados sobre ella, observándola ansiosamente como niñeras gigantescas y barbudas, y, sin saber muy bien por qué, sintió el deseo de tranquilizarlos. Sonriendo, cerró los ojos y se adormeció.

Nicole no despertó en las veinticuatro horas siguientes. Tuvo la imprecisa idea de que la elevaban, de que la manipulaban como si fuera una niña. Intuyó que a veces alguien manifestaba preocupación por ella y trató de sonreír y afirmar que estaba bien, pero no atinaba a pronunciar las palabras. Soñó constantemente y recordó el castillo de sus padres y el columpio bajo el sauce en el jardín; sonrió al recordar los momentos felices pasados en la casa del molinero, con el abuelo.

Ella solía balancearse en una hamaca, moviéndose suavemente cuando el tiempo era muy cálido.

Cuando abrió lentamente los ojos, el balanceo del sueño no cesó. Pero en lugar de árboles vio sobre ella una hilera de tablas. Qué extraño, pensó, seguramente alguien había armado una plataforma sobre la hamaca, y se preguntó tranquilamente para qué servía eso.

—¡De modo que se ha despertado! Les dije a esos marineros que le dieron demasiado opio. Y es realmente extraño que haya conseguido despertar. Los hombres siempre hacen mal las cosas. Venga, le preparé un poco de café. Es bueno y está muy caliente.

Al volverse, Nicole elevó la mirada mientras una mujer deslizaba una mano grande bajo la espalda de la joven francesa y prácticamente la levantaba de la cama. Ciertamente, no estaba en un jardín, sino en un pequeño cuarto desnudo. Quizá la droga había provocado que sintiese ese balanceo. No le extrañaba que hubiese soñado con una hamaca.

—¿Dónde estamos? ¿Quién es usted? —consiguió preguntar mientras bebía el café fuerte y caliente.

—Todavía está mareada, ¿verdad? Soy Janie, y el señor Armstrong me contrató para cuidarla.

Nicole la miró a los ojos. El nombre de Armstrong le dijo algo, pero no podía recordar qué. Cuando el café negro comenzó a aclararle la conciencia, miró a Janie. Era una mujer alta y huesuda, de rostro ancho, con mejillas que parecían siempre sonrosadas, y le recordó a una niñera que ella había tenido muchos años antes. Janie exudaba un aire de confianza y sentido común, un sentimiento de seguridad y serenidad.

—¿Quién es el señor Armstrong?

Janie tomó la taza vacía y volvió a llenarla.

—En efecto, le han dado demasiado de esa droga. El señor Armstrong. Clayton Armstrong. ¿Ahora lo recuerda? El hombre con quien usted debe casarse.

Nicole parpadeó deprisa, bebió más café de la cafetera que se encontraba sobre un pequeño brasero de carbón y comenzó a recordarlo todo.

—Me temo que ha habido un error. No soy Bianca Maleson y no estoy comprometida con el señor Armstrong.

—De modo que... —comenzó a decir Janie, y se sentó en el camastro inferior—. Querida, creo que será mejor que me narre la historia completa.

Cuando Nicole concluyó, se echó a reír.

—Como ve, estoy segura de que los hombres me dejarán libre apenas conozcan la verdad.

Janie guardó silencio.

—¿No lo harán?

—Creo que el asunto es más complicado de lo que usted cree —opinó Janie—. En primer lugar, hace doce horas que navegamos rumbo a América.

2

Atónita, Nicole contempló la habitación. ¡Un barco! El recinto en que se encontraba era un lugar desnudo, con las paredes, el suelo y el techo de roble, y contra una pared, dos camastros. Había muy poco espacio desde el camastro hasta la otra desnuda pared, salvo un ojo de buey redondo. Vio una puerta al fondo de la habitación, y sobre el otro extremo, cajas y baúles formando una pila, todo bien sujeto con cuerdas atadas al muro. Había un armario bajo en un rincón y sobre él un brasero. De pronto, Nicole comprendió que el balanceo era el movimiento de un barco sobre el mar en calma.

—No comprendo —dijo—. ¿Por qué alguien quiere secuestrarme... o secuestrar a Bianca... y llevarla a América?

Janie se acercó a uno de los baúles y levantó la tapa. Retiró un pequeño portafolio de cuero asegurado con una cinta.

—Creo que será mejor que lea esto.

Desconcertada, Nicole abrió el paquete. Dentro

había dos hojas de papel, cubiertas con una escritura amplia y enérgica. Comenzó a leer.

Mi querida Bianca:

Confío en que al leer esto Janie te lo habrá explicado todo. También tengo la esperanza de que no te enojarás mucho en vista de mis métodos poco ortodoxos para reunirme contigo. Sé que eres una hija bondadosa y obediente, y también que te has preocupado mucho por la salud de tu padre. Yo estaba dispuesto a esperarte mientras él se encontraba muy enfermo, pero ahora no puedo esperar más.

Elegí un buque correo para traerte a América porque son más veloces que otros. Janie y Amos han recibido instrucciones de comprar todos los alimentos que necesites para el viaje y de confeccionar un nuevo guardarropa, pues con la prisa de tu embarque no tendrás tus propios vestidos. Ella es una excelente costurera.

Aunque ya estás viajando para reunirte conmigo, no confío en que todo salga bien. Por consiguiente, he ordenado al capitán que nos case por poderes. Después, aunque tu padre te encontrase antes de que llegases aquí, ya serías mía. Sé que en todo esto demuestro cierta arbitrariedad, pero debes perdonarme y recordar que lo hago porque te amo y me siento muy solo sin ti.

La próxima vez que nos veamos ya serás mi esposa. Cuento las horas hasta que llegue ese momento.

Con todo mi amor,

CLAY

Nicole sostuvo la carta en la mano durante varios instantes y tuvo la sensación de que estaba curioseando un documento muy personal e íntimo, que no había sido destinado a ella. Sonrió apenas. Siempre había oído decir que los norteamericanos eran muy poco románticos, pero este hombre había concebido un complicado plan de secuestro para reunirse con la mujer a quien amaba.

Miró a Janie.

—Parece un hombre muy simpático y evidentemente está muy enamorado. Envidio a Bianca. ¿Quién es Amos?

—Clay lo envió conmigo para protegerla, pero durante el viaje hacia Inglaterra hubo una enfermedad a bordo. —Desvió los ojos, pues no le agradaba recordar el episodio en el que cinco personas habían muerto—. Amos no sobrevivió.

—Lo siento —dijo Nicole, y se puso de pie—. Debo hablar con el capitán y aclarar esto. —Al ver su propia imagen reflejada en el espejo que se encontraba sobre el armario, hizo una pausa. Tenía los cabellos en desorden y le caían sobre la cara en rizos cortos y gruesos—. ¿Sabe dónde puedo encontrar un peine?

—Siéntese, yo la peinaré.

Nicole obedeció de buena gana.

—¿Siempre es tan... tan impetuoso?

—¿Quién? Ah, se refiere a Clay. —Janie sonrió con simpatía—. No sé si es impetuoso o arrogante. Está acostumbrado a conseguir lo que desea. Cuando ideó este plan, le dije que saldría mal, pero se rio de mí. Ahora estamos juntas en medio del océano. Y a mí me tocará el turno de reír cuando él la vea.

Volvió la cabeza de Nicole e inclinó la cara de modo que le diese la luz.

—Aunque, pensándolo bien, no creo que un hombre se ría de usted —dijo, al echar por primera vez una buena ojeada a Nicole. Los ojos grandes eran sorprendentes, pero Janie pensó que lo que interesaría más a un hombre era la boca. No era muy grande, pero tenía los labios carnosos y de un color intenso. Y parecía insólito que el labio superior fuese más grande que el inferior. Era una combinación extraordinaria, y Janie supuso que fascinaría a los hombres.

Con un leve sonrojo, Nicole apartó la cara.

—Por supuesto, no conoceré al señor Armstrong. Necesito regresar a Inglaterra. Una prima me invitó a participar con ella para montar una tienda. He ahorrado casi todo el dinero que necesito.

—Ojalá pueda regresar. Pero esos hombres de la cubierta no me gustan. —Janie indicó el techo del camarote con un gesto de la cabeza—. Se lo dije a Clay, pero no quiso escucharme. Es el hombre más obstinado que pisa la Tierra.

Nicole volvió los ojos hacia la carta depositada sobre la cama.

—Seguramente a un hombre enamorado pueden perdonársele ciertas cosas.

—¡Hum! —rezongó Janie—. Usted puede hablar así, pero lo cierto es que nunca ha tenido que tratar con él.

Al abandonar el camarote y subir la estrecha escalera que llevaba a la cubierta principal, Nicole sintió la suave brisa marina que le acariciaba los cabellos y esbozó una sonrisa. Al detenerse, advirtió que varios hombres la miraban. Los marineros la observaban ávidamente y ella se ajustó mejor el chal. Sabía que el delgado vestido de hilo seguramente se le adhería al cuerpo, y de pronto tuvo la sensación de que estaba de pie, desnuda ante los hombres.

—¿Qué desea, jovencita? —preguntó uno de ellos, cuyos ojos recorrieron el cuerpo de Nicole.

Esforzándose por no dar un paso atrás, ella contestó:

—Deseo ver al capitán.

—Y estoy seguro de que a él también le agradará verla.

Nicole no hizo caso de las risas de los hombres que estaban a su alrededor, mientras seguía al marinero hasta una puerta que estaba en la parte delantera del barco; allí, el marinero llamó brevemente. Cuando el capitán rugió que entrasen, el marinero abrió la puerta y medio empujó a Nicole hacia el interior. Después, cerró nuevamente.

Una vez que sus ojos dispusieron de un momento para adaptarse al ambiente, la joven advirtió que el camarote era el doble de grande que el que ella y Janie compartían. Había una gran ventana a un lado, pero el cristal estaba tan sucio que entraba poca luz. Bajo la ventana había una cama sucia y desordenada, y, en medio de la habitación, una mesa grande y pesada, atornillada al suelo y cubierta de cartas de navegación y mapas enrollados y abiertos.

Cuando una rata cruzó corriendo el suelo, la joven contuvo una exclamación. Una risa sonora como un trueno la indujo a mirar hacia un rincón oscuro y al hombre que estaba sentado allí. Aparecía con el rostro ensombrecido a causa de la barba, llevaba las ropas en desorden y en una mano sostenía una botella de ron.

—Me han dicho que usted es una maldita dama. Será mejor que se acostumbre a las ratas de este barco, tanto a las de dos patas como a las de cuatro.

—¿Usted es el capitán? —preguntó ella, y avanzó un paso.

—Lo soy. Si usted puede afirmar que un buque correo es una nave, yo soy el capitán.

—¿Puedo sentarme? Desearía conversar con usted.

Con la botella de ron señaló una silla.

Nicole relató su historia con palabras breves y claras. Cuando concluyó, el capitán continuó guardando silencio.

—¿Cuándo cree que podremos regresar a Inglaterra?

—No regreso a Inglaterra.

—Pero, ¿cuándo podré volver? Usted no lo entiende. Esto es una terrible confusión. El señor Armstrong...

Él la interrumpió.

—Muchacha, todo lo que sé es que Clayton Armstrong me contrató para secuestrar a una dama y llevársela a América. —La miró con los ojos entrecerrados—. Ahora que la veo, no se parece mucho a la descripción.

—Claro, porque no soy su prometida.

El capitán hizo un gesto de desprecio y bebió un gran sorbo de ron.

—¿Qué me importa quién es usted? Él dijo que usted pondría algunos obstáculos al matrimonio, pero que yo debía proceder de todos modos.

Nicole se puso de pie.

—¡Matrimonio! No pensará que... —comenzó a decir, pero se serenó—. El señor Armstrong está enamorado de Bianca Maleson y desea casarse con ella. Yo soy Nicole Courtalain. Jamás he visto al señor Armstrong.

—Eso es lo que usted dice. ¿Por qué no dijo inmediatamente a mis hombres quién era? ¿Por qué ha esperado tanto tiempo?

—Pensé que ellos me liberarían tan pronto supieran quién era, pero deseaba estar bastante lejos de Bianca, para tener la certeza de que ella se encontraba a salvo.

—¿Esta Bianca es la mujer gorda que dijo a los hombres quién era usted?

—En efecto, Bianca dijo eso. Pero sabía que yo estaría a salvo.

—¡Al demonio si sabía! ¿Pretende que crea que usted guardó silencio para proteger a una perra que de buena gana la entregó a los secuestradores? No puedo creer eso. Usted debe de pensar que soy estúpido.

No había nada que Nicole pudiese decir.

—Adelante. Salga de aquí mientras pienso en el asunto. Y, al salir, diga al hombre con quien vino que deseo verlo.

Cuando Nicole se marchó y el capitán y el primer oficial estuvieron solos, el capitán dijo:

—Creo que ya está enterado, porque pasa la mayor parte del tiempo escuchando detrás de las puertas.

Sonriendo, el primer oficial se sentó. Él y el capitán habían navegado juntos mucho tiempo y el primer oficial sabía que era útil conocer los planes del más viejo.

—Bien, ¿qué se propone hacer? Armstrong dijo que

se ocuparía de que nos detuvieran a causa de esa carga de tabaco que desapareció el año pasado... si no le llevábamos a su esposa.

El capitán bebió un sorbo de ron.

—Su esposa... es lo que ese hombre desea y es lo que recibirá.

El primer oficial reflexionó un momento.

—¿Y si ella dice la verdad y no es la persona con quien él desea casarse?

—Imagino que hay dos modos de considerar el problema. Si ella no es la mujer Maleson, sino la otra, Armstrong pretende casarse con una perra que es una mentirosa y que parece dispuesta a traicionar a su mejor amiga. Por otra parte, esa bonita dama de cabellos negros quizá sea Bianca y esté mintiendo para evitar el casamiento con Armstrong. En cualquier caso, creo que por la mañana deberíamos celebrar una boda.

—¿Y qué me dice de Armstrong? —preguntó el primer oficial—. Si descubre que está casado con la mujer equivocada, no me agradaría hallarme cerca.

—También yo lo he pensado. Me propongo cobrar el dinero antes de que él la vea y después marcharme inmediatamente de Virginia. No creo que él se detenga para comprobar si ella es o no es la que quiere.

—Creo que coincido con usted. Ahora bien, ¿cómo convencemos a la damita? ¡No parece interesarle mucho la idea del matrimonio!

El capitán alcanzó al primer oficial la botella de ron.

—Puedo idear varios modos de convencer a esa muñequita.

—Entiendo que no pudo inducir al capitán a devolverla a Inglaterra —dijo Janie cuando Nicole retornó al reducido camarote.

—No —respondió Nicole, sentada sobre la cama—. Es más, pareció que no me creía cuando le dije quién era. No sé por qué, pero me pareció que creía que yo estaba mintiendo.

Janie emitió un gruñido.

—Un hombre como ese probablemente jamás ha dicho la verdad en su vida y por eso no cree que nadie la diga. Bien, por lo menos podemos gozar juntas del viaje. Confío en que usted no se sentirá demasiado nerviosa.

Nicole trató de ocultar sus sentimientos y sonrió a la corpulenta mujer. Sí, se sentía muy decepcionada. Después de viajar a América y una vez que regresara, su prima habría encontrado otra socia. Y, además, pensaba en el dinero ahorrado, que estaba oculto en un desván de la casa de Bianca. Al frotarse las yemas de los dedos y sentir los muchos puntos dolorosos, allí donde la aguja había perforado la piel (porque Nicole solía trabajar a la luz de una vela muy pequeña y muy barata), pensó cuánto le había costado ganar ese dinero.

Pero no demostraría su decepción a Janie.

—Siempre he querido conocer América —dijo—. Quizá pueda permanecer allí unos días antes de regresar a Inglaterra. ¡Oh, Dios mío!

—¿Qué sucede?

—¿Cómo pagaré mi pasaje de regreso? —preguntó, con los ojos muy grandes al pensar en el nuevo problema.

—¡Pagar! —estalló Janie—. Le aseguro que Clayton Armstrong pagará su regreso. Le repetí muchas veces que no hiciera esto, pero fue como hablarle a una pared de ladrillos. Y, quizá, después de ver América no querrá retornar a Inglaterra. Como sabe, allí hay muchísimas tiendas.

Nicole le habló del dinero que había ahorrado y que tenía escondido.

Durante unos minutos Janie no dijo palabra. De acuerdo con la versión del secuestro ofrecida por Nicole, Bianca era inocente y había hecho lo necesario; pero Janie había escuchado algo más que las palabras y se preguntaba si el dinero de Nicole estaría allí cuando volviera.

—¿Tiene apetito? —preguntó Janie, y abrió un baúl que había a su lado.

—Vaya, sí, tengo apetito. En realidad, mucho —dijo Nicole, y miró en el interior del baúl. En aquellos tiempos, antes de que los barcos se ocupasen de alimentar a los pasajeros, cada uno tenía que llevar su propia comida para mantenerse durante el prolongado viaje. De acuerdo con la destreza del navegante, la rapidez del barco, los vientos, las tormentas y los piratas, un viaje podía durar de treinta a noventa días, si en realidad acababa bien.

En el baúl había guisantes y habas secas, y cuando Janie abrió otro, Nicole vio carne de vaca y pescado salado. En otro baúl había harina de avena, patatas, paquetes de verduras, harina de trigo, bizcochos secos y una caja de limones y limas.

—Clayton también ordenó al capitán que comprase algunas tortugas, de modo que tendremos sopa de tortuga fresca.

Nicole contempló los alimentos.

—El señor Armstrong parece un hombre muy considerado. Casi estoy deseando que se me ofrezca la posibilidad de casarme con él.

Janie comenzaba a pensar lo mismo mientras se volvía y abría las puertas del armario que estaba en una esquina y sacaba una alta y estrecha bañera individual. La persona que se bañaba podía sentarse en ella, con las rodillas recogidas, y el agua la cubría hasta los hombros.

Los ojos de Nicole titilaron.

—¡Vaya, qué lujo! ¿Quién hubiera pensado que un viaje en barco podía ser tan cómodo?

Con las mejillas sonrojadas de placer, Janie sonrió. Había temido la posibilidad de un viaje a través del océano con una dama inglesa, pues pensaba que los ingleses eran unos terribles esnobs y adoradores de la monarquía. Pero Nicole era francesa y los franceses comprendían las revoluciones.

—Me temo que tendremos que usar el agua de mar y que llevará mucho tiempo calentarla sobre ese infiernillo, pero será suficiente para darse un baño.

Unas horas más tarde, después de un baño delicioso, Nicole se acostó en el camastro inferior; estaba limpia, se había alimentado y se encontraba fatigada. Fue necesario mucho tiempo para calentar agua suficiente para dos baños. Janie había protestado, diciendo que ella tenía que servir a Nicole, pero la joven había insistido en que no era la prometida de Clayton, y, por lo tanto, podía ser únicamente la amiga de Janie. Después,

Nicole lavó su único vestido y lo colgó a secar; y ahora el gentil balanceo del barco estaba adormeciéndola.

A la mañana siguiente, temprano, Janie se recogió los cabellos en un ajustado y pequeño rodete antes de comenzar a peinar los de Nicole. Sacó una plancha y alisó el vestido de la muchacha. La joven francesa se echó a reír y dijo que el señor Armstrong había pensado en todo.

De pronto, se abrió bruscamente la puerta para dar paso a uno de los secuestradores de Nicole.

—El capitán desea verla... ahora.

El primer pensamiento de Nicole fue que, después de todo, ese hombre había decidido devolverla a Inglaterra, y, de buena gana, marchó detrás del marinero, seguida a corta distancia por Janie.

Con un brusco movimiento, el marinero devolvió a Janie a la habitación.

—No quiere hablar con usted... solamente con ella.

Janie comenzó a protestar, pero Nicole la interrumpió.

—Estoy segura de que no habrá dificultades. Tal vez haya comprendido que le dije la verdad.

Apenas Nicole entró en el camarote del capitán, supuso que algo andaba mal. El capitán, el primer oficial y otro hombre a quien ella nunca había visto parecían esperar algo.

—Tal vez deba presentar a estas personas —dijo el capitán—. Deseo que todo se haga como corresponde. Él es médico. Puede coser heridas o hacer lo que sea necesario. Y este es Frank, mi primer oficial. Creo que usted ya lo conoce. —El sexto sentido que Nicole había adquirido durante el terror en Francia la llevó a experimentar nuevamente un sentimiento de pánico. Como siempre, sus ojos reflejaron lo que sentía.

—No tenga miedo —dijo Frank—. Deseamos hablar con usted. Y, además, es el día de su boda. ¿No permitirá que otros digan que se casó de mala gana, verdad?

Nicole comenzó a entenderlo todo.

—No soy Bianca Maleson. Sé que el señor Armstrong ha ordenado celebrar un matrimonio por poder, pero yo no soy la mujer que él desea.

Frank le dirigió una mirada sensual.

—Creo que usted es exactamente lo que cualquier hombre querría.

Habló el médico.

—Joven, ¿tiene pruebas de su identidad?

Nicole retrocedió un paso hacia la puerta y meneó brevemente la cabeza. Su abuelo había destruido los pocos documentos que ella consiguió rescatar durante la fuga, pues consideraba que la vida de ambos podía depender de que la gente no supiera quiénes eran.

—Me llamo Nicole Courtalain. Nací en Francia, soy refugiada, y he estado viviendo en casa de la señorita Maleson. Todo esto es un error.

El capitán habló.

—Hemos estado conversando y hemos llegado a la conclusión de que no importa quién sea usted. Mi contrato dice que debo llevar a América a la prometida de Clayton Armstrong, y me propongo hacer precisamente eso.

Nicole irguió la espalda.

—¡No me casaré contra mi voluntad!

Después de un breve gesto del capitán, Frank cruzó la habitación y se acercó bruscamente a Nicole rodeándole la cintura con un brazo; con el otro, le sujetó los brazos.

—Esa boquita suya ha estado enloqueciéndome desde que la vi —murmuró, apretándola con fuerza de modo que ella tuvo que acercar su boca a la del marino.

Nicole se sintió tan desconcertada que no pudo reaccionar inmediatamente. Jamás la habían tratado de ese modo. Incluso cuando había vivido con el molinero y su familia, la gente del entorno tenía conciencia de su identidad y la trataba con mucho respeto. Ese hombre olía a pescado y sudor; era terrible. Los brazos del primer oficial le cortaron la respiración; su boca tocaba la de Nicole de un modo que le provocaba náuseas. Apartó la cabeza y gritó:

—¡No!

—Tendrás más de esto —dijo Frank, y le mordió con fuerza el cuello, pasó luego la mano sucia por el hombro de Nicole. Con un movimiento violento le arrancó el vestido, y, con él, la camisa, y el seno de Nicole quedó expuesto al contacto de Frank y a los ojos de los dos hombres restantes. La mano grande de Frank se cerró sobre la carne y su pulgar le acarició ásperamente el pezón.

—No, por favor —murmuró Nicole, debatiéndose.

—Ya es suficiente —ordenó el capitán.

Frank no la soltó inmediatamente.

—Ojalá no se case con Armstrong —murmuró, echándole en la cara el fétido aliento, pero se apartó de ella, y Nicole trató de arreglar su vestido. Con las rodillas flojas, se desplomó sobre una silla y se pasó el dorso de la mano por la boca, segura de que jamás volvería a sentirla limpia.

—Parece que no le agrada mucho —dijo riendo el capitán antes de ponerse serio y sentarse en una silla frente a Nicole—. Usted acaba de ver lo que le sucederá si no acepta este matrimonio. Si no es la esposa de Armstrong, será una mujer abandonada por todos y yo puedo usarla como desee. Pero en primer lugar arrojaré por la borda a esa mujer Armstrong.

Nicole lo miró fijamente.

—¿Janie? No le ha hecho nada. Eso sería asesinato.

—¿Qué me importa? ¿Cree que puedo acercarme nuevamente a la costa de Virginia si no hago lo que Armstrong me ha pedido que haga? Y lo que menos deseo es un testigo de lo que permitiré que los hombres le hagan a usted.

Nicole se encogió en la silla mordiéndose el labio.

—Vea, señora —dijo Frank—, le estamos ofreciendo una alternativa, y al hacerlo somos muy bondadosos. —Los ojos del hombre no se apartaron del vestido, rasgado en el pecho—. O se casa con Armstrong o viene a mi cama. Es decir, después de que el capitán acabe con usted. Y después, cuando yo acabe con usted... —se interrumpió y sonrió—. Creo que a esa altura de las cosas no quedará mucho. —Se inclinó hacia delante y apoyó un dedo sucio sobre el labio superior de Nicole—. Nunca he tenido una mujer con la boca al revés. Estoy pensando en todas las cosas que podría obligar a hacer a esa boca.

Nicole apartó la cabeza y sintió que se le revolvía el estómago.

El capitán la observaba.

—¿Qué decide? ¿Armstrong o Frank y yo?

Concentrando su atención en la necesidad de respirar profundamente, trató de pensar. Sabía que era importante mantener la mente clara y encontrar una solución.

—Me casaré con el señor Armstrong —dijo con voz neutra.

—Yo sabía que era inteligente —dijo el capitán—. En ese caso, querida, terminemos de una vez. Estoy seguro de que usted regresará a la... seguridad de su camarote.

Nicole asintió y se puso de pie, siempre sosteniéndose el vestido con la mano.

—Frank representará al señor Armstrong. Todo es perfectamente legal. Armstrong ordenó a su abogado que redactara documentos donde declara que yo puedo elegir a un hombre que será su representante.

Aturdida, Nicole permaneció de pie frente al capitán, quien ejecutaría la ceremonia, y el médico, que sería el testigo.

Frank contestó rápidamente las preguntas del capitán en el curso de la ceremonia tradicional, pero cuando el capitán preguntó:

—Bianca, ¿acepta a este hombre como su legítimo esposo? —Nicole rehusó hablar. ¡Era todo tan injusto! La habían secuestrado, alejado de un país al que ya estaba acostumbrándose, y pretendían casarla contra su voluntad. Siempre había soñado con su propia boda, con un vestido de raso azul y rosas por doquier. En cambio, estaba en un sucio camarote, con el vestido desgarrado, la boca lastimada y acompañada de un sabor repugnante. En los tres últimos días la habían zarandeado de un extremo a otro como si hubiera sido una hoja en un torrente turbulento. ¡Pero no renunciaría a su propio nombre! Por lo menos podía aferrarse a eso, aunque todo el resto estuviera fuera de su control.

—Me llamo Nicole Courtalain —afirmó con voz firme.

El capitán comenzó a hablar, pero el doctor le propinó un codazo.

—¿Y qué me importa? —protestó, y releyó la frase e insertó el nombre de «Nicole» en lugar del nombre de «Bianca».

Al término de la ceremonia, presentó cinco anillos de oro de diferentes tamaños, y deslizó el más pequeño en el dedo de Nicole.

La ceremonia había concluido.

—¿Debo besar a la esposa? —preguntó lascivamente Frank.

El doctor aferró el brazo de Nicole y la apartó del hombre para acercarla a la mesa que estaba en el centro de la habitación. Tomó una pluma y escribió algo, y después se volvió y entregó la pluma a Nicole.

—Tiene que firmar —dijo, y le presentó el certificado de matrimonio.

Ella tenía los ojos llenos de lágrimas y tuvo que enjugárselas, pues le enturbiaban la vista. El doctor había anotado su verdadero nombre en el certificado de matrimonio. Ella, Nicole Courtalain, era ya la esposa de Clayton Armstrong. Escribió deprisa su nombre al pie de la página.

Observó aturdida cómo Frank firmaba al pie del documento. Ya era legal.

El doctor la tomó del brazo y la acompañó fuera del camarote del capitán. Nicole estaba tan confundida que regresó al suyo antes de advertirlo siquiera.

—Escuche, querida—dijo el médico—. Lamento mucho todo esto, pues creo que, en efecto, usted no es la señorita Maleson. Sin embargo, créame, ha sido mejor que aceptara la ceremonia. No conozco al señor Armstrong, pero estoy seguro de que será fácil conseguir la anulación del matrimonio cuando usted llegue a América. Las alternativas eran... mucho peores. Y, ahora, le daré un consejo: sé que el viaje será largo, pero permanezca todo lo posible en su camarote. No permita que los hombres la vean en cubierta. El capitán no vale mucho, pero controla a sus hombres... hasta cierto punto. Es necesario que usted ayude consiguiendo que los hombres olviden su presencia, por lo menos hasta donde sea posible. ¿Me comprende?

Nicole asintió.

—Y sonría. La cosa no es tan grave como parece. América es un hermoso país. Quizá ni desee regresar a Inglaterra.

En efecto, Nicole consiguió sonreír.

—Es lo que dice Janie.

—Bien, eso está mejor. Ahora, recuerde lo que le he dicho y trate de pensar en su llegada al nuevo país.

—Lo haré. Y gracias —dijo mientras se volvía y entraba en el minúsculo habitáculo.

Durante un momento el médico permaneció inmóvil. Personalmente creía que Armstrong era un estúpido si permitía que una mujer como esa se le escapara.

—¡Ha estado ausente mucho tiempo! —dijo Janie cuando Nicole regresó; de pronto, su voz se elevó—. ¿Qué le ha sucedido a su vestido? ¿Qué le han hecho?

Nicole se desplomó en su cama y se cubrió los ojos con el brazo.

De pronto, Janie le aferró la mano izquierda y examinó el reluciente anillo de oro.

—Estuve con Clay cuando compró estos anillos. Adquirió cinco tamaños para estar seguro de que alguno ajustara bien. Sin duda, el capitán retuvo los restantes. ¿No es así?

Nicole no contestó, y con la mano extendida examinó el anillo al mismo tiempo que Janie. ¿Qué significaba exactamente? ¿Acaso ese fragmento de oro la ataba a la promesa que acababa de hacer de amar y honrar a un hombre a quien nunca había visto?

—¿Por qué aceptó la ceremonia? —preguntó Janie, mientras tocaba el cuello de Nicole, donde estaba formándose una llamativa marca roja. Nicole hizo una mueca. Ese era el lugar donde Frank la había mordido.

Janie se irguió.

—No es necesario que me lo diga. Imagino lo que sucedió. El capitán quería tener la certeza de que recibiría el dinero de Clay —dijo, y apretó los labios—. ¡Maldito sea Clay Armstrong! Perdóneme, pero todo eso es por su culpa. Si no fuera tan condenadamente obstinado, no habría sucedido nada de todo esto. Nadie ha logrado hacerlo reflexionar. No, quería a su Bianca, y estaba dispuesto a tenerla. ¿Sabe que habló con cuatro capitanes de barco antes de encontrar a uno tan miserable que aceptara realizar el secuestro? ¡Y ahora vea lo que ha sucedido! Aquí está usted, una muchacha inocente, maltratada por una pandilla de sucios individuos, amenazada con métodos repugnantes, obligada a casarse con alguien a quien ni siquiera conoce, y a quien, probablemente, después de esto, no quiera conocer.

—Por favor, Janie, en realidad no es tan grave. El doctor dijo que los hombres no nos molestarían, puesto que ahora estoy casada con el señor Armstrong, y sé que a usted no le harán nada. Estoy segura de que cuando lleguemos a América será posible anular el matrimonio.

—¡A mí! —dijo irritada Janie—. Tenía que haberme imaginado que esos canallas la presionarían profiriendo amenazas contra mi persona. ¡Y usted ni siquiera me conoce! —Apoyó la mano en el hombro de Nicole—. No importa lo que usted pretenda de Clay; una anulación o lo que sea, yo me ocuparé de que lo consiga. Le diré lo que pienso y en términos que él jamás ha escuchado antes. Juro que lo obligaré a compensar todo... el tiempo despilfarrado en el viaje de ida y vuelta a través del océano, el dinero que ahorró para esa tienda, y... —de pronto se detuvo en mitad de la frase y miró divertida los baúles dispuestos contra la pared.

Nicole se sentó lentamente en el camastro.

—¿Qué sucede? ¿Alguna dificultad?

En el rostro ancho de Janie se dibujó una sonrisa de pura perversidad.

—«Compra lo mejor, Janie» —me dijo. Y estaba ahí,

de pie en el muelle, con el aire que tiene siempre, como si fuese el propietario del lugar, e insistía en que yo comprase lo mejor.

—¿De qué está hablando?

Janie estaba como en trance mirando los baúles absorta. Avanzó un paso hacia ellos.

—Dijo que nada era demasiado bueno para su esposa —observó Janie, y su sonrisa se ensanchó—. Clayton Armstrong, pagarás caro todo esto.

Nicole apoyó los pies en el suelo y miró desconcertada a Janie. ¿De qué estaba hablando esta mujer?

—Clay me entregó un saco de oro y me dijo que comprase las mejores telas posibles, los adornos más costosos. Dijo que podía ayudar a su esposa a confeccionar vestidos durante el largo viaje. —Sonrió—. Las pieles podían quedar a cargo de un peletero norteamericano.

—¿Pieles? —Nicole recordó la carta—. Janie, esas telas son para Bianca, no para mí. No podemos coser de acuerdo con mis medidas; a ella jamás le sentarían bien.

—No tengo ninguna intención de confeccionar prendas para una mujer a quien jamás he visto —dijo Janie, mientras trataba de desatar un nudo—. Clay dijo que las prendas eran para su esposa, y, por lo que sé, usted es la única esposa que él tiene.

—¡No! Eso no está bien. No puedo aceptar algo que está destinado a otra mujer.

Janie deslizó la mano bajo la almohada del camastro más alto y tomó un gran manojo de llaves.

—Lo decidiré yo, no usted. Por una vez, me gustaría ver algo que Clayton no pueda comprar ni tener con solo pedirlo. Todas las jóvenes de Virginia están locas por él, y, sin embargo, necesita elegir a una mujer inglesa que seguramente ni siquiera lo acepta.

Abrió un baúl y levantó con cuidado la tapa lisa; sonrió al ver el contenido.

Nicole no pudo contener su curiosidad. Se acercó a Janie y observó el interior del baúl; contuvo una exclamación al ver el contenido. Hacía años que no veía sedas, y menos todavía sedas de tal calidad.

—Los ingleses temen a lo que ellos llaman las clases inferiores, de modo que fingen ser parte de ellas. En América todos son iguales. Si uno puede costearse cosas bonitas, no teme usarlas. —Retiró un retazo reluciente y delicado de seda azul zafiro y con él rodeó uno de los hombros de Nicole, la apartó un poco, y aseguró holgadamente la tela a la cintura de la joven—. ¿Qué le parece esto?

Sosteniéndola un momento a la luz, Nicole frotó el género contra su mejilla y se movió al sentir el roce en los brazos desnudos. Era un placer sensual y pecaminoso.

Janie estaba abriendo otro baúl.

—¿Y qué le parece esto para la cintura? —Retiró una ancha cinta de raso azul oscuro y la envolvió alrededor de la cintura de Nicole. Se podría haber pensado que el baúl entero estaba colmado de cintas y fajas.

Abrió otro baúl.

—¿Un chal, señora? —sugirió riendo, y, antes de que Nicole pudiese hablar, retiró por lo menos una docena de chales—: una tela escocesa, un cachemir inglés, algodón indio, encaje de Chantilly.

Nicole admiró asombrada la abundancia y la belleza, mientras Janie abría un baúl tras otro. Había terciopelos, lienzos, percales, lanas suaves, plumas de cisne, tules, organdíes, crespones y delicados encajes franceses.

Janie bailoteaba en medio de esa prodigiosa riqueza, y Nicole se echó a reír. Todo eso era demasiado. Se sentó en la cama y Janie comenzó a ponerle encima las diferentes telas, y ambas mujeres comenzaron a reír y a envolverse con escarlatas y turquesas, verdes y rosados. Fue un episodio absurdo y regocijante.

—Pero todavía no ha visto lo mejor —anunció riendo Janie, mientras se desprendía de un largo género de tul rosado y de encaje negro de Normandía. Casi con actitud reverente abrió un gran baúl que estaba al fondo de la pila y sacó un enorme manguito de piel.

—¿Sabe qué piel es esta? —preguntó mientras lo dejaba en el regazo de Nicole.

Nicole hundió la cara en la piel larga y espesa, sin hacer caso de los seis colores de seda envueltos alrededor de su brazo y de la transparente gasa india que le envolvía el cuello. Solamente había una piel tan lujosa, tan oscura, tan profunda, tan espesa, que uno casi podía ahogarse en ella.

—Cebellina —dijo en voz baja, con expresión reverente.

—Sí —confirmó Janie—. Cebellina.

Con la piel en sus manos, Nicole miró a su alrededor. El pequeño camarote estaba repleto de colores que relampagueaban o se imponían, gritaban o permanecían inmóviles, y parecía que todos estaban vivos y respiraban. Nicole sintió deseos de zambullirse en ellos y abrazarlos. En su vida no había existido la belleza desde el día en que salió del castillo de sus padres.

—Bien, ¿por dónde desea comenzar?

Nicole miró a Janie y rompió a reír.

—Por *todo*! —rio, y estrechó contra su cuerpo el mango y de un puntapié despidió volando seis plumas de avestruz.

Mientras retiraba de sus piernas un chal brillante, Janie tomó varias revistas del interior de un baúl.

—La *Galería de la Moda Heidldoff* —leyó—. Estimada señora Armstrong, elija su arma y yo le mostraré mi baúl de aceros, es decir, de alfileres y agujas.

—Janie, de veras, no puedo. —Su voz ya no trasuntaba convicción, mientras rozaba su propio brazo con la piel de cebellina y pensaba que bien podía dormir con ella.

—No quiero oír una sola palabra más. Ahora, si cree que puede retirar su brazo de esa cosa, devolvamos estas telas a su sitio y comencemos. Después de todo, solamente disponemos de un mes.

3

A principios de agosto de 1794, el pequeño buque correo llegó al puerto de Virginia. Janie y Nicole se asomaron a la baranda de proa y contemplaron con interés el muelle más allá del cual comenzaba un denso bosque. Sintieron que el encierro había terminado. Durante la última semana del viaje habían hablado solamente de alimentos... es decir, de alimentos frescos. Mencionaban las verduras y las frutas, las muchas plantas que pronto madurarían, y el plan que tenían de comer un poco de cada cosa, y crema fresca y mantequilla. Janie deseaba, sobre todo, consumir fresas, y Nicole sencillamente quería ver cosas vivas y verdes que crecieran de la tierra de fresco aroma.

Habían pasado cosiendo los largos días de encierro y pocas de las lujosas telas no se habían convertido en prendas para Janie o para Nicole. La joven se había puesto un vestido de muselina bordado con minúsculas violetas, con una hilera de cinta violeta en el bajo. Se sujetaba los cabellos con otra cinta violeta. Tenía los brazos desnudos, recibiendo la calidez del sol poniente.

Las mujeres habían charlado mientras cosían. Nicole casi siempre escuchaba, pues no deseaba relatar a nadie el episodio en el que apresaron a sus padres, y menos aún, cuando la separaron de su abuelo. Habló a Janie de su niñez en el castillo de la familia, y, en su relato, el palacio parecía una casa de campo común y corriente. También le contó cosas del año que ella y el abuelo habían pasado con la familia del molinero. Y Janie rio cuando Nicole habló con bastante conocimiento técnico de la calidad de los granos que pasaban por la piedra de moler.

Pero, la mayor parte del tiempo, la conversación había estado a cargo de Janie. Narró su propia niñez en una granja pequeña y pobre, a pocos kilómetros de Arundel Hall, que era el nombre de la casa de Clayton. Ella tenía diez años cuando nació Clay y la mujer explicó que solía llevar en la espalda al niño cuando era muy pequeño. Janie vivió el final de su adolescencia durante la Revolución Norteamericana. Como muchos agricultores virginianos, su padre había sembrado tabaco en todos sus campos. Fue a la quiebra cuando el mercado inglés se cerró. Durante varios años, él y Janie habían vivido en Filadelfia, un lugar odiado por Janie.

Cuando murió su padre, regresó al lugar que para ella siempre había sido su casa, es decir, Virginia.

Explicó que al regresar había encontrado muchos cambios en Arundel Hall. Los padres de Clay habían muerto de cólera varios años antes. James, hermano mayor de Clay, se había casado con Elizabeth Stratton, hija del supervisor de la plantación Armstrong. Y, mientras Clay estaba en Inglaterra, James y Elizabeth habían muerto en un trágico accidente.

El niño a quien Janie había conocido ya no existía. En su lugar vio a un joven arrogante y exigente, que trabajaba como un demonio. Mientras en Virginia una plantación tras otra quebraba, Arundel Hall prosperaba.

—Mire —dijo Nicole, y señaló hacia el agua—. ¿No es el capitán? —El corpulento hombre ocupaba un pequeño bote y uno de los marineros estaba a cargo de los remos.

—Creo que se dirige a ese barco.

A varios metros de distancia del buque correo, flotaba una enorme fragata con los flancos erizados con dos filas de cañones. Muchos hombres transportaban bultos y subían y bajaban por la ancha planchada. Mientras las mujeres observaban, el capitán bajó al muelle, varios minutos antes de que lo hicieran los tripulantes de su propia nave, que aún estaba maniobrando en el puerto. El capitán subió la empinada planchada, pasó al puente de la fragata, y se dirigió hacia la proa de la nave.

Las mujeres estaban bastante lejos y los hombres sobre cubierta parecían pequeños.

—¡Ese es Clay! —exclamó de pronto Janie.

Nicole miró asombrada al hombre que hablaba con el capitán, pero desde lejos se parecía a todos los demás.

—¿Cómo puede saberlo?

Janie se echó a reír. Se alegraba mucho de volver a casa.

—Cuando conozca a Clay, me comprenderá —dijo, se volvió bruscamente y se alejó de Nicole.

Forzando la vista para ver al hombre que era su esposo, Nicole se tocó nerviosamente el anillo que llevaba en su mano izquierda.

—Vamos —dijo Janie, y le puso un catalejo en la mano—. Mire bien.

A pesar del catalejo, los hombres parecían pequeños, pero Nicole pudo sentir la presencia del hombre que hablaba con el capitán. Tenía un pie apoyado en un fardo de algodón, el otro sobre cubierta. Se inclinaba hacia delante, con su antebrazo apoyado en la rodilla doblada. Incluso inclinado, era más alto que el capitán.

Vestía pantalones ceñidos de tela de color castaño y botas negras hasta las rodillas. Llevaba un cinturón de cuero negro de seis o siete centímetros de ancho. La camisa tenía las mangas recogidas y estaba abierta al cuello; los brazos mostraban la piel bronceada por el sol. Desde esa distancia, ella no podía decir mucho respecto de la cara, pero los cabellos castaños estaban recogidos tras la nuca.

Dejó el catalejo y se volvió hacia Janie.

—No, nada de eso —dijo Janie—. He visto muchas veces esa expresión. Que un hombre sea alto y apuesto no es motivo para que cedas ante él. Se enfurecerá terriblemente cuando descubra lo que sucedió, y, si no sabes afrontarlo, te atribuirá toda la culpa.

Nicole sonrió a su amiga y en sus ojos había una expresión vivaz.

—En todo caso, usted nunca dijo que era alto y apuesto —observó burlonamente.

—Tampoco dije que fuera feo. Ahora, quiero que regrese al camarote y espere, porque, por lo que conozco a Clay, estará aquí en pocos minutos. Quiero hablar con él antes que nadie y explicarle lo que hizo ese canalla del capitán. ¡Ahora, márchese!

Nicole obedeció a su amiga y regresó a la pequeña y oscura habitación, y casi experimentó un sentimiento de nostalgia ante la necesidad de abandonarla. Ella y Janie habían llegado a intimar mucho en los últimos cuarenta días.

Sus ojos acababan de adaptarse a la escasa luz cuando de pronto se abrió bruscamente la puerta. Un hombre que sin duda era Clayton Armstrong irrumpió en la pequeña estancia y sus anchos hombros ocuparon todo el espacio, hasta que Nicole tuvo la sensación de que ambos se encontraban en un recinto muy reducido.

Clay no dio tiempo a sus ojos para adaptarse. Vio solo el perfil de su esposa. Estiró el largo brazo y la atrajo hacia sí.

Nicole comenzó a protestar, pero entonces la boca de Clay encontró la de la joven y ella ya no pudo hablar. La boca de ese hombre tenía un sabor limpio, era fuerte, exigente pero al mismo tiempo tierno, y ella no hizo más que un débil intento de apartarlo. Los brazos que la sostenían estrechaban con más fuerza, y él la alzó, de modo que los pies de Nicole apenas tocaron el suelo. Sintió el pecho del hombre que presionaba duramente sobre la suavidad femenina. Nicole sintió que el corazón comenzaba a latirle con más fuerza.

Solo había sido besada así cuando la aferró Frank, el primer oficial, pero no podían compararse ambas cosas. Él movió la cabeza y elevó la mano para sostener la nuca de Nicole. Ella sintió que se desmayaba, que se ahogaba. Rodeó con los brazos el cuello del hombre y lo acercó más a ella. Sintió su respiración sobre la mejilla.

Mientras él pasaba de la boca a la mejilla, ella sintió los dientes sobre el lóbulo de la oreja y se le aflojaron las rodillas. La lengua de Clay tocó el cuello femenino.

Con un rápido movimiento, él le pasó el brazo bajo las rodillas, la alzó y acercó todavía más el cuerpo de Nicole. Aturdida, ella supo solo que deseaba más y más de él, echó hacia atrás la cabeza y le ofreció sus labios.

Él la besó con verdadera ansia y ella contestó con la misma pasión. Y cuando Clay se acercó a la cama, siempre estrechando el cuerpo de la joven, eso pareció un gesto natural. Ella deseaba únicamente tocarlo, mantenerlo cerca. La dejó encima de la cama, sin que sus labios se apartaran nunca, y pasó una pierna fuerte y pesada sobre ella. La mano enérgica le recorrió el brazo desnudo. Y cuando él le tocó el seno a través de las ropas, Nicole gimió y arqueó su cuerpo para acercarlo al de Clay.

—Bianca —murmuró al oído de Nicole—. Mi tierna, mi dulce Bianca.

Nicole no recobró inmediatamente el sentido. La pasión que sentía era demasiado intensa. Solo poco a poco cobró conciencia del lugar en que estaba y de lo que no era.

—Por favor —dijo, con una mano apoyada en el pecho de Clay; pero esa vez habló con voz tensa y débil.

—Está bien, amor mío —dijo él, con la voz profunda y clara, su aliento contra la mejilla de Nicole.

Los cabellos de Clay rozaban el rostro de la muchacha y olían a la tierra que ella tanto había ansiado tocar otra vez. Cerró un instante los ojos.

—Te he esperado mucho tiempo, amor mío —dijo

él—. Meses, años, siglos. Ahora siempre estaremos juntos.

Las palabras consiguieron despertar a Nicole. Eran palabras de amor, palabras íntimas destinadas a otra mujer. Ella podía creer que las caricias que la habían aturdido le pertenecían, pero las palabras correspondían a otra.

—Clay —dijo en voz baja.

—¿Sí, amor? —contestó él, y besó la piel suave alrededor de la oreja de la joven. Tenía el cuerpo grande y fuerte al lado de Nicole, en parte sobre ella. Nicole casi sentía que había estado esperando eso la vida entera. Le parecía natural acercarlo más, y por su mente pasó la idea de que podía arreglárselas de modo que él descubriese la verdad por la mañana. Pero desechó inmediatamente esa posibilidad porque consideró que era deshonesta.

—Clay, no soy Bianca. Soy Nicole.

Vaciló ante la idea de decirle que era su esposa.

Durante un momento, él continuó besándola, pero de pronto movió bruscamente la cabeza y ella sintió que el cuerpo se le endurecía y que la miraba fijamente en la oscuridad. Con un solo movimiento abandonó el camastro. Un instante antes estaba en brazos de Nicole y al siguiente ella se sintió vacía. Temió lo que sucedería poco después. Parecía que él conocía el camarote u otro parecido, porque sabía dónde encontrar una vela, y, poco después, el cuartito estuvo iluminado.

Nicole parpadeó mientras se sentaba y por primera vez pudo ver bien a su marido. Janie había dicho la verdad al hablar de su arrogancia. Se reflejaba en los gestos. Tenía los cabellos más claros que lo que ella había creído, como iluminados por la luz del sol. Las cejas espesas formaban un arco sobre los ojos oscuros y la nariz grande y bien dibujada que avanzaba sobre la boca, una boca que ella sabía que era suave, pero que ahora formaba una línea tensa y colérica. Tenía el mentón fuerte y duro y los músculos bien trazados.

—Muy bien, ¿quién demonios es usted y dónde está mi esposa? —preguntó.

Nicole todavía estaba aturdida. Al parecer, él podía contener su pasión con mucha rapidez, pero a Nicole no le sucedía lo mismo.

—Ha sido un terrible error...

—Veo que otra persona está en el camarote de mi esposa. —Sostuvo en alto la vela y miró los baúles dispuestos contra la pared—. Creo que son propiedad de Armstrong.

—Sí, así es. Si me lo permite, le explicaré. Bianca y yo estábamos juntas cuando...

—¿Ella está aquí? ¿Dice que ha viajado con ella?

Era difícil explicar la situación porque él no le permitía concluir ni siquiera una frase.

—Bianca no está aquí. No ha venido conmigo. Si me escucha, yo...

Él depositó la vela sobre el armario, se acercó y la dominó con su estatura; las piernas bien separadas, las manos en las caderas.

—¡No ha venido con usted! ¿Qué demonios significa eso? He pagado al capitán de este barco para celebrar un matrimonio por poder y traer a mi esposa a América. ¡Y ahora, quiero saber dónde está!

Nicole también se puso de pie. No la intimidaba que su cabeza llegase solo al hombro de su interlocutor, ni que el minúsculo camarote los acercara todavía más; en todo caso, eran más enemigos que amantes.

—He estado tratando de explicárselo, pero su total falta de modales impide mi comunicación, por lo tanto...

—Quiero una explicación, no una lección de buenos modales.

Nicole comenzaba a enojarse.

—Usted es grosero y torpe... Muy bien, se lo explicaré... Yo soy su esposa, es decir, si usted es Clayton Armstrong. De eso no tengo la menor idea, pues su grosería impide una verdadera conversación.

—Usted no es mi Bianca.

—Me alegro de decirle que no lo soy. Cómo es posible que ella aceptara casarse con un individuo tan insoportable... —Se interrumpió, pues no deseaba enfadarse. Durante más de un mes había tratado de adaptarse a la idea de que era la esposa de Clayton Armstrong, pero él había abordado la nave esperando encontrar a Bianca, y, en cambio, había hallado a una desconocida.

—Señor Armstrong, lamento esta situación. Realmente puedo ofrecerle una explicación.

Él se apartó un paso y se sentó sobre un baúl.

—¿Cómo descubrió que el capitán no había visto a Bianca? —preguntó él con voz más serena.

—No lo entiendo.

—Estoy seguro de que me entiende. Sin duda, usted se enteró de que él no la conocía y decidió reemplazar a Bianca. ¿Qué creía, que una mujer era tan buena como otra? Le diré una cosa: es indudable que usted sabe recibir a un hombre. ¿Creyó que me induciría a olvidar a mi Bianca al sustituirla con su hermoso cuerpecito?

Nicole retrocedió un paso; con los ojos bien abiertos y el estómago contraído a causa de las palabras de Clayton Armstrong.

Clay la recorrió de arriba abajo con ojo crítico.

—Creo que hubiera podido tener peor suerte. Entiendo que usted convenció al capitán de que nos casara.

Nicole asintió en silencio y se le formó un nudo en la garganta. Las lágrimas brotaron de sus ojos.

—¿Ese es un vestido nuevo? ¿Consiguió que Janie creyese en usted? ¿Por casualidad se formó un nuevo guardarropa a mi costa? —De nuevo se puso de pie—. Muy bien, considere suyo el guardarropa. El dinero perdido evitará que sea tan ingenuo y confiado la próxima vez. Pero no recibirá de mí ni un céntimo más. Regresará conmigo a mi plantación y este matrimonio, si puede llamarse así, será anulado. Y apenas termine el episodio, embarcará en la primera nave que regrese a Inglaterra. ¿Está claro?

Nicole tragó saliva.

—Prefiero dormir en las calles antes que pasar otro minuto con usted —dijo con voz serena.

Armstrong se acercó a ella, y contempló los rasgos teñidos de oro por la luz de la vela. Pasó un dedo sobre el labio superior de la joven.

—¿Y dónde, si no, ha estado durmiendo? —preguntó, pero salió del camarote antes de que ella pudiese contestar.

Nicole se apoyó contra la puerta, con el corazón angustiado, y nuevas lágrimas brotaron de sus ojos. Cuando Frank le pasó sobre el cuerpo las manos sucias, ella había conseguido conservar el orgullo, pero cuando Clay la tocó se había comportado como una mujer de la calle. El abuelo siempre le había recordado quién era: por sus venas corría sangre de reyes. Había aprendido a caminar erguida, con la cabeza alta, e incluso cuando la turba había arrastrado a su madre, ella había mantenido la cabeza alta.

Lo que el honor de la Revolución Francesa no había podido hacer a un miembro de la antigua familia Courtalain, lo había logrado un norteamericano tosco y prepotente. Avergonzada, recordó cómo se había rendido por completo al contacto de ese hombre y cómo incluso había deseado continuar en la cama con él.

Con movimientos rápidos se quitó el vestido de fina muselina que llevaba y se puso una prenda más pesada y más práctica. Dobló la delicada tela y la depositó en uno de los baúles. El vestido que llevaba al llegar al barco había sido desechado por Janie después de que Frank lo desgarrara.

De un baúl retiró una hoja de papel de cartas, se inclinó sobre el armario y escribió.

Estimado señor Armstrong:

Confío en que, al recibir la presente carta, Janie lo habrá encontrado para explicarle alguna de las circunstancias que condujeron a nuestro equivocado matrimonio.

Por supuesto, tiene razón con respecto a los vestidos. Solo por vanidad, prácticamente he llegado a robarle. Haré todo lo posible para reembolsarle el valor de las telas. Puede llevarme un tiempo, pero trataré de saldar esa deuda cuanto antes. Como primer pago, le dejo un relicario que tiene cierto valor monetario. Es el único objeto valioso que poseo. Le ruego que me disculpe por tan escaso valor.

Con respecto a nuestro matrimonio, conseguiré la más pronta anulación posible y se lo notificaré.

Sinceramente,

NICOLE COURTALAIN ARMSTRONG

Nicole releyó la carta y la dejó sobre el pequeño armario. Con manos temblorosas se quitó el relicario. Incluso en Inglaterra, donde tanto había necesitado obtener alguna suma de dinero, se había negado a perder el relicario de oro afiligranado que contenía discos ovalados de porcelana con los retratos de sus padres. Siempre lo llevaba puesto.

Después de besar los pequeños retratos, el único objeto que le recordaba a sus padres, lo depositó sobre la carta. Quizás era mejor romper del todo con el pasado, pues debía abrirse paso en un país nuevo... y sola.

Afuera estaba completamente oscuro, pero el amplio muelle se encontraba iluminado por antorchas encendidas. Nicole caminó serenamente por el puente y bajó la planchada; los marineros estaban muy atareados descargando la nave y no le prestaron atención. El extremo opuesto del muelle estaba sumido en sombras y tenía un aspecto temible, pero Nicole comprendió que debía llegar hasta allí. Cuando ya estaba casi al comienzo del bosque, vio a Clayton y a Janie reunidos bajo una antorcha. Janie hablaba con expresión colérica a Clay y el hombre alto parecía escuchar en silencio.

No había tiempo que perder. Tenía mucho que hacer. Necesitaba llegar al pueblo más próximo y encontrar empleo y refugio. Cuando se apartó de las luces del muelle, sintió que el bosque se la tragaba; los árboles parecían muy oscuros, muy altos y formidables. Todos los relatos que había escuchado acerca de América retornaron a su mente. Era un lugar poblado por indios sanguinarios, un sitio donde pululaban bestias extrañas que destruían a la gente y la propiedad. El ruido de sus pasos era el único sonido en el bosque, pero tuvo la sensación de que había muchos otros movimientos deslizantes, gemidos y gruñidos, pasos subrepticios y otros más pesados.

Caminó varias horas. Después de un rato comenzó a tararear una cancioncilla francesa que el abuelo le había enseñado, pero, antes de que pasara mucho más tiempo, comprendió que sus piernas no podrían llevarla más lejos si no descansaba. Pero, ¿dónde? Siguió por un estrecho sendero, donde no encontró más que un vacío oscuro.

—Nicole —murmuró para sí misma—, no tienes por qué temer. El bosque es el mismo durante la noche que durante el día.

Sus palabras valerosas no le sirvieron de mucho, pero reunió todo el coraje posible y se sentó junto a un árbol. Inmediatamente sintió que el musgo húmedo le manchaba el vestido. Pero estaba demasiado fatigada para preocuparse. Se acurrucó, recogió las rodillas hasta que casi le tocaron el pecho, descansó la mejilla sobre el brazo y se adormeció.

Cuando despertó por la mañana, advirtió que unos ojos enormes la miraban. Con una exclamación se incorporó y asustó al conejito curioso que había estado observándola. Se rio de sus tontos temores y miró a su alrededor. Las primeras luces de la mañana atravesaban el follaje de los árboles, el bosque parecía cordial y acogedor. Pero cuando se frotó el cuello rígido y después trató de ponerse de pie, Nicole descubrió que le dolía todo el cuerpo y que tenía el vestido húmedo y los brazos fríos. La noche anterior ni siquiera había advertido que se le iba deshaciendo el peinado, de modo que los cabellos colgaban alrededor del cuello en forma de mechones enredados. Con movimientos presurosos, trató de recomponer su aspecto.

Esas pocas horas de sueño la habían reanimado tanto, que avanzó por el estrecho sendero con más energía que antes. Durante la noche no se había sentido muy segura de sí misma, pero por la mañana comprendió que había hecho lo que convenía. Las acusaciones del señor Armstrong no podían ser toleradas, y ella lograría pagarle y recuperar así su orgullo.

Hacia media mañana sintió mucho apetito. Ella y Janie había comido muy poco durante los dos días anteriores a la llegada, y los ruidos de su estómago se lo recordaron.

Al mediodía llegó a una empalizada que protegía un huerto con centenares de manzanos, varios con algunos frutos casi maduros y unos pocos en el medio del huerto cargados de manzanas grandes y maduras. Nicole casi había superado la empalizada cuando oyó la voz de Clayton Armstrong que la acusaba de robo. Ese recuerdo la indujo a detenerse antes de concluir su cometido. ¿Qué le estaba sucediendo desde que había llegado a América? ¿Estaba convirtiéndose en una ladrona, en una persona poco honrada?

De mala gana retrocedió para alejarse de la empalizada. Aunque su mente se tranquilizó, su estómago protestó enérgicamente.

Hacia la mitad de la tarde llegó a un arroyo de orillas empinadas; tenía dolorosa conciencia del cansancio de sus piernas y pies. Le pareció que había caminado días enteros, y, sin embargo, no veía signos de civilización alguna. La empalizada había sido el único signo de labor humana.

Con movimientos cuidadosos, bajó hacia las aguas del arroyo, se sentó en una roca, se desabrochó los zapatos, se los quitó y hundió los pies en el agua fresca. Tenía los pies con ampollas; el agua le hizo bien.

Un animal salió de los arbustos que estaban detrás de la joven y corrió hacia el agua. Sobresaltada, Nicole se volvió con un movimiento brusco. El pequeño mapache se sintió tan impresionado de verla como Nicole de verlo a él. Se volvió inmediatamente y huyó hacia el interior del bosque. Nicole se rio de su propio miedo. Decidió recoger sus zapatos, justo a tiempo para verlos alejarse, arrastrados por el agua. Se recogió la falda y fue a por ellos, pero el arroyo era más profundo de lo que parecía y el torrente mucho más rápido. Apenas había completado diez pasos cuando resbaló y cayó, con la falda pegada al cuerpo y enredada en las piernas;

de pronto, algo agudo se hundió en la cara interior de su muslo.

Necesitó varios minutos para incorporarse y separar la falda, pero la pierna no la sostuvo. Se aferró a la rama de un árbol que se extendía sobre el agua, y la utilizó para volver a la orilla. Cuando al fin estuvo en tierra firme, se levantó la falda para inspeccionar el daño. Vio un corte largo y regular en la cara interior del muslo izquierdo, que estaba sangrando profusamente. Desgarró su camisa y cubrió cuidadosamente la herida, apretando los dientes para contener el dolor. Con otro trozo de la camisa vendó fuertemente la herida, y, después de varios minutos, la hemorragia cesó. Finalmente, aplicó un último vendaje a la pierna.

El dolor de la herida, el agotamiento y la debilidad provocada por el hambre fueron excesivos para ella. Se recostó sobre la arena y la grava de la orilla del arroyo, y se durmió.

La lluvia la despertó. El sol casi se había puesto y los bosques de nuevo aparecían poblados de sombras. Con un sobresalto, Nicole se sentó y se llevó ambas manos a la cabeza hasta que el aturdimiento pasó. Le dolía la cabeza y se sentía débil; su cuerpo entero parecía protestar. Era difícil mantenerse de pie, pero la lluvia fría la llevó a comprender que tenía que encontrar un refugio. Los pies ampollados le enviaban fulgores de dolor al cerebro cuando se afirmaba sobre ellos, pero ya no tenía sentido buscar los zapatos en la oscuridad y la lluvia.

Caminó largo rato y ya comenzaba a sentir que su cuerpo no le pertenecía y que el sufrimiento no la afectaba. Tenía los pies heridos y sangrantes, pero continuó caminando. La lluvia nunca había sido más que una llovizna fría y parecía que iba a cesar. Hacía varias horas que había perdido toda compostura en sus cabellos, que colgaban como una masa fría y húmeda hasta la cintura.

Dos animales grandes se le acercaron y emitieron sordos gruñidos; en los ojos mostraban una luz siniestra. Al apartarse de ellos, se apoyó contra un árbol y los miró aterrorizada.

—Lobos —murmuró.

Los animales se acercaron; ella se apretó todavía más contra el árbol y comprendió que serían los últimos minutos de su vida. Pensó que moriría muy joven y que aún tenía mucho que hacer.

De pronto, un cuerpo grande, el de un hombre, apareció montando un caballo. Nicole trató de comprobar si era real o un producto de su imaginación, pero la cabeza le dolía tanto que no pudo hallar la respuesta.

El hombre o la aparición, lo que fuese, desmontó y recogió unas piedras del suelo.

—¡Fuera de aquí! —gritó, y arrojó las piedras a los perros. Estos se volvieron deprisa y huyeron.

El hombre se acercó a Nicole.

—¿Por qué demonios no les dijo que se marcharan?

Nicole lo miró. Incluso en la oscuridad, el tono imperativo de Clayton Armstrong era inconfundible.

—Creí que eran lobos —murmuró.

—¡Lobos! —rezongó él—. Nada de eso. Solo perros buscando un bocado. Está bien, ya ha cometido un buen número de tonterías. Venga a casa conmigo.

Se volvió como si supiera que ella lo seguiría. Nicole no tenía fuerzas para discutir. En realidad, no tenía fuerza para nada. Avanzó un paso para alejarse del árbol, pero las piernas se le aflojaron y la joven se derrumbó.

4

Clay apenas tuvo tiempo de recogerla antes de que cayese al suelo. Contuvo su discurso acerca de la estupidez de las mujeres cuando vio que ella estaba casi inconsciente. Los brazos desnudos estaban fríos, húmedos y pegajosos. Arrodillado, la apoyó contra su pecho, se quitó la chaqueta, y con esa prenda la envolvió. Cuando la alzó en brazos, lo sorprendió comprobar que era muy liviana. La montó sobre su caballo y la sostuvo mientras él montaba detrás de ella.

Recorrieron una distancia bastante larga antes de llegar a la plantación.

Nicole trató de sentarse muy erguida para evitar el contacto con él. Incluso en su estado de agotamiento, sentía el odio de ese hombre.

—Vamos, apóyese, cálmese. Prometo que no la morderé.

—No —murmuró ella—. Usted me odia. Debió permitir que los lobos me atrapasen, hubiera sido mejor para todos.

—Le he dicho que no eran lobos y no la odio. ¿Cree

que habría dedicado tanto tiempo a buscarla si la odiase? Ahora, recuéstese.

Los brazos que la sostenían eran fuertes, y, cuando Nicole apoyó la cabeza en el pecho de Clay, se alegró de estar otra vez cerca de un ser humano. Los episodios de los últimos días giraron en su cabeza. Le pareció que nadaba en un río y que había zapatos rojos alrededor. Los zapatos tenían ojos y rugían para asustarla.

—Calle. Ahora está a salvo. Los zapatos o los lobos no podrán atraparla. Estoy con usted y no hay peligro.

Incluso en sueños, ella lo oyó y se tranquilizó cuando sintió su mano frotarle el brazo con un movimiento satisfactorio y cálido.

Cuando Clay detuvo el caballo, Nicole abrió los ojos y contempló la alta casa que se levantaba ante ellos. Clay desmontó primero y elevó los brazos para recibirla. Nicole, un tanto reanimada por el rato que había dormido, trató de recuperar la dignidad.

—Gracias, pero no necesito ayuda —dijo, y comenzó a desmontar. La debilidad del cuerpo exhausto y hambriento la traicionó y cayó sobre Clay con bastante fuerza. Clay se limitó a inclinarse y a recogerla en sus brazos.

—Usted provoca más dificultades que seis mujeres juntas —dijo, y caminó hacia la puerta.

Ella cerró los ojos y apoyó la cabeza contra el pecho de Clay y pudo oír el latido fuerte y regular del corazón. En la casa, él la depositó en un gran sillón de cuero y la abrigó mejor con la chaqueta antes de servirle una copa de brandy.

—Quiero que se quede aquí y beba esto. ¿Me entiende? Regresaré en pocos minutos. Debo atender a mi caballo. Si se mueve antes de que yo vuelva, la pondré sobre mis rodillas y le daré unos azotes. ¿Está claro?

Ella asintió y Clay se marchó. No podía ver la habitación en la cual estaba pues la oscuridad era muy densa, pero supuso que se trataba de una biblioteca, porque olía a cuero, a tabaco, a tinta y a aceite de linaza. Aspiró profundamente. Era la habitación de un hombre. Al ver la copa de brandy en la mano, comprobó que él casi la había llenado. Sorbió lentamente. ¡Delicioso! Hacía mucho tiempo que no probaba nada parecido. Como el primer sorbo de brandy comenzó a calentarla, bebió un trago más abundante. Los dos días de ayuno la habían debilitado por completo y el brandy se le subió inmediatamente a la cabeza. Cuando Clay regresó, la joven sonreía perversamente y la copa de brandy bailoteaba entre sus dedos.

—Me lo he bebido todo —dijo—. Hasta la última gota.

No tartamudeaba como un borracho común, pero acentuaba las palabras intensamente.

Clay le quitó la copa.

—¿Cuánto tiempo hace que no come?

—Días —respondió ella—, semanas, años, nunca, siempre.

—Está bien —gruñó Clay—. Las dos de la madrugada y tengo que lidiar con una borracha. Vamos, de pie, es necesario que coma algo.

La tomó de la mano y la obligó a incorporarse.

—Nicole le sonrió, pero la pierna herida no la sostuvo. Cuando cayó sobre él, la joven sonrió con expresión de disculpa.

—Me lastimé la pierna —dijo.

Él se inclinó y la alzó.

—¿Culpa de los zapatos o de los lobos? —preguntó sarcásticamente.

Ella se frotó la mejilla contra el cuerpo de Clay y emitió una risita.

—¿De veras eran perros? ¿Y los zapatos rojos, de veras me perseguían?

—Sí, eran perros, y los zapatos fueron un sueño, pero usted habla dormida. Ahora calle o despertará a toda la casa.

Ella se sintió deliciosamente ligera inclinada contra el cuerpo del hombre, y le enlazó el cuello con los brazos. Tenía los labios cerca de la oreja de Clay cuando intentó murmurar.

—¿Realmente es el terrible señor Armstrong? No se le parece. Usted es mi caballero andante, y, por lo tanto, no puede ser ese hombre horrible.

—¿Usted cree que es tan terrible?

—Sí —dijo ella con firmeza—. Dijo que yo era una ladrona. Que robaba ropas destinadas a otra persona. Y tuvo razón, pero yo le demostré que no era ladrona.

—¿Cómo? —preguntó tranquilamente Clay.

—Tenía mucho apetito y vi manzanas en un huerto, pero no las tomé. No, no soy capaz de robar. No soy una ladrona.

—¿De modo que pasó hambre solo para demostrarle que no era una ladrona?

—Y para convencerme yo misma. Yo también importo.

Clay no contestó mientras caminaba hacia la puerta del fondo de la sala. La abrió y salió de la casa para dirigirse a la cocina, que estaba en una construcción aparte del resto.

Nicole levantó la cabeza apoyada en el hombro de Clay y aspiró.

—¿Qué es ese olor?

—Madreselva —replicó brevemente Clay.

—Quiero un poco —reclamó la joven—. ¿Me acerca de modo que pueda cortar una ramita?

Él pensó replicar algo, pero apretó los labios y obedeció.

Había un muro de ladrillos de dos metros de altura, cubierto con la fragante madreselva, y Nicole arrancó seis ramas antes de que Clay dijese que ya era suficiente y continuase su camino hacia la cocina. Una vez allí, la dejó sobre la ancha mesa que ocupaba el centro de la habitación, como si fuera una niña, y reavivó el fuego cubierto de cenizas durante la noche.

Nicole jugueteó perezosamente con la madreselva que tenía sobre el regazo.

Al volverse para mirarla, Clay advirtió que el vestido de Nicole estaba desgarrado y manchado de lodo, los pies descalzos lastimados y sangrando por varios lugares.

Los largos cabellos le colgaban por la espalda, y la luz del fuego les arrancaba reflejos; parecía que no tenía más de doce años. Cuando la miró, vio una mancha más oscura en la tela de color claro.

—¿Qué le ha sucedido? —preguntó con voz dura—. Eso parece sangre.

Sobresaltada, ella lo miró como si hubiese olvidado que estaba allí.

—Me caí —dijo sencillamente, sin quitarle los ojos de encima—. Usted es el señor Armstrong. Reconocería al instante ese entrecejo fruncido. Dígame, ¿nunca sonríe?

—Solo cuando hay algo que justifique sonreír, y no es este el caso —contestó Clay, mientras alzaba la pierna izquierda de Nicole y enganchaba el talón en su propio cinto. Después, le levantó la falda para desnudar el muslo.

—Señor Armstrong, ¿soy realmente una carga?

—No puedo decir que haya contribuido a la paz y la tranquilidad de mi vida —dijo mientras retiraba con cuidado la tela que cubría la herida—. Lo siento —dijo cuando ella se estremeció y se aferró a su hombro. Era un corte feo y sucio, pero no profundo. Clay pensó que se curaría bien si se lo limpiaba. La movió de modo que la pierna quedase extendida sobre la mesa y fue a calentar un poco de agua.

—Janie me dijo que la mitad de las mujeres de Virginia lo persiguen. ¿Es cierto?

—Janie habla demasiado. Creo que será mejor que coma algo. Sabe que está borracha, ¿verdad?

—Nunca he estado borracha —dijo Nicole con toda la dignidad que pudo reunir.

—Vamos, coma esto —ordenó Clay, y puso frente a ella una gruesa rebanada de pan cubierta con abundante mantequilla fresca.

Ella concentró sus esfuerzos en la comida.

Después de llenar una palangana con agua tibia, Clay tomó un trapo y comenzó a lavar la herida del muslo. Estaba inclinado sobre la joven cuando se abrió la puerta.

—Señor Clay, ¿dónde ha estado toda la noche y qué está haciendo en mi cocina? Usted sabe que no me gustan esta clase de intromisiones.

Lo que menos necesitaba Clay era otro sermón de una mujer que trabajaba para él. Todavía sentía las orejas calientes a causa de la represión de Janie. Le había gritado durante una hora larga porque él había escrito una carta de explicación a Bianca, para enviarla con la fragata que partía poco después, mientras Nicole estaba perdida en el bosque.

—Maggie, esta es mi... esposa.

Era la primera vez que pronunciaba la palabra.

Maggie sonrió.

—¿Es la misma que, según Janie, usted perdió?

—Vaya a acostarse, Maggie —dijo Clay con mucha paciencia.

Nicole se volvió y miró a la mujer corpulenta.

—*Bonjour, madame* —dijo, y como saludo levantó su pedazo de pan.

—¿No habla inglés? —preguntó Maggie con un murmullo teatral.

—No, no hablo inglés —replicó Nicole a Maggie, pero había un destello de picardía en sus grandes ojos castaños. Clay irguió su cuerpo y dirigió una mirada de advertencia a Nicole antes de tomar del brazo a Maggie y llevarla a la puerta.

—Vuelva a acostarse. Yo me encargaré de ella. Le aseguro que soy perfectamente capaz de hacerlo.

—¡Por supuesto! Ignoro qué idioma habla, pero parece la mujer más feliz del mundo.

La mirada hostil de Clay indujo a Maggie a abandonar la cocina y él regresó donde estaba Nicole.

—Supongo que estamos casados, ¿verdad? —observó Nicole mientras lamía el resto de la mantequilla que se había quedado en sus dedos—. ¿Le parece que tengo el aire de una mujer feliz?

Él se incorporó, vertió el agua sucia en un cubo de madera y volvió a llenar la palangana.

—La mayoría de los borrachos se sienten felices.

Continuó atendiendo la herida de Nicole.

Nicole le rozó los cabellos y él levantó la cabeza para mirarla un momento antes de reanudar su trabajo.

—Siento que no haya conseguido lo que deseaba —dijo ella a media voz—. De veras, no lo hice a propósito. Traté de convencer al capitán de que me devolviese a Inglaterra, pero no quiso.

—Lo sé. No es necesario que me lo explique. Janie me lo ha contado todo. No se preocupe por ese asunto. Hablaré con un juez y usted podrá volver a su hogar en muy poco tiempo.

—Hogar —murmuró Nicole—. Esos hombres quemaron mi hogar. —Se interrumpió y miró alrededor—. ¿Este es su hogar?

Él irguió el cuerpo.

—Una parte —contestó.

—¿Usted es rico?

—No. ¿Y usted?

—No. —Ella le sonrió, pero él se volvió para descolgar una sartén de la pared lateral, junto al enorme hogar. En silencio, ella observó los movimientos de Clay, que derritió mantequilla en la sartén y frió media docena de huevos; después puso otra sartén sobre el fuego y agregó varias rebanadas de jamón.

Pocos minutos más tarde Clay depositó sobre la mesa, al lado de Nicole, una fuente con humeante comida.

—Creo que no podré comer todo eso —afirmó ella con expresión solemne.

—En ese caso, quizá pueda ayudarla. Esta noche no he cenado.

Alzó a la joven y la sentó en una silla frente a la mesa.

—¿Por mi culpa?

—No, por la mía, y por mi mal carácter —dijo mientras servía a la joven un plato de jamón con huevos.

—Usted tiene un carácter terrible, ¿verdad? Me ha dicho algunas cosas muy poco amables.

—¡Coma! —ordenó Clay.

Los huevos estaban deliciosos.

—Pero dijo una cosa amable —sonrió Nicole con expresión soñadora—. Dijo que sabía cómo recibir a un hombre. Fue un cumplido, ¿no?

Él la miró desde su lugar frente a la mesa, y el modo en que contempló la boca de Nicole provocó el sonrojo de la joven. La comida estaba aclarándole un poco la mente, pero el hecho mismo de estar con él, la calidez del brandy en todo su cuerpo, determinaron que el recuerdo de la primera vez que habían hablado fuese muy vívido.

—Dígame, señor Armstrong, ¿usted existe a la luz del día o es solo un fantasma nocturno, algo que yo misma he creado?

Él no contestó y continuó comiendo y mirándola. Cuando terminaron, Clay retiró los platos y vertió más agua en el cuenco. Sin decir palabra, deslizó las manos bajo los brazos de Nicole y la sentó de nuevo sobre la mesa.

Ella estaba muy fatigada y somnolienta.

—Usted consigue que me sienta como una muñeca, como si no tuviera brazos ni piernas.

—Tiene ambas cosas y están completamente sucios.

Tomó uno de los brazos de la joven y comenzó a enjabonarlo.

Ella pasó el dedo por una cicatriz en forma de media luna que él tenía a un lado del ojo.

—¿Cómo se hizo esto?

—Me caí cuando era niño. Deme el otro brazo.

Nicole suspiró.

—Tenía la esperanza de que fuese algo romántico, por ejemplo, una herida que hubiese sufrido durante la guerra de la revolución.

—Lamento decepcionarla, pero era un niño durante la guerra.

Ella acarició la línea del mentón de Clay con un dedo enjabonado, y entonces preguntó:

—¿Por qué nunca se casó?

—Me casé. Con usted, ¿verdad?

—Pero eso no es real. No fue un verdadero matrimonio. Ni siquiera usted estuvo presente. Estaba ese hombre llamado Frank. Me besó, ¿lo sabía? Dijo que deseaba que no me casara con usted, porque en ese caso podría besarme más. Y que yo tenía una boca al revés. Usted no cree que mi boca esté al revés, ¿verdad?

Con la mirada fija en la boca de Nicole, Clay hizo una pausa, y, cuando comenzó a enjabonarle la cara, tampoco habló.

—Nadie me había dicho antes que fuese fea. No lo sabía. —Los ojos comenzaron a llenársele de lágrimas—. Imagino que usted detestó haberme besado. Sé que le pareció extraño, de ningún modo lo que tenía que ser.

—¿Dejará de hablar? —la increpó Clay cuando terminó de enjuagar la cara de Nicole. Entonces vio que de los ojos de la muchacha brotaban más lágrimas, y comprendió que, después de todo, el alimento no la había calmado mucho; en todo caso, él suponía que actuaba así a causa del brandy y no de su propia tontería—. No, su boca no es fea —dijo finalmente.

—¿No es una boca al revés?

Él le secó los brazos y la cara.

—Es única. Ahora, cállese; yo la llevaré a su habitación y podrá dormir —dijo, y la alzó en brazos.

—¡Mis flores!

Suspirando, él meneó la cabeza y se inclinó de manera que ella pudiese recoger de la mesa las flores que había dejado allí.

Salió de la cocina y entró en la casa principal; allí subió la escalera. Ella todo el tiempo estuvo acurrucada en silencio, con la cabeza apoyada en el pecho de Clay.

—Ojalá usted continúe comportándose así y no

vuelva a ser el otro hombre. Prometo que no robaré más.

Él no contestó. Después de subir a la planta alta, abrió la puerta de un dormitorio, y, al dejar a Nicole sobre la cama, advirtió que el vestido aún estaba muy húmedo. Cuando vio que los ojos de la joven se cerraban a causa de la fatiga, comprendió que ella nunca podría desvestirse sola. Maldiciendo por lo bajo, comenzó a desnudarla, consciente de que no quedaba mucho del vestido ni de la delicada camisa. Cuando los botones le molestaron, sencillamente, desgarró la tela.

El cuerpo de la joven era hermoso. Tenía las caderas bien formadas y la cintura pequeña, y sus pechos se elevaban impúdicos. Se dirigió a la cómoda para retirar una toalla, mientras maldecía la situación. ¿Acaso ella creía que Clay tenía hielo en las venas? Primero el muslo y ahora debía tratarla como si fuera una niña, y secarla. Pero, ciertamente, ¡no parecía una niña!

El vigoroso masaje de Clay con la toalla despertó a Nicole. Sonrió ante la agradable sensación, y, con un movimiento brusco, él desplegó la colcha y la cubrió. Respiró aliviado cuando ya no estuvo obligado a verla. Se volvió para salir de la habitación, pero ella le aferró la mano.

—Señor Armstrong —dijo Nicole con voz somnolienta—. Gracias por encontrarme.

Inclinado sobre ella, Clay le apartó los cabellos de la cara.

—Yo debería disculparme por haberla inducido a escapar. Ahora, duerma. Mañana hablaremos.

Ella no le soltó la mano.

—¿Le desagradó besarme? ¿Fue como besar una boca al revés?

En la habitación entraba una tenue luz, y Clay supuso que poco después amanecería. Los cabellos de Nicole estaban esparcidos sobre la almohada y el recuerdo de los besos que él le había dado no era desagradable, ni mucho menos. Se inclinó hacia ella, con la intención de besarla apenas, pero la boca de Nicole lo sedujo y él le apretó el labio superior entre los dientes y lo acarició y pasó la lengua por el contorno. Los brazos de Nicole le rodearon el cuello y lo atrajeron, a la vez que entreabría la boca para recibirlo.

Clay casi perdió el control de sí mismo antes de apartarse y cubrir firmemente los brazos de Nicole con la manta. Nicole le sonrió con un gesto soñador y los ojos cerrados.

—No, usted no cree que esto sea feo —murmuró.

Él se irguió y salió de la habitación, cerrando la puerta luego. Comenzó a caminar hacia su propio cuarto, pero comprendió que sería inútil tratar de dormir. Lo que necesitaba era zambullirse en un arroyo frío y afrontar una larga jornada de trabajo duro. Por lo menos, eso pensó mientras salía de la casa para ir a los establos.

Por la mañana, cuando Nicole despertó, su primera sensación fue la visión del sol y la luz. La segunda, una fuerte jaqueca. Se sentó en la cama con movimientos cuidadosos y se llevó la mano a la frente, y, cuando la manta se deslizó, la joven se apresuró a extenderla otra vez, mientras se preguntaba por qué habría dormido desnuda. Al volver la mirada hacia el costado de la cama, vio que sus ropas formaban un montón de trapos sucios y desgarrados en el suelo.

Pudo recordar entonces que había visto a Clayton arrojando piedras a los perros y acomodándola sobre su caballo. El camino a caballo era un recuerdo impreciso y el momento que siguió a la llegada de ambos a la casa era un blanco total.

Miró alrededor y comprendió que estaba en un dormitorio de Arundel Hall. Una hermosa habitación, amplia y luminosa. Tenía los suelos de roble y el techo y las paredes estaban pintados de blanco. Alrededor de las dos puertas y las tres ventanas había aplicaciones talladas, sencillas y elegantes. Una pared estaba interrumpida por el hogar, y en otra había una ventana con un cómodo antepecho. El lecho de dosel, las cortinas, y el tapizado del antepecho de la ventana exhibían todos la misma tela: hilo blanco con figuras azules. Había un sillón de cuero azul frente al hogar, y una silla *chippendale* blanca frente a una ventana, de cara a un marco de palo de rosa. Otra silla y una alta mesa de té de tres patas aparecían a los pies de la cama. El resto de la habitación estaba ocupado por un guardarropa y un combado armario, de avellano con aplicaciones de arce. Al estirarse, Nicole sintió que la jaqueca se aliviaba; apartó las mantas y se dirigió al guardarropa. Todas las prendas que ella y Janie habían confeccionado estaban colgadas allí. Sonrió y sintió que era bienvenida; era casi como si esa hermosa habitación estuviese destinada precisamente a ella.

Se puso una fina enagua de algodón, con el extremo del corpiño bordado con minúsculos capullos rosados, y sobre la enagua, un vestido de muselina; en la cintura, una ancha cinta de terciopelo. El escote bajo estaba protegido por gasa transparente. Se peinó deprisa los cabellos y los rizos cayeron a los lados enmarcándole la cara; los aseguró con una cinta de terciopelo verde que hacía juego con la que acompañaba al vestido.

Cuando hizo una pausa antes de salir de la habitación, vio que dos de las ventanas miraban hacia el sur y daban al jardín y más allá al río. Cuando se asomó a la ventana, esperaba ver un jardín semejante al que era típico en las casas inglesas. Pero lo que vio la indujo a emitir una exclamación: ¡Eso se parecía a una aldea!

A la izquierda se levantaban seis construcciones, una unida a la esquina de la casa por una pared curva de ladrillo. De las chimeneas de dos de las casas brotaba humo. A la derecha había otras construcciones, incluso una se comunicaba también con la casa principal. La mayoría de estas casas estaban protegidas por enormes avellanos.

Directamente frente a ella había un hermoso jardín. Vio senderos bordeados por altos muros de boj inglés. En el centro de los senderos había un estanque de azulejos, y, hacia la derecha, vio la esquina de un pequeño pabellón blanco, oculto bajo dos grandes magnolias. Había también un gran cantero de flores y arbustos y un huerto limitado por una empalizada de ladrillos cubierta de madreselva.

Después del jardín, el terreno descendía bruscamente y formaba parcelas bajas y llanas, y en ellas se cultivaba algodón, trigo, cebada y lo que ella sospechaba que era tabaco. Más allá de los campos corría el río. Y por doquier había establos y gente que trabajaba.

Al respirar profundamente el fragante aire estival y percibir el aroma de centenares de plantas diferentes, la jaqueca desapareció del todo y Nicole sintió la necesidad de conocer todo lo que había allí.

—¡Nicole! —llamó alguien.

Nicole sonrió y saludó con un gesto a Janie.

—Venga, tiene que comer algo.

Cuando abrió una de las puertas y bajó la escalera, Nicole advirtió de pronto que tenía muchísimo apetito.

En el corredor había varios retratos, algunas sillas y dos mesitas. En todos los rincones de la casa la joven vio belleza. En la planta baja, la escalera conducía a una ancha sala central, sobre la cual se desplegaba a cierta altura un hermoso arco doble tallado. Estaba allí de pie, tratando de decidir adónde ir, cuando apareció Janie.

—¿Ha dormido bien? ¿Dónde la encontró Clay? Y, ante todo, ¿por qué escapó? Clay no quiso explicarme qué le había dicho para provocar su actitud, pero imagino que fue algo terrible. Se la ve un tanto débil.

Sonrió y elevó una mano en gesto de rendición.

—Tengo mucho apetito. Contestaré a sus preguntas si me dice dónde puedo comer algo.

—¡Por supuesto! Debí imaginarlo, en lugar de retenerla aquí.

Nicole la siguió hasta la puerta que daba al jardín y que estaba cubierta por un porche octogonal con peldaños orientados en tres direcciones. Janie le explicó que los peldaños de la derecha conducían a la oficina de Clay y a los establos, y los del centro, a los sombreados y disimulados senderos del jardín. Janie bajó los peldaños de la izquierda, que conducían al dominio de la cocinera.

La cocinera era Maggie, una mujer corpulenta de cabellos rojos. Janie explicó que Maggie había sido anteriormente una servidora obligada por un contrato, pero que, a semejanza de muchos de los empleados de Clay, había decidido continuar en la casa incluso después de concluido el período de su contratación.

—¿Y cómo está su pierna esta mañana? —preguntó Maggie. En los ojos azules se mostraba una expresión maliciosa—. Aunque estoy segura de que está prácticamente sana después de los tiernos cuidados que recibió anoche.

Nicole miró desconcertada a la cocinera y comenzó a preguntarse qué querría decir.

—¡Calla, Maggie! —dijo Janie. Pero se notaba una atmósfera de conspiración entre ambas mujeres cuando Janie empujó a Nicole hacia la mesa y le impidió hablar.

Maggie depositó abundante comida sobre el plato de Nicole: huevos, jamón, pasteles, budín, manzanas fritas, bizcochos calientes. Nicole no pudo consumir ni siquiera la mitad de la ración y se disculpó por lo que dejaba. Maggie se echó a reír y dijo que, como debía alimentar a sesenta personas tres veces al día, allí no se despilfarraba nada.

Después del desayuno, Janie mostró a Nicole algunas de las dependencias de una plantación virginiana. Frente a la cocina había una habitación donde se preparaban la mantequilla y el queso, y contiguo a la cocina estaba el recinto estrecho y alargado donde trabajaban tres tejedores. Al lado de la casa de los telares estaba el lavadero, donde se almacenaban enormes vasijas y barras de jabón. Sobre estas construcciones había habitaciones destinadas a los trabajadores de la plantación, que eran una mezcla de esclavos haitianos, servidores por contrato y empleados que trabajaban a sueldo.

A cierta distancia se extendía el huerto, donde un hombre y tres niños se ocupaban del cultivo de las verduras. Janie presentó a Nicole como la señora Armstrong. Nicole trató, reiteradamente, de protestar, pues dijo que su visita en realidad era provisional y que debía considerarse así.

Janie miró para otro lado y se comportó como si no la oyese y murmuró algo acerca de que Clay era un individuo sumamente razonable y de que ella abrigaba grandes esperanzas en ese sentido.

Frente al jardín, un lugar que, según dijo Janie, Nicole debía descubrir por cuenta propia, estaba el despacho de Clay, un amplio edificio de ladrillo a la sombra de varios arces. Janie no propuso mostrárselo a Nicole, pero sonrió cuando la joven hizo lo posible por ver qué había al otro lado de las ventanas. Cerca del despacho, bajo varios cedros, había más construcciones: dormitorios de los trabajadores, la habitación destinada a guardar hielo, el depósito, la casilla de las herramientas del jardinero, la casa del administrador de la propiedad, los establos y el depósito de carruajes, la curtiduría, la carpintería y la herrería.

Finalmente, cuando estaban al pie de la colina, donde la tierra descendía hacia los campos, Nicole se detuvo y se llevó ambas manos a la cabeza.

—En efecto, es una aldea —dijo, y su mente repasó deprisa toda la información que Janie le había suministrado.

Janie sonrió con cierta soberbia.

—Es inevitable que así sea. Casi todos los viajes se hacen por el río. —Señaló varias hectáreas de campo, hacia el muelle, sobre el río—. Ahí Clay tiene una embarcación de siete metros. En el norte hay ciudades como las inglesas, pero aquí cada plantador tiene que arreglarse por sí mismo. Y todavía no lo has visto todo. Allá está el establo de ordeñe y el palomar. Un poco más lejos se encuentra el gallinero; y te aseguro que no has conocido aún a la mitad de los trabajadores. Están allí.

Nicole alcanzó a ver a unos cincuenta hombres en los campos, algunos montados a caballo.

—Ahí está Clay. —Janie señaló a un hombre tocado con un ancho sombrero de paja, sobre un caballo negro de gran altura—. Esta mañana comenzó a trabajar antes de la salida del sol.

Dirigió a Nicole una mirada oblicua, sin duda para sugerir que la joven bien podía explicar algo de lo que había sucedido la víspera.

Nicole no podía suministrarle información, pues recordaba muy poco.

—¿Qué haces en esta plantación?

—Sobre todo me ocupo de los telares. Maggie supervisa todo lo que se refiere a la cocina y yo me ocupo de la tintorería, los hilanderos y los tejedores. Se necesita mucha tela para abastecer un lugar como este. Hay que fabricar mantas para los caballos, lienzos y lonas, así como las prendas de vestir y las mantas destinadas a los trabajadores.

Nicole se volvió para mirar hacia la casa. La belleza de la construcción radicaba en su sencillez y sus proporciones clásicas. No era muy extensa, a lo sumo tendría unos veinte metros de largo, pero los ladrillos y los adornos sobre las ventanas y las puertas conferían elegancia a la casa. Tenía dos plantas y un tejado inclinado, con varias ventanas. Solo el pequeño y hermoso porche octogonal interrumpía la sencillez de la construcción.

—¿Estás dispuesta a ver un poco más? —preguntó Janie.

—Me gustaría ver la casa. En realidad, esta mañana conocí una sola habitación. ¿El resto es tan hermoso como ese dormitorio?

—La madre de Clay ordenó la fabricación de todos los muebles de la casa. Por supuesto, eso fue antes de la guerra. —Echó a andar a través de los altos setos, en dirección a la casa—. Sin embargo, debo advertirte que Clay ha dejado decaer la vivienda durante el último año. Mantiene el exterior en perfecto estado, pero dice que no dispone de servidores para atender la casa. Es un hombre a quien no le importa lo que come o dónde duerme. A menudo duerme bajo un árbol, en los campos, en lugar de cabalgar de regreso al hogar.

Cuando llegaron a la casa, Janie se disculpó y dijo que tenía que regresar a los telares porque su trabajo estaba muy retrasado.

Nicole se alegró ante la posibilidad de disponer de tiempo para examinar la casa. La planta baja estaba formada por cuatro habitaciones grandes y dos corredores. La sala central contenía la ancha escalera alfombrada y servía como lugar de recepción. Un estrecho corredor separaba el comedor de la sala de estar, y la puerta del fondo se abría a un sendero que comunicaba con la cocina.

Frente al jardín había un salón y la sala de estar. La biblioteca y el comedor daban la espalda al río y miraban al norte.

Después de realizar una rápida inspección de las habitaciones, Nicole llegó a la conclusión de que quien las había decorado era una persona de buen gusto. Eran cuartos sencillos y discretos, y cada uno de los muebles constituían un ejemplo del arte del ebanista. La biblioteca era sin duda una habitación masculina y los oscuros estantes de avellano estaban ocupados por libros encuadernados en cuero; un enorme escritorio de madera de avellano ocupaba gran parte de la habitación. Dos sillones de cuero rojo estaban dispuestos frente al hogar.

El comedor había sido amueblado al estilo chino y las paredes estaban cubiertas de papel pintado a mano con un delicado diseño de plantas y pájaros de tenues colores. Todos los muebles eran de caoba.

El salón era exquisito. Las ventanas que miraban al sur conseguían que la habitación fuese un lugar luminoso y alegre. Las cortinas eran de terciopelo rosado, y el tapizado de tres sillas, en la misma tela. Un diván estaba dispuesto perpendicularmente al hogar de mármol y había sido tapizado con raso de rayas verdes y rosadas. Las paredes estaban cubiertas con papel del rosa más tenue, con un reborde de rosa más oscuro en el extremo superior, y un pequeño escritorio de palo de rosa ocupaba un rincón.

Pero la sala de estar fue la favorita de Nicole. Era amarilla y blanca. Las cortinas habían sido confeccionadas con un grueso algodón blanco salpicado con minúsculos capullos amarillos. Las paredes estaban pintadas de blanco. Un diván y tres sillas estaban recubiertas con algodón de rayas doradas y blancas, y contra una pared había una espineta de finos soportes, al lado de un atril. Un espejo y dos candelabros colgaban sobre la espineta.

¡Pero todo estaba sucio! Las hermosas habitaciones sugerían que allí no había entrado nadie en varios años. Las superficies barnizadas de la madera aparecían opacas, cubiertas de polvo, y la espineta estaba completamente desafinada. Las cortinas y las alfombras estaban impregnadas de polvo. Parecía vergonzoso que tanta belleza soportase semejante descuido.

De pie en el corredor, con la mirada fija en la escalera, Nicole decidió que exploraría la casa entera; pero en ese momento no podía soportar la visión de otras habitaciones saturadas de polvo y suciedad.

Volvió los ojos hacia la muselina de su vestido y enfiló hacia el estrecho corredor que conducía a la cocina. Tal vez Maggie tuviese un delantal que pudiera prestarle, y no dudaba de que en el lavadero habría elementos de limpieza. Recordó que Janie le había dicho que Clay no se preocupaba por lo que comía. En el recinto destinado al ordeñe había visto algo que sugería que no había sido utilizado durante años, o quizá nunca: un congelador para producir crema helada. Tal vez Maggie podría reservarle un poco de crema y algunos huevos, y un niño se ocuparía de manejar el artefacto.

Era bastante tarde cuando Nicole comenzó a vestirse para la cena. Se puso un vestido de seda azul zafiro con ceñidas mangas largas y un amplio escote, casi excesivo, pensó al mirarse en el espejo. Sonrió después de un nuevo intento de estirar un poco la tela. Por lo menos, el señor Armstrong no la vería con ropas sucias y desgarradas.

Se sobresaltó al oír un golpe en la puerta. Una voz masculina, sin duda la de Clay, habló a través de la puerta cerrada.

—Por favor, ¿puedo verla en la biblioteca?

Un instante después oyó el ruido de sus botas sobre el suelo de madera y también el sonido más lejano según bajaba la escalera.

Nicole se sentía extrañamente nerviosa ante lo que sería el primer encuentro real de ambos. Cuadró los hombros y recordó las palabras de su madre en el sentido de que una mujer siempre debía afrontar erguida incluso lo que más temía, y que el coraje era tan importante para una mujer como para un hombre. Se dirigió hacia la escalera.

La puerta de la biblioteca estaba abierta, y la habitación se encontraba débilmente iluminada por el sol poniente. Clayton estaba de pie detrás del escritorio y leía un libro abierto. No habló, pero no cabía duda acerca de su presencia.

—Buenas tardes, señor—dijo serenamente Nicole.

Él la estudió atentamente antes de dejar el libro sobre el escritorio.

—Por favor, tome asiento. Pensé que debíamos hablar acerca de esta... situación. ¿Puedo ofrecerle algo de beber antes de la cena? ¿Tal vez un jerez seco?

—No, gracias. Me temo que tengo muy escasa resistencia al alcohol —dijo Nicole mientras ocupaba una de las sillas de cuero rojo frente al escritorio. Quién sabe por qué, al oír estas palabras Clay enarcó levemente el entrecejo. Ella pudo verlo mejor: era un hombre de gesto solemne, la boca de labios apretados que formaban una línea recta, y una arruga entre las cejas que confería a sus ojos oscuros una expresión nerviosa, casi angustiada.

Clay se sirvió más jerez.

—Usted habla con muy poco acento.

—Gracias. Reconozco que a veces me cuesta mucho. Con frecuencia todavía pienso en francés y traduzco al inglés.

—¿Y a veces olvida hacerlo?

Ella se sobresaltó.

—Sí, es cierto. Cuando estoy muy cansada o... enojada, retorno a mi lengua materna.

Él ocupó un asiento detrás del escritorio, abrió una carpeta de cuero y retiró unos papeles.

—Creo que deberíamos aclarar algunas cuestiones. En cuanto Janie me dijo lo que había sucedido, envié un mensajero a un juez amigo de la familia explicándole las inusitadas circunstancias y pidiéndole consejo.

Nicole asintió. Clay no había esperado siquiera el retorno a su casa para iniciar los trámites de la anulación.

—Hoy ha llegado la respuesta del juez. Antes de revelarle lo que ha dicho, desearía formularle ciertas preguntas. Durante la ceremonia misma, ¿cuántas personas estuvieron presentes?

—El capitán, que presidió la ceremonia, el primer oficial en quien se delegó su representación, y el médico, que fue testigo. Tres personas.

—¿Y el segundo testigo? Hay otra firma al lado de la que estampó el médico.

—En la habitación estábamos solamente los cuatro.

Clay asintió. Sin duda, el nombre había sido falsificado o agregado después. Era otro de la larga lista de aspectos ilegales de ese matrimonio.

Clay continuó:

—Y ese hombre, Frank, que la amenazó. ¿Lo hizo en presencia del médico?

Nicole se preguntó cómo era posible que Clay conociese el nombre del primer oficial y que él la había amenazado.

—Sí —respondió—. Todo sucedió en pocos minutos en la cabina del capitán.

Clay se puso de pie y caminó unos pasos. Fue a ocupar el asiento que estaba frente a Nicole. Aún vestía su ropa de trabajo: gruesos pantalones oscuros, botas altas y una camisa blanca abierta al cuello. Después de girar hacia ella las largas piernas, dijo:

—Temí que dijese eso. —Sostuvo la copa de jerez de manera que le diese la luz; sus ojos se fijaron en los de Nicole y apenas parpadearon al ver el profundo escote, donde los pechos firmes de la joven sobresalían a través de la seda azul.

Nicole se dijo que no debía comportarse como una niña y cubrirse el pecho con la mano.

—El juez me envió un libro acerca de las leyes inglesas que rigen el matrimonio, y me temo que las mismas son válidas también en América. Hay varias razones que justifican la unión, por ejemplo la demencia o la incapacidad para tener hijos. Supongo que usted es sana de cuerpo y mente.

Los ojos de Clay parpadearon otra vez.

Nicole sonrió apenas.

—Creo que sí —dijo.

—Entonces, la única razón que sería suficiente es demostrar que se la obligó a contraer matrimonio. —No permitió que Nicole lo interrumpiese—. La palabra fundamental es «demostrar». Debemos obtener un testigo del matrimonio que pueda atestiguar que usted fue forzada a participar en la ceremonia.

—¿Mi palabra no es suficiente? ¿O la suya? Sin duda, el hecho de que yo no soy Bianca Maleson tendrá cierto peso.

—Si usted hubiera usado el nombre de Bianca y no el suyo propio, sería argumento suficiente. Pero he visto el certificado de matrimonio y menciona el nombre de Nicole Courtalain. ¿Eso es cierto?

Ella recordó el momento en que había adoptado una actitud desafiante en el camarote del capitán.

—¿Y qué me dice del médico? Se mostró bondadoso conmigo. ¿No podría ser el testigo?

—Ojalá así sea. El problema es que ya viaja de regreso a Inglaterra, en la fragata que estaban cargando cuando usted llegó en su buque. Envié un hombre a Inglaterra con orden de encontrarlo, pero eso llevará varios meses. Hasta que haya un testigo, los tribunales no anularán el matrimonio. Según afirman los jueces, una actitud diferente equivaldría a «tomar a la ligera el matrimonio».

Clay bebió el último sorbo de jerez y depositó la copa en el borde del escritorio, y, como había dicho todo lo que deseaba, guardó silencio y observó a Nicole.

Con la cabeza inclinada, ella estudió sus propias manos.

—Por lo tanto, durante un tiempo usted se verá atrapado en este matrimonio.

—Nosotros estamos atrapados. Janie me dijo que usted deseaba asociarse a cierta tienda y que trabajó noches enteras para ahorrar el dinero necesario. Sé que una disculpa no servirá de mucho, pero solamente puedo pedirle que la acepte.

Ella se puso de pie y apoyó la mano en el respaldo de la silla.

—Por supuesto, la acepto. Pero me agradaría pedirle algo.

Al mirarlo, Nicole advirtió que él entrecerraba los ojos y se ponía en guardia.

—Lo que usted diga.

—Como estaré un tiempo en América, necesito encontrar un empleo. Aquí no conozco a nadie. ¿Puede ayudarme a encontrar trabajo? Tengo educación, hablo cuatro idiomas, y creo que sería una gobernanta aceptable.

Clay se puso de pie bruscamente y se alejó unos pasos.

—Imposible —dijo secamente—. Sean las que sean las circunstancias del matrimonio, legalmente usted es mi esposa, y no permitiré que se alquile como una criada por contrato para limpiar narices sucias. ¡No! Permanecerá aquí hasta que podamos encontrar al médico. Después, hablaremos de los planes futuros.

El asombro se manifestó en la voz y la expresión de Nicole.

—¿Se propone dictar el curso de mi vida?

Hubo un atisbo de diversión en los ojos de Clay.

—Supongo que así tiene que ser, puesto que usted está a mi cuidado.

Ella elevó el mentón.

—Estoy a su cuidado no porque yo lo haya decidido. Desearía que usted me ayudara a encontrar empleo. Debo pagar muchas cuentas.

—¿Cuentas? ¿Qué necesita que no haya aquí? Puedo pedir a Boston artículos importados. —La miró mientras ella acariciaba la seda del vestido, y levantó del escritorio un trozo de papel. Era la carta que ella le había escrito antes de abandonar el barco—. Creo que se refiere a las ropas. Lamento haberla acusado de robo. —De nuevo pareció divertido por algo—. Esas prendas son un regalo para usted. Acéptelas con mis disculpas.

—Pero no puedo hacer eso. Valen una fortuna.

—¿Y su tiempo y sus incomodidades no valen nada? La arranqué de su hogar, la traje a un país desconocido y me comporté abominablemente con usted. Estaba muy enojado la noche que la conocí, y creo que mi mal carácter se impuso a mi razón. Unos pocos vestidos son un precio escaso para pagar el... daño que le he causado. Además, ¿qué demonios haré con esos vestidos? Están muchísimo mejor en usted que colgados de un guardarropa.

Con una sonrisa a Clay y los ojos chispeantes, Nicole se inclinó en una reverencia.

—*Merci beaucoup, M'sieur.*

Él la miró fijamente, y, cuando ella comenzó a incorporarse, él extendió la mano para ayudarla. La palma de Clay era cálida y estrechó con fuerza la de Nicole.

—Veo que su pierna se ha curado perfectamente.

Nicole lo miró desconcertada. La herida estaba en el muslo a bastante altura, y la joven se preguntó cómo era posible que él estuviese enterado.

—¿Anoche dije o hice algo fuera de lo común? Creo que estaba muy fatigada.

—¿No lo recuerda?

—Solo que usted ahuyentó a los perros y me llevó en su caballo. No recuerdo nada de lo que sucedió después hasta esta mañana.

Él la examinó largamente, con los ojos fijos en los labios de Nicole, y ella comenzó a sonrojarse.

—Estuvo encantadora —dijo finalmente—. Bien, no sé cómo está usted, pero yo tengo mucho apetito. —Siempre sosteniendo la mano de Nicole, y al parecer sin la más mínima intención de soltarla, comenzó a caminar hacia la puerta—. Ha pasado mucho tiempo desde la última vez que una mujer hermosa compartió conmigo la cena.

5

Mientras Nicole se vestía para cenar, Maggie había traído abundantes alimentos a la gran mesa de caoba. Había cangrejo, carne asada con arroz, camarones, esturión hervido, sidra y vino francés. Esa abundancia sorprendió a Nicole, pero pareció que Clay lo consideraba un hecho usual. Casi todo el alimento había sido cultivado o cazado en la plantación.

Nada más sentarse, la puerta del jardín se abrió bruscamente y se oyeron voces estridentes y excitadas.

—¡Tío Clay! ¡Tío Clay!

Clay depositó la servilleta sobre la mesa y de dos zancadas llegó a la puerta del comedor.

Nicole lo miró asombrada. La cara de Clay, generalmente tan solemne, había cambiado en un instante ante el sonido de las voces. No podía decirse que sonriera; Nicole nunca lo había visto sonreír, pero tampoco había observado en ese rostro una expresión de alegría. Mientras ella miraba, Clay dobló una rodilla y abrió los brazos para recibir a dos niños que prácticamente se le arrojaron encima, rodeando con los brazos el cuello de Clay y hundiendo la cara en él.

Nicole sonrió ante la escena y se acercó discretamente.

De pie, y manteniendo cerca a los niños, él los interrogó.

—¿Habéis sido obedientes? ¿Lo pasasteis bien?

—Sí, tío Clay —dijo la niña, que lo miraba con expresión de adoración—. La señorita Ellen me permitió montar su caballo. ¿Cuándo tendré el mío?

—Cuando tus piernas lleguen a los estribos. —Se volvió hacia el varón—. ¿Y tú, Alex? ¿La señorita Ellen te permitió montar su caballo?

Alex se encogió de hombros, como si el caballo no importara.

—Roger me enseñó a disparar el arco y las flechas.

—¿De veras? Tal vez podamos fabricarte uno. ¿Y tú, Mandy? ¿También quieres un arco y flechas?

Pero Mandy no escuchaba a su tío. Por encima del hombro de Clay miraba a Nicole, y, un instante después, se inclinó y dijo con un murmullo indiscreto que hubiera podido oírse a muchos metros de distancia.

—¿Quién es ella?

Clay se volvió con los niños y Nicole pudo verlos bien. Sin duda, eran mellizos, y la joven supuso que tendrían unos siete años. En ambos vio los mismos rizos rubios y los ojos azules muy grandes.

—Esta es la señorita Nicole —dijo Clay mientras los niños la miraban con curiosidad.

—Es bonita —dijo Mandy, y Alex confirmó la opinión con expresión solemne.

Sonriendo, Nicole sostuvo apenas su falda e hizo una reverencia.

—Muchas gracias, *m'sieur, mademoiselle*.

Clay dejó en el suelo a los mellizos y Alex se acercó a Nicole.

—Yo soy Alexander Clayton Armstrong —dijo, con una mano detrás del cuerpo y otra delante, y se inclinó, parpadeando nervioso—. Le ofrecería mi mano pero es... ¿cómo se dice?

—Presuntuoso —colaboró Clayton.

—Sí —continuó Alex—. Un caballero debe esperar a que la dama le ofrezca primero la suya.

—Muy honrada —dijo Nicole, y extendió la mano para estrechar la de Alex.

Mandy se acercó a su hermano.

—Yo soy Amanda Elizabeth Armstrong —dijo, e hizo una reverencia.

—Bien, veo que ya estáis aquí. Por lo menos podríais haber esperado hasta que yo bajase, para mostrarme el camino.

Los cuatro se volvieron para mirar a una mujer alta, de cabellos oscuros y de alrededor de cuarenta años, una mujer impresionante, de busto generoso y ojos negros y vivaces.

—Clay, ignoraba que tuvieras compañía. Yo soy Ellen Backes —dijo, y ofreció la mano—. Mi marido Horace, yo y nuestros tres varones somos vecinos de Clay, unos diez kilómetros río abajo. Los mellizos han estado con nosotros unos días.

—Yo soy Nicole Courtalain... —vaciló, y, por encima del hombro, miró a Clay.

—Armstrong —dijo él—. Nicole es mi esposa.

Ellen permaneció inmóvil un momento, sosteniendo la mano de Nicole. Después, la soltó para abrazar entusiastamente a la joven.

—¡La esposa! Eso me hace muy feliz. No podría encontrar a un hombre mejor, a menos que se casara con el mío. —Soltó a Nicole y abrazó a Clay—. ¿Por qué no nos habías dicho nada? ¡Al condado le habría venido bien una boda! Y sobre todo a esta casa. Aquí no han entrado mujeres después de la muerte de James y Beth.

Nicole percibió claramente la reacción de Clay ante la palabras de Ellen. Ostensiblemente, Clay no hizo el más mínimo gesto, pero la joven sintió que lo atravesaba una corriente.

A lo lejos sonó un cuerno.

—Es Horace —dijo Ellen, y se volvió hacia Nicole—. Tenemos que quedar un día. Le contaré muchas cosas. Clay tiene una larga lista de malas costumbres y una de ellas consiste en que es demasiado antisocial. Pero sé que ahora todo cambiará. —Paseó la mirada por la amplia sala—. A Beth le alegraría que esta casa reviviese. Bien, vosotros —dijo, dirigiéndose a los mellizos—, venid a darme un abrazo.

Mientras Ellen abrazaba a los niños, el cuerno sonó de nuevo, y la mujer salió deprisa y bajó por el sendero hacia la embarcación amarrada al muelle, donde su marido la esperaba.

Después de que ella se hubiera marchado, pareció que la sala se aquietaba súbitamente. Nicole miró a Clay y los mellizos, que contemplaban la puerta abierta por donde había salido Ellen, y se echó a reír.

—Vamos —dijo, y ofreció la mano a los mellizos—. Quizá yo no sea Ellen, pero creo que puedo alegraros un poco. ¿Sabéis lo que es la crema helada?

Los niños se aferraron tímidamente a la mano de Nicole y la siguieron hasta el comedor. Nicole fue deprisa al depósito de hielo y regresó. De nuevo en la casa, apareció con varios cuencos de peltre, tan fríos que era necesario revestirlos con un trapo para poder sostenerlos. Apenas los mellizos probaron el primer bocado de crema helada, la miraron con amor.

—Creo que los ha conquistado —dijo Clay mientras los mellizos devoraban la sustancia cremosa. Para ella misma y para Clay, Nicole agregó a la crema helada fruta bañada con brandy.

Varias horas más tarde, cuando los mellizos ya estaban acostados, Nicole recordó que ni ella ni Clay habían cenado. Cuando bajó la escalera, se encontró con Clay, que sostenía una bandeja en la mano.

—Personalmente desearía cenar algo. ¿Me acompaña?

Fueron a la biblioteca, y Nicole saboreó la comida preparada deprisa, aunque los manjares eran un tanto extraños. Clay había preparado bocadillos con gruesas rebanadas de pan y ostras ahumadas y lo había regado todo con mostaza caliente de Dijon.

—¿Quiénes son? —preguntó Nicole entre un bocado y otro.

—Creo que se refiere a los mellizos. —Clay se sentó en una de las sillas de cuero rojo, con las largas piernas apoyadas sobre el borde del escritorio—. Son los hijos de mi hermano.

—¿De James y Beth, a quienes se refirió la señora Backes?

—Sí. —La respuesta de Clay fue casi dura por su brevedad.

—¿Qué puede decirme de ellos?

—Tienen siete años. Usted conoce sus nombres y...

—No, me refiero a su hermano y a su cuñada. Recuerdo que Bianca mencionó que habían muerto mientras usted estaba en Inglaterra.

Él bebió un largo sorbo de cerveza y Nicole tuvo la sensación de que Clay se debatía con un obstáculo en su propio fuero íntimo. Cuando habló, su voz pareció llegar de muy lejos.

—La embarcación de mi hermano naufragó. Se ahogaron juntos.

Nicole sabía lo que era perder una parte de la familia.

—Creo que lo entiendo —dijo discretamente.

Clay se puso bruscamente de pie y casi derribó la silla.

—Usted no puede entenderlo. Nadie puede.

Salió de la habitación.

Nicole se asombró ante la vehemencia de su interlocutor y recordó que Bianca había dicho que Clay parecía poco preocupado por la muerte de su hermano y que se le había declarado como si nada hubiese ocurrido. Sin embargo, Nicole había visto lo que sucedía nada más mencionar los nombres de su hermano y su cuñada.

La joven comenzó a retirar los platos vacíos, pero de pronto se detuvo. Había sido un día muy largo y ella estaba fatigada. Salió de la polvorienta biblioteca y subió a la habitación que Clay le había asignado, y, pocos minutos más tarde, después de desvestirse y meterse en la cama, se durmió casi instantáneamente.

A la mañana siguiente, la luz del sol y la claridad de la habitación le arrancaron una sonrisa. Quizás ese cuarto había pertenecido a Beth. Cuando se acercaba al guardarropa, pensó que probablemente muy pronto pertenecería a Bianca; pero la idea no le gustó y no quiso demorarse en ella.

Mientras examinaba el guardarropa, oyó ruidos a través de la puerta. La víspera no había tenido tiempo para explorar la planta alta. Una puerta conducía al corredor y la segunda puerta seguramente comunicaba con la habitación de los mellizos. Siempre sonriendo, la abrió, y de pronto se encontró con Clay a medio vestir.

—Buenos días —dijo él, sin hacer caso del sonrojo de Nicole.

—Disculpe, no sabía, pensé que los mellizos... Él extendió la mano hacia su camisa.

—¿Desea un poco de café? —preguntó, y, con un gesto de la cabeza, indicó la cafetera depositada sobre una mesa—. Le ofrecería té, pero los norteamericanos ya no somos tan aficionados al té como antes.

Nicole se acercó con cierta cautela a la cafetera. Sin duda, era la habitación de un hombre, revestida con paneles de madera de avellano y una cama enorme que ocupaba la mayor parte del espacio. Las prendas de Clay estaban distribuidas sobre las sillas y las mesas, de modo que apenas pudo ver los muebles. Había dos tazas junto a la cafetera, y, sin preguntarlo, Nicole comprendió que Maggie había sobreentendido que los dos compartirían la bebida. Después de servir una taza de café, Nicole la entregó a Clay, que estaba sentado en el borde de la cama. Llevaba la camisa desabotonada. Estaba calzándose las botas. No pudo privarse de mirar largamente el pecho del hombre, bronceado y musculoso.

—Gracias —dijo Clay, quien recibió la taza y la miró mientras ella regresaba adonde estaba la cafetera—. ¿Todavía me teme?

—Claro que, no —dijo ella mientras servía otra taza de café, pero no lo miró—. Nunca le he temido.

—Pensé que eso era posible. Me agrada que se peine así los cabellos. ¿Y qué se ha puesto hoy? Ese vestido también me gusta.

Nicole se volvió y mostró a Clay una sonrisa radiante. Los cabellos de la joven le caían por la espalda hasta la cintura.

—Es un camisón —explicó, y pensó que la alegraba no haberse cubierto con una bata. La pechera de cuello alto, sin mangas, estaba formada por encaje de Bruselas color crema, y la fina seda que caía desde la cintura era casi transparente.

—Esta mañana comienzo tarde. Tome. —Con gesto imperativo, le entregó la taza y el platito.

Ella recibió la taza, siempre sonriendo, pero no se apartó mientras él se calzaba la segunda bota.

—¿Por qué tiene esa cicatriz al lado del ojo?

Él empezó a decir algo, pero al mirarla se interrumpió; le chispeaban los ojos y en sus labios había una expresión suave, distinta del acostumbrado gesto severo.

—Una herida de bayoneta durante la revolución.

—No sé por qué, pero tengo la sensación de que está burlándose de mí.

Él se inclinó hacia Nicole.

—Jamás me burlaría de una mujer hermosa que está de pie junto a mi cama y viste nada más que un camisón —dijo Clay, mientras con un dedo acariciaba el labio superior de Nicole—. Ahora, deje eso —dijo, señalando la taza y el platito que ella sostenía— y salga de aquí.

Sonriente, ella obedeció, pero se detuvo cuando ya tenía la mano en la puerta que comunicaba los dos dormitorios.

—Nicole.

La joven se detuvo.

—Debo trabajar un par de horas y alrededor de las nueve comeremos en la cocina.

Ella respondió con un gesto de asentimiento, y, sin volverse, entró a su propio cuarto y cerró la puerta. Se apoyó un momento sobre la hoja de madera. Él había pronunciado el nombre de Nicole y había afirmado que era hermosa. Riéndose de sí misma, porque estaba reaccionando como una niña tonta, y después de vestirse deprisa con una prenda sencilla y resistente, salió del dormitorio y bajó la escalera. Durante la mañana Nicole estuvo largo rato buscando a los mellizos. Había supuesto que los encontraría dormidos, pero las camas de los niños estaban vacías. Preguntó a la gente de la plantación, pero la única respuesta fue una sucesión de encogimientos de hombros; al parecer, nadie sabía dónde estaban los mellizos.

A las siete y media fue a la cocina, preparó la masa de las crepes, y la dejó reposar, de manera que la harina absorbiese la leche. Después, pasó otra hora buscando a los niños y al fin regresó a la cocina con un sentimiento de frustración. Preparó panqueques mientras Maggie pelaba y cortaba las frutas, tan maduras y jugosas que se le deshacían en las manos. Nicole roció generosamente los melocotones con licor de almendras elaborado en la plantación y los envolvió en la fina y delicada lámina de las crepes, les agregó miel y después crema batida.

Cuando Clay apareció en la cocina, Maggie y sus tres ayudantas salieron, y, misteriosamente, descubrieron que tenían que realizar tareas en otros lugares. Nicole depositó frente al hombre el plato de crepes, y él probó un bocado antes de que ella formulase la pregunta que había repetido por lo menos veinte veces esa mañana.

—¿Dónde están los mellizos? —Cuando advirtió que Clayton continuaba masticando tranquilamente y comenzaba a encogerse de hombros, Nicole se enojó. Apuntó con el tenedor a Clay, y elevó la voz—. ¡Clayton Armstrong! Si se atreve a decirme que no sabe dónde están, yo... yo...

Clay la miró desde su asiento, con la boca llena, y le quitó el tenedor de la mano.

—Están por ahí. Generalmente vienen cuando tienen apetito.

—¿Quiere decir que nadie los vigila? ¿Pueden hacer lo que se les antoja? ¿Y si sufren un accidente? Nadie sabrá siquiera dónde buscarlos.

—Conozco la mayoría de sus escondrijos. ¿Qué es

esto? Nunca he probado nada parecido. ¿Usted lo preparó?

—Sí —dijo, impaciente—. Pero, ¿y quién les enseña?

Clay concentraba la atención en el plato de comida que tenía ante sí y no se molestó en contestarle.

Con un rezongo y murmurando algo en francés, por lo bajo, Nicole se preparó a increparlo.

—Deseo que me preste atención y me conteste. Estoy cansada de la falta de respuestas.

Clay saltó de su asiento y con el brazo enlazó la cintura de Nicole; entonces, la espalda de la joven presionó el pecho del hombre. Cuando la fuerza del brazo de Clay obligó a Nicole a expulsar todo el aire de sus pulmones y ella se sentía del todo impotente, él le quitó el plato de panqueques y lo depositó sobre la mesa.

—No debe interferir en la comida de un hombre —dijo. Estaba bromeando, pero no la soltó. Pero cuando sintió que el cuerpo de Nicole comenzaba a desplomarse, le permitió respirar—. ¡Nicole! —exclamó, y la obligó a volverse—. No quería hacerle daño.

La retuvo en el abrazo, pero ya sin presionar, mientras escuchaba el retorno de la respiración normal.

Nicole se apoyó en él y sintió deseos de que Clay no la hubiese soltado.

Con movimientos suaves la ayudó a ocupar un asiento.

—Sin duda, tiene apetito. Vamos, coma un poco de esto —dijo, y depositó otro plato de crepes antes de volver al suyo.

Nicole respiró hondo y percibió la mirada burlona de Clay, como si él hubiera podido leer lo que ella pensaba.

Después del desayuno, Clay dijo a Nicole que lo siguiese. Se detuvo a la sombra de un cedro, junto al dormitorio de los peones, donde estaba sentado un hombre muy anciano.

—Jonathan, ¿dónde están los mellizos?

—En ese viejo avellano, junto a la casa del supervisor.

Clay asintió brevemente y comenzó a alejarse, mientras Nicole le pisaba los talones.

—¿Esta es su nueva señora? —preguntó.

—En efecto —contestó Clay, con escasa calidez en la voz.

Jonathan sonrió y mostró las encías desdentadas.

—No sé por qué, pensé que se casaría con una rubia, un poco más alta y gorda que esta.

Clay cerró la mano sobre la muñeca de Nicole y se alejó con paso brusco, mientras el viejo reía de buena gana. Nicole deseaba formular muchas preguntas, pero no tenía valor para hacerlas.

En efecto, los mellizos estaban jugando entre las ramas del viejo árbol. Nicole los miró sonriente y les pidió que bajaran, pues deseaba hablarles. Los niños rieron y treparon todavía más alto.

Nicole se volvió hacia Clay.

—Si usted se lo pide, quizás obedezcan.

Clay se encogió de hombros.

—Yo no deseo hablarles. Tengo otras cosas que hacer.

Nicole miró disgustada a Clay y de nuevo pidió a los mellizos que bajaran. Ellos se limitaron a clavarle los ojos, luminosos y perversos, y la joven comprendió que, si deseaba ejercer autoridad sobre ellos, tendría que imponerse. Se volvió hacia Clay.

—¿Qué haría usted si quisiera obligarlos a bajar? ¿Lo ordenaría?

—No me prestan más atención que a usted —dijo, y los miró con cierto aire de complicidad—. En su caso, iría a buscarlos.

La risita de los mellizos era un desafío y Nicole comprendió que del mismo modo podrían interpretarse las mentiras de Clay. No creyó ni por un instante que los niños no obedecieran a su tío. Se alzó la falda del vestido y se descalzó.

—Si puede echarme una mano... —sugirió.

Los ojos de Clay se iluminaron.

—Con mucho gusto —dijo, y se inclinó con ambas manos unidas.

Nicole sabía que él hubiera podido elevarla hasta la primera rama, pero Clay se proponía ofrecerle la menor ayuda posible. Lo que él no sabía era que Nicole tenía mucha práctica en ese juego de trepar a los árboles. En la propiedad de sus padres crecía un viejo manzano y ella lo conocía de memoria. Al llegar a una rama baja, vio la escala apoyada sobre el lado opuesto del tronco. Miró a Clay y él la observó, con las manos en las caderas, las piernas desnudas. Atrapó primero a Alex y lo entregó a Clay; comprobó, agradecida, que por lo menos él estaba dispuesto a ayudarla en eso.

Mandy pasó a una rama bastante delgada y sonrió a Nicole. La joven devolvió la sonrisa y comenzó a acercarse a la niña.

Cuando la rama crujió, Mandy gritó:

—¡Pesas mucho! —Miró hacia abajo y se echó a reír—. Recíbeme, tío Clay —gritó y alegremente saltó a los brazos de su tío.

Demasiado tarde, Nicole comprendió que pesaba demasiado para aquella rama delgada. Los crujidos se hicieron más sonoros.

—¡Salte! —ordenó una voz. Sin pensarlo dos veces, Nicole aflojó las manos y aterrizó en los brazos de Clay.

—¡La has salvado, tío Clay! ¡La has salvado! —canturreó Alex.

Nicole, más asustada de lo que estaba dispuesta a reconocer, miró a Clay. ¡Él estaba sonriendo! Nicole nunca había visto antes una sonrisa semejante o quizás era que en los últimos tiempos todo lo que hacía Clay parecía estar bien; y, ahora, ella también sonrió alegremente.

—Hagámoslo de nuevo —gritó Mandy, y corrió hacia la escala.

—¡No, nada de eso! —dijo Clay—. Ella os ha atrapado, y ahora le pertenecéis. Haced lo que dice la señorita Nicole. Y si me entero de que os comportáis mal... —Los miró con los ojos entrecerrados y los niños retrocedieron.

—Creo que ya puede dejarlos a mi cargo —observó en voz baja Nicole.

La sonrisa se borró de los labios de Clay; entonces, él la miró con un poco de desconcierto.

—Siento cierta curiosidad. ¿Siempre ha estado en dificultades, como le sucede desde que la conozco, o esto es nuevo?

Ella le dirigió una sonrisa levemente irónica.

—Me secuestré a mí misma y me impuse este matrimonio con usted solo para complacerlo.

La voz de Nicole estaba impregnada de sarcasmo, pero Clay no interpretó de ese modo la respuesta.

Al ver las piernas desnudas que él sostenía con un brazo, el vestido sobre las rodillas, sujeto de tal modo que Nicole no podía bajarlo, Clay volvió a sonreír.

—No sé qué es mejor... si esto, o usted de pie, en camisón y a contraluz.

Cuando Nicole comprendió lo que él quería decir, se sonrojó intensamente.

Clay la dejó en el suelo.

—Aunque me agradaría mucho permanecer aquí y ver qué sucede, debo regresar al trabajo.

Siempre sonriendo, se alejó hacia los campos.

Esa noche Nicole apenas pudo dormir, y se dijo que era el resultado de la temperatura tan elevada. Después de ponerse una bata de fina seda sobre el camisón y bajar de puntillas la escalera para salir al jardín, avanzó por el sendero oscuro, con los dos altos setos a los lados, hasta que llegó al estanque de azulejos. Se sentó en el borde y hundió los pies en el agua. La noche estaba poblada por el canto de las ranas y los grillos y saturada con el olor de la madreselva; el aire nocturno era fresco y agradable. Cuando se tranquilizó un poco, comenzó a pensar. Durante los años del terror, y el año que ella y el abuelo habían vivido ocultos en la casa del molinero, Nicole nunca se había negado a mirar de frente la realidad. Siempre supo que más tarde o más temprano todo eso concluiría, y así fue.

Ahora afrontaba otro desastre en su vida, pero esta vez estaba mintiéndose, y se decía que la cosa no tendría fin. Era francesa, y las francesas se caracterizaban por su sentido práctico, pero estaba comportándose como una niña tonta y romántica.

Tenía que afrontar el hecho de que se había enamorado de Clayton Armstrong. Ignoraba cuándo había sucedido; quizás en ese primer encuentro, cuando él la besó. Todo lo que sabía era que sus pensamientos y sus emociones, su vida misma, habían comenzado a centrarse en ese hombre. Sabía que deseaba provocar su cólera, de manera que él la apresara entre sus brazos, y ansiaba pasearse frente a Clay cubierta apenas con el delgado y breve camisón.

Flexionó las piernas y apoyó sobre sus rodillas la cabeza. Se sentía como una mujer de la calle a causa de su propio comportamiento, pero sabía que estaba dispuesta a hacerlo todo con el fin de que él la tocara y la abrazase.

Pero, ¿qué pensaba Clay de ella? No era su Bianca, como él la había llamado aquella noche en el barco. Poco tiempo después se libraría de Nicole, y, cuando ella se alejara, quizá jamás volvería a verlo.

Tenía que prepararse para ese final. Los últimos días habían sido maravillosos, pero era necesario poner fin a aquella situación. Había amado mucho a sus padres, pero la turba se los arrebató; y después había transferido su afecto al abuelo, y también entonces se quedó sola. En cada uno de esos episodios había entregado su corazón, y cuando llegó el desgarramiento, Nicole sintió deseos de morir. No podía permitir que eso sucediese otra vez. No podía amar a Clayton de un modo tan absoluto que en definitiva no soportara verlo unido a la mujer a quien él amaba.

Cuando volvió los ojos hacia las ventanas oscuras de la casa, vio un resplandor rojo que sin duda era la brasa del cigarro de Clay. Él sabía que Nicole estaba allí y sabía que estaba pensando en él. Nicole entendía que podía compartir el lecho de Clay si así lo deseaba, pero, aunque eso pudiera ser muy placentero quería algo más que una noche con él. Ansiaba su amor, que él dijese su nombre como había pronunciado el de Bianca.

Se incorporó y caminó de regreso a la casa. El corredor de la planta alta estaba vacío, pero el olor del cigarro era intenso.

6

Nicole levantó los ojos del libro que estaba leyendo y observó a Clayton, que caminaba hacia la casa. Vio que tenía la camisa desgarrada y los pantalones y las botas manchadas de lodo. Cuando él la miró, ella clavó los ojos en su libro, como si no lo hubiera visto. Nicole y los mellizos estaban sentados bajo una de las magnolias, en el rincón sudoeste del jardín.

Durante las tres semanas que habían pasado desde la noche en que fue a sentarse sola junto al estanque, la joven había dedicado mucho tiempo a los niños... y muy poco a Clay. A veces sentía deseos de llorar cuando él la invitaba a compartir la cena o el desayuno y ella alegaba fatiga o bien que otra persona requería su ayuda. Después de un tiempo, él suspendió sus invitaciones. Clay comenzó a tomar frecuentemente sus comidas en la cocina, en compañía de Maggie, y a veces no regresaba por la noche a casa, sino que dormía en otros lugares, con sus hombres... o, para el caso, con sus mujeres.

Janie continuaba muy atareada en los telares, preparándolo todo para el invierno, y Nicole a veces pasaba la tarde con su amiga, que, a diferencia de Maggie, jamás hacía preguntas.

Una vez en la casa, Clay permaneció largo rato frente a una ventana de la planta alta, mirando hacia el jardín y a Nicole, que estaba sentada con los niños. No comprendía la súbita frialdad que ella le mostraba, ni por qué ella ya no era una mujer alegre y cordial, sino una persona cansada, siempre enfrascada en sus tareas.

Atravesó el espacio que lo separaba de una alta cómoda, se quitó la camisa desgarrada y sucia y la arrojó al descuido a una silla. Al abrir el cajón descubrió que estaba lleno de camisas planchadas y limpias, y, al cerrarlo, hizo una pausa y miró a su alrededor. Por primera vez después de la muerte de su hermano, la habitación se veía aseada. Alguien retiraba las prendas sucias y las devolvía limpias y remendadas.

Mientras introducía los brazos en las mangas de la camisa, pasó al dormitorio de Nicole. También relucía de limpieza y luz. Había un enorme jarrón con flores sobre la cómoda de frente curvo, y otro más pequeño con tres rosas rojas sobre la mesita, junto a la cama. El bastidor de bordar estaba ocupado por una labor realizada a medias. Acarició los luminosos hilos de seda.

Ella llevaba en la casa menos de un mes, pero los cambios ya eran notorios. La noche de la víspera, Alex y Mandy habían mostrado orgullosamente a Clay que podían escribir sus nombres. La comida servida en la plantación siempre había sido sana, aunque quizá demasiado sencilla, pero, gracias a la supervisión de Nicole, todos los días se agregaban nuevos platos.

Clay siempre había creído que no le importaba el

aspecto de su casa, que solo lo complacía el olor de la cera de abejas, así como ver aseados y atendidos a los mellizos. Solo le faltaba la compañía de Nicole, el modo de reírse y de hacerlo reír que la caracterizaba.

Mientras bajaba la escalera, se detuvo y se preguntó cómo se las había arreglado Nicole para conseguir la ayuda necesaria y limpiar la casa. En la plantación todos tenían tareas, y, por lo que él sabía, nadie había descuidado la suya. Supuso que Nicole se había ocupado personalmente de todo. ¡A nadie podía extrañar que siempre estuviese fatigada!

Con una sonrisa retiró una manzana de una fuente que estaba en una mesa del vestíbulo. Probablemente Nicole creía que estaba pagándole esos malditos vestidos que él había comprado. Se dirigió a la cocina y ordenó a Maggie que encontrase un par de muchachas para ayudar a Nicole en la atención de la casa, y después salió al jardín,

—La clase ha terminado —anunció Clay mientras retiraba el libro de las manos de Nicole; los mellizos desaparecieron antes de que ninguno de los adultos pudiese ni siquiera parpadear.

—¿Por qué ha hecho eso? Aún no es hora de suspender la lección.

—Necesitan un descanso. O por lo menos usted lo necesita.

Ella se apartó un poco.

—Por favor, tengo mucho que hacer.

Clay la miró con el entrecejo fruncido.

—¿Qué le sucede? ¿Por qué se comporta como si me temiese?

—No le temo. Sucede sencillamente que hay mucho que hacer en un lugar tan grande como este.

—¿Intenta decirme que yo debería regresar a mi trabajo?

—No, claro que no. Solo...

—Como parece que usted no es capaz de terminar una frase, permítame hablar. Trabaja demasiado. Se comporta como si fuese una esclava, excepto que yo no les exijo tanto como usted se exige. —Le aferró la mano y la obligó a acercarse—. Maggie está preparándonos una canasta para un almuerzo campestre, y usted y yo pasaremos el resto del día exactamente sin hacer nada. ¿Sabe montar?

—Sí, pero...

—No se le permite negarse, de manera que será mejor que se calle.

No le soltó la mano mientras caminaban hacia los establos. Allí, Clay puso una silla de cuero blando sobre una yegua destinada a Nicole, alzó a la muchacha, la depositó sobre la montura y luego se encaminó hacia la cocina. Maggie sonrió alegremente al entregar a Clay las alforjas repletas.

Cabalgaron una hora, dejando atrás el terreno más alto, donde estaban la casa y las dependencias, y se acercaron a los campos más bajos. La tierra lisa y fértil reproducía el movimiento de un río en un arco formado por los campos sembrados de algodón, tabaco, lino, trigo y cebada. Hacia el este de la casa había pastizales, y allí las vacas y las ovejas pastaban separados unos de otros; y por doquier se levantaban establos. Se detuvieron una vez para alimentar con manzanas a un par de enormes caballos de tiro. Mientras Clay la ilustraba sobre la calidad del algodón y los modos de cultivar el tabaco, ella lo observaba y veía reflejado en sus ojos el orgullo del propietario y lo mucho que le importaban sus tierras y la gente que trabajaba para él.

El sol estaba alto en el cielo cuando Nicole miró a través del río y vio algo que conocía muy bien: un molino de agua. Al contemplar a través de los árboles la estructura de ladrillo y piedra, la asaltaron los recuerdos. Ella y su abuelo siempre habían vivido en el lujo y todas sus necesidades se habían visto satisfechas antes de que pudieran pensar en ellas; pero cuando la Revolución los obligó a ocultarse, aprendieron a sobrevivir. Se vestían igual que el molinero y su esposa y trabajaban como ellos. Nicole limpiaba la cocina dos veces por semana y había aprendido a manejar el molino cuando los hombres se alejaban para entregar el grano.

Sonriendo, señaló hacia el río.

—¿Es un molino de granos?

—Sí —contestó Clay, sin demostrar mucho interés.

—¿De qué es? ¿Por qué no funciona? ¿Podemos verlo?

Clay la miró asombrado.

—¿A cuál de las preguntas respondo primero? Me pertenece y no funciona porque nunca contraté a nadie para que lo hiciera funcionar, y porque los Backes muelen mi grano. Sí, podemos ir a verlo. Un poco más arriba hay una casa. Puede verla a través de los árboles. ¿Quiere que crucemos?

—Sí, me encantaría.

Había un botecito de remos amarrado en la orilla

del río y Clay depositó en su interior las alforjas, ayudó a subir a Nicole y remó hacia la orilla opuesta.

—Parece que está en buenas condiciones. ¿Puedo ver las piedras de moler? —preguntó Nicole, una vez que se hubieron acercado al molino.

Clay retiró de su escondite la llave que abría el gran candado de las puertas dobles y vio cómo Nicole inspeccionaba las muescas de las piedras y murmuraba algo acerca de los cedazos y de la necesidad de conseguir un buen afilador para las piedras. Cuando la joven terminó su inspección, comenzó a formular preguntas, hasta que Clay alzó ambas manos en un gesto de protesta.

—Tal vez procedamos más rápido si se lo explico —dijo—. Cuando mi hermano vivía, podíamos afrontar más tareas; pero ahora estoy solo y decidí que el molino ya era demasiado. El año pasado falleció el molinero y no busqué a otro.

—Pero, ¿y su grano? Usted ha dicho que los Backes tenían un molino.

—Sí, un molino pequeño. Es más fácil enviar allí el grano que ocuparse de activar este lugar.

—¿Y los restantes agricultores? Estoy segura de que algunas personas, por ejemplo, el padre de Janie, necesitan un molino. ¿O también acuden a los Backes? ¿No es demasiado lejos?

—Almorcemos y responderé a todas sus preguntas. Hay un lugar adecuado sobre esa loma.

Cuando el almuerzo de jamón ahumado frío, ostras encurtidas y tartas estuvo dispuesto sobre un mantel, Clay empezó a hacer preguntas. Quería saber por qué Nicole estaba tan interesada en el molino.

Nicole sentía intensamente la presencia de Clay, que estaba muy cerca, y sabía también que estaban solos en el tranquilo y aislado bosque.

—Mi abuelo y yo trabajamos cierto tiempo en un molino. Y entonces aprendí mucho acerca de este oficio.

—Su abuelo —repitió Clay, mientras se estiraba, con la cabeza sobre las manos—. Hemos estado viviendo por un tiempo en la misma casa y, sin embargo, sé muy poco sobre usted. ¿Siempre vivió con su abuelo?

Ella se miró las manos y guardó silencio. No deseaba hablar de su familia.

—No, no mucho tiempo —se apresuró a decir, y volvió los ojos hacia el molino—. ¿Ha considerado la posibilidad de vender el molino?

—No, nunca. ¿Qué me dice de sus padres? ¿También eran molineros?

Nicole necesitó un momento para comprender las palabras de Clay. La idea de su elegante madre con los cabellos pulcramente peinados y empolvados, los tres lunares minúsculos en la comisura del ojo, ataviada con un vestido de pesado raso, trabajando en un molino le provocó risa. Su madre creía que el pan provenía de la cocina.

—¿De qué se ríe?

—De la idea de que mi madre pudiera trabajar en un molino. ¿Dijo que allí había una casa? ¿Podemos verla?

Juntos recogieron con rapidez lo que había sobrado del almuerzo y Clay le mostró la casa que estaba completamente tapiada. Era una sencilla casa de una habitación, con un desván, anticuada pero sólida y resistente.

—Crucemos de nuevo el río. Quiero hablarle de cierto asunto y mostrarle un lugar.

Clay no enfiló directamente hacia la orilla opuesta, y, en cambio, remontó el río, dejó atrás los campos cultivados y se detuvo en un punto de la orilla que parecía inabordable. El terreno estaba cubierto de matorrales y los sauces hundían sus ramas en el agua.

Clay saltó del bote y lo ató a un poste oculto entre los arbustos. Ofreció la mano a Nicole y la ayudó a sostenerse sobre la estrecha faja de arena a orillas del río. Aferró un enorme arbusto y lo apartó, para revelar un sendero bastante ancho.

—Después de usted —dijo Clay, y siguió a Nicole. El arbusto volvió a su lugar anterior y de nuevo ocultó el sendero que desembocaba en un claro cubierto de pasto, rodeado totalmente por árboles y matorrales. Ambos tuvieron la sensación de que entraban en una gran habitación sin techo. A ambos lados había gran profusión de flores. Nicole identificó algunas. Aunque estaban intensamente presionadas por la maleza, sobrevivían y florecían.

—Es un lugar hermoso —dijo la joven y se volvió. La suave hierba le acarició los tobillos—. Alguien ha hecho esto. No pudo crecer naturalmente.

Clay se sentó en el suelo y apoyó la espalda contra una roca que parecía haber sido puesta allí para su mayor comodidad.

—Lo hicimos cuando éramos niños. Nos llevó mucho tiempo, pero le dedicábamos todos los ratos libres. Deseábamos un sitio que fuese exclusivamente nuestro.

—Y ciertamente lo es. Uno podría caminar a un metro de distancia y no verlo. Los arbustos son demasiado espesos.

Los ojos de Clay tenían una expresión distante.

—Mi madre creyó que los perros le arrancaban sus plantas. Solía visitar a alguien y le regalaban cinco brotes. Cuando llegaba a casa, solo tenía cuatro. A menudo me pregunté si sospechaba de nosotros.

—¿Cuando dice «nosotros» se refiere a usted y a su hermano?

—Sí —respondió Clay.

Los ojos de Nicole brillaron.

—Estoy segura de que no plantaron las flores. No puedo imaginar a dos varones arriesgándose a sufrir un castigo por robar bulbos de lirios. ¿En todo el plan participaba una niña?

La cara de Clay adoptó una expresión dura y durante un momento no habló.

—Elizabeth plantó las flores.

El modo de decirlo llevó a Nicole a comprender que esa Elizabeth había significado mucho para él; pero no alcanzó a percibir si la amaba o la odiaba.

—James y Beth —dijo Nicole en voz baja, y se sentó al lado de Clay—. ¿La muerte de ambos es la causa de la tristeza que usted siente, la razón por la cual rara vez sonríe?

Clay se volvió hacia ella con una expresión colérica en el rostro.

—Mientras no esté dispuesta a confiar en mí, no espere mis confidencias.

Nicole lo miró asombrada. Creía que había contestado astutamente a las preguntas de Clay acerca de su familia, pero él había demostrado suficiente sensibilidad para comprender que ella ocultaba algo. Si el pasado de Nicole todavía era tan doloroso que la joven no quería hablar, quizá sucedía lo mismo con el de Clay.

—Perdóneme —murmuró—. No quise curiosear.

Permanecieron en silencio varios minutos.

—Dijo que deseaba hablarme de algo —observó Nicole.

Clay estiró los brazos y su pensamiento pasó del hermano y la cuñada muertos a un tema más grato.

—He estado pensando en Bianca —dijo, y se le ensombreció la mirada—. Cuando tracé el plan del secuestro, también envié una carta que debían entregar al padre una semana después de la partida del buque. No deseaba que se preocupase por ella, pero al mismo tiempo no quería que creyese que podía impedir nuestro matrimonio. Por eso arreglé el matrimonio por poderes, aunque, por supuesto, eso no sucedió como yo planeé.

Nicole lo escuchaba solo a medias. Jamás hubiera creído que las palabras de Clay pudiesen dolerle tanto, y, para disimular el sufrimiento, trató de pensar en el molino. Podía dirigir ese molino. Tal vez consiguiese trabajo en América o quizá viviría y trabajaría en el molino... y así estaría cerca de Clay.

—¿Recuerda la fragata que entró en el puerto poco antes que su barco? —preguntó Clay—. Con esa nave envié una carta a Bianca. Se lo expliqué todo. Le dije que por error me había casado con otra persona, pero que el matrimonio sería anulado inmediatamente. Por supuesto, eso fue antes de recibir la carta del juez.

—Por supuesto —repitió secamente Nicole.

—También le envié dinero para pagar el pasaje a América. Le dije que todavía la necesitaba y le pedí que por favor me perdonase y viniese aquí. —Se puso de pie y comenzó a caminar por el claro—. ¡Maldito sea! No sé por qué tuvo que suceder todo esto. Yo no podía regresar a Inglaterra, porque soy el único que puede dirigir la plantación. Le escribí varias cartas y le rogué que viniese, pero siempre me ponía excusas. Primero, su padre estaba muy enfermo y ella temía abandonarlo. Finalmente, comprendí que ella no quería salir de Inglaterra. A veces, los ingleses tienen ideas extrañas acerca de los norteamericanos.

Miró a Nicole como si esperase que ella respondiese a la observación, pero la joven no pronunció palabra.

—Pasará un tiempo antes de que ella reciba mi carta, y varios meses antes de que yo sepa si me acepta o no. Y ahí entra usted. —Miró a Nicole con una luz de esperanza en los ojos, pero ella guardó silencio—. No sé lo que usted siente por mí. Al principio me pareció que le gustaba mi compañía, pero en los últimos tiempos... Ya ve qué poco sé de usted. Las últimas semanas he llegado a... respetarla mucho. Mi casa es de nuevo un lugar agradable, los mellizos la adoran, el personal la obedece. Sus modales son excelentes y creo que usted podría afrontar algunas tareas sociales. Sería agradable recibir de nuevo la visita de la gente.

—¿Qué intenta decir?

Él respiró hondo.

—Si Bianca me rechaza, me agradaría continuar casado con usted.

Los ojos de Nicole pasaron del castaño al negro.

—Supongo que el matrimonio debería producir hijos.

Clay entrecerró los ojos y sonrió apenas.

—Por supuesto. Debo reconocer que usted me parece bastante atractiva.

Nicole no recordaba haber sentido tanto enojo en el curso de su vida. Experimentaba un sentimiento de cólera que iba de los dedos de los pies a la raya de los cabellos. Se incorporó lentamente y habló con esfuerzo.

—No, no creo que eso sea posible.

Él le aferró el brazo cuando Nicole se volvió.

—¿Por qué no? —preguntó—. ¿Acaso Arundel Hall no es bastante espaciosa para usted? Con su apariencia, quizá podría conseguir algo más grande.

La fuerte bofetada que ella descargó en la mejilla de Clay arrancó ecos al bosque.

Él permaneció inmóvil, con la mejilla enrojecida, y sus dedos se hundieron en la carne de Nicole.

—Desearía la cortesía de una explicación —dijo fríamente.

Ella arrancó el brazo de un tirón.

—*Cochon!* Hombre ignorante y vano. ¿Cómo se atreve a hacerme esa proposición?

—¡Proposición! Acabo de proponerle matrimonio, y creo que en las últimas semanas le he demostrado muchísimo respeto. Después de todo, usted es legalmente mi esposa.

—¡Respeto! Usted ignora el sentido de esa palabra. Es cierto que me asignó un dormitorio separado, pero ¿por qué? ¿Porque me respeta? ¿O porque desea decir a su bien amada Bianca que no me ha tocado?

La expresión en la cara de Clay fue respuesta suficiente.

—Míreme —casi gritó con voz ronca—. Soy Nicole Courtalain. Un ser humano con sentimientos y emociones. Soy más que un caso de identidad equivocada. Soy más que el hecho de no ser «su» Bianca. Usted dice que me propone matrimonio, pero vea lo que ofrece. Ahora soy la señora de la plantación y todos me llaman «señora Armstrong». Pero mi futuro pende de un hilo. Si Bianca lo acepta, me veré desechada. Si ella lo rechaza, usted se arreglará conmigo, como una especie de peor es nada. ¡No! No soy eso. Sucede que he estado en el lugar equivocado y en el momento equivocado. No pude elegir. —Respiró hondo—. Sin duda, usted creía que yo continuaría aquí y sería la institutriz de los mellizos si en efecto Bianca venía a América.

—Y eso, ¿qué tendría de malo?

Ella estaba tan enojada que no pudo hablar. Tomó impulso con el pie y lo descargó sobre Clay. Le dolió más el dedo a Nicole que el tobillo a Clay, porque él estaba calzado con gruesas botas; pero a ella eso no le importó. Nicole prorrumpió en maldiciones francesas y después se volvió hacia el sendero.

Clay le aferró de nuevo el brazo. También él estaba enojado.

—No la entiendo. Yo podría tener a la mitad de las mujeres del condado si Bianca me rechazara, pero prefiero que sea usted. ¿Qué tiene eso de horrible?

—¿Debo sentirme honrada? ¿Honrada porque permite que esta pobrecita permanezca con usted? ¿Cree que deseo ser objeto de la caridad la vida entera? Tal vez le sorprenda, señor Armstrong, que yo desee un poco de amor en mi vida. Deseo un hombre que me ame, como usted ama a Bianca. No quiero un matrimonio de conveniencia, sino de amor. ¿Eso responde a su pregunta? Prefiero morir de hambre con un hombre a quien ame que vivir lujosamente en su hermosa casa con usted, pues pensaría constantemente que usted llora su amor perdido.

Él la miró con una expresión tan extraña que Nicole no tuvo idea de lo que estaba pensando. Fue como si por primera vez él hubiera concebido la posibilidad de que Nicole fuera algo más que un error.

—No importa lo que usted piense —dijo Clay con voz grave—, mi intención no ha sido insultarla. Usted es una mujer admirable. Ha convertido una situación intolerable en algo que es un placer para todos los que la rodean, salvo para usted misma. Todos nosotros, y yo antes que nadie la hemos utilizado hasta el último extremo. Ojalá me hubiese hablado antes de la infelicidad que siente en este lugar.

—No me siento infeliz... —comenzó ella, pero tuvo que interrumpirse porque las lágrimas le impidieron seguir. Si continuaba de ese modo un momento más se arrojaría al cuello de Clay y diría que estaba dispuesta a convivir con él sin importarle las condiciones.

—Regresemos, ¿eh? Pensaré un poco en el asunto y quizá pueda ofrecerle una situación más conveniente para usted.

Aturdida, ella lo siguió y ambos bajaron por el sendero.

7

Clayton se separó de ella frente a los establos. Nicole no atinaba a comprender cómo había conseguido retornar a la casa. Trató de mantener la cabeza erguida y concentró la atención en una sola cosa: la casa.

Apenas había cerrado la puerta de su dormitorio cuando afloraron las lágrimas. El año de ocultamiento le había enseñado a llorar en silencio. Se arrojó sobre la cama y los sollozos la desgarraron.

Todo lo que ella había dicho estaba mal. Él no había asignado a la propuesta de matrimonio la intención que ella le atribuía. Y ahora hablaba de una «situación conveniente». ¿De cuánto tiempo disponía antes de que Clay la despidiese? Si Bianca llegaba, ¿Nicole podría soportar la visión de Clay tocándola y besándola? ¿Tendría que llorar hasta que se le agotaran las lágrimas, noche tras noche, cuando los viese cerrar la puerta del dormitorio que ambos compartirían?

Maggie primero y Janie después llamaron a la puerta y le preguntaron si se encontraba bien. Nicole consiguió contestar que estaba resfriada y que no deseaba contagiar a otros. La inflamación de los ojos y la nariz determinaban que su voz sonase como si, en efecto, la joven estuviese enferma.

Más avanzado el día oyó a los mellizos que cuchicheaban tras la puerta, pero no la molestaron. Nicole se levantó y llegó a la conclusión de que ya se había compadecido demasiado de sí misma. Se lavó la cara y se quitó el vestido. Oyó los pasos de Clay en el corredor y Nicole se detuvo, conteniendo la respiración. Aún no podía encontrarse con él. Sabía que lo que sentía se reflejaría en los ojos. Durante la cena probablemente le rogaría que le permitiese permanecer cerca para limpiarle las botas, si eso era todo lo que podía ofrecerle.

Se quitó las enaguas y se puso el camisón, la misma prenda de seda y encaje que Clay había admirado. No sabía qué hora era, pero estaba muy fatigada y deseaba acostarse. Afuera se preparaba una tormenta estival. Cuando oyó los primeros y lejanos retumbos de los truenos, apretó muy fuerte los ojos. ¡No podía recordar a su abuelo, no podía!

Revivió esa noche terrible. La lluvia tamborileaba en las ventanas del molino y los rayos conseguían que afuera el paisaje se iluminase con luz de día. Gracias a los rayos, vio al abuelo.

Se sentó en la cama gritando y con las manos se cubrió los oídos. No oyó abrirse la puerta ni vio a Clay acercarse a la cama.

—Calma. Ahora está a salvo. Tranquilícese. Nadie puede agredirla —dijo, mientras la abrazaba.

La sostuvo como si hubiera sido una niña y ella

hundió su cara en el hombro desnudo de Clay. Él la acunó suavemente y le acarició el cabello.

—Hábleme de eso. ¿Qué sueño era?

Ella meneó la cabeza y estrechó desesperadamente los brazos de Clay. Ya estaba despierta y sabía que el sueño había sido real. Sabía que nunca podría despertar de la pesadilla. Un relámpago iluminó la habitación y Nicole se sobresaltó y trató de acercarse más al cuerpo de Clay.

—Creo que es hora de que hablemos —dijo él, mientras la tomaba en brazos, con una manta sobre el cuerpo de Nicole.

Nicole meneó la cabeza sin hablar.

La llevó a su propio dormitorio y la dejó en una silla, y después le sirvió una copa de jerez. Sabía que ella no había comido desde el almuerzo y también que el alcohol le subiría a la cabeza.

Aun así, le sirvió la copa. Cuando vio que Nicole comenzaba a calmarse, le retiró la copa vacía, la llenó otra vez y la depositó sobre la mesa, junto a la silla. Él se sirvió otra copa. Después, la levantó, se sentó en la silla y abrazó a Nicole, cubiertos ambos por la manta. La tormenta que rugía afuera determinó que ambos pareciesen especialmente aislados en la habitación oscura.

—¿Por qué salió de Francia? ¿Qué sucedió en la casa del molinero?

Ella ocultó su cara en el hombro de Clay y meneó la cabeza.

—No —murmuró.

—Está bien, en ese caso, hábleme de un episodio especialmente grato. ¿Siempre vivió con su abuelo?

El jerez provocó en ella una sensación de tibieza y languidez. Esbozó una sonrisa.

—Era una casa hermosa. Pertenecía a mi abuelo, pero más tarde sería de mi padre. No importaba; había una habitación para cada uno de nosotros. Por fuera era rosada. Mi dormitorio tenía querubines pintados. Se desprendían de una nube. A veces yo despertaba y abría los brazos para recibirlos.

—¿Usted vivía allí con sus padres?

—El abuelo vivía en el ala este, y yo en la casa principal con mis padres. Por supuesto, reservábamos el ala oeste para las visitas del rey.

—Por supuesto —contestó Clay—. ¿Qué les sucedió a sus padres?

Las lágrimas rodaron silenciosas por las mejillas de Nicole. Clay tomó la copa y la obligó a beber otro sorbo de jerez.

—Dígamelo —murmuró.

—El abuelo volvió de la corte a nuestra casa. A menudo se ausentaba. Volvió a casa porque muchas personas se sentían inseguras en París. Mi padre dijo que todos debíamos partir a Inglaterra hasta que la gente se calmara, pero mi abuelo dijo que los Courtalain habían vivido durante siglos en el castillo y que él no deseaba abandonarlo. Afirmó que la chusma no se atrevería a levantar la mano contra él. Todos le creímos. Era tan alto y fuerte... Solamente con su voz podía atemorizar a todos.

Se interrumpió.

—¿Qué sucedió ese día?

—El abuelo y yo salimos a cabalgar por el parque.

Era un hermoso día de primavera. De pronto, vimos el humo que se elevaba entre los árboles y mi abuelo espoleó a su caballo. Yo lo seguí. Cuando salimos del bosque, lo vimos todo. Mi bella casa estaba quemándose. Yo permanecí inmóvil sobre el caballo y mirando la escena fijamente. No podía creerlo. El abuelo llevó mi caballo a los establos y me obligó a desmontar. Me dijo que me quedase allí. Permanecí en aquel lugar, observando cómo el fuego teñía de negro los ladrillos rosados.

—¿Y sus padres?

—Habían ido a la casa de un amigo y proyectaban regresar tarde. Yo no sabía que mi madre se había desgarrado el vestido, y que, por lo tanto, los dos habían vuelto temprano. —Los sollozos se acentuaron.

Clay la aferró con más fuerza.

—Dígamelo. Cuéntemelo todo.

—El abuelo regresó; corría a través de los setos, en dirección al establo. Tenía las ropas sucias a causa del humo y bajo el brazo sostenía una cajita de madera. Me cogió del brazo y me obligó a entrar en el establo. Retiró todo el heno de una caja larga y me metió allí. Después también entró él. Al cabo de pocos minutos oímos los gritos de la gente. Los caballos relinchaban a causa del olor del fuego. Quise acercarme a los animales, pero el abuelo me obligó a desistir.

Se interrumpió y Clay le sirvió más jerez.

—¿Qué sucedió cuando la turba se marchó?

—El abuelo abrió la caja de heno y ambos salimos. Había oscurecido, o, mejor dicho, era hora de estar ya oscuro. Nuestra casa ardía y emitía una luz tan intensa como la del día. El abuelo me apartó cuando quise mirar. «Siempre mira hacia delante, niña, nunca hacia atrás», dijo. Caminamos la noche entera y la mayor parte del día siguiente. Al atardecer, se detuvo y abrió la caja que había retirado de la casa. En su interior había papeles y un collar de esmeraldas que pertenecían a mi madre. —Suspiró al recordar cómo habían usado las esmeraldas para ayudar al molinero. Después, ella había vendido las dos últimas para pagar su participación en la tienda de su prima—. Todavía no entendía lo que estaba sucediendo allí —continuó—. Era una niña muy ingenua que había crecido lejos de los sufrimientos de la vida. El abuelo dijo que era hora de que creciera y conociese la verdad. Afirmó que la gente quería matarnos porque vivíamos en una casa grande y confortable. Que en adelante debíamos ocultar lo que éramos. Tomó los papeles y los enterró. Dijo que debía recordar siempre quién era, y que los Courtalain son descendientes y parientes de reyes.

—¿Y entonces fueron a la casa del molinero?

—Sí —respondió ella con voz neutra, como si hubiera decidido que no pronunciaría una palabra más.

Clay le entregó la copa de jerez. No le gustaba emborracharla, pero sabía que era el único modo de inducirla a hablar. Él había intuido durante mucho tiempo que la joven ocultaba algo. Esa tarde, cuando él le preguntó acerca de su familia, había percibido una fugaz expresión de terror en los ojos de Nicole.

Le apartó los cabellos de la frente y vio que los rizos estaban húmedos de transpiración. Era una mujer tan menuda y sin embargo llevaba consigo tantas cosas...

Ese mismo día, pocas horas antes, cuando ella se había enfadado tanto, Clay comprendió que Nicole tenía perfecta razón. Desde el momento de su llegada, él nunca la había mirado sin experimentar el deseo de ver los rasgos de Bianca. Pero ahora, al pensar en todas las tareas que ella había realizado desde su llegada a la plantación, había comprendido que Nicole no era inferior a nadie.

Le quitó la copa vacía de jerez.

—¿Por qué salió de Francia y de la casa del molinero? Allí seguramente estaba a salvo.

—Usted es muy bondadoso. —Nicole hablaba con voz más expresiva. Parecía que pronunciaba algunas palabras más con la garganta que con la boca. Cada sílaba brotaba como si estuviese revestida de crema—. Mi abuelo dijo que yo debía aprender un oficio y que el de la molienda era bueno. El molinero afirmó que una muchacha nunca podría entender el movimiento de las piedras y el grano, pero el abuelo se rio de él. —Se interrumpió y sonrió—. Podría dirigir ese molino. Y habría ganancias.

—Nicole —dijo Clay con voz suave pero imperativa—. ¿Por qué abandonó la casa del molinero?

Ella desvió la mirada hacia la ventana cuando la lluvia comenzó a golpear el vidrio. Habló en voz muy baja.

—Tuvimos muchas advertencias. El molinero regresó del pueblo antes incluso de vender el grano que llevaba en el carro. Dijo que habían llegado de París algunos alborotadores. Mucha gente sabía acerca de mi abuelo y de mí. Él había sido aristócrata toda la vida y afirmaba que era demasiado viejo para cambiar. Lo que

nadie comprendía era que mi abuelo trataba equitati-
vamente a todos. Trataba al rey exactamente como trataba al peón del establo. Decía que después de la muerte de Luis XIV no habían nacido más hombres.

—El molinero regresó deprisa —insistió Clay.

—Nos dijo que nos ocultáramos, que huyésemos,
porque era el único modo de salvar nuestras vidas. Había llegado a encariñarse con mi abuelo. El abuelo se rio
de él. Se descargó una tormenta y con ella llegó la gente del pueblo. Yo estaba en el desván del molino, contan-
do los sacos de harina. Miré por la ventana, y, cuando
se descargó el rayo, los vi llegar. Traían picas y hoces.
Conocía a algunos de ellos. Los había ayudado a moler
el grano.

Clay sintió que el cuerpo de Nicole temblaba y la
estrechó con más fuerza.

—¿Su abuelo los vio?

—Subió deprisa la escalera y se reunió conmigo. Le
dije que me enfrentaría con él a la gente irritada, que yo
también era una Courtalain. Contestó que debía haber
más Courtalain, y que yo era ya la única que quedaba.
Habló como si él ya estuviese muerto. Tomó un saco
de harina vacío y lo puso sobre mi cabeza. Creo que yo
estaba demasiado aturdida para hablar. Ató los bordes
del saco, y después dijo que, si lo amaba, no me movie-
ra. Alrededor apiló sacos llenos de grano. Le oí bajar la
escalera. Unos minutos después, la turba entró en el
molino. Revisaron el desván y varias veces estuvieron
a un paso de encontrarme.

Clay le besó la frente y la sostuvo junto a su mejilla.

—¿Y su abuelo? —murmuró.

—Cuando la gente se marcho salí de mi escondite. Quería asegurarme de que él estaba a salvo. Cuando me asomé a la ventana...

El cuerpo de Nicole se contrajo violentamente y él la estrechó, cariñoso.

—¿Qué vio por la ventana?

Ella se apartó con un gesto brusco.

—Allí estaba mi abuelo, y me sonreía.

Clay la miró desconcertado.

—¿Comprende? Yo estaba en el desván. Le cortaron la cabeza y la clavaron sobre una pica. La sostenían a cierta altura, como un trofeo. ¡Hubo un relámpago, y entonces lo vi!

—Oh, Dios mío —gimió Clay, y la abrazó, pese a que ella se debatía. Cuando Nicole comenzó a llorar, él la acunó y le acarició el cabello.

—Mataron también al molinero —continuó Nicole después de un rato—. La esposa del molinero dijo que yo debía marcharme, que ya no podía protegerme. Cosió tres esmeraldas en el dobladillo de mi vestido y me llevó a un barco que iba a Inglaterra. Las esmeraldas y el relicario fue todo lo que quedó de mi niñez.

—Y, después, fue a vivir a casa de Bianca y yo la secuestré.

Ella contuvo un sollozo.

—Oyéndolo, uno diría que toda mi vida no ha sido nada. Tuve una niñez muy feliz. Viví en una extensa propiedad y allí me visitaban centenares de primos, que eran mis compañeros de juego.

Él se alegró de comprobar que Nicole estaba reaccionando. Abrigaba la esperanza de que el relato de la tragedia tuviese un efecto duradero.

—¿Y cuántos corazones robó? ¿Todos estaban enamorados de usted?

—Ninguno de ellos se enamoró de mí. Mi primo me besó cierta vez pero no me agradó. Y no permití que ninguno de ellos me besara otra vez. Usted es el único... —Se interrumpió y sonrió, y después pasó un dedo sobre los labios de Clay. Él lo besó, y Nicole miró atentamente su propio dedo—. Estúpida, Nicole —murmuró.

—¿Por qué se califica a usted misma de estúpida?

—A decir verdad, esta historia es bastante cómica. Un día estoy paseando por el parque. Al siguiente, despierto en un barco que se dirige a América. Después, me obligan a casarme con un hombre que afirma que soy una ladrona. —Al parecer, no percibió el gesto de Clay—. Todo esto sería material para una novela excelente. La bella heroína Bianca se compromete con el apuesto héroe Clayton. Pero la perversa Nicole frustra los planes de ambos. El lector se mantendría en vilo hasta el fin de la obra, cuando el verdadero amor alcanzara su propósito y Bianca y Clay se reuniesen.

—¿Y Nicole?

—¡Ah! Un juez le entrega unos papeles que dicen que ella nunca existió, que el tiempo que ella pasó con el héroe no sirvió de nada.

—¿No es eso lo que Nicole desea? —preguntó Clay.

Nicole se llevó a los labios el dedo que Clay había besado.

—La pobre, la ignorante Nicole se enamora del héroe. ¿No es divertido? Él ni siquiera la ha mirado en ese matrimonio de diez minutos, pero ella lo ama. ¿Sabía que él dijo que Nicole era una mujer admirable? Esa muchacha pobre y tonta está allí, rogando, ansiando que él le revele su pasión. Pero el héroe habla únicamente de las cosas que ella sabe hacer, como si se tratara de comprar una yegua.

—Nicole... —empezó Clay.

Ella rio y se movió en los brazos de Clay.

—¿Sabía que tengo veinte años? Mis primas ya estaban casadas a los dieciocho. Pero yo siempre fui distinta. Decían que era una mujer fría y sin sentimientos y que ningún hombre me querría.

—Se equivocaban. Apenas se vea libre de mí habrá un centenar de hombres que pedirán su mano.

—Ansía desembarazarse de mí, ¿verdad? Prefiere soñar con Bianca a tenerme, ¿no es así? Soy estúpida. Asexuada, maternal, la virginal Nicole, enamorada de un hombre que ni siquiera sabe que ella está viva.

Lo miró. En algún rincón, cierta parte más serena de su cerebro escuchaba lo que decía Clay. Él le sonreía. ¡Se reía de ella! De nuevo los ojos se le llenaron de lágrimas.

—¡Déjeme! ¡Déjeme en paz! Mañana podrá reírse de mí, ¡pero ahora no! —Se debatió para desprenderse de los brazos de Clay.

Él la sostuvo con fuerza.

—No estoy riéndome de usted. Solo me divirtió lo que dijo acerca de su carácter asexuado. —Con el dedo rozó el labio superior de la joven—. Realmente no sabe a qué atenerse, ¿verdad? Casi puedo comprender por qué sus primos la evitaron. En usted hay una intensidad que es casi temible.

—Por favor, suélteme —murmuró ella.

—¿Cómo es posible que una mujer tan bella como usted no esté segura de su belleza? —Nicole comenzó a hablar, pero él apoyó los dedos en los labios de la muchacha—. Escúcheme. Esa primera noche en el barco, cuando la besé... —sonrió al recordar—. Ninguna mujer me ha besado jamás de ese modo. No pidió nada a cambio, solo deseaba dar. Después, cuando los perros la asustaron, creo que habría caminado entre brasas ardientes para llegar a usted. ¿No lo comprende? ¿No ve cómo su presencia influye en mí? Dice que jamás la he mirado. La verdad es que jamás he dejado de mirarla. En la plantación todos se burlan de las excusas infantiles que formulo para acercarme a cada momento a la casa.

—No sabía que usted supiese ni tan siquiera que yo estaba aquí. ¿Cree realmente que soy bonita? Me refiero a mi boca... Además, creo que las mujeres bellas son rubias y de ojos azules.

Él se inclinó y la besó, con un beso prolongado y acariciador. Rozó los labios de Nicole, y después la lengua y los dientes. Con la punta de su propia lengua tocó cada comisura de la boca de Nicole, después apretó fieramente el labio inferior entre sus dientes y saboreó la firme madurez.

—¿Eso responde a su pregunta? Varias noches he tenido que dormir en los campos para descansar un poco. Si usted está en la habitación contigua, nunca puedo dormir más que unas pocas horas.

—Tal vez hubiera debido venir a mi cuarto —dijo

ella con voz ronca—. No creo que lo hubiese rechazado.

—Excelente —dijo Clay, mientras le besaba la oreja y después el cuello—, porque esta noche le haré el amor aunque tenga que violarla.

Ella le rodeó el cuello con sus brazos.

—Clay —murmuró—, te amo.

Él deslizó los brazos bajo el cuerpo de Nicole, se puso de pie y la llevó al lecho. Encendió una vela que había sobre la mesita de noche. El aroma de las flores flotó en la habitación.

—Quiero verte —dijo, y se sentó junto a ella en la cama. La pechera de encaje del camisón estaba asegurada con diecisiete minúsculos botones forrados de raso. Lenta y cuidadosamente, Clay los desabotonó todos. Las manos de Clay sobre los pechos movieron a Nicole a cerrar los ojos.

—¿Sabías que te desvestí la noche que te salvé de los perros? Dejarte dormir en esa cama fue la tarea más difícil que jamás he realizado.

—Así fue como mi vestido apareció desgarrado.

Él no contestó y procedió a retirar los brazos de la pechera de encaje, y después la levantó para separar el resto del camisón. Deslizó la mano por el costado del cuerpo de Nicole y se detuvo en la curva de la cadera. Era una mujer menuda, pero perfectamente proporcionada. Tenía los pechos altos y generosos, la cintura minúscula, las piernas y las caderas esbeltas. Clay inclinó la cabeza, le besó el estómago y frotó contra él su mejilla.

—Clay —murmuró Nicole, con la mano sobre los cabellos del hombre—. Tengo miedo.

Él alzó la cabeza y le sonrió.

—Lo desconocido siempre intimida. ¿Alguna vez has visto a un hombre desnudo?

—A uno de mis primos, cuando él tenía dos años —contestó ella con sinceridad.

—Hay una gran diferencia —dijo Clay, y se puso de pie para comenzar a desprender los botones laterales de sus pantalones, la única prenda que vestía en ese momento.

Ella se sintió intimidada cuando Clay se desnudó totalmente y mantuvo los ojos fijos en la cara de su amado. Él permaneció inmóvil, y Nicole comprendió que esperaba cierta reacción. Tenía el pecho bronceado por el sol. Era un pecho ancho y musculoso. La curva acentuada de los músculos reflejaba la luz de la vela. La cintura era muy angosta y los músculos del estómago formaban promontorios separados. Los ojos de Nicole pasaron a los pies de Clay, las pantorrillas fuertes y los muslos proporcionados. Era un hombre que cabalgaba y sus muslos lo revelaban. Los ojos de Nicole volvieron al rostro de Clay. Él continuaba esperando.

Ella bajó los ojos. Lo que vio no la atemorizó. Era Clayton, el hombre a quien amaba, y no le temía. Emitió una risa grave, de alivio y placer. Abrió los brazos para recibirlo.

—Acércate —murmuró, Clay le sonrió y se acostó junto a ella en la cama.

—Qué hermosa sonrisa —dijo Nicole mientras le acariciaba los labios con un dedo—. Algún día me explicarás por qué la veo con tan poca frecuencia.

—Quizá —dijo él, impaciente, mientras la besaba.

La piel de Clay tuvo un efecto eléctrico sobre Nicole. Las proporciones y la fuerza de ese hombre determinaban que ella se sintiese pequeña y muy femenina. Mientras él le besaba el cuello, Nicole le acariciaba el brazo y sentía los altibajos de los músculos. De pronto, comprendió que él le pertenecía, que ella podía explorar y saborear su cuerpo. Se inclinó sobre él y besó la sonrisa, y pasó su lengua por esos dientes blancos que tan rara vez se mostraban. Mordisqueó tenuemente el cuello de Clay, y, con los dientes, le tiró del lóbulo de la oreja. Movió el muslo frotándolo contra el cuerpo del hombre.

Clay se sobresaltó por lo que ella hacía. Y de pronto se echó a reír.

—Ven aquí, mi pequeña muñeca francesa.

La acercó más y rodó con ella sobre la cama.

Nicole rio, alegre y complacida. Él la sostuvo sobre su propio cuerpo, le acarició el cabello y después le apresó los pechos.

De pronto, la expresión de Clay cambió y se ensombreció.

—Te necesito —murmuró.

—Sí —admitió Nicole—. Sí.

Con movimientos suaves la dejó en la cama y con su cuerpo cubrió el de Nicole. El alcohol en el estómago vacío, la catarsis de haber relatado a alguien el episodio de su abuelo, todo conspiró para relajarla. Solamente sabía que estaba con el hombre a quien amaba y deseaba. No experimentó miedo cuando sintió que Clay la penetraba. Hubo un momento de dolor, pero lo olvidó ante la idea de que estaba más cerca de Clay.

Un momento después, los ojos de Nicole se agrandaron sorprendidos. Antes, cuando imaginaba lo que era hacer el amor, había pensado que se trataba de un placer supremo, un sentimiento de intimidad, de amor. Pero lo que sentía en sus venas nada tenía que ver con el amor. ¡Era fuego líquido!

—Clay —murmuró, y después echó hacia atrás la cabeza y arqueó su cuerpo.

Al principio, él procedió con movimientos lentos, conteniéndose, pues sabía que para ella esa era la primera vez. Pero las reacciones de Nicole lo inflamaron. Había adivinado que ella era una mujer que comprendía instintivamente la pasión, pero nunca hasta dónde llegaba la intensidad de sus sentimientos. Nicole le mostraba su cuello, y él podía percibir el golpeteo de la sangre. Ella le aferraba las caderas y deslizaba las manos a lo largo del cuerpo de Clay. Conseguía que él sintiera que su presencia la llevaba a gozar tanto como él. Las mujeres que él había conocido en el curso de su vida generalmente se mostraban exigentes o creían que estaban haciéndole un favor.

La cubrió totalmente y sus movimientos fueron cada vez más intensos y veloces. Ella lo acercó más y más y le rodeó la cintura con sus piernas. Cuando culminaron simultáneamente, estaban aferrados uno al otro, los cuerpos unidos, la respiración mezclada.

Para Nicole fue una experiencia nueva y maravillosa. Había esperado algo celestial y conmovedor. Pero la pasión primitiva que había sentido era mucho más que lo que ella había anticipado. Se durmió en los brazos de Clay.

Él no parecía dispuesto a permitirle que se apartara ni a la más mínima distancia. A pesar de todas las oportunidades en que compartió el lecho con mujeres, sentía que esa era su única experiencia. Por primera vez en muchos años, se durmió con una sonrisa en los labios.

A la mañana siguiente, cuando Nicole despertó, pasaron varios minutos antes de que abriese los ojos. Se estiró perezosamente, consciente de que, cuando los abriese, vería el dormitorio de paneles oscuros de Clay, la almohada que la cabeza de su hombre había tocado. Intuyó que se había marchado, pero la felicidad que a ella la embargaba era demasiado intensa y nada podía estropearla.

Cuando al fin miró a su alrededor, la sobresaltó ver las paredes blancas de su propio cuarto. Su primer pensamiento fue que Clay no deseaba que ella permaneciera en su cama. Arrojó a un lado la fina manta y se dijo que eso era absurdo. Probablemente, él había arreglado las cosas de modo que ella decidiese por sí misma si quería que otros la vieran en la cama de Clay.

Se dirigió al guardarropas y eligió un hermoso vestido de muselina celeste, de cintura alta y falda con bajo de raso azul oscuro. Sobre el tocador encontró una nota. «Desayuno a las nueve. Clay.» Sonreía, y los dedos le temblaron cuando se abotonó el vestido.

El reloj del vestíbulo dio las siete y Nicole se preguntó cómo demonios podría esperar hasta las nueve sin verlo. Una rápida inspección en la habitación de los mellizos le indicó que se habían vestido y ya no estaban.

Salió de la casa por la puerta del jardín, pero, cuando estaba allí, de pie en el pequeño porche octogonal, se detuvo un momento. Generalmente tomaba el camino que llevaba a la cocina, pero esta vez se volvió y se internó por el que conducía al despacho de Clay.

Nunca había estado allí, y, sin saber muy bien por qué, tenía la sensación de que muy poca gente conocía ese lugar. Tenía la forma de la casa principal, pero reducida: una construcción rectangular con techo alto. Solo faltaban los ventanales y los porches.

Dio varios golpes suaves a la puerta, y, como no obtuvo respuesta, entró. Sentía curiosidad por conocer el lugar donde el hombre a quien amaba pasaba tanto tiempo.

En la pared que se levantaba frente a la puerta había dos ventanas, rodeadas, del suelo al techo, por estantes de libros. Los arces que crecían alrededor de la casa determinaban que la habitación fuese un lugar fresco y sombrío. Sobre las paredes laterales había archivos de roble y un pequeño armario para guardar documentos. Dio varios pasos en el interior de la habitación. Los estantes estaban ocupados por textos de leyes, tratados de agrimensura y el cultivo de diferentes plantas. Sonrió y pasó los dedos sobre algunas de las encuadernaciones de cuero. Estaban limpias, y, como conocía las costumbres de Clay, Nicole comprendió que la limpieza era consecuencia del uso y no de los cuidados dispensados al orden y la pulcritud de la habitación.

Siempre sonriendo, volvió los ojos hacia la pared donde estaba el hogar. La sonrisa desapareció instantáneamente de sus labios. Sobre el hogar colgaba un enorme retrato... de Bianca. Era Bianca vista bajo la luz más favorable, un poco más delgada que lo que Nicole recordaba. Los cabellos rubios estaban peinados hacia atrás y dejaban al descubierto el rostro ovalado y los gruesos rizos colgaban sobre un hombro desnudo. Tenía los ojos muy azules y chispeantes, y la boca pequeña dibujaba una leve sonrisa. Era una expresión pícara, un tanto perversa, un gesto que Nicole no le había visto nunca. Era una sonrisa destinada a una persona a quien ella amaba mucho.

Todavía aturdida, examinó la repisa del hogar. Se acercó con paso lento. Vio allí una pequeña boina de terciopelo rojo. Varias veces había visto usar a Bianca una boina idéntica. Al lado, había un brazalete de oro, que también Nicole había visto en poder de Bianca. La inscripción decía: «A B, con todo mi amor, C.»

Nicole retrocedió un paso. El retrato, las prendas, todo eso formaba una especie de santuario. Si no hubiera sabido a qué atenerse, hubiera creído que se trataba de la evocación de una mujer ya fallecida.

¿Cómo podía luchar contra eso? La víspera, le había dicho palabras de amor. Y Nicole recordaba horrorizada todo lo que ella le había dicho. Lo maldijo por eso. Clay sabía el efecto que producían en Nicole unas pocas gotas de alcohol. Siempre había sido una broma de la familia que si alguien deseaba conocer los secretos de Nicole, era suficiente que le diese a beber dos gotas de vino.

Pero esta mañana Nicole era otra persona. Esa mañana tenía que salvar lo que quedaba de su orgullo. Atravesó el jardín hacia la cocina y desayunó. Maggie le sugirió varias veces que el señor Clay volvería poco después y que Nicole debía desayunar con él. Pero la joven no le hizo caso.

Después del desayuno, fue al lavadero y retiró elementos de limpieza. Una vez que estuvo en la casa principal, se puso un vestido sencillo azul y después bajó nuevamente para comenzar a encerar la sala de estar. Quizás el trabajo la ayudaría a adoptar ciertas decisiones.

Estaba atareada limpiando la espineta cuando los labios de Clay le rozaron el cuello. Nicole se sobresaltó como si la hubiesen quemado.

—Te he echado de menos durante el desayuno —dijo Clay con voz perezosa—. Me habría quedado si no estuviéramos tan cerca del momento de la cosecha.

Tenía los ojos ensombrecidos y los párpados cargados de sueño.

Nicole respiró hondo. Si permanecía allí con Clay, pasaría todas la noches junto a él, hasta que Clay se reuniese con la mujer a quien amaba.

—Deseo hablar contigo —dijo.

Clay reaccionó inmediatamente ante el tono frío de Nicole. Se irguió. La expresión perezosa y seductora se borró de su rostro.

—¿Qué sucede? —El tono de Clay estuvo a la altura del que había usado Nicole.

—No puedo permanecer aquí —dijo ella sin andarse con rodeos y tratando de que él no advirtiese cuánto sufría—. Bianca... —Le dolía, incluso, pronunciar ese nombre—. Estoy segura de que Bianca vendrá muy pronto a América. Cuando reciba tu carta y el dinero para el pasaje, subirá al primer barco que parta de Inglaterra.

—No tienes adónde ir. Debes quedarte aquí. —Era una orden.

—¿Y ser tu amante? —preguntó ella.

—¡Eres mi esposa! ¿Cómo puedo olvidar eso si constantemente me recuerdas que te viste forzada a aceptar ese matrimonio?

—Sí, soy tu esposa. Por el momento. Pero, ¿cuánto durará esto? ¿Me querrás por esposa cuando tu querida Bianca entre por esa puerta?

Clay no respondió.

—¡Quiero una respuesta! Creo que la merezco. Anoche me embriagaste intencionadamente. Sabías el efecto que el alcohol produce en mí, por eso no recuerdo la noche que me salvaste de los perros.

—Sí, lo sabía. Pero también sabía que necesitabas hablar. Mi propósito no era otro.

Ella se apartó un momento.

—Te creo. Pero ahí estaba yo, sentada sobre tus rodillas, rogándote que me hicieras el amor.

—No fue así. Estoy seguro de que recuerdas que...

Avanzó un paso.

—Lo recuerdo todo. —Nicole trató de serenarse—. Por favor, escúchame. Tengo cierto orgullo, aunque a veces no lo parezca. Estás pidiéndome demasiado. No puedo continuar aquí en el papel de esposa, de auténtica esposa, sabiendo que de un momento a otro todo puede terminar. —Se cubrió la cara con ambas manos—. ¡Muchas cosas en mi vida han terminado bruscamente!

—Nicole... —Le acarició los cabellos.

Ella se apartó bruscamente.

—¡No me toques! Has jugado demasiado con mis sentimientos. Sabes lo que siento por ti y ya lo has aprovechado. Por favor, no me lastimes más. Por favor.

Él se apartó.

—Créeme, nunca quise herirte. Dime lo que deseas. Lo que es mío es tuyo.

Nicole sintió deseos de gritar: «Quiero tu corazón.»

—El molino —dijo con voz firme—. Es casi el tiempo de la cosecha y puedo ponerlo a trabajar en un par de semanas. La casa parece sólida y yo podría vivir allí.

Clay abrió la boca para rechazar la idea, y después la cerró, retrocedió un paso, recogió su sombrero y se volvió hacia la puerta.

—Es tuyo. Me ocuparé de que redacten el título de propiedad. También firmaré los contratos de dos hombres y una mujer. Necesitarás ayuda.

Se encasquetó el sombrero y salió de la habitación.

Nicole sintió que se quedaba sin aliento. Se desplomó pesadamente sobre una silla. Una noche de amor y una mañana de horror.

8

Nicole abandonó la casa sin pérdida de tiempo. Sabía que su decisión no duraría mucho. Cruzó en bote el río para llegar al molino. Este se elevaba sobre una colina y tenía una larga artesa de madera que unía el río al extremo superior de la rueda. Era un edificio alto y angosto, con base de piedra y cuerpo de ladrillo. El tejado estaba formado por tablas de madera. Un porche corría a lo largo del frente de la construcción. La rueda misma tenía una planta y media de altura.

Una vez dentro, Nicole subió a la primera planta, donde dos puertas se abrían sobre un balcón que estaba encima de la rueda. Hasta donde podía ver, los cubos de las ruedas se hallaban en buenas condiciones, aunque era posible que los que descansaban en el fondo estuviesen oxidados.

Las enormes piedras de moler en el interior de la construcción tenían un metro y medio de diámetro y veinte centímetros de espesor. Pasó las manos sobre la piedra e identificó la trama irregular del cuarzo. Las piedras eran de amoladera francesa, la mejor del mundo. Las habían transportado a América como lastre en la bodega de un barco, y después las habían llevado por el río hasta la plantación Armstrong. Tenían profundas muescas, con una serie de líneas que irradiaban desde el centro. La satisfizo comprobar que estaban bien equilibradas, de modo que se hallaban muy cerca una de la otra, pero sin tocarse.

Salió a la luz del sol y avanzó por la colina en dirección a la casita. Pudo ver muy poco de la construcción a causa de las tapias que cubrían ventanas y puertas.

Los ruidos que llegaban del río atrajeron su atención.

—¡Nicole! ¿Está allí? —gritaba Janie mientras subía la colina.

Era muy agradable volver a ver a la corpulenta mujer de mejillas sonrosadas. Ambas se abrazaron como si no se hubiesen visto todos los días desde la llegada del barco a América.

—De modo que no resultó, ¿eh?

—No —dijo Nicole—. No resultó en absoluto.

—Tenía la esperanza de que como ya estaban casados y...

—¿Qué está haciendo aquí? —preguntó Nicole para cambiar de tema.

—Clay vino ayer a la casa de los telares y dijo que usted se trasladaría aquí y que se proponía trabajar en el molino. Ordenó que eligiese a dos hombres buenos, que llevásemos todas las herramientas necesarias y que la ayudáramos. También dijo que, si quería, yo podía vivir aquí, y que de todos modos me pagaría lo mismo.

Nicole desvió la mirada. La generosidad de Clay era casi abrumadora.

—Vosotros dos, venid —gritó Janie—. A trabajar.

Janie presentó los dos hombres a Nicole. Vernon era alto y pelirrojo, y Luke más bajo y moreno. Obedeciendo las instrucciones de Janie, los hombres usaron barras para arrancar las tablas que tapiaban la puerta principal de la casa.

Adentro todavía estaba oscuro, pero Nicole vio que era una hermosa casita. La planta baja estaba formada por una espaciosa habitación, un hogar de dos metros y medio de longitud sobre una pared, una escalera con una balaustrada tallada a mano en el rincón. Tres ventanas empotradas se distribuían entre dos paredes, y la puerta y una ventana ocupaban las dos restantes. Bajo una ventana había un viejo armario de pino, y, en el centro, una mesa larga y ancha.

Cuando los hombres quitaron las tablas de las ventanas, entró muy poca luz. El ruido provocó la huida de centenares de bichitos.

—¡Uf! —resopló Janie, y arrugó la nariz—. Habrá que trabajar mucho para arreglar esta casa.

—En tal caso, será mejor que empecemos.

Al atardecer habían realizado algunos progresos. La planta alta era un desván de techo bajo, cuyas dos alas caían bruscamente. Bajo la suciedad descubrieron algunas maderas bellamente trabajadas. El interior de las paredes estaba enyesado y una capa de encalado lograría que pareciesen nuevas. Las ventanas limpias permitían el paso de mucha luz.

Vernon, que había estado colocando algunas tejas sueltas en el tejado, de pronto anunció que por el río se acercaba una balsa. Todos fueron a la orilla. Uno de los hombres manejaba la pértiga para acercar la balsa. Estaba cargada de muebles.

—Un momento, Janie, no puedo aceptar eso. Clay ya ha hecho demasiado.

—No es el momento de mostrarse orgullosa. Necesitamos esas cosas. Y, además, todo esto estaba en el desván de Clay. No es lo mismo que si le costara algo. Ahora, sostén un extremo de ese banco. ¡Howard! Espero que hayas traído cal... y un par de colchones.

—Esto no es más que la primera carga. Cuando haya terminado, todo lo que hay en Arundel Hall estará a este lado del río —contestó Howard.

Janie, Nicole y los dos hombres trabajaron tres días en la casa. Los hombres dormían en el molino y las mujeres caían exhaustas por la noche en los colchones de paja puestos en el desván de la casa.

Al cuarto día apareció un hombre de baja estatura y cuerpo enjuto.

—He oído decir que aquí hay una mujer que cree que puede manejar un molino.

Janie estaba dispuesta a contestar ásperamente al hombre, pero Nicole se adelantó.

—Yo soy Nicole Armstrong y pienso manejar el molino. ¿En qué puedo servirlo?

El hombre la observó cuidadosamente, y después extendió hacia ella la mano izquierda, con la palma hacia abajo.

Janie se disponía a reprender al hombre por sus modales cuando Nicole tomó con sus manos la que se le ofrecía y la volvió. Janie hizo una mueca, pues le pareció que la palma del hombre estaba mutilada y salpicada de promontorios grises.

Nicole pasó las manos sobre las del hombre y después le dirigió una sonrisa luminosa.

—Está contratado —dijo.

El hombre parpadeó.

—Y usted sabe lo que hace. Dirigirá bien el molino.

Cuando el hombre se marchó, Nicole explicó lo que había sucedido. El hombre era un afilador de piedras de molino. Usaba un cincel y afilaba las muescas de las piedras. Para hacer eso, se cubría la mano derecha con cuero y dejaba desnuda la izquierda. Con el tiempo, la mano izquierda quedaba salpicada con fragmentos de piedra. Los hombres mostraban orgullosos la mano izquierda. Era un símbolo de su experiencia. Había un dicho, «mostrar la pasta que uno tenía». «Pasta» era una antigua palabra que aludía a la piedra aplastada.

Janie regresó al trabajo murmurando que también se confeccionaban guantes para la mano izquierda.

Cuando la artesa que llegaba al río quedó limpia de restos y el agua fluyó sobre el extremo superior de la rueda obligándola a girar, se oyó un clamor que alcanzó varios kilómetros de distancia.

Nicole no se sorprendió cuando, menos de un día después, el primer cliente llegó en una gran barcaza cargada de grano para moler. Sabía que Clay había despachado un hombre río arriba y otro río abajo para difundir la noticia de la reapertura del molino.

Durante casi dos semanas, ella no lo vio y sin embargo pensaba constantemente en él. Dos veces había alcanzado a verlo cabalgando a lo largo y ancho de sus campos, pero en cada caso ella se alejó.

Una mañana, cuando el molino llevaba tres días funcionando, Nicole se despertó muy temprano. Aún no había aclarado, y oyó la respiración profunda de Janie, que dormía en la misma habitación. Se vistió deprisa a media luz y dejó que los cabellos sueltos le cayesen por la espalda.

Sin saber muy bien por qué, no la sorprendió ver a Clay de pie frente a la rueda de agua. Vestía pantalones de tela color castaño claro y botas altas con el extremo superior doblado. Estaba de espaldas a ella, las manos unidas en la espalda. La camisa parecía especialmente blanca con la primera luz del día, y otro tanto podía decirse del sombrero de ala ancha.

—Has realizado un buen trabajo —dijo sin volverse—. Ojalá pudiera conseguir de mis servidores la mitad de lo que has hecho.

—Creo que es consecuencia de la necesidad.

Él se volvió y la miró intensamente.

—No, no es la necesidad. Puedes regresar a mi casa cuando lo desees.

—No —contestó ella—. Así es mejor.

—Los mellizos siempre preguntan por ti. Quieren verte.

Nicole sonrió.

—Los echo de menos. Podrías permitirles que vengan.

—Pensé que podrías venir a mi casa. A cenar, esta noche. Ayer atracó un barco y trajo algunas cosas de Francia. Hay tinto seco, borgoña y champaña. Hoy lo traen por el río.

—Parece tentador, pero...

Él se adelantó un paso y le aferró los hombros.

—No podrás eludirme eternamente. ¿Qué deseas de mí? ¿Que te diga cuánto te echo de menos? Creo que en la plantación todos me odian por haberte inducido a partir. Maggie me sirve la comida quemada o cruda, y, en el medio, nada. Los mellizos lloraron anoche porque yo no conocía un condenado cuento en francés, acerca de una dama que se enamora de un monstruo.

—*La Bella y la Bestia* —sonrió Nicole—. De manera que quieres que regrese para tener una comida decente...

Él enarcó el entrecejo.

—No retuerzas mis palabras. Nunca quise que te marchases. ¿Vendrás a cenar?

—Sí —dijo ella.

Clay la acercó y le dio un beso rápido y fuerte, y después la soltó y comenzó a alejarse.

—Creía que las cosas no funcionaban —dijo Janie detrás de Nicole.

Nicole no supo qué contestar. Regresó a la casa para comenzar la tarea del día.

Durante ese largo día, Nicole apenas pudo contener el nerviosismo provocado por la expectativa de la cena con Clay. Cuando Vernon pesaba los sacos de grano y decía los números a Nicole, ella tenía que pedirle que repitiese las cifras para anotarlas bien. Sin embargo, recordó que debía enviar a Maggie una receta de *Dindon à la Daube*, un pato deshuesado, relleno y servido en una cacerola. A Maggie le encantaba la buena comida, y Nicole sabía que probablemente prepararía dos patos, uno para la casa principal y otro para ella y su personal.

A las seis, el bote de remos de Clay se acercó a la orilla con Anders, el administrador de la propiedad. Era un hombre alto y rubio. Vivía con su esposa y dos hijos en una casa que estaba al sur del despacho de Clay. Sus niños a menudo jugaban con los mellizos. Nicole le preguntó por su familia.

—Todos están muy bien, salvo que la echamos de menos. Ayer Karen preparó fruta en conserva y desea enviarle un poco. ¿Funciona el molino? Parece que usted ya tiene algunos clientes.

—El señor Armstrong ha difundido la noticia y poco a poco aumenta el número de personas que traen su grano.

Él le dirigió una mirada peculiar.

—Clay es un hombre respetado.

Llegaron a la orilla y Nicole advirtió que Anders insistía en mirar río arriba.

—¿Sucede algo?

—La balandra ya debería haber regresado. Anoche supimos que había entrado un barco, y Clay envió la balandra esta mañana temprano.

—Está preocupado, ¿verdad?

—No —repuso Anders, mientras ayudaba a Nicole a dejar el bote—. Puede haber muchas causas. Quizá los hombres se dedicaron a beber un poco de cerveza con los pasajeros del barco... o algo por el estilo. Es muy propio de Clay... Desde que James y Beth se ahogaron, se inquieta si la balandra se retrasa aunque sea una sola hora.

Caminaban hacia la casa.

—¿Conoció a James y a Beth?

—Muy bien.

—¿Cómo eran? ¿Clay mantenía relaciones muy estrechas con su hermano?

Anders tardó un momento en contestar.

—Los tres estaban muy unidos. Prácticamente crecieron juntos. Creo que Clay tomó muy a pecho la muerte de esos dos. La tragedia lo cambió.

Nicole deseaba formular cien preguntas más. ¿Cómo lo había cambiado? ¿Cómo era Clay antes de la muerte de su hermano y su cuñada? Pero no hubiera sido justo para Clay o Anders preguntar eso en aquella oportunidad. Si Clay deseaba hablarle, lo haría del mismo modo que Nicole había confiado en él.

Anders la dejó en el porche del jardín. Por dentro, la casa se le presentó tan bella como la recordaba. Pareció que los mellizos se materializaban de la nada y le cogieron las manos para llevarla a la planta alta. Deseaban que ella les contase una larga lista de historias antes de ir a acostarse.

Clay la esperaba al pie de la escalera con la mano extendida.

—Eres aún más bonita de lo que recordaba —dijo en voz baja, y la miró con expresión codiciosa.

Ella apartó los ojos de Clay y caminó hacia el comedor, con su mano todavía sostenida firmemente por la de su anfitrión. Nicole llevaba un vestido de seda cruda, de un matiz suave, casi apagado. Era un color albaricoque y estaba ribeteado con cintas de raso de un tono. más oscuro. El escote era muy profundo. Las mangas y la pechera estaban ribeteadas con una hilera de perlas. Las perlas ganaban en el contraste con la piel de Nicole.

Además, ella se había adornado los cabellos con perlas y cintas.

Clay no apartó los ojos de Nicole mientras la muchacha caminaba hacia el comedor. Nicole advirtió inmediatamente que Maggie se había esforzado realmente. La mesa casi cedía a causa de la enorme cantidad de alimentos.

—Espero que Maggie no crea que nos comeremos todo eso —dijo Nicole con una sonrisa.

—Supongo que intenta informarme de que si estas aquí la comida mejorará.

—¿La balandra todavía no ha llegado?

Nicole advirtió la expresión preocupada en la cara de Clay antes de que él menease la cabeza.

Acababan de sentarse a la mesa cuando uno de los trabajadores de la plantación irrumpió en la sala.

—¡Señor Clay! No sabía qué hacer —dijo en una catarata de palabras. Sostenía el sombrero con las manos y parecía dispuesto a romperlo en un momento. Estaba muy nervioso—. Ella dijo que tenía que venir aquí para verlo, y que usted me despellejaría a latigazos si no la traía.

—Cálmese, Roger. ¿De qué está hablando, y, sobre todo, de quién está hablando?

Clay dejó la servilleta sobre el plato vacío.

—No sabía si creerla o no. Pensé que quizás era una inglesa cualquiera que intentaba engañarme. Pero después la miré bien y se parecía tanto a la señorita Beth que pensé que era ella.

Ni Nicole ni Clay oyeron al hombre, porque de pie, detrás de él, estaba Bianca. Los cabellos rubios formaban un marco a su cara redonda. La boquita aparecía deformada en un bonito gesto. Nicole tuvo la sensación de que había olvidado lo que Bianca era realmente. Su vida había cambiado tanto los últimos meses que tenía la impresión de que el período pasado en Inglaterra nunca había existido. Ante su visión recordó vívidamente de qué modo Bianca se complacía en controlar a la gente.

Nicole se volvió hacia Clay y la expresión que vio en él la asombró. Se hubiera dicho que estaba contemplando un fantasma. Era una expresión de incredulidad y al mismo tiempo de profunda felicidad. De pronto, ella sintió que se le aflojaba todo el cuerpo. Comprendió entonces que, en lo más profundo de su ser, siempre había tenido la esperanza de que cuando él viese nuevamente a Bianca comprendería que ya no la amaba. Las lágrimas pugnaban por brotar de sus ojos, y Nicole comprendió que había perdido y que él jamás la había mirado como miraba a Bianca.

Nicole respiró lenta y profundamente, y después se puso de pie y atravesó la habitación en dirección a Bianca. Le ofreció la mano.

—¿Puedo darte la bienvenida a Arundel Hall?

Bianca dirigió a Nicole una mirada de odio y no hizo caso de la mano que la joven le ofrecía.

—Te comportas como si fueses dueña de la casa —dijo por lo bajo, y luego sonrió recatadamente a Clay—. ¿No te alegras de verme? —dijo seductoramente, y en su mejilla izquierda se formó el hoyuelo—. He viajado mucho para encontrarte.

Clay casi derribó la silla cuando avanzó hacia

Bianca. Le aferró los hombros con las manos y después la miró con ardiente necesidad.

—Bienvenida —murmuró, y le besó la mejilla. No advirtió que ella se resistía al contacto—. Roger, lleva arriba el baúl.

Roger se apartó del grupo. Había pasado seis horas en una balandra con esa rubia y un par de veces había tenido que reprimir la tentación de arrojarla por la borda. Jamás hubiera creído que una mujer pudiese descubrir tantas cosas de las cuales quejarse en tan breve lapso. Había renegado contra Roger y la falta de obediencia que le demostraban los hombres. Parecía que esperaba que todos los hombres atendiesen sus más mínimos deseos. Cuanto más cerca estaba la balandra de la plantación Armstrong, Roger creía más firmemente que había cometido un error al llevarla ante Clay.

Al ver el modo en que Clay miraba a la mujer, Roger se asombró. ¿Cómo era posible que la mirase así cuando esa bonita y menuda señorita Nicole estaba cerca y en los ojos se le leía el sufrimiento? Roger se encogió de hombros, se encasquetó el sombrero y trasladó el baúl a la planta alta. Tripular embarcaciones era su profesión, y daba gracias al cielo porque él no tenía nada que ver con las mujeres.

—¡Clayton! —dijo bruscamente Bianca, apartándose del hombre—. ¿No me invitas a tomar asiento? Después del largo viaje hasta aquí, estoy cansada.

Clay intentó tomarla del brazo, pero ella lo esquivó. Le acercó una silla a la izquierda de la que él ocupaba en la cabecera de la mesa.

—Seguramente tienes apetito —dijo mientras retiraba del armario otro juego de platos y cubiertos.

Nicole estaba de pie en la puerta y los observaba. Clay revoloteaba alrededor de Bianca como una gallina. Bianca distribuyó la gasa verde de su vestido y se sentó. Nicole advirtió que Bianca había tomado por lo menos diez kilos de peso desde la última vez que ella la había visto. Aún tenía estatura suficiente para distribuir el peso, que todavía no le había deformado la cara; pero las proporciones de las caderas y los muslos habían aumentado mucho. La moda de la época, con la cintura alta, disimulaba hasta cierto punto la situación, pero el estilo de vestidos sin mangas revelaba totalmente los gruesos brazos.

—Deseo saberlo todo —dijo Clay, inclinado hacia ella—. ¿Cómo has llegado aquí? ¿En qué clase de buque embarcaste?

—Fue terrible —dijo Bianca, y parpadeó apenas—. Cuando llegó la carta que enviaste a mi padre, me sentí desolada. Comprendí que se había cometido un terrible error. Por supuesto, vine en el primer barco disponible. —Dirigió una sonrisa a Clay. Cuando su padre le mostró la carta, Bianca rio de buena gana ante la broma que se había hecho a costa de la pobre y estúpida Nicole, pero dos días más tarde recibió otra carta. Unos primos lejanos de Bianca vivían en América, no lejos de donde estaba Clay, y habían escrito a Bianca para felicitarla por su futuro matrimonio. Parecían creer que ella estaba enterada de la riqueza de Clay y se proponían conseguir de la joven algún préstamo en cuanto contrajese matrimonio. Bianca se desentendió instantáneamente de los primos, pero se encolerizó cuando se enteró de la riqueza de Clay. ¿Por qué ese hombre estúpido no le había dicho que era rico? Su furia pasó rápidamente de Clay a Nicole. Quién sabe cómo esa perrita tramposa se había enterado de las circunstancias de Clay, y había arreglado las cosas para ocupar el lugar de Bianca. Inmediatamente Bianca dijo a su padre que se proponía ir a América. El señor Maleson se limitó a reír y dijo que, si ella conseguía el dinero necesario, podía marcharse; eso no le importaba. Bianca se volvió hacia Nicole, todavía de pie en el umbral de la puerta. Sonrió como una amable anfitriona.

—¿No vienes con nosotros? —preguntó con voz tierna—. Una de tus primas vino a la casa a preguntar por ti —dijo cuando Nicole se sentó—. Contó una historia absurda, de acuerdo con la cual tú y ella pensabais dedicaros al comercio. Le dije que trabajabas para mí y que no tenías dinero. Relató las cosas más fantásticas acerca de la venta de ciertas esmeraldas y de tus trabajos por la noche. En realidad, una cosa muy absurda. Para asegurarme, yo misma revisé tu cuarto. —Sus ojos chispearon—. El pasaje a América es tan caro, ¿verdad? Por otra parte, tú nada sabes de eso, ¿eh? Mi billete costó aproximadamente lo mismo que costaría la participación en una tienda.

Nicole mantuvo la cabeza alta. No permitiría que Bianca viese cómo le dolían sus palabras. Pero se frotó las yemas de los dedos al recordar el sufrimiento que había afrontado cosiendo a la media luz de su habitación.

—Me alegro de verte —dijo Clay—. Verte de nuevo a mi lado es como si un sueño se hubiese materializado.

—¿De nuevo? —preguntó Bianca, y las dos mujeres miraron a Clay. Él la observaba con una expresión extraña en el rostro.

Clay reaccionó.

—Quise decir que te imaginé tan a menudo, que, en efecto, parece que hayas regresado. —Levantó una fuente de patatas—. Seguramente tienes apetito.

—¡En absoluto! —dijo ella, pero sus ojos no se apartaron de la comida—. No podría probar bocado. En realidad es posible que definitivamente deje de comer. —Rio complacida ante sus propias palabras—. ¿Sabes dónde me pusieron en esa horrible fragata? ¡En la cubierta inferior, con la tripulación y el ganado! ¡Increíble! El ojo de buey perdía, el techo filtraba, y durante muchos días viví casi en la oscuridad.

Clay contrajo el entrecejo.

—Por eso yo había dispuesto un camarote para ti a bordo del buque correo.

Bianca se volvió para mirar a Nicole.

—Por supuesto, no recibí tan buen trato. Imagino que tu comida también sería mejor que la mía.

Nicole se mordió la lengua para abstenerse de comentar que, al margen de la calidad, la cantidad parecía haber sido más que suficiente.

—En ese caso, quizá la cocina de Maggie ayudará a compensar el pasado.

Clay acercó un poco la fuente a Bianca.

—Sí, quizá probaré algo.

Nicole observó en silencio mientras Bianca se servía

una porción de cada uno de los veintitantos manjares depositados sobre la mesa. Nunca parecía que llenaba demasiado el plato o que comía mucho de algo. Un observador distraído hubiera dicho que comía con moderación. Era una técnica que ella había aprendido en el curso de los años para disimular su glotonería.

—¿Dónde conseguiste ese vestido? —preguntó Bianca mientras con movimientos delicados vertía miel sobre un bizcocho.

Nicole comprendió que se le enrojecía el rostro. Recordaba muy bien las acusaciones de Clay en el sentido de que había robado las telas destinadas a Bianca.

—Tenemos que hablar de ciertas cosas —dijo Clay.

Sus palabras evitaron que Nicole se viese obligada a contestar.

Antes de que Clay pudiese continuar hablando, Maggie irrumpió en la sala.

—Oí que llegaron visitantes en la balandra. Señora Armstrong, ¿ella es su amiga?

—¿Señora Armstrong? —preguntó Bianca, y miró a Nicole—. ¿Se refiere a ti?

—Sí —dijo tranquilamente Nicole.

—¿Qué está sucediendo aquí? —preguntó Bianca.

—Maggie, ¿puede dejarnos solos? —dijo Clay.

Maggie observó con mucha curiosidad a la mujer. Roger había renegado durante toda la última hora. Habían sido necesarias cuatro jarras de cerveza para serenarlo.

—Solamente deseaba saber si puedo servir el postre. Hay pastel de queso y almendras, tarta de manzana y un pastel de miel.

—¡Ahora no, Maggie! Tenemos que hablar de cosas más importantes que la comida.

—Clay —dijo tranquilamente Bianca—. Ha pasado mucho tiempo desde la última vez que comí fruta fresca. Quizás habría que aceptar la tarta de manzanas.

—Por supuesto —dijo instantáneamente Clay—. Tráigalo todo. —Se volvió hacia Bianca—. Perdóname, estoy muy acostumbrado a impartir órdenes.

Nicole deseaba retirarse. Sobre todo deseaba apartarse del hombre a quien amaba y que de pronto se había convertido en un extraño. Se puso de pie con un movimiento brusco.

—No deseo tomar postre. Si me disculpan, creo que volveré a mi casa.

Clay se puso de pie al mismo tiempo que ella.

—Nicole, por favor, no quise...

Volvió los ojos, pues Bianca había apoyado su mano sobre la de él. Era la primera vez que la visitante lo tocaba voluntariamente.

El estómago de Nicole se contrajo dolorosamente cuando vio la expresión en los ojos de Clay. Salió rápidamente de la habitación, y de la casa, al aire fresco de la noche.

—Clay —dijo Bianca. Retiró la mano del brazo de Clay apenas Nicole se apartó, pues ya había entrevisto el poder que ejercía en él. Clay la disgustaba tanto como ella recordaba. Tenía la camisa abierta por el cuello y no se molestaba en usar chaqueta. Bianca detestaba tocarlo, detestaba incluso estar cerca de él, pero estaba dispuesta a sufrir mucho para adueñarse de la plantación. En el viaje desde el muelle había observado las casas que se levantaban aquí y allá, y ese hombre odioso que tripulaba el bote le había dicho que Clay era el dueño de todo. El comedor estaba lujosamente amueblado. Bianca sabía que el empapelado había sido pintado especialmente para esa habitación. Los muebles sin duda eran caros, aunque su número era reducido. Sí, si tenía que tocarlo para adueñarse del lugar, lo haría. Después de casarse, le diría que se mantuviese apartado de ella.

Maggie les llevó una bandeja enorme cargada con tartas calientes y pastel de queso frío. Sobre el pastel, una gelatina de albaricoque.

—¿Adónde ha ido la señora Armstrong?

—Regresó al molino —dijo secamente Clay.

Maggie le dirigió una mirada suspicaz y salió.

Bianca apartó los ojos del plato cargado con tres postres. Se dijo que, puesto que había comido tan poco durante la cena, podía mostrarse generosa consigo misma.

—Desearía una explicación.

Cuando Clay terminó, Bianca estaba concluyendo una segunda porción de pastel.

—Entonces, ahora se me desecha como si fuese un limón exprimido, ¿verdad? Todo mi amor por ti, todo el sufrimiento que he soportado para llegar aquí, no significan nada. Clayton, si hubieras ordenado a esos secuestradores que revelasen de dónde venían, yo habría ido con ellos de buena gana. Sabes muy bien que no habría soportado permanecer alejada de ti. —Se limpió delicadamente los labios y los ojos se le llenaron de lágrimas. Lágrimas auténticas. La idea de que podía perder toda la riqueza de Clay provocaba en ella un sentimiento profundo—. ¡Maldita Nicole! ¡Qué oportunista!

—No, por favor, no digas eso. Tu lugar está aquí. Tu lugar siempre ha estado aquí.

Las palabras de Clay le parecieron extrañas, pero Bianca las dejó pasar.

—Cuando este testigo del matrimonio retorne a América, ¿conseguirás la anulación? No permitirás que permanezca aquí y después... me abandonarás, ¿verdad?

Él se llevó a los labios las manos de Bianca.

—No, claro que no.

Bianca le dirigió una sonrisa y se puso de pie.

—Estoy muy fatigada. ¿Crees que ahora puedo descansar?

—Por supuesto. —La tomó del brazo y la condujo hacia la escalera, pero ella se apartó de Clay.

—¿Dónde están los criados? ¿Dónde están el ama de llaves y el mayordomo?

Clay subió la escalera detrás de Bianca.

—Algunas mujeres ayudan a Nicole, o, mejor dicho, la ayudaban antes de que ella fuese a vivir al otro lado del río, pero duermen en los cuartos que están sobre los telares. Nunca creí necesario tener un mayordomo o un ama de llaves.

Bianca se detuvo al final de la escalera. El corazón le latía aceleradamente a causa del esfuerzo. Sonrió recatadamente.

—Pero ahora estoy yo. Por supuesto, las cosas cambiarán.

—Como desees —concedió Clay, y abrió la puerta de la habitación que antes había sido de Nicole.

—Demasiado sencilla —juzgó ella—, pero servirá.

Clay se acercó al armario combado y con la mano tocó una figurita de porcelana.

—Era la habitación de Beth —dijo, y después se volvió hacia Bianca. Su cara tenía la expresión de un hombre desesperado.

—¡Clay! —dijo Bianca, y se llevó la mano al cuello—. Me asustas.

—Discúlpame —se apresuró a decir él—. Te dejaré sola.

Salió bruscamente de la habitación.

—Qué hombre tan grosero y torpe... —comenzó a decir Bianca por lo bajo, y después se encogió de hombros. La alegraba que él se hubiese retirado. Paseó la mirada por la habitación. Era excesivamente austera para ella. Tocó con la mano las colgaduras blancas y azules de la cama. Tenían que ser rosadas. Volvería a adornar la cama con tul rosado y muchos adornos. También era necesario revestir las paredes con papel rosa, y quizás ordenaría que pintaran flores sobre el papel. Había que retirar de allí los muebles de avellano y arce. Por supuesto, los sustituiría con algunos muebles dorados.

Se desnudó lentamente y dejó el vestido sobre el respaldo de una silla. El recuerdo de la seda albaricoque de Nicole la irritó. ¿Quién era esa mujer para usar seda cuando ella, Bianca, tenía que arreglarse con gasas y muselinas? Pero que esperase un poco, ya enseñaría a esos ignorantes americanos lo que era el auténtico estilo. Compraría un guardarropa que avergonzaría todo lo que Nicole tenía.

Se puso un camisón, retirado del baúl que Roger había depositado en el dormitorio, y se metió en la cama. El colchón era un poco duro para su gusto. Se adormeció pensando en todos los cambios que introduciría en la plantación. Sin duda, la casa era demasiado pequeña. Agregaría un ala, su propia ala privada, y así evitaría la proximidad excesiva de Clay después de casarse. Compraría un carruaje; un carruaje más lujoso que el de la reina. El techo estaría sostenido por querubines dorados. Se durmió con una sonrisa en los labios.

Clay salió con paso rápido de la casa para ir al jardín. La luz de la luna se reflejaba en el agua del estanque. Encendió un largo cigarro y permaneció de pie, en silencio, a la sombra de los setos. Ver a Bianca había sido lo mismo que ver un fantasma. Era casi como recuperar a Beth. Pero esta vez nadie se la arrebataría: ni su hermano, ni la muerte. Sería suya por toda la eternidad.

Dejó caer el cigarro y lo aplastó con la bota. Aguzó el oído para oír la rueda del molino, pero estaba demasiado lejos. Pensó en Nicole. Incluso estando Bianca tan cerca, él recordaba a Nicole. Evocó su sonrisa, el modo de abrazarse a él mientras lloraba. Sobre todo, recordó su amor... a todos. En la plantación no había ni una sola persona a quien Nicole no hubiese prodigado su bondad. Incluso el viejo Jonathan, un hombre perezoso y amargado, hablaba bien de ella.

Con movimientos lentos se volvió para regresar a la casa.

A la mañana siguiente Bianca despertó lentamente. La comodidad del lecho y la buena comida representaban un lujo después de los días pasados en alta mar. Sin dificultad recordó dónde estaba o lo que se proponía hacer, toda la noche había soñado con eso.

Apartó las mantas y las miró con desagrado. A decir verdad, era excesivo pedir que la señora de una propiedad como esa durmiese con sábanas de hilo. Lo menos que podía reclamar era la seda. Del baúl retiró un vestido de algodón rosado y le pareció muy desagradable que Clay no le suministrase una doncella.

Fuera del dormitorio, dirigió una rápida ojeada a los corredores, pero no sintió curiosidad por conocer la casa. Le bastaba que fuese suya. Su interés principal se centraba en la cocina, cuya ubicación le habían señalado la noche anterior.

Maldijo la distancia que separaba la casa de la cocina. En adelante ordenaría que le llevasen la comida, porque no deseaba caminar para conseguirla.

Entró con paso majestuoso en la espaciosa cocina. Parecía un sueño convertido en realidad. A lo largo de su vida, siempre había sabido que ella estaba destinada a mandar. Ese estúpido padre que ella tenía se había reído de Bianca cuando la joven le dijo que deseaba recuperar la propiedad que había pertenecido anteriormente a los Maleson. Por supuesto, la plantación Armstrong jamás podría compararse con las propiedades inglesas; pero, por otra parte, ¿acaso algo de lo que había en América podía compararse con Inglaterra?

—Buenos días —dijo amablemente Maggie, con los brazos cubiertos de harina hasta los codos porque estaba preparando bizcochos para el almuerzo—. ¿En qué puedo servirla?

La amplia cocina hervía de actividad. Una de las ayudantas de Maggie vigilaba tres calderos depositados sobre los carbones del hogar. Un niño imprimía un movimiento lento a un trozo de carne puesto a asar. Otra mujer amasaba en una gran mesa de madera, y dos muchachas cortaban verduras.

—Bien —respondió Bianca con voz firme. Sabía por experiencia que era mejor afirmar una actitud superior sobre los criados desde el comienzo mismo—. Deseo que usted y los restantes criados formen fila y se preparen para recibir mis instrucciones. En adelante espero que todos ustedes interrumpan lo que estén haciendo cuando yo entro a una habitación y me traten con el debido respeto.

Las seis personas que estaban en la cocina suspendieron sus labores y la miraron con la boca abierta.

—¡Ya me han oído! —ordenó Bianca.

Con movimientos lentos y torpes la gente se acercó a la pared del este. Todos, excepto Maggie.

—¿Quién es usted para impartir órdenes?

—No tengo por qué contestar a sus preguntas. Los criados deben saber cuál es su lugar. Es decir, los criados que quieran conservar su puesto —amenazó. Bianca trato de ignorar la mirada hostil de Maggie y el hecho de que no se alineara con los otros—. Quiero hablar de la comida que sale de esta cocina. A juzgar por la cena de anoche, es demasiado sencilla. Se necesitan más salsas. Por ejemplo, la gelatina de jamón era deliciosa. —Sonrió astutamente, pues sabía que el elogio reanimaría a la gente—. Pero —continuó diciendo— hubiera debido servirse más salsa.

—¿Salsa? —preguntó Maggie—. Ese jamón estaba revestido con azúcar pura. ¿Quiere decir que pretende que le envíe una fuente de azúcar derretido?

Bianca le dirigió una mirada siniestra.

—No estoy pidiéndole comentarios. Ustedes están aquí para obedecer mis deseos. Y con respecto al desayuno, espero que se sirva en el comedor a las once en punto. Quiero una jarra de chocolate preparado con tres partes de crema y una de leche. También algunas de esas tartas servidas anoche. Se servirá el almuerzo a las doce y media y...

—¿Le parece que podrá resistir tanto tiempo solo con unas pocas docenas de pasteles? —preguntó sarcásticamente Maggie mientras se quitaba el delantal y lo arrojaba sobre la mesa—. Hablaré con Clay y veré quién es usted —dijo mientras pasaba frente a Bianca.

—Soy la señora de esta plantación —dijo Bianca, con el cuerpo muy erguido—. Soy su patrona.

—Trabajo para Clay y su esposa, que, gracias a Dios, no es usted.

—¡Mujer insolente! ¡Me ocuparé de que Clay la despida como castigo por su actitud!

—Quizá me marche antes de que él pueda despedirme —dijo Maggie, y caminó hacia los campos.

Maggie encontró a Clay en el cobertizo del tabaco, donde estaban colgando a secar las largas hojas.

—¡Deseo hablar con usted! —reclamó la mujer.

Durante todos los años que Maggie había trabajado para la familia de Clay, jamás había provocado problemas. Se mostraba muy franca y más de una vez se habían aprovechado sus ideas para mejorar distintos aspectos de la plantación, pero sus quejas siempre estaban justificadas.

Clay trató de limpiarse el zumo negro del tabaco que le manchaba las manos.

—¿Sucede algo? ¿Se tapó de nuevo el tiro de la chimenea?

—Esta vez es más grave que la chimenea. ¿Quién es esa mujer?

Clay interrumpió sus tareas y miró fijamente a Maggie.

—Esta mañana ha entrado en mi cocina y ha comenzado a exigir que todos la obedeciéramos. Quiere el desayuno servido en el comedor. Cree que es demasiado buena para venir a la cocina como todos los demás.

Con un gesto irritado, Clay arrojó a un lado el trapo sucio.

—Usted ha vivido en Inglaterra. Sabe que la gente de la clase alta no come en la cocina. Para el caso, tampoco lo hacen la mayoría de los otros propietarios de las plantaciones. No me parece que sea un reclamo tan ofensivo. Quizá convenga que todos aprendamos algunos modales.

—¡Reclamo! —se burló Maggie—. Esa mujer no conoce el sentido de la palabra. —Se interrumpió de pronto y bajó la voz—. Clay, querido, lo conozco desde que usted era un niño. ¿Qué está haciendo ahora? Se casó con una de las mujeres más afectuosas que conoce esta tierra, pero ella huye y vive al otro lado del río. Y ahora trae a su casa a una joven altanera que es la imagen misma de Beth. —Apoyó la mano en el brazo de Clay—. Sé que usted los amó a ambos, pero no puede traerlos de vuelta.

Clay la miró hostil y el rostro se le ensombreció cada vez más. Se apartó de ella.

—Ocúpese de sus asuntos. Y dé a Bianca lo que ella pida.

Se alejó, con la cabeza erguida y la sombra proyectada por el sombrero de ala ancha ocultando la expresión de sufrimiento de sus ojos.

Hacia el final de la tarde, Bianca salió encolerizada de Arundel Hall. Había pasado varias horas en la plantación, conversando con los trabajadores, formulando sugerencias y aconsejando, pero nadie la había tratado con respeto. Anders, el administrador de la plantación, se había reído de la idea de comprar un carruaje. Observó que los caminos de Virginia eran tan malos que la mitad de la gente ni siquiera tenía carruaje, y, en todo caso, no los había con querubines dorados que sostuvieran el techo. Explicó que casi todos los desplazamientos se hacían utilizando el río. Pero no se rio cuando Bianca le presentó la lista de telas que ella deseaba. Se limitó a mirarla con estupefacción.

—¿Realmente quiere sábanas de seda rosada? —preguntó.

Bianca le informó que la gente más refinada de Inglaterra las usaba. No hizo caso de la observación de Anders en el sentido de que Bianca ya no estaba en Inglaterra.

Y por doquier escuchó el nombre de Nicole. La señorita Nicole había ayudado a mejorar el jardín.

Bianca protestó. ¿Por qué no? Había sido antes la criada de Bianca, y no una dama entre cuyos antepasados se contaba un barón, como era el caso de Bianca.

Pero, después de un rato, Bianca se fatigó de escuchar el nombre de Nicole. También estaba harta de que se considerara a la francesita la señora de la plantación. Caminó hacia el muelle y el bote de remos que la llevaría al molino. Se proponía hablar francamente con Nicole.

Roger la llevó a través del río y Bianca se encolerizó ante la insolencia del hombre. Pero Roger le dijo con franqueza que no deseaba tener nada más que ver con ella.

Bianca se vio obligada a trepar los peldaños de madera que bajaban desde el muelle hasta el agua, y después subir por un empinado sendero que conducía a la casita. La puerta estaba abierta y la visitante vio a una mujer corpulenta inclinada sobre un pequeño fuego que ardía en el enorme hogar. Entró a la habitación.

—¿Dónde está Nicole? —preguntó en voz alta.

Janie se incorporó y miró a la joven rubia. La noche de la víspera, Nicole había regresado temprano de la cena con Clay, y lo único que Janie pudo arrancarle fue que había llegado Bianca. No dijo más, pero la expresión de su cara revelaba mucho. Los ojos tenían una expresión de intensa tristeza. Al levantarse se había dedicado a las tareas de costumbre, pero Janie opinaba que la joven ya no mostraba la vivacidad que era habitual en ella.

—¿Quiere pasar? —dijo Janie—. Seguramente usted es Bianca. Estaba preparando un poco de té. Quizá desee beber una taza con nosotras.

Bianca examinó con disgusto la habitación. No vio

nada encantador en las paredes revestidas de yeso, el techo sostenido por vigas o la rueca junto al fuego. Ante sus ojos aquello era una choza. Limpió con los dedos de la mano una silla antes de ocuparla.

—Deseo que vaya a buscar a Nicole. Dígale que estoy esperando y que no dispongo de todo el día.

Janie dejó la tetera sobre la mesa. De modo que esta era la hermosa Bianca de quien Clay estaba tan enamorado. Vio a una mujer de rostro descolorido y un cuerpo que, evidentemente, aumentaba de peso a gran velocidad.

—Nicole tiene cosas que hacer —dijo Janie—. Vendrá cuando pueda.

—He soportado bastante insolencia de los criados de Clay. Le advierto a usted que si...

—¿Si qué, señorita? Sepa que yo obedezco a Nicole, no a Clayton. —Eso no era del todo verdad—. Y además...

—¡Janie! —dijo Nicole desde la puerta. Atravesó la habitación—. Tenemos una visita y debemos ser amables. ¿Deseas un refresco, Bianca? Quedan bizcochos calientes del desayuno.

Cuando Bianca no contestó, Janie murmuró algo acerca de la posibilidad de que esa mujer se comiese todo el grano del molino.

Bianca sorbió su té y con gestos desdeñosos comió los bizcochos suaves, tibios y azucarados. Suscitaba la impresión de que lo hacía por obligación.

—De modo que viven aquí. Han descendido un poco, ¿verdad? Creo que Clayton te habría permitido permanecer en la plantación para desempeñar algunas tareas. Quizá como ayudanta de la cocinera.

Nicole apoyó la mano sobre el brazo de Janie para impedir que hablase.

—Yo preferí salir de Arundel Hall. Deseaba mantenerme sola. Como sabía dirigir un molino, el señor Armstrong me transfirió bondadosamente la propiedad de este lugar.

—¡Transfirió! —exclamó Bianca—. ¿Quiere decir que era dueño de esto y que lo regaló? ¿Después de todo lo que le has hecho y lo que me has hecho a mí misma?

—Desearía saber qué le ha hecho —intervino Janie—. Me parece que ella es la parte inocente en todo este asunto.

—¡Inocente! —se burló Bianca—. ¿Cómo supiste que Clayton era rico?

—No sé a qué te refieres.

—Si no lo sabías, ¿por qué te prestaste tan fácilmente a ir con los secuestradores? De hecho, te lanzaste sobre el caballo de aquel hombre. ¿Y de qué modo el capitán consiguió casarte con mi prometido? ¿Usaste ese cuerpecito flacucho que tienes para seducirlo? Los miembros de las clases inferiores siempre hacen cosas por el estilo.

—¡No, Janie! —dijo bruscamente Nicole, y después se volvió hacia Bianca—. Creo que será mejor que te marches ahora.

Bianca se puso de pie, sonriendo apenas.

—Solamente deseaba advertirte. Arundel Hall es mío. La plantación Armstrong es mía, y no toleraré tu interferencia. Ya me has quitado bastante de lo que me pertenece y no pienso darte más. De modo que mantente alejada.

—¿Qué me dices de Clay? —preguntó Nicole con voz serena—. ¿También él es de tu propiedad?

Bianca curvó el labio inferior y después sonrió.

—¿De modo que se trata de eso? Caramba, caramba, qué mundo más pequeño. Sí, es mío. Si pudiese tener el dinero sin él, aceptaría la situación. Pero eso no es posible. De todos modos, te diré una cosa; incluso si pudiese desprenderme de él, no permitiría que tú lo tuvieras. Desde que te conocí me has acarreado dificultades y preferiría morir antes que darte lo que me pertenece. —Su sonrisa se ensanchó—. ¿Te duele ver cómo me trata? Lo tengo aquí.

Adelantó la mano regordeta y blanca, y después la cerró lentamente para formar un puño. Siempre sonriendo, se volvió y salió de la habitación sin cerrar la puerta.

Janie se sentó sobre el borde de la mesa, al lado de Nicole. Tenía la sensación de que la habían pasado entre las piedras de moler.

—¿De modo que este es el ángel que por orden de Clay yo tenía que traer de Inglaterra? —Janie meneó lentamente la cabeza—. Me gustaría saber si ha nacido el hombre capaz de conocer a las mujeres. ¿Qué demonios ve en ella?

Nicole tenía los ojos fijos en la puerta abierta. No le importaba perder la batalla ante una mujer que amara a Clay, pero le dolía verlo con Bianca. Más tarde o más temprano descubriría cómo era ella, y, al llegar a esa situación, sufriría mucho.

Los mellizos irrumpieron en la habitación.

—¿Quién era esa señora gorda? —preguntó Alex.

—¡Alex! —exclamó Nicole. Pero su reprimenda perdió peso cuando Janie se echó a reír. Nicole trató de evitar una sonrisa—. Alex, no debes llamar gorda a la gente.

—¿Aunque lo sea?

La risa de Janie era tan estrepitosa que Nicole no pudo hablar. Decidió alejarse del tema del exceso de peso de Bianca.

—Es una invitada de tu tío Clay —dijo finalmente.

Los mellizos se miraron en silencio, y después se volvieron deprisa y bajaron por el sendero.

—¿Adónde irán? —preguntó Janie.

—Probablemente a presentarse. Desde el día en que Ellen Backes les enseñó la ceremonia, no han perdido oportunidad de hacer reverencias e inclinarse.

Janie y Nicole se miraron, y después salieron en silencio de la casa. No estaban seguras de la actitud que Bianca mostraría frente a los mellizos.

Las dos mujeres llegaron a tiempo para ver a Alex que se inclinaba ante Bianca. Estaban de pie, en el muelle. Bianca parecía complacida por los modales pulcros de los mellizos, pese a que las ropas y las caras de los niños estaban un poco sucias. Mandy permanecía de pie, junto a su hermano, y sonreía orgullosa.

De pronto, Alex perdió el equilibrio, y, para evitar una posible caída al agua, aferró lo que tuvo más cerca, es decir, el vestido de Bianca. El género se desgarró en la costura de la cintura y se formó un gran orificio.

—¡Estúpido, torpe! —dijo Bianca, y, antes de que nadie pudiese hablar, descargó una fuerte bofetada en la cara de Alex.

El niño hizo equilibrios en el borde del muelle y

agitó los brazos un momento antes de caer al río. Nicole estaba en el agua hasta los tobillos antes de que Alex emergiese por primera vez. El pequeño sonrió ante la expresión de Nicole y nadó hacia la orilla.

—El tío Clay dice que no debemos nadar con los zapatos puestos —dijo, mientras se sentaba en la orilla y comenzaba a quitarse el calzado. Hizo un gesto a Nicole, que todavía estaba en el agua, con los zapatos empapados.

Nicole le sonrió y regresó a tierra firme. Aún le latía el corazón a causa del miedo que había sentido al ver la caída del niño.

Mientras Janie y Nicole concentraban la atención en Alex, Mandy miró a la mujer corpulenta. No le había gustado que alguien golpease a su hermano. Se acercó un paso a Bianca y apoyó firmemente los talones en el muelle. Aplicó un fuerte empujón a Bianca y después se apresuró a retroceder.

Todos se volvieron cuando oyeron el chillido de temor de Bianca. Cayó lentamente. La falta de fuerza y de tono muscular la reducían a la impotencia. Sus manos pequeñas y regordetas batieron el aire.

Cuando tocó el agua, las salpicaduras casi inundaron el muelle. Mandy quedó empapada de la cabeza a los pies. Se volvió con la pechera del vestido mojada y el agua que le corría por las mejillas y la nariz. Sonrió con gesto de triunfo a su hermano y Janie comenzó a reír otra vez.

—Basta, todos vosotros —ordenó Nicole, pero le temblaba la voz porque estaba conteniendo la risa. Bianca había ofrecido un espectáculo tan divertido al caer... Nicole se acercó al lado opuesto del muelle y los demás la siguieron. Bianca emergió lentamente del agua. Le llegaba apenas a la rodilla, pero al caer se había hundido completamente. Los cabellos rubios formaban mechones finos y rectos sobre la cara. Los rizos que había obtenido con mucho esfuerzo y el uso de una plancha caliente ya no existían. El agua le había pegado en el cuerpo el delgado algodón del vestido y casi parecía que estaba desnuda. Se la veía más gruesa de lo que Nicole creía. Los muslos y las caderas eran tan adiposos que casi no tenían forma. Donde hubiera debido estar la cintura había un rollo de grasa.

—¡Es gorda! —dijo Alex, con una expresión de asombro en los ojos.

—¡No os quedéis así, sacadme de aquí! —gritó Bianca—. Tengo los pies atascados en el lodo.

—Creo que será mejor que llamemos a los hombres —dijo Janie—. Nosotros dos no tenemos fuerza suficiente para levantar una ballena.

—¡Callad! ¡Callad todos! —dijo Nicole, y se acercó al bote para recoger un remo—. A Bianca no le agradan los hombres. Vamos, Bianca, aferra el extremo del remo; Janie y yo te sacaremos de ahí.

Janie obedeció y sostuvo un extremo del remo.

—Si quieres saberlo, a esa mujer solo le agrada su propia persona, y no mucho, por cierto.

Las mujeres tuvieron que trabajar bastante para sacar del lodo a Bianca. A pesar de sus proporciones, no era muy fuerte. Cuando al fin llegó a la orilla, Roger salió del bosquecillo, donde sin duda había permanecido un rato. Los ojos le chispeaban de placer cuando ayudó a Bianca a subir al bote y la llevó de regreso a la otra orilla.

9

Cuando se aproximó el jinete solitario, Clay estaba inclinado sobre el tocón del viejo árbol y aseguraba varias cadenas alrededor de las largas y profundas raíces. En una hora más se pondría el sol. Había estado trabajando desde mucho antes del amanecer. Estaba cansado, no solo por el trabajo que había realizado ese día, sino por varios días de labor ininterrumpida.

Cuando al fin aseguró las cadenas al tronco, las enganchó al collar del corpulento percherón. El caballo hundió las macizas patas en el suelo cuando oyó la orden de Clay. Lentamente, el tronco comenzó a emerger del suelo.

Clay se apoderó de un hacha y cortó los finos tendones que aseguraban al suelo el ancho tocón. Cuando al fin terminó su tarea, condujo al caballo, que arrastraba el tronco, hacia el extremo del campo que estaba limpiando. Mientras desprendía las cadenas y las enrollaba antes de depositarlas en el suelo, el recién llegado habló.

—¡Buen trabajo! No he visto un espectáculo tan bueno desde que asistí a una función de unos bailarines en Filadelfia. Por supuesto, tenían mejores piernas que tú.

Clay le dirigió una mirada hostil y después esbozó una sonrisa.

—¡Wesley! Hace siglos que no te veo. ¿Tú y Travis ya habéis cosechado el tabaco?

Wes Stanford se irguió. No era un hombre tan alto como Clay, pero era robusto, de pecho ancho y musculoso, y las piernas duras. Sus cabellos eran castaños y tenía los ojos muy oscuros, a menudo con una expresión alegre. Se encogió de hombros.

—Ya conoces a Travis. Está seguro de que él solo puede dirigir el mundo. Me pareció oportuno privarlo de mi ayuda por lo menos unas horas.

—¿Habéis vuelto a reñir?

Wesley sonrió.

—Travis sería muy capaz de explicar al demonio cómo organizar el Infierno.

—Y no dudo de que el demonio le obedecería.

Los dos hombres se miraron y se echaron a reír. La amistad entre ambos se había fortalecido a lo largo de los muchos años de vecindad. Inicialmente, el factor que los unió era el hecho de que ambos eran hermanos menores. Clay siempre había vivido a la sombra de James, y, por su parte, Wesley había tenido que lidiar con Travis. Muchas veces, cuando Travis estaba cerca, Clay había agradecido la presencia de James. Y no envidiaba a Wes que tuviera un hermano así.

—¿Por qué estás limpiando tus propios campos? —preguntó Wes—. ¿Todos tus hombres te han abandonado?

—La cosa es peor —dijo Clay, mientras se enjugaba el sudor de la frente con un pañuelo—. Tengo problemas con mujeres.

—¡Ah! —sonrió Wes—. Bien, me agradaría ocuparme de esa clase de problemas. ¿Deseas que abordemos el tema? He traído una garrafa de licor y dispongo de toda la noche.

Clay se sentó en el suelo, con la espalda apoyada en un árbol, y aceptó el licor de maíz que le ofrecía Wes, quien se sentó al lado de su amigo.

—Cuando pienso lo que ha sido mi vida en los últimos meses, no sé cómo he podido soportarlo.

—¿Recuerdas ese verano tan seco, cuando se quemaron tres de tus depósitos de tabaco y murieron la mitad de tus vacas? —preguntó Wes—. ¿Acaso esto es peor?

—Esos eran tiempos fáciles. Yo podía descansar más.

—¡Dios mío! —exclamó Wes con expresión grave—. Bebe un poco más de esto y dime lo que está sucediendo.

A Wes le agradó la idea de Clay de secuestrar a Bianca y después casarla con él por poderes.

—No llegó, o por lo menos no llegó con Janie en el buque correo.

—Dijiste que habías pagado al capitán con el fin de que realizara la ceremonia.

—En efecto. Y el capitán me casó con una mujer, pero no con Bianca. Los secuestradores se llevaron a una mujer equivocada.

Wes miró a su amigo con los ojos muy grandes y la boca abierta. Pasó un momento antes de que recuperase el habla.

—Es decir, ¿que fuiste al encuentro de tu esposa y descubriste que estabas casado con una mujer a quien nunca habías visto? —Bebió un generoso sorbo de licor al advertir el gesto sombrío de Clay—. ¿Qué aspecto tiene? ¿Una vieja bruja?

Clay apoyó la cabeza en el árbol y elevó los ojos al cielo.

—Es una dama, y francesa. Tiene los cabellos negros y los ojos castaños muy grandes, y la boca más apetecible que he visto en mi vida. Tiene un cuerpo que me provoca temblor en las manos cuando atraviesa una habitación.

—Yo diría que tienes que alegrarte, a menos que esa mujer sea estúpida o perversa.

—Ninguna de las dos cosas. Es educada, inteligente, muy trabajadora. Los mellizos la aman y en la plantación todos la adoran.

Wes bebió otro trago.

—Me parece que no representa un problema muy grave. No creo que esa mujer sea real. Seguramente tiene un defecto.

—Y eso no es todo —dijo Clay, y extendió la mano hacia el licor—. Apenas comprendí que se había concertado un matrimonio con una persona equivocada, escribí a Bianca y se lo expliqué todo.

—¿Bianca es la mujer con quien pensabas casarte? ¿Cómo reaccionó? No creo que le agradara verte casado con otra.

—Durante mucho tiempo no tuve noticias de ella. Entre tanto, pasé meses con Nicole, que legalmente es mi esposa.

—¿Pero no fue tu esposa en ningún otro sentido?

—No. Convinimos en pedir la anulación, pero se necesitaba un testigo que aclarara que había sido un matrimonio forzado y el único en condiciones de atestiguar ya se encontraba viajando de regreso a Inglaterra.

—De modo que te impusiste convivir con una mujer hermosa y encantadora. ¡Pobre hombre! Tu vida ha sido un infierno.

Clay se desentendió de las burlas de Wes.

—Después de un tiempo, vi que Nicole era una verdadera joya y decidí conversar con ella. Le dije que si Bianca leía mi carta y llegaba a la conclusión de que no quería tener nada más que ver conmigo, me agradaría continuar casado con ella. Después de todo, yo estaba obligado ante todo con Bianca.

—Me parece que fue una actitud bastante razonable.

—En efecto, pero Nicole no pensó lo mismo. Me dijo cosas desagradables durante media hora. Afirmó que no estaba dispuesta a ser una segundona, y... no sé cuantas cosas más. No me pareció que sus palabras fuesen muy sensatas, pero comprendí que no se sentía muy feliz. Esa noche...

Interrumpió el relato.

—¡Continúa! Es la mejor historia que he escuchado en muchos años.

—Esa noche —continuó Clay—, ella estaba durmiendo en el cuarto de Beth y yo en el de James, y, cuando oí que gritaba, acudí inmediatamente. Estaba terriblemente atemorizada por algo, de modo que la obligué a beber bastante y conseguí que hablase. —Se llevó una mano a los ojos—. Ha tenido un pasado terrible. La turba francesa arrastró a sus padres a la guillotina y le quemó la casa, y más tarde mataron al abuelo y pasearon frente a ella la cabeza clavada en una pica.

Wes hizo una mueca de disgusto.

—¿Qué sucedió después de esa noche?

Clay pensó que lo importante no tenía que ver con lo que había sucedido después de esa noche, sino durante la misma. Todas las noches había permanecido despierto, recordando cuando la había tenido en sus brazos y le había hecho el amor.

—Al día siguiente me abandonó —dijo Clay con voz tranquila—. En realidad, no me abandonó, sino que cruzó el río y fue a vivir al viejo molino. Ahora está dirigiendo ese lugar y realizando un magnífico trabajo.

—Pero tú deseas que regrese, ¿verdad? —Cuando Clay no respondió, Wes meneó la cabeza—. Dijiste que eran problemas con las mujeres, no con una mujer. ¿Qué más sucedió?

—Después de que Nicole comenzara a trabajar en el molino, apareció Bianca.

—¿Cómo?

Clay no supo qué contestar. Bianca llevaba dos semanas viviendo en la casa, pero Clay no la conocía más que de la noche de su llegada. Estaba durmiendo cuando él salía por la mañana y dormía a su regreso. Cierta vez Anders le había hablado acerca de los gastos excesivos, pero Clay había rechazado la queja. Por supuesto, él podía darse el lujo de pagar algunas prendas para la mujer con quien se casaría.

—No sé cómo es. Creo que me enamoré de ella

apenas la vi en Inglaterra, y después nada cambió. Es hermosa, encantadora, amable y bondadosa.

—Yo diría que ya sabes bastante de ella. Bien, examinemos la situación. Estás casado con una criatura espléndida y comprometido con otra mujer igualmente espléndida y enamorado de ella.

—Esa es más o menos la situación —sonrió Clay—. Oyéndote, uno diría que se trata de algo muy deseable.

—Podría mencionarte situaciones peores. Por ejemplo, mi condición de soltero y solitario.

Clay emitió un rezongo. Wes no necesitaba más mujeres en su vida.

—Te diré lo que haré —sonrió Wes, y dio unas palmadas en la pierna de Clay—. Veré a las dos mujeres y me llevaré a una. Tú puedes quedarte con la que yo deseche y de ese modo te librarás de la necesidad de elegir entre ambas. —Estaba bromeando, pero Clay tenía una expresión seria en la cara.

Wes frunció el entrecejo. No le agradaba ver tan inquieto a su amigo.

—Vamos, Clay, todo saldrá bien.

—No lo sé —dijo Clay—. Últimamente no me siento seguro de nada.

Wes se incorporó y se frotó la espalda en el lugar en que la corteza le había arañado la piel.

—¿Esa Nicole todavía está en el molino? ¿Crees que puedo ir a verla?

Percibió un brillo súbito en los ojos de Clay.

—Por supuesto. Vive allí con Janie. No dudo de que te recibirá bien. Parece que su casa está a disposición de todo el mundo.

Había un atisbo de disgusto en la voz de Clay.

Wes prometió a Clay que volvería después a Arundel Hall para saborear alguno de los platos de Maggie. Montó a caballo y se encaminó hacia el muelle. Obligó a su montura a avanzar lentamente por el tan conocido camino, porque deseaba pensar. Lo había impresionado ver a Clay después de tantos meses. Era como si hubiese estado conversando con un extraño. De niños, los dos habían pasado mucho tiempo juntos. Y, después, de pronto, una epidemia de cólera se llevó a los padres de Clay y al padre de Wes. La madre de Wes murió poco más tarde. Las familias de James y Clay y de Travis y Wesley se unieron más a causa de la tragedia común. Había prolongados períodos de separación cuando los jóvenes trabajaban en sendas plantaciones, pero trataban de reunirse siempre que fuera posible.

Wes sonrió al recordar una fiesta en Arundel Hall, cuando tanto Clay como Wes tenían dieciséis años. Los varones habían apostado a que podrían llevar detrás de los setos a una de las exuberantes mellizas Cantón. Lo consiguieron fácilmente, pero Travis descubrió el juego, y, después de aferrar a cada varón por el cuello, los había arrojado al estanque de azulejos.

¿Dónde estaba ese Clayton? Esta era la pregunta que Wes se formulaba. El Clay a quien él conocía se habría reído de esa absurda situación con las dos mujeres. Habría aferrado a la que le interesaba y la hubiese llevado a la planta alta. Wes conocía al hombre que había organizado el secuestro de una dama inglesa, pero el hombre que se comportaba como si temiese volver a su casa era un extraño.

Desmontó bajo un árbol, junto al muelle, y después

desensilló el caballo. Imaginó que el problema de Clay era la francesa. Clay había dicho que esa mujer trabajaba para Bianca... sin duda, como doncella. Dios sabía cómo se las había arreglado para reemplazar a Bianca y en definitiva casarse con un rico norteamericano. Wes estaba seguro de que esa mujer estaba chantajeando a Clay para obligarlo a que la retuviese en su carácter de esposa. Por lo pronto, ya había conseguido el molino y algunas tierras alrededor.

¿Y Bianca? Wes experimentó un sentimiento de compasión por esa mujer. Había viajado a América con la esperanza de casarse con el hombre a quien amaba y en su lugar había encontrado a otra persona.

Ató el caballo al árbol y después embarcó en el bote y remó en dirección a la orilla opuesta. Conocía bien el molino, pues había sido uno de sus lugares favoritos cuando era niño. Sonrió al ver a los mellizos en cuclillas, junto a la orilla del río, observando atentamente la falta total de movimientos de un sapo aburrido.

—¿Qué estáis haciendo vosotros dos? —preguntó ásperamente.

Los mellizos se sobresaltaron al unísono, y después se volvieron y sonrieron al recién llegado.

—¡Tío Wes! —gritaron, asignándole el título honorario. Corrieron hacia el lugar donde esperaba Wes con los brazos abiertos.

Wes los aferró de la cintura y alzándolos giró sobre sí mismo mientras ellos reían de buena gana.

—¿Me habéis echado de menos?

—Oh, sí —dijo Mandy, riendo—. Ya no vemos mucho al tío Clay, pero aquí está Nicole.

—¿Nicole? —preguntó Wes—. A vosotros os agrada, ¿verdad?

—Es bonita —dijo Alex—. Antes estaba casada con el tío Clay, pero no sé si siguen así.

—Por supuesto que sí —dijo Mandy—. Siempre estuvo casada con el tío Clay.

Wes dejó a los niños en el suelo.

—¿Está en casa?

—Creo que sí. A veces va al molino.

Wes apoyó las manos sobre las cabezas de los niños.

—Os veré después. Quizá podáis cruzar el río conmigo. Iré a cenar con el tío Clay.

Los mellizos se apartaron como si Wes hubiese sido veneno.

—Ahora vivimos aquí —dijo Alex—. No tenemos que regresar a la casa.

Antes de que Wes pudiese formular preguntas, los niños se volvieron y se internaron en el bosque. Wes recorrió la colina en dirección a la casita. Janie estaba adentro, sola, inclinada sobre la rueca de hilar. Wes abrió en silencio la puerta y avanzó de puntillas. Le dio un sonoro beso en la mejilla.

Janie no pareció en absoluto sorprendida.

—Me alegro de verte, Wes —dijo serenamente. Se volvió para mirarlo con los ojos chispeantes—. Qué suerte que no hayas nacido indio. No podrías pasar inadvertido ni siquiera en medio de un tornado. Te oí cuando estabas afuera, con los mellizos.

Se irguió y abrazó al hombre

Wes la abrazó con fuerza y la levantó unos centímetros en el aire.

—Ciertamente, no te privas de alimento —le dijo riendo.

—Pero tú sí. Se te ve más delgado. Siéntate y te traeré de comer.

—No mucho. Debo cenar con Clay.

—¡Hum! —dijo Janie mientras llenaba un cuenco con sopa con trozos de jamón. Sobre un plato puso patas de cangrejo frías, y, al lado, un recipiente con mantequilla derretida—. En ese caso, será mejor que comas aquí. Maggie está en pie de guerra, y su cocina no es la misma de antaño.

—Imagino que eso tiene que ver con las mujeres de Clay —dijo Wes, con la boca llena de comida. Sonrió ante la expresión de sorpresa de Janie—. He visto a Clay antes de venir aquí y me lo ha contado todo.

—Clay no lo sabe todo. Desconoce la mayor parte.

—¿Qué significa eso? Yo diría que es un problema bastante sencillo. Lo único que necesita es anular el matrimonio con esta Nicole y después casarse con Bianca, la mujer a quien ama. Y entonces volverá a ser feliz.

Janie se enojó tanto ante las palabras de Wes que casi no pudo hablar. Tenía en la mano el cucharón de hierro cargado de sopa y con él golpeó la cabeza de Wes.

—¡Eh! —gritó Wes, y se llevó la mano a los cabellos, sucios de sopa caliente.

Janie se arrepintió inmediatamente. Por nada del mundo deseaba lastimar a Wes. Tomó un trapo y lo empapó en agua fría para limpiarle el cabello.

Mientras Janie estaba inclinada sobre Wes, entró Nicole. Janie comenzó a apartarse con el fin de que Nicole pudiera verlo, pero después decidió que era mejor no hacerlo. Wes espió con curiosidad desde su refugio detrás del robusto cuerpo de Janie.

—Janie —dijo Nicole—. ¿Sabe dónde están los mellizos? Los vi hace unos minutos, pero parece que ahora han desaparecido. —Se quitó un sombrero de paja que le cubría la cabeza y lo colgó en una percha de madera, junto a la puerta—. Quería darles unas lecciones antes de la cena.

—Volverán a casa, y, además, usted está demasiado cansada para trabajar con ellos.

Wes comprendió que Janie lo ocultaba intencionadamente, pero permitiéndole observar a Nicole. Supo entonces que esa mujer podía ser muchas cosas, pero jamás la criada de nadie. Caminaba con una gracia y una elegancia serenas que demostraban que nunca había sido sirvienta de otras personas. Y lo que Clay había dicho de su belleza era poco. Su primer pensamiento fue depositar rosas a los pies de Nicole y rogarle que se apartase de Clay y lo aceptase a él.

—Clay ha enviado hoy un mensaje —dijo Janie.

Nicole hizo una pausa, con la mano sobre la baranda de la escalera.

—¿Clay?

—¿Lo recuerda? —dijo Janie, con los ojos fijos en el rostro de Wes—. Preguntó si usted iría a cenar con él esta noche.

—No. No puedo, aunque tal vez debería enviar algo. Maggie no cocina mucho últimamente.

Janie rezongó:

—Se niega a cocinar para esa mujer y usted lo sabe.

Nicole se volvió y empezó a hablar. Después, se detuvo. Al parecer, Janie tenía dos piernas más. La joven se apartó de la escalera para acercarse a Janie.

—Hola —dijo Wes, apartó las manos de Janie y se puso de pie—. Soy Wesley Stanford.

—Señor Stanford —dijo amablemente Nicole, ofreciéndole la mano. Dirigió a Janie una mirada inquieta. ¿Por qué había ocultado a ese hombre?—. ¿Quiere sentarse? ¿Puedo ofrecerle un refresco?

—No, gracias. Janie ya se ocupó de eso.

—Creo que iré a buscar a los mellizos —dijo Janie, y salió de la casa antes de que nadie pudiese hablar.

—¿Usted es amigo de Janie? —preguntó Nicole mientras servía al visitante un jarro de sidra fría.

—De Clay. —Observó la cara de Nicole, no pudo apartar los ojos de la boca. El labio superior lo intrigaba—. Hemos crecido juntos, o por lo menos pasamos mucho tiempo juntos.

—Hábleme de él —dijo Nicole. En sus ojos grandes había una expresión de ansiedad—. ¿Cómo era durante la infancia?

—Distinto —dijo Wes, mientras la observaba. Pensó: «Está enamorada de él»—. Y creo que esta situación lo trastorna.

Nicole se puso de pie y caminó hacia el hogar, detrás de Wes.

—En efecto, así es. Supongo que le relató la historia. —Nicole no esperó a que él asintiera—. Traté de facilitarles las cosas saliendo de la casa. No, no es cierto. Traté de facilitarme yo misma las cosas. Se sentirá feliz otra vez cuando anule nuestro matrimonio y pueda casarse con Bianca.

—Bianca. ¿Usted trabajó para ella en Inglaterra?

—En cierto modo. Muchos ingleses nos acogieron bondadosamente después de la huida de nuestro país.

—¿Cómo fue posible que los secuestradores se la llevasen a usted y no a Bianca? —preguntó Wes directamente.

Nicole se sonrió y recordó la escena.

—Por favor, señor Stanford, hablemos de usted.

Wes sabía que el sonrojo decía más que las palabras. ¿Qué clase de mujer era tan generosa que propusiera preparar comida para el hombre a quien amaba cuando sabía que cenaría con otra mujer? Wes había formulado un juicio erróneo, y no deseaba incurrir otra vez en la misma falta. Esperaría a conocer a Bianca antes de formular otra opinión.

Una hora más tarde, Wes abandonó de mala gana el orden sereno de la casita de Nicole para ir a Arundel Hall. No quería marcharse, pero al mismo tiempo deseaba vivamente conocer a Bianca. Si Nicole era la segunda alternativa de Clay, la primera tenía que ser realmente un ángel.

—¿Qué te pareció? —preguntó Clay cuando recibió a Wes al fondo del jardín.

—Estoy pensando en la posibilidad de enviar algunos secuestradores a Inglaterra. Si me va la mitad de bien que a ti, moriré feliz.

—Todavía no conoces a Bianca. Espera adentro y ansía verte.

La primera visión de Bianca impresionó realmente a Wes. Era como volver a ver a Beth, la esposa de James. Su mente retornó en un instante a los tiempos en que la casa desbordaba amor y alegría. Beth tenía talento para conseguir que todos se sintieran bien recibidos. Su risa estridente podía oírse en toda la casa. No había un vendedor ambulante en kilómetros a la redonda que no fuese bien recibido a la hora de comer.

Beth era una mujer alta y fuerte. Su energía les afectaba a todos. Podía trabajar la mañana entera en la plantación, salir de caza con James y Clay toda la tarde, y, a juzgar por la permanente sonrisa de James, Wes sospechaba que ella era capaz de hacer el amor toda la noche. Solía llamar a los niños y los abrazaba con gestos exuberantes. Podía preparar bollos con una mano y abrazar a tres niños con la otra.

Wes sintió durante un momento que se le llenaban los ojos de lágrimas. Beth había sido una mujer tan viva que casi era posible creer que regresaría a la tierra.

—Señor Stanford —dijo Bianca con voz tranquila—. ¿Quiere pasar?

Wes se sentía como un tonto y sabía que debía parecer precisamente eso. Parpadeó unas pocas veces para aclararse la visión y después miró a Clay. El dueño de la casa había advertido la impresión suscitada en Wes.

—Aquí llegan muy pocos visitantes —dijo Bianca mientras conducía a los hombres al comedor—. Clayton me promete que muy pronto podremos volver a recibir. Es decir, apenas se aclare esta lamentable situación y yo sea la verdadera señora de la casa. ¿Quiere tomar asiento?

Wes continuaba hipnotizado por ella, por la semejanza con Beth, pero la voz era distinta, y también los movimientos, y en la mejilla izquierda Bianca tenía un hoyuelo que no había existido en Beth. Ocupó una silla frente a Bianca y Clay quedó entre ellos.

—¿Qué le parece nuestro país? ¿Es muy distinto de Inglaterra?

—Oh, sí —dijo Bianca, mientras vertía una generosa porción de salsa sobre tres rebanadas de jamón. Alcanzó a Wes el recipiente de lata con la salsa—. América es mucho más tosca que Inglaterra. No hay ciudades, ni lugares adonde ir a comprar. Y la falta de vida social, es decir, de vida social decente, es abrumadora.

Wes hizo una pausa con la mano sobre el cucharón de la salsa. Bianca había insultado a su país y a sus compatriotas, pero al parecer no tenía conciencia de su propia grosería. Mantenía la cabeza inclinada sobre el plato. Wes vertió salsa en su plato y después la probó.

—¡Santo Dios, Clay! ¿Desde cuándo Maggie sirve fuentes de azúcar con jamón?

Clay se encogió de hombros, sin demostrar interés. Mientras comía, miraba a Bianca.

Wes comenzó a sospechar de toda esa relación.

—Dígame, señora Armstrong —comenzó a decir, y de pronto se interrumpió—. Discúlpeme, pero usted no es la señora Armstrong... todavía.

—¡No, no lo soy! —dijo Bianca, dirigiendo una mirada malévola a Clay—. Mi doncella se arrojó en brazos de los hombres que debían llevarme a Clay. Y, después, mientras estaba a bordo del barco, convenció al capitán de que ella era Bianca Maleson y consiguió que ese hombre la casara con mi prometido.

Wes comenzaba a sentir antipatía hacia la mujer. Había necesitado pocos minutos para superar la impresión provocada por el parecido con Beth, pero, a esas alturas de la conversación, también esa impresión comenzaba a disiparse. Bianca era blanda y fofa donde Beth siempre había sido fuerte y firme, con huesos grandes.

—¿Dice que fue su doncella? ¿No llegó a Inglaterra huyendo de la Revolución Francesa? Creía que solo la aristocracia se había visto obligada a salir del país.

Bianca movió el tenedor.

—Eso es lo que Nicole dice a todos. Afirma que su abuelo fue el duque de Levroux, o, por lo menos, su prima me lo dijo.

—Pero usted sabe a qué atenerse, ¿verdad?

—Por supuesto. Trabajó para mí unos meses y estoy bien enterada. Sospecho que fue cocinera en una casa, o costurera. Pero, por favor, señor Stanford —dijo Bianca, y sonrió—, ¿realmente desea hablar de mi criada?

—Claro que no —respondió Wes, sonriendo a su vez—. Hablemos de usted. Pocas veces puedo darme el placer de una compañía tan encantadora. Hábleme de su familia y de sus ideas acerca de América.

Wes comía lentamente mientras escuchaba a Bianca. No era fácil continuar comiendo y al mismo tiempo escuchar. Ella le habló del linaje de su propia familia, de la casa que su padre había poseído otrora. Por supuesto, en América todo era terriblemente inferior a lo que existía en Inglaterra, y eso era aplicable sobre todo a la gente. Enumeró los defectos de todos los servidores de Clay, explicó cómo la maltrataban y se negaban a obedecerle. Wes emitía breves sonidos de simpatía y no cesaba de sorprenderse ante la cantidad de alimento que esa mujer ingería.

Esporádicamente Wes miraba furtivamente a Clay.

Este mantenía una actitud pasiva, como si no escuchase o no comprendiese las palabras de Bianca. A veces miraba a Bianca con ojos vidriosos, como si en realidad no la viera.

Parecía que la cena se prolongaría hasta el infinito. Wes se sorprendió ante el sentimiento de seguridad de Bianca. Al parecer, no dudaba de que ella y Clay se casarían muy pronto y de que sería la propietaria de Arundel Hall. Pero cuando empezó a hablar de derribar la pared del este para agregar a la casa un ala de recargada arquitectura, «no tan simple como esta casa», Wes no quiso escuchar más.

Se volvió hacia Clay.

—¿Por qué los mellizos se han quedado al otro lado del río?

Clay miró a Wes con el entrecejo fruncido.

—Nicole puede educarlos y ellos quisieron ir —dijo francamente—. Querida, ¿deseas venir con nosotros a la biblioteca?

—Cielos, no —dijo Bianca con expresión afectuosa—. No deseo entrometerme en las conversaciones de los caballeros. Si me disculpan, deseo retirarme. Ha sido un día agotador.

—Por supuesto —dijo Clay.

Wes murmuró una despedida y después se volvió y salió de la habitación. Cuando estaba en la biblioteca se sirvió una abundante ración de whisky y se lo bebió de un trago. Estaba sirviéndose una segunda copa cuando Clay entró a la habitación.

—¿Dónde está el retrato de Beth? —preguntó Wes con los dientes apretados.

—Lo trasladé a mi despacho —dijo Clay mientras se servía un brandy.

—¿Para estar siempre cerca de ella? Tienes una copia de Beth caminando por toda la casa y su retrato en el despacho, donde pasas el resto del día.

—No sé de qué estás hablando —observó Clay.

—¡Lo sabes muy bien! Me refiero a esa perra vanidosa y excedida de peso a la que utilizas como sustituta de Beth.

Los ojos de Clay relampaguearon. Era el más alto de los dos y un hombre fuerte y de músculos duros, pero Wes era un individuo muy robusto. Ellos nunca se habían peleado.

De pronto, Wes se calmó.

—Mira, Clay, no deseo gritar, ni siquiera quiero discutir contigo. Creo que ahora necesitas un amigo. ¿No entiendes lo que estás haciendo? Esa mujer se parece a Beth. Cuando la vi por primera vez, pensé que era Beth. ¡Pero no lo es!

—Tengo conciencia de eso —dijo secamente Clay.

—¿Lo crees? La miras como si fuese una diosa, pero, ¿la has oído hablar? Está tan alejada de Beth como humanamente es posible. Es una hipócrita vanidosa y arrogante.

Un instante después el puño de Clay golpeó la cara de Wes. Wes retrocedió sobre el escritorio y de allí salió despedido hacia uno de los sillones de cuero rojo. Se frotó el mentón y sintió en la boca el sabor de la sangre. Durante un momento contempló la posibilidad de atacar a Clay. Quizás una buena pelea le devolvería la sensatez. Por lo menos, Clay entendía ese lenguaje.

—Beth está muerta —murmuró Wes—. Ella y James están muertos, y, por mucho que lo intentes, nada conseguirá devolverlos a este mundo.

Clay miró a su amigo caído en el sillón, frotándose el mentón; quiso hablar, pero no pudo. Había muchas cosas que decir y muy pocas ganas de hacerlo. Se volvió y salió de la habitación, y de la casa, y caminó hacia los campos de tabaco. Quizás unas horas de trabajo lo calmarían, le evitarían pensar en Beth y Nicole, no, en Bianca y Nicole.

10

Los árboles estaban tiñéndose con los bellos colores otoñales. Los rojos y los dorados relucían. Nicole estaba de pie en la cima de una colina desde la cual podía verse el molino y la casa. A través de los árboles alcanzaba a ver la luz del sol que se reflejaba en el agua clara.

Habían pasado diez días desde la visita de Wesley Stanford, y más de un mes desde esa horrible noche en que Bianca había retornado a la vida de la joven. Nicole había creído que el trabajo esforzado en el molino le permitiría apartar de su mente la imagen de Clay. Pero no había sido así.

—¿Gozando de la paz del campo?

Nicole se sobresaltó cuando oyó la voz de Clay. No lo había visto durante todo el período en que él había estado con Bianca.

—Janie me dijo dónde estabas. Supongo que no te molesto.

Ella se volvió lentamente y lo miró. Clay tenía el sol a la espalda y los extremos rizados de sus cabellos oscuros parecían dorados. Se le veía fatigado y con aspecto de tener más años. Tenía profundas ojeras, como si no hubiese dormido bien.

—No —sonrió ella—. No me molestas. ¿Estás bien? ¿Ya has cosechado el tabaco?

Los labios de Clay se aflojaron y dibujaron una suave sonrisa. Se sentó en el suelo; estiró el cuerpo y contempló el cielo a través de la hojarasca brillante, dorada y roja. Cuando estaba cerca de Nicole se sentía mejor.

—Parece que tu molino prospera. He venido a pedirte un favor. Ellen y Horace Backes nos ofrecen una fiesta. Un auténtico festejo virginiano, que durará por lo menos tres días, y tú y yo somos los invitados de honor. Ellen desea dar la bienvenida a mi esposa en nombre de la comunidad.

Cuando Clay se extendió a los pies de Nicole, con sus piernas largas, los músculos tensos contra la camisa abierta, ella sintió que se derretía. Deseaba tumbarse en el suelo junto a él y hundir su mejilla en la piel bronceada. Clay había sudado a causa del trabajo en el campo y ella casi podía saborear la sal de su cuerpo mientras se imaginaba que estaba besándole el cuello. Pero cuando vio que Clay se relajaba junto a ella, el impulso de la joven varió: sintió deseos de darle puntapiés. El cuerpo de Nicole parecía una llamarada, pero él se comportaba como si acabase de ingresar en la paz y la serenidad de la casa de su madre.

Ella necesitó un momento para comprender lo que Clay decía.

—Creo que sería un tanto embarazoso que tuvieses que decir a Ellen que me niego a asistir, ¿verdad?

Él la miró con solo un ojo abierto.

—Te conoció y sabe que estamos casados.

—Pero no sabe que no estaremos casados mucho tiempo.

Nicole se volvió y quiso alejarse, pero Clay le aferró el tobillo y ella tropezó y cayó hacia delante sobre sus manos y rodillas. Clay se sentó, deslizó las manos bajo los brazos de Nicole y la alzó.

—¿Por qué te enojas conmigo? Hace semanas que no te veo y cuando vengo te invito a una fiesta. Creí que te sentirías complacida y no enojada.

Ella no podía explicarle que la serenidad que Clay demostraba era el motivo de su cólera. Se sentó sobre el pasto, lejos de las manos de su interlocutor.

—No me parece correcto que nos presentemos en público como marido y mujer cuando pocos meses más tarde se anulará el matrimonio. Yo creo que deberías ir con Bianca y explicar a todos el tonto error. Estoy segura de que sería una anécdota maravillosa.

—Ellen te conoce —dijo Clay obstinadamente. No tenía respuesta para los interrogantes de Nicole. Solamente sabía que la perspectiva de pasar tres días con sus noches con ella le deparaba felicidad por primera vez en varios meses. Tomó la mano de Nicole y la examinó un momento. Era tan pequeña, tan pulcra y limpia, y podía suscitar tanto placer... Se la llevó a los labios y besó una por una las suaves almohadillas de las yemas.

—Por favor, acepta —pidió en voz baja—. Todos mis amigos, personas a quienes conozco desde siempre, estarán allí. Has trabajado mucho los últimos meses y necesitas un descanso.

Nicole sintió que los huesos comenzaban a derretírsele al contacto de sus dedos con los labios de Clay, y, sin embargo, una parte de su ser se encrespó irritada. Él estaba viviendo con otra mujer y decía que la amaba, pero besaba a Nicole, la tocaba, la invitaba a fiestas. De ese modo la llevaba a creer que era su amante, una mujer a quien se mantenía oculta y se utilizaba solo para el placer. Y, sin embargo, deseaba presentarle a sus amigos.

—Clay, por favor —dijo con voz débil.

Él mordisqueó la cara interior de la muñeca de Nicole.

—¿Irás?

—Sí —dijo Nicole con voz débil y los ojos entrecerrados.

—¡Magnífico! —exclamó Clay, le soltó la mano y se puso de pie—. Mañana a las cinco de la mañana me reuniré contigo y los mellizos. Y también Janie. Sí, será mejor que traigas alimentos. Quizás algo francés. Si no tienes todo lo necesario, dile a Maggie que lo retire de la despensa.

Se volvió y silbando recorrió la colina.

—De todos los individuos insoportables... —comenzó a decir Nicole, y entonces sonrió. Tal vez si lo comprendiera, no llegaría a amarlo tanto.

Clay estaba pensando en la noche del día siguiente. Estaría a solas con Nicole, compartiendo un dormitorio en la casa espaciosa e irregular de Horace. Ante esa perspectiva, podía privarse de un rápido acto de amor sobre la colina, donde cualquiera podía verlos.

Apenas Clay desapareció, Nicole se puso de pie. Si tenía que preparar comida para tres días, era mejor que empezase cuanto antes. Comenzó a trazar planes en cuanto descendió de la colina. Llevaría pollo horneado con mostaza de Dijon, paté envuelto con revestimiento de pasta, verduras frías y un guisado. ¡Y tortas! Tortas de calabaza, de carne picada, de manzana, de peras, de fresas. Estaba casi sin aliento cuando llegó a la casa.

—Buenos días —gritó Clay mientras amarraba la balandra al muelle, del lado del río en que habitaba Nicole. Sonrió a la joven, a Janie y a los mellizos que esperaban con varias canastas enormes.

—No sé si la balandra navegará con tanto peso a bordo, sobre todo después de toda la comida que Maggie envió.

—Imaginé que quizá resolviese cocinar algo para usted después de decirle que había invitado a Nicole —manifestó Janie.

Clayton no le hizo caso y comenzó a entregar las canastas a Roger, quien las depositó una tras otra en el fondo de la embarcación. Los mellizos rieron al arrojarse literalmente en brazos de Roger.

—Parece muy alegre esta mañana —dijo Janie—. Casi estoy pensando que ha recobrado la sensatez.

Clay aferró de la cintura a Janie y le aplicó un fuerte beso en la mejilla.

—Quizá la recobré, pero, si no calla, la arrojaré también al bote.

—Tal vez usted la arroje —dijo en voz alta Roger—, pero no puedo garantizar que intente recibirla.

Janie protestó indignada y sostuvo la mano de Clay mientras subía a la embarcación.

Clay ofreció la mano a Nicole.

—Yo podría tratar de recibir a esta dama —dijo riendo Roger.

—¡Esta es mía! —dijo Clay cuando alzó del muelle a Nicole y sosteniéndola fuertemente pasó al bote.

Nicole lo miró con los ojos muy abiertos. De pronto, le pareció que estaba ante un extraño. El Clay a quien ella conocía era un hombre solemne y discreto. Pero quienquiera que fuese este, le agradaba.

—¡Vamos, tío Clay! —gritó Alex—. Las carreras de caballos habrán terminado antes de que lleguemos.

Clay depositó lentamente a Nicole y después la sostuvo con un solo brazo un momento.

—Se te ve especialmente hermosa esta mañana —le dijo, y le acarició la oreja con un dedo.

Ella se limitó a mirarlo y sintió que el corazón le latía con fuerza.

Clay la soltó bruscamente.

—¡Alex! Desamárranos. Mandy, mira si puedes ayudar a Roger a apartar la balandra de la orilla.

—¡Sí, capitán Clay! —dijeron riendo los mellizos.

Nicole se sentó junto a Janie.

—Bien, ¡este es el hombre a quien recuerdo! —dijo Janie—. Ha sucedido algo. No sé qué, pero quisiera darle las gracias a la persona que obtuvo este resultado.

Oyeron el estrépito de la fiesta casi un kilómetro antes de llegar al muelle de los Backes. Ni siquiera eran las seis de la mañana, pero la mitad del condado ya se había distribuido por el prado y algunas personas estaban más lejos, cerca del río, disparando a los patos.

—¿Has traído a *Golden Girl*? —preguntó Alex.

Clay miró desdeñoso al niño.

—No sería una verdadera fiesta si no pudiese vaciar los bolsillos de todos, ¿verdad?

—¿Cree que podrá vencer a *Irish Lass*, del señor Backes? —preguntó Roger—. Oí decir que es un caballo muy veloz.

Clay emitió un gruñido.

—No le costará el más mínimo esfuerzo.

Mientras hablaba, se abotonó la camisa, y de un canasto que estaba cerca de la proa sacó una corbata. La anudó de prisa, y después se puso un chaleco de raso de color castaño. Siguió una chaqueta de color chocolate. Los botones eran de bronce, la delantera formaba una curva y la espalda llegaba a menos de un centímetro de las rodillas. Los pantalones de cuero se ceñían como una piel. Calzaba botas altas, más elevadas sobre la rodilla que por detrás. Las limpió rápidamente y comenzaron a brillar como un espejo. Finalmente, se puso un sombrero castaño oscuro, con el ala suavemente curvada.

Se volvió hacia Nicole y le ofreció el brazo.

Nicole siempre lo había visto vestido con ropa de trabajo. El hombre que cosechaba tabaco se había transformado en un caballero digno de Versalles.

Pareció que él advertía la vacilación de Nicole y quizá por eso en sus labios se dibujó una ancha sonrisa.

—Sin duda, quiero parecer digno de presentarme con la esposa más hermosa del mundo. ¿No crees que tengo razón?

Nicole le sonrió y se alegró de que ella misma hubiese cuidado tanto su atuendo. Llevaba un vestido de seda blanca, muy fina y delicada. Había sido bordado a mano en Inglaterra, con minúsculos junquillos dorados. La pechera era de terciopelo, y tenía el mismo color intenso, el dorado de las flores. El cuello y las mangas estaban ribeteadas de blanco. Se había asegurado los cabellos con cintas doradas y blancas.

Cuando Roger amarró la balandra a uno de los muelles, al extremo de la propiedad de los Backes, Clay dijo:

—¡Casi lo había olvidado! Tengo algo para ti.

Hundió la mano en el bolsillo y sacó el relicario de oro que ella había dejado mucho tiempo atrás en el barco.

Nicole lo estrechó fuertemente entre sus manos y después sonrió a Clay.

—Gracias —dijo.

—Más tarde podrás agradecérmelo debidamente —dijo él, y la besó en la frente. Se volvió para alcanzar varios canastos a Roger, que se mantenía de pie en el borde del muelle. Sostuvo apretada contra su cuerpo a Nicole y después la elevó hasta el muelle.

—¡Aquí están! —gritó alguien cuando comenzaron a caminar hacia la casa.

—¡Clay! Creímos que podía ser una mujer deforme, a juzgar por el modo en que la escondes.

—La he mantenido oculta por la misma razón que escondo mi brandy. El exceso de exposición no es bueno para el brandy ni para las esposas —respondió Clay.

Nicole se miró las manos. Este nuevo Clay la desconcertaba, precisamente a causa de que ahora estaba anunciando al mundo que ella era su esposa.

—Hola —dijo Ellen Backes—. Clay, déjamela un momento. La has tenido meses enteros.

De mala gana, Clay soltó la mano de Nicole.

—No me olvidarás, ¿verdad? —dijo al mismo tiempo que le dirigía un guiño.

Después, siguió a varios hombres que se dirigían a la pista de carreras. Nicole vio que él bebía un trago largo de una jarra de cerámica.

—Ciertamente, usted ha hecho maravillas con él —le dijo Ellen—. No he visto a Clay tan feliz desde la muerte de James y Beth. Es como si se hubiese ausentado mucho tiempo y ahora regresara.

Nicole no supo qué contestar. Ese Clay sonriente y bromista que todos veían era un extraño para ella. Ellen no le ofreció la oportunidad de hablar porque inmediatamente comenzó a presentarla a muchas personas. Nicole se vio bombardeada por preguntas acerca de sus ropas, su familia, cómo había conocido a Clay, dónde se habían casado. No mintió directamente, pero tampoco habló del secuestro ni del matrimonio a la fuerza.

La fachada de la enorme casa de Ellen miraba al río. Nicole había visto muy pocas casas norteamericanas y esta la sorprendió. La casa de Clay era de estilo georgiano puro, pero la de Ellen y Horace era una mezcla de todos los estilos arquitectónicos imaginables. Parecía que cada generación había agregado un ala según el estilo que prefería. La casa se extendía en varias direcciones, con alas largas, alas cortas y corredores que conducían a distintos edificios.

Ellen advirtió que Nicole miraba fijamente la casa.

—Notable, ¿verdad? Creo que viví aquí un año antes de conocer todos los recovecos. Por dentro es mucho peor que por fuera. Tiene corredores que no llevan a ninguna parte y puertas que se abren al dormitorio de otras personas. Realmente es terrible.

—Y no dudo de que usted le tiene mucho afecto —sonrió Nicole.

—No estoy dispuesta a cambiar ni un ladrillo, salvo que pienso agregar otra ala.

Nicole la miró asombrada y después se echó a reír.

—¿Tal vez otra planta? No otra ala, sino una tercera planta.

Ellen sonrió.

—Usted es una muchacha inteligente. Creo que comprende muy bien mi casa.

Alguien llamó a Ellen, y dos mujeres comenzaron a formular a Nicole más preguntas mientras ella ayudaba a servir la comida. Había por lo menos veinte mesas de caballete distribuidas por el prado. Algunas estaban cargadas de alimentos; frente a otras había bancos. Todas las familias habían llevado tanta comida como Nicole y Janie. Se había montado una parrilla y estaban asando centenares de ostras. Algunos esclavos hacían girar un cerdo entero sobre un fuego y lo bañaban con salsa picante. Alguien explicó a Nicole que era un modo haitiano de cocción y que se llamaba barbacoa.

De pronto, llegó el sonido de un cuerno desde el fondo de la plantación.

—¡Es la hora! —gritó Ellen, y se quitó el delantal—. Las carreras comienzan ya mismo.

Como una sola persona, todas las mujeres se quitaron los delantales, se alzaron las faldas y echaron a correr.

—Ahora que la belleza ha llegado, podemos comenzar —dijo un hombre.

Nicole se mantuvo un tanto apartada de las restantes mujeres, que se reunían el borde de la pista oval cuidadosamente trazada. Al correr se le soltaron los cabellos. Metió bajo una cinta un rizo reluciente.

—Permíteme —dijo desde atrás Clay. Las manos de Clay no hicieron mucho para arreglar los rizos desordenados, pero las yemas de sus dedos sobre el cuello de Nicole enviaron pequeñas corrientes eléctricas por la columna vertebral de la joven. La obligó a volverse—. ¿Lo pasas bien?

Ella asintió y lo miró fijamente. Clay apoyaba las manos en los hombros de Nicole y le había acercado la cara.

—Mi caballo correrá ahora. ¿Me darás el beso de la buena suerte?

Como de costumbre, la respuesta estaba en los ojos de Nicole. Él deslizó los brazos alrededor de la cintura de la joven y la estrechó contra su cuerpo. La sostuvo así un momento, con la cara hundida en el cuello de Nicole.

—Me alegro tanto de que hayas venido conmigo... —murmuró, y después rozó con los labios la mejilla de la joven y finalmente se detuvo en la boca. Nicole sintió que se le aflojaban las piernas y se aferró al cuerpo de Clay.

—¡Clay! —gritó alguien—. Tienes toda la noche para eso. Ahora, ven y ocúpate de tus caballos.

Clay apartó la cabeza de Nicole.

—Toda la noche —murmuró, y le pasó el dedo por el labio superior. La soltó bruscamente y se acercó a un hombre que parecía una versión más corpulenta de Wesley. El hombre palmeó la espalda de Clay.

—De todos modos, no te crítico. ¿Crees que habrá más bellezas como ella en Inglaterra?

—Travis, me apoderé de la última —le dijo Clay riendo.

—De todos modos, creo que un día lo comprobaré personalmente.

Nicole permaneció de pie, mirando, mientras los hombres se alejaban. Probablemente ya le habían presentado al hermano de Wes, pero todos los nombres y las caras se confundían.

—¡Nicole! —llamó Ellen—. Te he reservado un lugar junto a mí.

Nicole se acercó deprisa para mirar las carreras de caballos.

Tres horas después los hombres y las mujeres regresaron juntos al lugar donde les esperaba la comida. Nicole estaba sonrojada a causa de la risa y el efecto del sol. No se había divertido tanto desde el período anterior a la Revolución Francesa. Sus primos franceses solían quejarse y afirmaban que los ingleses eran serios y que vivían solo para el trabajo y la iglesia, de modo que no tenían idea del modo de divertirse. Contempló a los norteamericanos distribuidos sobre el prado y supo que sus primos hubieran simpatizado con esa gente. Habían reído y gritado durante la mañana entera. Las mujeres se habían mostrado no menos estrepitosas y habían manifestado en voz alta sus opiniones acerca de la calidad de los caballos. Y no siempre pujaban por los corceles de los respectivos maridos. Ellen había apostado varias veces contra Horace y ahora se vanagloriaba de que Horace tendría que prepararle un cantero nuevo y pedir a Holanda cincuenta bulbos nuevos de tulipanes.

Nicole había permanecido de pie, en silencio, como una extraña espectadora, hasta que Travis vio que ella fruncía el entrecejo frente a uno de los caballos de Clay.

—Clay, creo que a tu esposa no le agrada el caballo.

Clay apenas miró a Nicole.

—Mis mujeres apuestan a mis caballos —dijo, y dirigió una mirada significativa a Horace.

Nicole miró fijamente la espalda de Clay mientras él ajustaba la ligera silla sobre el caballo. Ella entendía de caballos. A los franceses les agradaban como al que más las carreras de caballos, y los caballos de su abuelo habían derrotado repetidas veces a los del rey. Enarcó el entrecejo. ¡Bien! De modo que *sus mujeres* apostaban por sus caballos, ¿eh?

—No vencerá —dijo con firmeza—. No tiene buenas proporciones. Las patas son demasiado largas para el ancho del pecho. Los caballos como ese nunca son buenos corredores.

Todos los que la oyeron se la quedaron mirando, y las jarras de cerveza se detuvieron en el aire.

—Vamos, Clay, ¿permitirás ese desafío? —dijo Travis riendo—. Me parece que ella sabe algo.

Clay apenas se detuvo para ajustar la cincha.

—¿Quieres apostar una pequeña suma?

Ella lo miró fijamente. Clay sabía que Nicole no tenía dinero. Ellen la tocó con el codo.

—Prométele el desayuno en la cama durante una semana. Un hombre es capaz de todo por obtener eso.

La voz de Ellen recorrió toda la pista. Como el resto, con la única excepción de Nicole, ya había bebido demasiado.

—Me parece justo —sonrió Clay, y con un guiño a Travis agradeció que su amigo hubiese formulado la idea. Clay parecía creer que la apuesta había concluido.

—Tal vez yo te lleve el desayuno a la cama —propuso Clay con una sonrisa sensual, y los hombres que estaban alrededor rieron apreciativamente.

—Yo preferiría una capa nueva para el invierno —dijo fríamente Nicole, y se volvió para caminar hacia la pista—. Una capa de lana roja —agregó por encima del hombro.

Las mujeres que estaban alrededor rieron y Ellen le preguntó si estaba segura de que no había nacido en América.

Cuando el caballo de Clay perdió por tres cuerpos, su propietario tuvo que soportar muchas bromas. Todos preguntaron si no era mejor que Nicole se ocupase del tabaco tanto como de los caballos.

Mientras las mujeres caminaban de regreso a la casa, comentaban riendo las pérdidas y las ganancias. Una bonita joven había prometido sacar brillo personalmente a las botas del marido durante un mes.

—Pero él no aclaró qué parte de las botas —dijo riendo la joven—. Será el único hombre de Virginia cuyos pies puedan verse reflejados en un espejo.

Nicole miró la montaña de comida y comprendió que tenía mucho apetito. Las fuentes depositadas sobre una mesa eran enormes. Nicole se sirvió un poco de todo.

—¿Crees que puedes comer todo eso? —se burló desde atrás el propio Clay.

—Quizá tenga que servirme otra vez —contestó ella, riendo—. ¿Dónde me siento?

—Conmigo, si puedes esperar. —Se apoderó de un plato y sobre él depositó más comida que la que Nicole tenía, y después aferró el brazo de la joven y caminó hacia un gran roble. Uno de los criados de Backes sonrió y puso grandes jarros de ponche de ron en el suelo, junto al árbol. Clay se sentó en la hierba, con su plato sobre las rodillas y comenzó a comer. Miró a Nicole, que permanecía de pie, con el plato en la mano—. ¿Qué sucede?

—No quiero mancharme el vestido en la hierba —dijo ella.

—Dame tu plato —dijo Clay mientras alejaba el suyo en el suelo, a poca distancia. Cuando el plato de Nicole se reunió con el primero, Clay le aferró la mano y la atrajo a sus rodillas.

—¡Clay! —dijo ella, y trató de apartarse. Él la obligó a permanecer en el mismo sitio—. Clay, por favor. Estamos en un lugar público.

—A ellos no les importa —dijo Clay, mientras le acariciaba la oreja—. Les interesa la comida más que lo que hagamos.

Ella se apartó.

—¿Estás borracho? —preguntó con expresión suspicaz.

Clay se echó a reír.

—En efecto, pareces una esposa, y sí, estoy un poco borracho. ¿Sabes cuál es tu problema? —No esperó a que ella contestase—. Estás completamente sobria. ¿Sabes que eres absolutamente deliciosa cuando te emborrachas? —Besó la punta de la nariz de Nicole, y después levantó el jarro de ponche de ron—. Vamos, bebe esto.

—¡No! No quiero embriagarme —dijo ella con expresión obstinada.

—Acercaré el jarro a tu boca, y, o lo bebes o te mancharás el vestido.

Ella contempló la posibilidad de rehusar, pero Clay tenía un aspecto tan atractivo, como un niñito desobediente, y Nicole sentía tanta sed... El ponche de ron era delicioso. Lo habían preparado con tres clases de ron y cuatro zumos de fruta. Estaba frío y en la superficie flotaban pedazos de hielo. Se le subió inmediatamente a la cabeza y respiró hondo al sentir que se aflojaban sus tensiones.

—¿Ahora te sientes mejor?

Ella lo miró con los ojos entrecerrados y le acarició la mejilla con el dedo.

—Aquí eres el hombre más apuesto —dijo con expresión soñadora.

—¿Mejor que Steven Shaw?

—¿Te refieres al rubio del hoyuelo en el mentón?

Clay hizo una mueca.

—Pudiste haber dicho que no tenías idea de quién era. Toma —le entregó el plato—. Come algo. Cualquiera diría que una francesa no se embriaga tan fácilmente como tú.

Ella apoyó la cabeza en el hombro de Clay, y los labios, contra la piel tibia.

—Vamos, siéntate bien —dijo Clay con expresión severa, y puso un pedazo de pan de maíz en la boca de Nicole—. Creía que tenías apetito. —La mirada que ella le dirigió indujo a Clay a mover incómodo las piernas—. ¡Come! —ordenó. Nicole desvió de mala gana su atención hacia la comida, pero le agradaba estar sentada sobre las rodillas de Clay.

—Me encantan tus amigos —dijo mientras masticaba la ensalada de patatas—. ¿Esta tarde habrá más carreras de caballos?

—No —dijo Clay—. Generalmente dejamos descansar a los caballos. La mayoría de la gente juega a los naipes, al ajedrez o las tablas reales. Otros encuentran sus habitaciones en este laberinto al que Ellen llama casa y duermen una siesta.

Nicole continuó comiendo tranquilamente un rato. Después, levantó los ojos para mirarlo.

—¿Qué haremos nosotros?

Clay sonrió de tal modo que se le movió solamente un lado de la boca.

—Pensaba darte un poco más de ron y después preguntarte.

Nicole lo miró fijamente y extendió la mano hacia el jarro de ponche. Después de beber un largo trago, lo depositó en el suelo. De pronto, bostezó.

—Sí, creo que necesito... una siesta.

Sin hablar, Clay se quitó la chaqueta y la puso en el suelo, a su lado. Después, alzó a Nicole y la acostó sobre la prenda. Besó la comisura de la sorprendida boca de la joven.

—Si voy a llevarte a través del patio hasta la casa, necesito estar en condiciones decentes.

Los ojos de Nicole descendieron hasta el bulto en los pantalones de cuero de Clay. Se echó a reír.

—¡Come, diablillo! —ordenó en un tono fingidamente áspero.

Pocos minutos después, Clay le retiró el plato terminado a medias y la ayudó a incorporarse. Le puso la chaqueta sobre un hombro.

—Ellen —llamó, cuando estaban más cerca de la casa—. ¿Qué habitación nos has asignado?

—El ala noreste, planta alta, tercer dormitorio —se apresuró a responder la dueña de la casa.

—¿Fatigado, Clay? —preguntó alguien riendo—. Es extraño cómo se fatigan los recién casados.

—¿Estás celoso, Henry? —preguntó Clay por encima del hombro.

—¡Clay! —protestó Nicole cuando ya estaban en la casa—. Estás avergonzándome.

Clay gruñó.

—Del modo en que me miras, consigues que me sonroje.

La sostuvo mientras encontraba su camino a través de los corredores. Nicole recogió la impresión de una extraña mezcla de muebles y cuadros. Los muebles formaban una variada gama, del estilo isabelino inglés al cortesano francés y a los primitivos norteamericanos. Vio cuadros dignos de Versalles y otros tan toscos que seguramente eran obra de niños.

Clay se las arregló para encontrar la habitación. Empujó adentro a Nicole y la sostuvo en brazos mientras con el pie cerraba la puerta. La cubrió de besos hambriento, como si le pareciera imposible llegar a satisfacerse. Le sostuvo la cara entre las manos y la inclinó para acercarla más.

Nicole renunció a todo esfuerzo por controlarse. Su mente era un torbellino a causa de la proximidad de Clay. Podía sentir la piel caliente de ese hombre a través de la camisa de algodón. Tenía la boca dura y suave al mismo tiempo, y la lengua, muy dulce. Los muslos de Clay presionaban sobre ella, reclamando y al mismo tiempo solicitando.

—He esperado esto mucho tiempo —murmuró Clay mientras le besaba el lóbulo de la oreja. La mordió suavemente.

Nicole se apartó de Clay. Mientras él la observaba con expresión desconcertada, Nicole caminó hacia el fondo de la habitación, levantó los brazos, y, con movimientos rápidos, comenzó a quitarse el adorno de sus cabellos. Clay permaneció inmóvil y la observó. Ni siquiera se movió cuando ella comenzó a manipular los botones que tenía en la espalda del vestido. Verla así, sola en una habitación con él, era lo que había deseado durante mucho tiempo.

Nicole adelantó los hombros y se desprendió del vestido. Abajo se había puesto una fina camisa de gasa de algodón. El escote profundo estaba adornado con minúsculos corazones rosados. Lo mantenía atado bajo el busto con una fina cinta de raso rosado. Sus pechos presionaban sobre la tela delicada, casi transparente.

Con movimientos muy lentos, ella desató el nudo de la cinta y dejó que la gasa cayese al suelo.

Los ojos de Clayton siguieron el movimiento de la tela y escudriñaron cada centímetro de Nicole, desde los pechos altos y firmes hasta la cintura pequeña y los pies delicados. Cuando de nuevo le miró la cara, ella le tendió los brazos. Clay avanzó un paso a través de la habitación, alzó a Nicole y la depositó suavemente sobre la cama. Permaneció de pie contemplándola. La luz del sol a través de las ventanas cubiertas por cortinas le reveló que ella tenía una piel sin defectos.

Clay se sentó en la cama, al lado de Nicole, y con la mano le acarició la piel. Al tacto era tan grata como parecía a la vista, es decir, lisa y tibia.

—Clay —murmuró Nicole, y él le dirigió una sonrisa.

Clay se inclinó y le besó el cuello, el pulso en la base de la garganta, y después pasó lentamente a los pechos, y jugó con ellos, y saboreó los rígidos pezones rosados.

Nicole hundió los dedos en los cabellos espesos de Clay y arqueó hacia atrás el cuello.

Clay se acostó en la cama, junto a Nicole. Estaba completamente vestido y Nicole podía sentir la frialdad de los botones de bronce del chaleco contra su propia piel. El cuero de los pantalones era tibio y suave. El cuero de las botas frotó las piernas de la joven. Las ropas que le rozaban la piel desnuda, el cuero y el bronce, eran todos elementos masculinos, todos fuertes como Clay.

Cuando se acostó sobre ella, Nicole frotó la pierna contra la bota. El cuero del pantalón le acarició la cara interior del muslo. Él se inclinó hacia un lado y comenzó a desabotonar el chaleco.

—No —murmuró ella.

Él la miró un momento y después la besó de nuevo, profunda, apasionadamente.

Nicole rio cuando él levantó una pierna y con el

cuero suave de la bota se deslizó a lo largo de la pierna femenina. Clay soltó los botones que estaban a los lados de sus pantalones, y Nicole gimió al primer contacto de su virilidad.

Se acostó sobre ella y la sostuvo fuertemente, como si temiese que Nicole intentara abandonarlo.

Lenta, muy lentamente, Nicole comenzó a revivir otra vez. Se estiró y respiró profundamente.

—Siento como si me hubiese liberado de muchas tensiones.

—¿Eso es todo? —rió Clay, con la cara apretada contra el cuello de Nicole—. Me alegro de haber podido ser útil. Quizá la próxima vez debería traer las espuelas.

—¿Te ríes de mí?

Clay se apoyó en un brazo.

—¡Jamás! Creo que estoy riéndome de mí mismo. En todo caso, tú me has enseñado ciertas cosas.

—¿Sí? ¿Por ejemplo?

Ella pasó el dedo por la cicatriz junto al ojo de Clay.

Clay se apartó de Nicole y se sentó.

—Ahora no. Tal vez te lo diré más tarde. Tengo apetito. No me permitiste comer mucho hace una hora.

Nicole sonrió y cerró los ojos. Se sentía deliciosamente feliz. Clay se puso de pie y la miró. Los cabellos negros de Nicole se desplegaban en abanico bajo el cuerpo y formaban un espléndido contraste con las curvas de toda su estructura. Él advirtió que Nicole ya estaba medio dormida. Se inclinó y le besó la punta de la nariz.

—Duerme, amor mío —murmuró en voz baja, y después extendió sobre ella la otra mitad de la colcha. Sin hacer ruido salió de la habitación.

Cuando Nicole despertó, se estiró perezosamente antes de abrir los ojos.

—Vamos, ven —dijo una voz ronca desde el fondo de la habitación.

Nicole sonrió y abrió los ojos. Clay miró la imagen de Nicole reflejada en el espejo. La camisa de Clay estaba sobre una silla y él se afeitaba.

—Has dormido la mayor parte de la tarde. ¿Te propones perderte el baile?

Ella sonrió.

—No. —Iba a levantarse de la cama, pero advirtió que estaba desnuda. Miró alrededor, buscando algo para cubrirse. Cuando advirtió que Clay la observaba interesado, arrojó a un lado la colcha y caminó hacia el guardarropa, donde Janie había colgado sus prendas. Clay sonrió y continuó afeitándose.

Cuando terminó, se acercó a ella por detrás. Nicole vestía una bata de raso albaricoque, y miraba desconcertada sus ropas, buscando una prenda conveniente.

De pronto, Clay se apoderó de un vestido de terciopelo de color canela.

—Janie dijo que debías usar este. —Extendió el brazo y lo examinó con ojo crítico—. No parece que tenga mucho ahí arriba.

—Yo aportaré eso —dijo Nicole con cierta altivez, y se apoderó del vestido.

—En ese caso, creo que no necesitarás esto.

Nicole se volvió y vio lo que él tenía en las manos. ¡Perlas! Había cuatro hileras, aseguradas con cuatro largos broches de oro. Nicole sostuvo en las manos el collar y palpó la textura suave de las perlas. Pero no veía muy bien cómo usarlas. Parecía más un cinturón largo que un collar.

—Ponte el vestido y yo te lo mostraré —dijo Clay—. Mi madre ideó este collar.

Nicole se apresuró a ponerse las enaguas y después el vestido. Era muy escotado, y las mangas, apenas unas tiras sobre los hombros. Clay aseguró los ganchos sobre la espalda. Después, unió uno de los cierres con el centro del vestido, y el segundo con un hombro. El tercer cierre quedó unido al centro del profundo escote, y otro al otro hombro, de manera que formaban un círculo completo que se cerraba atrás. Las cuatro hileras estaban armadas de tal modo que se complementaban. Dos hileras cruzaban el busto, y las otras dos colgaban elegantemente sobre el terciopelo.

—Muy hermoso —dijo Nicole al mirarse en el espejo—. Gracias por permitirme usarlo.

Él se inclinó y le besó el hombro desnudo.

—Mi madre me lo regaló con el fin de que lo entregase a mi esposa. Nadie lo ha usado jamás.

Ella se volvió para mirarlo.

—No comprendo. Nuestro matrimonio no es...

Él puso un dedo sobre los labios de Nicole para acallarla.

—Gocemos de la noche. Mañana habrá tiempo de hablar.

Nicole retrocedió unos pasos y terminó de vestirse. Alcanzaba a oír a los músicos que estaban abajo, en el prado. Aceptaba pensar únicamente en el momento actual. La realidad estaba representada por Bianca y Clay en Arundel Hall. La realidad era el amor de Clay por otra mujer.

Salieron de la habitación y Clay la condujo de nuevo a través del laberinto de la casa hasta salir al jardín. Las mesas habían recibido más alimentos y la gente se paseaba por doquier comiendo y bebiendo. Nicole apenas tuvo tiempo de probar un bocado antes de que Clay la arrastrase a la plataforma que habían armado para bailar. La briosa cuadrilla virginiana la dejó sin aliento.

Después de cuatro danzas, Nicole le rogó a Clay que le permitiese descansar. Él la apartó del grupo y la llevó a un pequeño pabellón octogonal que se levantaba bajo tres sauces. Había anochecido mientras bailaban.

—Las estrellas son hermosas, ¿verdad?

Clay la abrazó y la acercó, y la cabeza de Nicole descansó sobre el hombro de su compañero. Él no habló.

—Ojalá este momento pudiese durar eternamente —murmuró ella—. Ojalá nunca terminase.

—¿Acaso los restantes momentos han sido tan horribles? ¿Fuiste tan desgraciada en América?

Ella cerró los ojos y con su mejilla frotó la de Clay.

—Aquí he pasado mis momentos más felices y los más miserables. —No deseaba hablar de eso. Levantó la cabeza—. ¿Por qué Wesley no está aquí? ¿Tuvo que regresar porque debe ocuparse de su plantación para que su hermano pueda venir? ¿Y quién es esa mujer que está con el hermano de Wesley?

Clay sonrió y obligó a Nicole a bajar la cabeza.

—Wes no ha venido, y supongo que porque no quiere. Con respecto a Travis, creo que sería capaz de administrar su propiedad desde Inglaterra si lo deseara.

Y la pelirroja es Margo Jenkins. Por lo que sé, está decidida a atrapar a Travis, al margen de que él lo acepte o no.

—Ojalá ella no lo atrape —murmuró Nicole—. ¿Tú y Wesley habéis discutido?

Sintió que el cuerpo de Clay se endurecía.

—¿Por qué me lo preguntas?

—Creo que tu carácter me induce a preguntarlo.

Él se relajó y se echó a reír.

—En efecto, tuvimos un choque.

—¿Grave?

Él la separó un poco y la miró a los ojos.

—Tal vez haya sido una de las conversaciones más serias de mi vida. —Alzó la cabeza—. Creo que están tocando otra cuadrilla. ¿Estás lista?

Nicole respondió con una sonrisa, él la cogió de la mano y la llevó hacia el grupo de los bailarines.

La muchacha se sorprendió ante la resistencia de los virginianos. Había sido un día largo, pese a que ella había dormido por la tarde. Al tercer bostezo, Clay la tomó de la mano y la llevó a la planta alta. La ayudó a desvestirse, pero cuando Nicole caía en la cama, él le ofreció una larga bata de baño. Nicole lo miró asombrada.

—Pensé que te gustaría un baño de medianoche —dijo, mientras se desvestía y se enfundaba en una bata corta de algodón, con las mangas muy anchas y sueltas.

En silencio, Nicole lo siguió a través de otros pasajes que los llevaron a la salida. Asombrada, advirtió que estaban cerca del límite del bosque. Podía oír el río, que no estaba muy lejos.

Atravesaron caminando la densa oscuridad de los

árboles hasta el lugar en que un recodo del río formaba un hermoso estanque. Clay depositó en la orilla el jabón y las toallas, se desvistió, recuperó el jabón y se introdujo en el río. Nicole lo miró a la vez que la luz de la luna arrancaba reflejos a los músculos de la espalda de Clay. Se internó sin hacer ruido en el agua y las largas piernas se deslizaron cuando nadó hacia el centro del estanque. Se volvió y la miró.

—¿Piensas quedarte ahí toda la noche?

Ella se apresuró a desatar su bata y la dejó caer al suelo, y después corrió tras él. Se zambulló en el agua.

—¡Nicole! —gritó Clay cuando vio que ella no reaparecía. En su voz había una nota de temor.

Nicole emergió detrás de Clay y le mordió la espalda antes de sumergirse nuevamente. Clay contestó con un gruñido y después la aferró de la cintura.

—Ven aquí, diablillo —dijo, y le besó la frente.

Ella le rodeó el cuello con los brazos y lo besó apasionadamente. Su piel experimentaba una sensación grata al rozar la de Clay. El agua estaba tibia y agradable. Clay la apartó y comenzó a enjabonarla. Le pasó las manos por todo el cuerpo, muy lentamente. Cuando terminó, ella se apoderó del jabón y lavó a Clay. Rieron al unísono, gozando del agua y cada uno del otro. Antes de que Nicole pudiese enjuagarse, Clay comenzó a lavarle el cabello. Nicole se hundió en el agua para quitarse el jabón. Sus cabellos flotaron tras el cuerpo en una larga masa de plata oscura.

Clay la miró y después la atrajo lentamente hacia sí. La besó apenas, y acercó más el cuerpo de la joven. La apartó un momento y la miró a los ojos. Parecía que estaba formulándole una pregunta, y al parecer obtuvo respuesta. La besó de nuevo, y después la alzó en brazos y la llevó a la orilla.

La dejó suavemente en la hierba y comenzó a besarle el cuerpo. La besó en todos los lugares en que sus manos enjabonadas la habían tocado. Nicole sonrió con los ojos cerrados. Inclinó la cabeza y atrajo hacia la suya la boca de Clay. Le pasó las manos por el cuerpo y sintió su fuerza, toda su energía.

Después, Clay se acostó sobre Nicole; ella estaba preparada para recibirlo.

—Dulce Nicole —murmuró Clay, pero ella no lo oyó. Sus sentidos habían pasado de la realidad a la pasión pura que Clay provocaba en ella. Alzó las caderas para recibirlo.

Un rato después, Clay yacía al lado de Nicole y la estrechaba contra su cuerpo. Tenía una pierna cruzada sobre ella. Su boca estaba cerca de la oreja de Nicole, y el aliento de Clay era suave y tibio.

—¿Te casarás conmigo? —murmuró Clay.

Ella no estaba segura de haberlo oído bien.

—¿No me vas a contestar?

Nicole pudo sentir la tensión de su propio cuerpo.

—Estoy casada contigo.

Él se inclinó sobre Nicole, con la cabeza apoyada sobre un brazo.

—Quiero que te cases de nuevo conmigo, frente a todo el condado. Esta vez quiero estar presente cuando nos casemos.

Ella guardó silencio mientras él le acariciaba el labio superior con un dedo.

—Cierta vez dijiste que me amabas —le recordó Clay—. Por supuesto, estabas borracha, pero lo dijiste. ¿Hablabas en serio?

Ella apenas podía respirar.

—Sí —murmuró, mirándolo a los ojos.

—Entonces, ¿por qué no quieres casarte conmigo?

—¿Te ríes de mí? ¿Te burlas?

Él sonrió y frotó la nariz contra el cuello de Nicole.

—¿Te parece tan difícil creer que puedo tener un mínimo de sensatez? ¿Cómo puedes amar a un hombre a quien crees estúpido?

—Clay, explícate. No entiendo lo que estás diciendo. Nunca pensé que fueses estúpido.

Él la miró de nuevo.

—Deberías creerlo. En la plantación, todos excepto yo te ofrecieron su amor. Incluso mis caballos son más astutos que yo. ¿Recuerdas la primera vez que te besé en el barco? Estaba tan irritado a causa de lo que había perdido... tu persona. Deseaba que no te marchases nunca, pero ahí estabas tú y me decías que en realidad no eras mía. Me enfurecí cuando vi esa nota y me puso frenético cuando no pude hallarte. Creo que Janie comprendió entonces que me había enamorado de ti.

—Pero Bianca... —empezó a decir Nicole, y entonces Clay apoyó un dedo sobre los labios de la joven.

—Ella pertenece al pasado, y quiero que nosotros partamos de aquí. Ellen sabe que nos casamos por poderes en el barco y lo comprenderá si pedimos volver a casarnos aquí.

—¿Volver a casarnos? ¿Aquí?

Clay le besó la nariz y sonrió, y sus ojos centellaron a la luz de la luna.

—¿Te parece una idea tan absurda? De ese modo tendremos un centenar de testigos que juraran que nadie nos obligó a contraer matrimonio. No quiero que después surja la idea de una anulación. —Sonrió—. Incluso si te doy latigazos.

La tensión de Nicole se disipó.

—Lo lamentarías.

—¿Qué? —Clay se echó a reír—. ¿Qué harías?

—Diría a Maggie que no cocinase, explicaría a los mellizos lo que hiciste, de modo que te odiasen también, y...

—¿Odiarme? —De pronto adoptó una expresión grave, y se acercó más a Nicole—. Tú y yo estamos solos. Nos tenemos únicamente el uno al otro. Tienes que prometerme que nunca me odiarás.

—Clay —dijo ella, tratando de respirar—. No hablaba en serio. ¿Cómo podría odiarte si te amo tanto?

—Yo también te amo —dijo él, y aflojó un poco sus brazos—. Probablemente nos llevará unos tres días prepararlo todo para la boda, pero aceptas, ¿verdad?

Ella se echó a reír.

—¿Me preguntas si acepto lo que más deseo en la vida? Sí, me casaré contigo. Todos los días, si quieres.

Él comenzó a depositar besos hambrientos en el cuello de Nicole.

Nicole se sintió plena. Hubiera deseado que ese día se prolongase eternamente. Quizá nunca necesitara retornar a una vida en que ella habitara una casa y Clay otra. Sentía que estaría segura si podían casarse públicamente antes de regresar. Habría testigos de que Clay la amaba y la deseaba.

La palabra «Bianca» cruzó su mente, pero los besos de Clay ahuyentaron todos los pensamientos. Tres días, había dicho Clay. ¿Qué podía suceder en tres días?

11

A la mañana siguiente, cuando Nicole despertó, no podía creer las cosas que le habían sucedido la víspera. Todo eso parecía demasiado bueno para ser cierto. Estaba sola en el dormitorio y el sol entraba por la ventana. Sonrió al oír las voces excitadas bajo la ventana. Las carreras de caballos comenzarían poco después. Saltó de la cama y se vistió deprisa con un sencillo vestido de muselina.

Le llevó varios minutos encontrar el modo de salir de la casa para acercarse a las mesas del desayuno. Estaba comiendo un plato de huevos revueltos cuando percibió que la gente que se encontraba alrededor callaba. Parecía que uno por uno todos se silenciaban.

Se puso de pie y miró hacia el muelle. Lo que vio estuvo a un paso de paralizarle el corazón. Wesley caminaba al lado de Bianca. Nicole se había sentido a salvo en esa propiedad, lejos de Bianca, pero de pronto percibió que su mundo comenzaba a derrumbarse alrededor de ella misma.

Bianca avanzó confiadamente hacia el grupo. Llevaba un vestido de raso malva con grandes flores negras bordadas alrededor del bajo. Tenía un ancho encaje en la cintura y el cuello. Los pechos grandes estaban a medias disimulados por el vestido de brillantes colores. Usaba una sombrilla de raso haciendo juego con el resto.

Incluso mientras Nicole observaba la aproximación de la pareja, comenzó a preguntarse la causa del silencio de los demás. Sabía que la presencia de Bianca le impresionaba, pero, ¿por qué afectaba a las personas que no la conocían? Miró a la gente allí reunida y advirtió la expresión de sorpresa en los rostros.

—Beth —repitieron varias personas—. Beth.

—Wesley —llamó Ellen desde un rincón del prado—. ¡Qué susto nos has dado! —Atravesó el prado hacia los recién llegados—. Bienvenidos —dijo, y extendió la mano.

Incluso cuando ya estaban cerca de las mesas, Nicole no pudo moverse. Wesley se separó de Bianca, que ya se había apoderado de un plato. Las mujeres la rodearon.

—Hola —dijo Wesley a Nicole—. ¿Qué le parecen las fiestas virginianas?

Cuando Nicole lo miró, tenía los ojos llenos de lágrimas. Se preguntó por qué él había hecho eso. ¿Por qué había traído a Bianca? ¿Tenía motivos para odiar a Nicole y deseaba separarla de Clay?

—Nicole —dijo Wesley, con la mano apoyada en el brazo de la joven—. Confíe en mí. Por favor.

Ella tuvo que asentir. No podía ofrecer otra respuesta.

Ellen se acercó por detrás a Wes.

—¿Dónde la encontraste? ¿Clay la ha visto?

Wesley sonrió.

—Ya la ha visto. —Extendió la mano hacia Nicole—. ¿Quiere ir conmigo a la pista de carreras?

Sin hablar, ella aceptó el brazo de Wes.

—¿Qué sabe de Beth? —preguntó cuando ya se habían alejado unos metros.

—Solo que murió, con el hermano de Clay —contestó Nicole. Se interrumpió de pronto—. Bianca se parece a Beth, ¿verdad?

—Al principio impresiona. Si permanece inmóvil y callada, en efecto, se parece a Beth, pero apenas abre la boca toda la semejanza desaparece.

—Entonces Clay... —comenzó a decir Nicole.

—No lo sé. No puedo hablar por él. Solo sé que al principio yo también pensé que ella era Beth. Sé que el interés de Clay en ella se basa en su parecido con Beth. No podría tratarse de otra cosa, pues Bianca no es lo que yo llamaría una mujer agradable. —Sonrió—. Clay y yo discutimos un poco, a causa de ella. —Se masajeó el mentón—. Pensé que tal vez lo beneficie verlas juntas a las dos.

Nicole comprendió que Wes tenía buenas intenciones, pero ella había visto el modo en que Clay miraba a Bianca, había visto cómo la adoraba. Y no sabía si podría soportar que él volviese a mirar de ese modo a otra mujer.

—¿Qué sucedió ayer en las carreras? ¿Clay derrotó a Travis? Ojalá lo consiguiera.

—Creo que lo intentó —dijo riendo Nicole, contenta de cambiar de tema—. Pero, ¿no quiere conocer mis planes acerca de una nueva capa roja?

Era norma en las fiestas virginianas que todos los invitados se atendieran solos. Había comida en todas las mesas, todos los juegos imaginables, criados dispuestos a satisfacer los más mínimos deseos. De manera que cuando el cuerno sonó para iniciar las carreras matutinas, las mujeres se consideraron en libertad de abandonar a Bianca, en vista de que la recién llegada rechazaba la invitación a presenciar las carreras. Los ojos de Bianca no podían apartarse de la comida depositada sobre las mesas. Esa horrible Maggie prácticamente se había negado a cocinar para ella después de la partida de Clay.

—¿Usted es la señorita Maleson de quién oí hablar?

Bianca apartó los ojos del plato sobre el cual acumulaba manjares y miró al hombre alto. Era delgado hasta el extremo de parecer demacrado. La chaqueta vieja y sucia le colgaba sobre el cuerpo. Tenía el rostro cubierto parcialmente por cabellos negros, largos y desgreñados y una fina barba negra. La nariz era larga, los labios formaban una delgada línea, pero los ojos eran como dos carbones negros que relucían en el fondo del matorral de los cabellos y la barba. Los ojos eran pequeños y estaban tan juntos que los bordes interiores parecían superponerse.

Bianca hizo una mueca y apartó la mirada.

—¡Mujer, le he hecho una pregunta! ¿Usted es una Maleson?

Ella lo miró hostil.

—No creo que eso le concierna. Ahora déjeme pasar.

—¡Una glotona! —dijo el hombre, al ver el plato

rebosante de comida—. La glotonería es pecado y usted pagará por eso.

—Si no me deja en paz, llamaré a alguien.

—Permíteme hablar con ella. Creo que es bastante bonita.

Bianca miró interesada al hombre que se había acercado. Era un hombre fuerte y saludable, que tendría a lo sumo veinticinco años, aunque por desgracia mostraba la misma cara del padre. Los ojillos negros se pasearon por el cuerpo blanco y blando de Bianca.

—El nombre de soltera de nuestra madre fue Maleson. Hemos oído decir que usted pensaba casarse con Clayton Armstrong y le escribimos a Inglaterra. No sé si usted recibió la carta.

Bianca recordaba muy bien la carta. De modo que esa era la chusma que se atrevía a afirmar que estaba emparentada con ella.

—No recibí ninguna carta.

—¡El premio del pecado es la muerte! —dijo el viejo con una voz que llegaba a muchos metros de distancia.

—Papá, esa gente que está allí juega y apuesta a los caballos. Deberías hablarles mientras nosotros charlamos con nuestra prima.

Bianca se volvió y se alejó del grupo. No tenía la más mínima intención de conversar con ellos. En cuanto se sentó, dos jóvenes fueron a instalarse junto a ella. Enfrente estaba el hombre que le había hablado antes, y al lado, otro hombre más joven y de menor estatura, que tendría unos dieciséis años. La apariencia del muchacho estaba suavizada por los ojos de color claro, más redondos y más separados.

—Este es Isaac —dijo el hombre mayor—, y yo soy Abraham Simmons. Ese hombre es nuestro padre. —Hizo un gesto en dirección al viejo, que caminaba deprisa hacia la pista de carreras, con una Biblia bajo el brazo—. Lo único que le interesa es predicar. Pero Isaac y yo tenemos otros planes.

—Por favor, ¿pueden retirarse? Desearía tomar en paz mi desayuno.

—Señora, eso es suficiente para tres comidas —dijo Isaac.

—Usted es muy altanera, ¿verdad? —preguntó Abe—. Pensé que se alegraría de hablar con nosotros, puesto que somos sus parientes y todo eso.

—¡Ustedes no son mis parientes! —dijo fieramente Bianca.

Abe se irguió y la miró fijamente. Entrecerró los ojos pequeños como cuentas de vidrio hasta que parecieron nada más que ranuras por las que brotaba una luz negra.

—No me parece que le sobren los amigos. Hemos oído que usted se casaría con Armstrong y sería la dueña de Arundel Hall.

—Soy la dueña de la plantación Armstrong —dijo altivamente Bianca entre un bocado y otro.

—Entonces, ¿quién es esa bella mujercita que según Clay es su esposa?

A Bianca se le endurecieron los músculos de la cara. Todavía la irritaba el hecho de que Clay la hubiera dejado para llevar consigo a Nicole. Se había comportado de un modo extraño con ella después de la noche en que ese simpático señor Wesley Stanford cenara con ellos. Desde esa noche pareció que Clay la vigilaba constantemente y Bianca había comenzado a sentirse incómoda. Tocó el tema de agregar un ala a la casa y él se limitó a mirarla fijamente. Bianca había salido encolerizada de la habitación. Juró que le haría pagar caro su grosería. Y, de pronto, abandonó la plantación. Ella se alegró de que él se marchase; su presencia constante la inquietaba. En ausencia de Clay había consagrado horas a proyectar comidas. Pero palideció intensamente cuando esa repulsiva Maggie preparó menos de la mitad de los platos que ella había ordenado. Mientras estaba en la cocina diciendo a la cocinera que si apreciaba su empleo era mejor que trabajase un poco, reapareció Wesley. El visitante le habló de la fiesta y le dijo que Clay había llevado a Nicole.

Bianca se preparó de mala gana para trasladarse a la plantación Backes a la mañana siguiente bien temprano. ¿Cómo era posible que esa horrible Nicole intentase apoderarse de lo que no le pertenecía? ¡Ya lo vería! Lo único que ella necesitaba era hacer sonreír a Clay y él se comportaría como la primera noche. Sí, Bianca conocía muy bien la seducción que poseían las mujeres de su familia.

—Esa mujer fue antes mi doncella —dijo altivamente Bianca.

—¡Su doncella! —dijo Abe riendo—. Parece que ahora es la doncella de Clay.

—Lleve a otro sitio sus sucios comentarios —dijo Bianca mientras se ponía de pie para llenar nuevamente el plato.

—Escuche —dijo Abe, siguiéndola. Tenía una expresión seria en la cara—. Creí que usted se casaría con

Clay y después podría ayudarnos. A nuestro padre lo único que le interesa es la prédica. Tenemos tierras no lejos de la propiedad de Clay, pero no hay ganado. Tal vez usted pudiera prestarnos un toro, y, puesto que somos miembros de la familia, incluso regalarnos un par de terneras.

—Y unos pollos —agregó Isaac—. A mamá le agradaría tener más gallinas. Es su prima.

Bianca se volvió furiosa contra ellos.

—¡No estoy emparentada con ustedes! ¿Cómo se atreven a contar conmigo y mis posibilidades? ¡Cómo se atreven a hablarme de... animales!

Abe necesitó un momento para contestar.

—Aquí hay algo que no está claro, señorita Altanera. Usted no recibirá el dinero de Clay, ¿verdad? ¡Usted viajó desde Inglaterra a América y descubrió que él se había casado con su doncella y no con usted! —Abe se echó a reír—. Es la mejor historia que he escuchado en muchos años. Espere a que empiece a contarla delante de los vecinos.

—¡No es cierto! —dijo Bianca, y comenzó a lloriquear—. ¡Clayton se casará conmigo! Seré la propietaria de la plantación Armstrong. Eso necesitará un tiempo, pero nada más. Clay anulará el matrimonio con esa mujer.

Abe e Isaac se miraron, tratando de contener la risa.

—De modo que lo anulará, ¿eh? —dijo Abe—. Ayer, cuando ella estaba sentada en las rodillas de Clay y le daba de comer, no me pareció que él pensara separarse de esa muchacha.

—¿Y cuando se la llevó a la planta alta en mitad de

la tarde? —agregó Isaac. Estaba en la edad en que comenzaba a descubrir al sexo opuesto. Había pasado una hora bajo un árbol imaginando lo que Clay le hacía a su bonita esposa—. Cuando bajó tenía una sonrisa de oreja a oreja.

Bianca pensó: «Esa sucia mujerzuela.» Esa perra creía que podría arrebatarle la plantación utilizando su cuerpo para seducir a Clay. Apartó los ojos del plato de comida y miró hacia la pista de carreras. Apenas concluyese el desayuno, pondría en su lugar a Nicole. Irguió la cabeza y comenzó a alejarse de los jóvenes.

—Tal vez más tarde compruebe que necesita amigos —le gritó Abe—. No olvidamos a la familia como hace usted, pero en adelante nuestro precio será mucho más alto. Vamos, Isaac, tratemos de evitar que papá se meta en líos.

Una hora más tarde Bianca se acercó a la pista de carreras. La jornada estaba pareciéndole muy fatigosa, y, además, irritante. Se había alegrado porque ya no tendría que discutir para conseguir lo que quería. Llegaría el momento en que la plantación Armstrong sería suya, y ella podría descansar después de las comidas, para digerir bien el alimento. Y, ahora, a causa de Nicole, debía asistir a esas repulsivas fiestas y tratar a tanta gente ruidosa y grosera.

Vio a Nicole de pie al lado de Ellen Backes, en el extremo de la pista. Las restantes mujeres vociferaban al paso de los caballos, pero Nicole guardaba silencio, y en su cara había una expresión inquieta. Miraba hacia un extremo de la pista, donde Clay se encontraba con un grupo de hombres.

Bianca tocó el hombro de Nicole con la punta de su sombrilla.

—Ven aquí —ordenó cuando Nicole se volvió.

Con un gesto resignado, Nicole acompañó a Bianca y ambas se alejaron del resto.

—¿Qué estás haciendo aquí? —preguntó Bianca—. ¡Tu lugar no es este, y lo sabes! Si Clay o yo no te interesamos, piensa en ti misma. He oído decir que te comportaste con él como la peor mujerzuela callejera. ¿Qué dirá la gente cuando se desembarace de ti y se case conmigo? ¿Quién querrá casarse contigo cuando sepa que fuiste usada de ese modo?

Nicole miró a la mujer más alta. Lo único que pudo pensar fue que era horrible estar con un hombre que no fuera Clay.

—¿Quieres que vayamos a verlo? —preguntó altivamente Bianca—. ¿Recuerdas cómo se desentendió de ti el día que yo llegué de Inglaterra?

Nicole sabía que esos pocos minutos estaban marcados a fuego en su propio corazón.

—Un día aprenderás que un hombre debe respetar a una mujer antes de que pueda amarla. Cuando actúas como una cualquiera, te tratan como eso.

—Nicole —dijo Ellen, quien se acercaba en ese momento—, ¿estás bien? Me parece que sufres algún malestar.

—Quizás el exceso de sol.

Ellen sonrió.

—No puede ser una novedad de otra clase, ¿verdad?

La mano de Nicole se posó sobre el estómago. Ojalá Ellen acertase.

—Quizás el exceso de comida —dijo Bianca—. Uno nunca debe comer demasiado y después quedarse al sol. Creo que regresaré a la casa. Nicole, me parece que deberías acompañarme.

—Sí, lo mismo digo —afirmó Ellen.

Lo que menos deseaba Nicole era continuar en compañía de Bianca, pero advirtió que Clay y los hombres estaban acercándose. No soportaba ver a Clay derritiéndose ante la visión de su amada.

Había por lo menos tres amplias salas en la casa de Ellen y todas estaban atestadas. Una súbita lluvia fría había obligado a todo el mundo a buscar refugio. Se habían encendido fuegos en toda la casa, y cuando los grandes hogares comenzaron a desprender calor, la casa se entibió.

Clay se había sentado en un sillón de cuero, bebía una jarra de cerveza y observaba a los mellizos que freían maíz en el fuego. Pocos minutos antes había ido a la planta alta y encontró a Nicole dormida en la cama. Estaba preocupado por ella, porque a lo largo de la mañana la gente le había hablado de la mujer que se parecía a Beth.

—¿Quiere sentarse? —oyó decir a una voz conocida. Se volvió y vio a Wes bastante cerca, de frente al propio Clay. Una figura que sin duda era la de Bianca le daba la espalda.

Clay aún no deseaba verla. Ante todo, quería hablar con Nicole, tranquilizarla, impedir que se preocupase. Comenzó a ponerse de pie, pero Wes le dirigió una mirada de advertencia. Clay se encogió de hombros y continuó sentado. Tal vez Wes deseaba estar solo con ella.

—Seguramente esto la impresiona mucho —dijo Wes; Clay podía oír sin dificultad lo que su amigo decía.

—No sé a qué se refiere —dijo Bianca.

—Puede ser sincera conmigo. Clay me lo ha contado todo. Usted vino de Inglaterra con la esperanza de casarse con él y descubrió que estaba unido a otra mujer. Y ahora, él vive públicamente con esa joven.

—¡En efecto, usted me comprende! —exclamó agradecida Bianca—. Al parecer, todos están contra mí y no entiendo la razón. Deberían criticar a Nicole, esa horrible mujer. Yo soy la parte ofendida.

—Dígame, Bianca, ¿por qué quiso casarse con Clay cuando lo conoció?

Ella guardó silencio.

—Estuve pensando —continuó Wes—, creo que podríamos ayudarnos el uno al otro. Por supuesto, usted sabe que Clay es un hombre de recursos. —Sonrió ante el enérgico gesto de asentimiento de Bianca—. Estos últimos años mi plantación no ha funcionado bien. Si usted fuera la señora de Arundel Hall, podría ayudarme.

—¿Cómo?

—De vez en cuando algunas vacas podrían extraviarse en mis tierras, o quizá desaparecer unos pocos sacos de trigo. Clay no advertiría la falta.

—No lo sé.

—Pero usted sería su esposa. La propietaria de la mitad de la plantación.

Bianca sonrió.

—Por supuesto. ¿Usted podría ayudarme a ocupar el lugar que me corresponde? Al principio estaba segura de que lo conseguiría, pero últimamente no sé muy bien a qué atenerme.

—Sin duda, usted será su esposa. Si usted me ayuda, yo la ayudaré.

—De acuerdo. Pero, ¿cómo se librará de esa terrible Nicole? Ella se ofrece a Clay y él es tan estúpido que le agradan los encantos de esa prostituta.

—Ya he oído suficiente —dijo Clay con voz seca mientras se inclinaba sobre Bianca.

Ella se volvió y se llevó la mano al cuello.

—¡Clay! ¡Me has asustado! No sabía que estabas aquí.

Clay la ignoró y se volvió hacia Wes.

—En realidad, esto no era necesario. Me llevó un tiempo, pero finalmente comprendí lo que querías decirme. Ella no es Beth.

—No —dijo Wes—. Se puso de pie y su mirada pasó de Clay a Bianca—. Creo que ustedes dos tienen que conversar.

Clay asintió y después le ofreció la mano.

—Te debo mucho.

Wes sonrió y estrechó la mano de su amigo.

—No he olvidado ese golpe que me diste. Pero elegiré el momento apropiado para pagarte.

Clay se echó a reír.

—Puedo enfrentarme a ti, incluso si tienes la ayuda de Travis.

Wesley emitió un quejido y dejó a Clay a solas con Bianca.

Bianca estaba comenzando a comprender que Clay había escuchado toda la conversación con Wes y que Wes había planeado el episodio para que Clay oyera sus palabras.

—¿Cómo te atreves a escuchar mis conversaciones? —jadeó cuando Clay se sentó frente a ella

—Tus palabras no me dijeron nada que yo no supiera antes. Dime, ¿por qué viniste a América? —No esperó la respuesta de Bianca—. Antes creía amarte y te pedí en matrimonio. Yo estuve... perseguido por tu recuerdo durante mucho tiempo, pero ahora comprendo que nunca te amé y que ni siquiera te conocía.

—¿Qué intentas decirme? Tengo cartas que dicen que te casarás conmigo. Es ilegal faltar a una promesa de esa clase.

Clay la miró asombrado.

—¿Cómo puedes hablar de promesas incumplidas cuando ya estoy casado? Ningún tribunal me pedirá que abandone a mi esposa para casarme con otra mujer.

—Lo harán cuando yo les explique las circunstancias del matrimonio.

A Clay se le endurecieron los músculos de la cara.

—¿Qué deseas? ¿Dinero? Te pagaré el tiempo perdido. Ya has acumulado un guardarropa considerable.

Bianca contuvo las lágrimas. ¿Cómo era posible que este grosero rufián americano comprendiese lo que ella deseaba? En Inglaterra no había podido tratar con las personas que antes eran los pares de su familia a causa de la falta de dinero. Algunos conocidos se reían a sus espaldas del proyecto de matrimonio con un norteamericano. E incluso sugerían que no había podido conseguir nada mejor. Bianca daba a entender que había recibido varias propuestas, pero eso no era cierto.

En definitiva, ¿qué deseaba realmente? Lo que su familia había tenido en otro tiempo: seguridad, posición, libertad frente a los cobradores de cuentas atrasadas, el sentimiento de que la necesitaban y la deseaban.

—Quiero la plantación Armstrong —dijo en voz baja.

Clay se acomodó mejor en el sillón.

—Ciertamente, no pides poco, ¿eh? No puedo ni quiero dártela. He llegado a amar a Nicole y me propongo tomarla por esposa.

—¡Pero no puedes! He realizado el viaje desde Inglaterra. ¡Tienes que casarte conmigo!

Clay enarcó el entrecejo.

—Retornarás a Inglaterra con la mayor comodidad posible. Intentaré compensar el tiempo que has perdido, y... la ruptura del compromiso. Es todo lo que puedo hacer.

Bianca lo miró hostil.

—¿Quién crees ser, patán insoportable e ignorante? ¿Crees que alguna vez quise casarme contigo? Vine únicamente cuando supe que tenías dinero. ¿Crees que podrás desecharme como un baúl viejo? ¿Crees que regresaré a Inglaterra como una mujer desairada?

Clay se puso de pie.

—No me importa en absoluto lo que hagas. Regresarás cuanto antes, aunque tenga que encargarme personalmente de meterte en la bodega del barco.

Se volvió y comenzó a alejarse. Si permanecía junto a esa mujer un minuto más perdería los estribos.

Bianca hervía de furia. Jamás permitiría que ese

hombre repugnante la desairase. Él creía que podía pedir su mano, y después, con la misma desenvoltura, ordenarle que se alejase, como si Bianca fuera una criada. ¡Nicole! ¡Esa era la verdadera fregona! Y, sin embargo, él se desentendía de Bianca para favorecer a esa yegua de clase inferior.

Las manos de Bianca se convirtieron en puños a los costados del cuerpo. ¡No se lo permitiría! Antaño, uno de sus antepasados había conocido al sobrino del rey de Inglaterra. Ella era una persona importante y tenía poder e influencia.

Pensó en «su familia». Los hombres que le habían hablado esa mañana habían dicho que eran parte de su familia. Sí, pensó sonriendo. La ayudarían. Le conseguirían la plantación. ¡Nadie se reiría de ella!

Clay estaba de pie bajo el techo de uno de los numerosos porches de la casa de Ellen. La lluvia fría salpicaba el suelo a su alrededor y lo aislaba. Sacó un cigarro del bolsillo de su chaqueta y lo encendió; luego aspiró profundamente.

Los últimos días había pensado repetidamente en su propia estupidez y había llegado a maldecirse; pero las maldiciones ya no le bastaban.

A pesar de lo que había dicho a Wes, la visión de Bianca iluminada claramente había sido una revelación. La mente de Clay siempre se había visto aferrada por la visión de Beth.

Se sentó sobre la baranda del porche, con un pie apoyado en el suelo, mientras observaba que ya escampaba. Entre los árboles se veían unos débiles rayos de luz del sol. Se dijo que Nicole sabía lo que era Bianca. Y, sin embargo, siempre se había mostrado amable y bondadosa con esa mujer. Nunca había adoptado actitudes hostiles, ni volcado su cólera sobre ella.

Sonrió y arrojó al pasto húmedo la colilla del cigarro. La lluvia se precipitaba de los aleros de la casa, pero el sol ya arrancaba reflejos a las gotas que relucían sobre la hierba. Miró hacia la ventana de la habitación donde dormía Nicole. ¿O quizás se había despertado? ¿Cómo habría reaccionado la joven al ver a Bianca en la fiesta?

Entró en la casa, atravesó los corredores y subió la escalera hasta su habitación. Nicole era la persona más generosa que él había conocido jamás. Lo amaba y amaba a los niños y los criados, incluso a los animales, y, sin embargo, nunca había pedido nada a cambio.

Apenas abrió la puerta supo que ella no estaba dormida. Clay se dirigió al guardarropa y retiró un vestido, una prenda sencilla de color castaño.

—Vístete —dijo con voz serena—. Quiero llevarte a cierto lugar.

12

Con movimientos lentos, Nicole apartó las mantas y se puso las enaguas. Sentía el cuerpo dolorido. Pensó que él no la había olvidado. Al menos esta vez la presencia de su amada Bianca no lo había enceguecido del todo. O se proponía llevarla de regreso al molino, para alejarla todo lo posible de Bianca.

No preguntó adónde iban. Las manos le temblaban tanto mientras abotonaba el vestido que Clay tuvo que ayudarla. Él la miró a la cara, contempló los ojos, enormes y expresivos, impregnados de temor y ansia.

Se inclinó y la besó tiernamente, y ella le ofreció, ansiosa, sus labios.

—Creo que no te he dado muchos motivos para confiar en mí, ¿verdad? —preguntó Clay.

Ella se limitó a mirarlo y sintió un nudo en la garganta que le impedía hablar.

Clay le sonrió paternalmente, después la tomó de la mano y ambos salieron de la habitación y de la casa. Nicole se recogió la larga falda para evitar que rozara la hierba húmeda. Clay avanzaba con paso rápido y prestaba escasa atención al hecho de que ella casi tuviera que correr para seguir el ritmo de las largas zancadas del hombre.

Sin decir palabra, la subió a la balandra, y después soltó las amarras y desplegó la vela. La pequeña y elegante embarcación surcó el agua con movimientos precisos y rápidos. Nicole permaneció sentada, con una expresión serena en su rostro, observando los movimientos de Clay, que manejaba el timón. La corpulencia misma de Clay suscitaba en Nicole la impresión de una montaña impenetrable, misteriosa, algo que ella amaba pero no entendía.

Nicole comenzó a sentir la opresión en el pecho cuando advirtió que retornaban a la plantación Armstrong. ¡Había acertado! La devolvía al molino. La faja de hierro que le encerraba el pecho apretaba con tal fuerza que ni siquiera podía llorar. Cuando pasaron frente al muelle del molino, y lo dejaron atrás, sintió que se le aflojaba la respiración y que una oleada de alegría recorría su cuerpo.

Al principio, no reconoció el lugar donde Clay se detuvo. Parecía una masa impenetrable de follaje. Clay descendió de la embarcación, con el agua hasta los tobillos, amarró la balandra y después ofreció los brazos a Nicole. Agradecida, casi se arrojó al pecho de Clay. Él la miró fijamente un momento, un tanto divertido, y al fin pasó con ella la entrada disimulada y llegó a un hermoso claro. Después de la lluvia, todo parecía fresco y nuevo. La luz del sol se reflejaba en las gotas de lluvia de centenares de flores.

Clay dejó en el suelo a Nicole, y después se sentó apoyando la espalda contra una gran roca, al lado de las flores, y sentó en sus rodillas a Nicole.

—Sé que detestas manchar tu vestido con el verde del pasto —dijo sonriendo.

Ella lo miró con semblante serio. Tenía una expresión preocupada, casi temerosa en los ojos. Se mordió el labio superior.

—¿Por qué me has traído aquí? —murmuró.

—Creo que es hora de que hablemos.

—¿De Bianca? —Su voz era apenas audible.

Los ojos de Clay la examinaron.

—¿Por qué hay una expresión de terror en tus ojos? ¿Te doy miedo?

Ella parpadeó repetidamente.

—Tú no, pero sí lo que tienes que decirme. Eso me intimida.

Él la abrazó y la cabeza de Nicole se hundió en el hombro de Clay.

—Si no tienes inconveniente en escuchar, me agradaría hablarte de mí, de mi familia y de Beth.

Lo único que ella pudo hacer fue asentir en silencio. Deseaba conocer todo lo que se refiriese a él.

—Tuve una de esas infancias idílicas que se parecen a los cuentos de hadas que cuentas a los mellizos —comenzó Clay—. James y yo fuimos amados y educados por los padres más maravillosos que uno pueda imaginar. Mi madre era una mujer hermosa y buena. Tenía un gran sentido del humor y James y yo nos sentíamos muy desconcertados por sus actitudes cuando éramos más pequeños. Si preparaba un almuerzo el día que decidíamos salir de pesca, a veces abríamos una caja y encontrábamos dentro una rana. Nos avergonzaba cuando veíamos que podía pescar mejor que cualquiera de nosotros.

Nicole sonrió e imaginó cómo sería la madre de Clay.

—¿Y tu padre?

—Él la adoraba. Incluso cuando James y yo ya éramos adultos, ellos dos jugaban como niños. Fue un hogar muy feliz.

—Beth —murmuró Nicole, y sintió que a él se le endurecía el cuerpo por un momento.

—Beth era hija de nuestra niñera. Su madre murió al nacer Beth, y ella no tenía hermanos ni hermanas. Por supuesto, mi madre se hizo cargo de la niñita. Y también James y yo. James tenía ocho años cuando nació Beth, y yo cuatro. Nunca sentimos celos por la pequeña a quien mi madre consagraba tanto tiempo. Recuerdo que yo la llevaba en brazos de un lugar a otro. Cuando pudo caminar, nos seguía a todas partes. James y yo no podíamos pasar un día en el campo sin la compañía de la pequeña Beth. Aprendí a montar un caballo con Beth a la grupa.

—Y te enamoraste de ella.

—No puedo decir que me enamoré. Tanto James como yo siempre la amamos.

—Pero ella se casó con James.

Durante un momento Clay guardó silencio.

—No fue exactamente así. No creo que nadie mencionara jamás el asunto, pero siempre supimos que ella se casaría con James. No creo ni siquiera que él alguna vez le propusiera matrimonio. Recuerdo que celebramos una fiesta cuando Beth cumplió dieciséis años y James le preguntó si no creía que ya era hora de que fijasen la fecha. Los mellizos nacieron antes de que ella cumpliese diecisiete años.

—¿Cómo era Beth?

—Feliz —dijo Clay con voz opaca—. Era la persona más feliz que he conocido. Amaba a tanta gente... Era una mujer desbordante de energía, siempre riendo. Un año las cosechas fueron tan malas que yo creí que nos veríamos obligados a vender Arundel Hall. Incluso mi madre ya no sonreía. Pero Beth sí. Nos dijo que debíamos cesar de compadecernos y que había que hacer algo. Hacia fines de esa semana pudimos idear un plan de economía para sobrevivir al invierno. No fue un invierno fácil, pero conseguimos conservar la plantación, y todo gracias a Beth.

—Pero todos murieron —murmuró Nicole, y pensaba en su propia familia tanto como en la de Clay.

—Sí —dijo él en voz baja—. Hubo una epidemia de cólera. Muchos murieron en el condado. Primero mi padre, después mi madre. No creí que ninguno de nosotros pudiese recuperarse del golpe, pero en cierto modo me alegré de que hubieran desaparecido juntos. A ellos no les habría gustado la separación.

—Pero aún tenías a James, Beth y los mellizos.

—Sí —sonrió Clay—. Aún éramos una familia.

—¿No deseabas tener tu propio hogar, tu esposa y tus hijos? —preguntó Nicole.

Clay meneó la cabeza.

—Ahora parece extraño, pero yo estaba satisfecho. Tenía mujeres cuando las deseaba. Había una muchacha, tejedora, que... —Se interrumpió y sonrió—. No creo que desees enterarte de eso.

Nicole asintió vigorosamente.

—Creo que jamás conocí a nadie que se llevase tan bien como nosotros tres. Habíamos pasado juntos la infancia, y cada uno conocía los pensamientos y los deseos de los otros. James y yo trabajábamos juntos, y rara vez hablábamos, y después volvíamos a casa, con Beth. Ella... no sé cómo decirlo, pero lo cierto es que conseguía que nos sintiéramos bien recibidos. Sé que era la esposa de James, pero también cuidaba de mí. Siempre estaba preparándome comidas y confeccionándome camisas nuevas.

Se interrumpió. Estrechó con fuerza a Nicole y hundió la cara en los cabellos fragantes de la joven.

—Háblame de Bianca —murmuró Nicole.

Clay habló entonces en voz muy baja.

—Durante una de las fiestas en la casa, organizada por Beth, un visitante, un hombre que había llegado de Inglaterra, pasó largo rato mirando fijamente a Beth. Finalmente, nos dijo que poco antes había conocido a una joven que podía ser la melliza de Beth. James y yo nos reímos, porque sabíamos que nadie podía ser como nuestra Beth. Pero Beth se interesó mucho. Formuló cien preguntas al hombre y anotó cuidadosamente la dirección de Bianca Maleson. Dijo que el día que visitara Inglaterra trataría de encontrar a la señorita Maleson.

—Pero tú fuiste primero a Inglaterra.

—Sí. Creíamos que no estábamos recibiendo un precio justo por el tabaco y el algodón que llevábamos a los mercados ingleses. Al principio, James y Beth proyectaban ir, mientras yo permanecería aquí con los mellizos, pero Beth descubrió que tendría otro hijo. Dijo que no haría nada que amenazara perjudicar al niño en el curso de un viaje a través del océano y por eso tuve que ir solo.

—Y te pidió que fueses a ver a Bianca.

El cuerpo de Clay se tensó y sus manos estrecharon con más fuerza a Nicole.

—James y Beth se ahogaron pocos días después de mi partida, pero recibí la noticia en Inglaterra, varios meses después. Acababa de terminar mis diligencias comerciales y había viajado a la casa de Bianca. En ese momento sentía una terrible añoranza. Estaba fatigado de las comidas mal preparadas y de la necesidad de atender el lavado de mis propias camisas. Solamente deseaba volver a casa y estar con mi familia. Pero sabía que Beth me desollaría vivo si no intentaba conocer a esa mujer que presuntamente se le parecía tanto. El inglés que había hablado a Beth de Bianca me invitó a pasar unos días en su casa. Cuando Bianca entró en la habitación, me asombré profundamente. En ese momento sentí deseos de abrazarla y preguntarle por James y los mellizos. Me parecía imposible que no fuese Beth.

Se interrumpió un momento.

—Al día siguiente, un hombre vino a darme la noticia de la muerte de James y Beth. Lo habían enviado Ellen y Horace y necesitó mucho tiempo para encontrarme.

—El dolor y la impresión fueron terribles, ¿verdad? —dijo Nicole, que conocía por experiencia esa situación.

—Yo estaba aturdido. No podía creer que fuese cierto, pero el hombre había estado allí cuando los dos cuerpos fueron retirados del río. Lo único que yo podía pensar era que cuando regresase a Arundel Hall la casa estaría vacía. Mis padres habían muerto y ahora James y

Beth también habían desaparecido. Pensé permanecer en Inglaterra y pedí a Horace que vendiese la plantación.

—Pero allí estaba Bianca.

—Sí, Bianca estaba allí. Comencé a pensar que en realidad Beth no se había ido, y que era un presagio que la noticia de su muerte me hubiese llegado en el momento mismo en que estaba cerca de una mujer que se le parecía tanto. Por lo menos, yo pensaba que Bianca se le parecía. Lo único que podía hacer era mirarla fijamente y decirme que Beth aún vivía, que por lo menos alguien a quien yo amaba aún estaba conmigo. Pedí la mano de Bianca. Deseaba regresar a Virginia llevándola conmigo, porque no quería entrar en una casa vacía; pero ella dijo que necesitaba tiempo. Yo no tenía tiempo. Sabía que debía volver a casa. Como entendía que Bianca muy pronto se reuniría conmigo, pensé que podía afrontar la plantación y abrigaba la esperanza de que ella me ayudaría a olvidar.

—Nada puede ayudarte a olvidar.

Clay le besó la frente.

—Trabajé por dos, quizá por tres, pero nada podía aliviar el dolor. Me mantuve alejado de la casa todo lo posible. El vacío de esa residencia me oprimía. Los vecinos trataron de ayudar, e incluso quisieron encontrarme una esposa, pero yo solamente deseaba que las cosas continuaran como estaban.

—Deseabas el regreso de Beth y James.

—A medida que pasaban los días, la idea de que lograría recuperar a Beth cobró más y más fuerza. Aceptaba la muerte de James, pero me perseguía la imagen de Bianca. Creía que ella podía sustituir a Beth.

—Por eso arreglaste que la secuestrasen y te la trajeran.

—Sí. Fue una medida desesperada, pero yo estaba desesperado, casi enloquecido.

Nicole apoyó la mejilla sobre el pecho de Clay.

—No me extraña que te enojases tanto cuando descubriste que te habías casado conmigo y no con Bianca. Esperabas una rubia alta y encontraste...

—Una belleza pequeña y menuda de extraña boca —dijo Clay riendo—. Si me hubieses apuntado con una pistola, lo habría tenido merecido. En ese momento te provoqué mucho sufrimiento.

—¡Pero esperabas a Bianca! —dijo Nicole en defensa de Clay, y levantó la cabeza para mirarlo.

Él la obligó a apoyarse nuevamente en su pecho.

—¡Gracias a Dios no lo conseguí! Fui un estúpido al creer que un ser humano puede reemplazar a otro.

Las palabras de Clay provocaron un escalofrío en Nicole.

—¿Todavía amas a Bianca?

—Nunca la amé. Ahora lo comprendo. Lo único que vi fue su semejanza con Beth. Incluso cuando llegó aquí, jamás la escuché ni pensé en ella..., solamente recordaba a Beth. Pero también en ese estado de ignorancia comprendía que algo andaba mal. Supuse que cuando Bianca estuviese en mi casa todo volvería a su lugar y que me sentiría como en los tiempos en que Beth vivía.

—¿Pero no fue así? —preguntó Nicole con cierta esperanza en la voz.

—No y tengo que agradecértelo. Aunque ahora estoy diciendo que no escuchaba a Bianca, creo que una parte de mi pequeño cerebro se interesaba por ella. Lo único que sabía era que no deseaba regresar a casa por la noche y que estaba trabajando con más intensidad que a lo largo del último año. Pero cuando tú vivías en la casa, yo deseaba regresar. Cuando Bianca llegó aquí, volví a preferir el trabajo en el campo y sobre todo en las parcelas que están más cerca del molino.

Nicole sonrió, y, a través de la camisa, besó el pecho de Clay. Sus palabras eran las más maravillosas que ella podía escuchar.

—Fue necesario que Wes me devolviese la sensatez —continuó diciendo Clay—. Cuando Wes conoció a Bianca, vi cómo se impresionaba. En ese momento consideré que estaba justificado que ella y no tú estuviese en la casa. Y me dije que Wes lo entendería.

—No creo que Wes simpatice con Bianca.

Clay sonrió y le besó la punta de la nariz.

—Lo dices con mucha cortesía. Cuando Wes me dijo que a su juicio Bianca era una perra vanidosa y arrogante, lo castigué. Mi propia actitud me repugnó y no supe si me sentía mal por haber golpeado a mi amigo o por escuchar la verdad. Salí de la casa y no regresé durante dos días. Tenía mucho que pensar. Me llevó un tiempo, pero comencé a comprender lo que había hecho. Y así logré afrontar que Beth estaba muerta. Había intentado recuperarla a través de Bianca. Pero eso no funcionaba. En cambio, tenía, aunque los había ignorado casi siempre, a los mellizos. Si James y Beth aún vivían, era a través de sus hijos y no de una extraña. Si deseaba dar algo a Beth, tenía que ser una buena madre para los mellizos a quienes ella amaba tanto y no a una mujer que arrojara al agua a Alex porque él le desgarró el vestido.

—¿Cómo lo supiste?

—Por Roger, Janie, Maggie y Luke —dijo Clay con expresión disgustada—. Al parecer todos creyeron necesario hablarme de Bianca. Todos conocieron a Beth, y supongo que intuyeron que la mayor parte de la atracción que ella ejercía sobre mí radicaba en esa semejanza.

—¿Por qué me invitaste a la fiesta? —preguntó Nicole, conteniendo la respiración.

Él se echó a reír y la abrazó con fuerza.

—En cuanto a cerebro, creo que los dos tenemos uno muy pequeño. Cuando comprendí que estaba tratando de reemplazar a Beth por Bianca, también supe por qué dedicaba tanto tiempo a vigilar el muelle del molino. Te amo. ¿No lo sabías? Todos los demás están enterados.

—No —murmuró ella—. No estaba segura.

—Casi me destruiste la noche de la tormenta, cuando me hablaste de tu abuelo y dijiste que me amabas. —Se interrumpió un momento—. Al día siguiente me abandonaste. ¿Por qué? Pasamos juntos esa noche y a la mañana siguiente me mostraste una expresión de total frialdad.

Nicole recordaba claramente el retrato del despacho de Clay.

—El retrato que está en tu despacho es la imagen de Beth, ¿verdad?

Percibió que él asentía.

—Creí que pertenecía a Bianca y el lugar me pareció una especie de santuario. ¿Cómo podía competir con una mujer a quien venerabas?

—Eso ya no existe. Devolví el retrato a su lugar sobre la chimenea, en el comedor. Guardé en un baúl las prendas de vestir para almacenarlas con el resto. Quizás un día Mandy las necesite.

—Clay, ¿qué sucederá ahora?

—Ya te lo he dicho. Deseo que te cases nuevamente conmigo, y esta vez en público, con muchos testigos.

—¿Y Bianca?

—Le he dicho que tiene que regresar a Inglaterra.

—¿Cómo ha reaccionado?

Clay frunció el entrecejo.

—No puede afirmarse que con elegancia, pero me obedecerá. Me ocuparé de compensarla. Es conveniente que haya recuperado rápidamente mi sensatez. Ya he gastado una enorme suma. —Se interrumpió bruscamente y sonrió a Nicole—. Eres la única mujer, entre todas las que conozco, que se muestra tan considerada con sus enemigos.

Nicole se apartó de Clay y lo miró sobresaltada.

—Bianca no es mi enemiga. Quizá debería sentir afecto por ella, porque gracias a su intervención llegué a conocerte.

—En realidad, no creo que tengas mucho que agradecerle.

Nicole irradió una risita traviesa.

—Yo tampoco lo creo.

Él le sonrió y le acarició la sien.

—¿Me perdonas por haber sido tan ciego y estúpido?

—Sí —murmuró ella antes de besarlo. La conciencia de que él la amaba la convertía en una mujer especialmente apasionada. Le rodeó el cuello con sus brazos y lo acercó más hacia sí. El cuerpo de Nicole se arqueó contra el de Clay.

Ninguno de los dos advirtió las primeras gotas frías de lluvia. Solo cuando un relámpago surcó el cielo y comenzó a caer una verdadera cortina de lluvia helada, ambos decidieron separarse.

—¡Vamos! —gritó Clay, se puso de pie y la obligó a incorporarse.

Ella quiso volverse hacia el sendero que llevaba a la balandra, pero Clay la obligó a ir en otra dirección. Corrieron hacia el límite del claro, frente al río. Mientras Nicole permanecía de pie bajo la lluvia, frotándose los brazos fríos, Clay sacó su cuchillo y cortó varios setos.

—¡Maldición! —renegó en voz alta, porque al parecer no podía hallar lo que buscaba. De pronto, los arbustos se abrieron y revelaron lo que parecía ser una pequeña caverna; Clay pasó el brazo por los hombros de Nicole y prácticamente la empujó hacia el interior.

Ella temblaba. Tenía el vestido empapado a causa de la fría lluvia.

—Un minuto y tendremos un fuego encendido —dijo Clay mientras se arrodillaba en un rincón, cerca de la entrada.

—¿Qué es esto? —preguntó ella, arrodillada también junto a Clay.

—James, Beth y yo descubrimos esta pequeña cueva y para disimularla plantamos los setos y los árboles. James pidió a uno de los albañiles que le enseñase a construir un hogar. —Con un gesto de la cabeza señaló la estructura tosca donde trataba de encender el fuego. Se puso en cuclillas mientras el fuego cobraba fuerza—.

Siempre pensamos que este era el lugar más secreto del mundo, pero cuando crecí llegué a comprender que el humo era tan eficaz como una bandera de señales. No me extraña que nuestros padres nunca se opusieran a las «desapariciones» de los tres. Lo único que tenían que hacer era asomarse a una ventana para saber dónde estábamos.

Nicole se puso de pie y miró alrededor. La caverna tenía unos cinco metros de largo por tres de ancho. Contra las paredes había un par de toscos bancos y una gran cómoda de madera de pino, con los goznes oxidados y rotos. Algo relucía en un nicho de la pared. Se acercó al resplandor. Su mano tocó algo frío y suave. Retiró el objeto y lo acercó a la luz del fuego. Era un gran trozo de vidrio verdoso, y dentro había depositado un minúsculo unicornio de plata.

—¿Qué es esto?

Clay se volvió y le dirigió una sonrisa. Durante un momento estuvo serio, y después extendió la mano y tomó el trozo de vidrio, mientras Nicole se sentaba a su lado. Lo examinó mientras hablaba, haciéndolo girar en sus manos.

—El padre de Beth le compró en Boston el pequeño unicornio. Ella lo consideraba muy bonito. Un día, estábamos aquí, en la caverna, y James acababa de terminar la construcción del hogar. Beth dijo que deseaba que siempre fuésemos amigos. De pronto, retiró el unicornio de la cadena que lo sostenía bajo su cuello, y dijo que debíamos ir a ver al soplador de vidrio. James y yo la seguimos, pues comprendimos que había pensado algo. Convenció al viejo Sam de que le fabricase una esfera de vidrio translúcido. Después, los tres tocamos el unicornio y juramos que siempre seríamos amigos. Beth dejó caer el unicornio en el vidrio caliente. Dijo que lo hacía porque jamás nadie volviese a tocarlo. —Miró de nuevo el vidrio y lo devolvió a Nicole—. Fue una cosa tonta e infantil, pero entonces nos pareció que significaba mucho.

—No creo que sea tonta, y en todo caso parece que fue eficaz —dijo Nicole con una sonrisa.

Clay se frotó las manos y después miró a Nicole con expresión sombría en los ojos.

—¿No estábamos haciendo algo interesante antes de que comenzara la lluvia?

Nicole lo miró con expresión inocente en sus grandes ojos.

—No tengo idea de lo que quieres decir.

Clay se puso de pie, se acercó a la vieja y ruinosa cómoda, y sacó dos de las mantas más polvorientas y comidas por las polillas que se hayan visto jamás.

—No son precisamente sábanas de seda rosada —dijo, riendo de cierta broma que Nicole no entendió del todo—. Pero es mejor que la suciedad del suelo.

Se volvió y ofreció sus brazos a Nicole.

Ella corrió al encuentro de Clay y ambos se abrazaron fuertemente.

—Te amo, Clay —murmuró ella—. Te amo tanto que casi siento miedo.

Clay comenzó a liberar los cabellos de Nicole. Acarició luego la masa oscura y sedosa.

—¿Por qué tienes miedo? —dijo en voz baja, con sus labios rozando el cuello de Nicole—. Eres mi esposa, la única que deseo y la única que tendré de aquí en adelante. Piensa en nosotros y en nuestros hijos.

Nicole sintió que se le aflojaban las rodillas cuando la lengua de Clay le tocó el lóbulo de la oreja.

—Hijos —dijo en voz baja—. Quisiera tener hijos.

Él se apartó un poco de Nicole y sonrió.

—No es fácil hacer hijos. Se necesita mucho... ah, mucho trabajo.

Nicole rio y sus ojos se movieron complacidos.

—Tal vez deberíamos practicar —dijo ella con expresión solemne—. Todos los trabajos son más fáciles gracias a... la experiencia.

—Ven aquí, diablillo —dijo Clay, y la alzó en brazos. La depositó cuidadosamente sobre las mantas. Quién sabe por qué, el olor mohoso de las mantas armonizaba con la atmósfera del lugar. Era un sitio poblado de fantasmas y Nicole creyó que ellos los miraban con gestos benévolos.

Clay soltó los botones del vestido húmedo de Nicole, y, cada vez que aparecía un fragmento de piel desnuda, lo besaba. Le retiró el vestido, como si hubiese sido una niña. Nicole se quitó sola la enagua. Ansiaba ofrecer su piel al contacto de Clay. Este la acercó aún más, con el brazo bajo la espalda de Nicole, y le prodigó sus caricias y sus juegos.

—Eres tan bella... —dijo, y la luz del fuego bailoteó sobre la piel de la joven.

—¿No estás decepcionado porque no soy rubia?

—¡Calla! —ordenó Clay con una voz fingidamente severa—. No cambiaría en absoluto el color de tu pelo. Ella se volvió para mirarlo y después comenzó a desabotonar la camisa de Clay. Él tenía el pecho suave, pero al mismo tiempo resistente gracias a la musculatura, y el vello le cubría la mayor parte. Tenía el estómago fuerte y liso. Nicole sintió que sus propios músculos se endurecían al ver ese cuerpo masculino tan bello. La enjuta dureza de Clay formaba un contraste acentuado con la suavidad de Nicole. Le gustaba el cuerpo de este hombre. La complacía verlo caminar, el modo en que sus músculos se movían bajo la piel, y cómo él se esforzaba cuando tenía que controlar los movimientos de un caballo indócil. Le gustaba verlo arrojar sacos de cuarenta y cinco kilogramos a un carromato. Tembló cuando apoyó su boca sobre la piel bronceada y tibia que cubría las líneas del estómago de Clay.

Él la observaba y veía la diversidad de emociones que se manifestaban en los expresivos ojos de Nicole. Cuando al fin concentraron la atención en la oscuridad de la sensualidad pura, Clay sintió su propio cuerpo recorrido por escalofríos. Esa mujer lo encendía de un modo que ninguna había logrado antes. Ya no le importaban las palabras de amor, simplemente la deseaba. Casi se arrancó sus ropas y se quitó las botas largas y ceñidas con más rapidez que en cualquier otro momento de su vida.

Sus besos ya no fueron tiernos y gentiles y cuando le apresó la oreja con la boca estuvo a un paso de dañarla. Los labios, la lengua y los dientes de Clay se deslizaron sobre el cuello de Nicole, descansaron sobre el hombro, y después volvieron hacia los pechos.

Nicole arqueó el cuerpo al contacto con Clay. La lengua que ella sentía sobre su seno emitía pequeñas chispas de fuego que circulaban por sus venas. La boca de Clay descendió hasta el estómago de Nicole y la obligó a contraerse al sentir la dulce tortura de los besos. Ella hundió sus manos en los cabellos abundantes de Clay y lo obligó a acercar de nuevo la boca a la que ella le ofrecía.

—Clay —murmuró antes de que la reunión de ambos le impidiese hablar.

Él cubrió con su cuerpo el de Nicole, y ella sonrió con los ojos cerrados al sentir su peso. Clay era suyo, total y absolutamente suyo.

Cuando él la penetró, fue como una sorpresa para Nicole, una oleada de placer al renovar la experiencia de la debilidad de Clay. Él la colmó completamente, hasta que Nicole sintió que perecía de éxtasis.

Se movieron al mismo tiempo, al principio lentamente, hasta que Nicole sintió que ya no podía soportar más esa tardanza. Sus manos acariciaron la solidez de la espalda de Clay, y después las nalgas, y sintió el trabajo de los músculos y la potencia encerrada bajo la piel caliente.

Cuando llegaron juntos al clímax, Nicole sintió las contracciones de su propio cuerpo, desde la cintura hasta los dedos de los pies. Clay rodó a un costado y acercó más a Nicole, y las piernas de la joven latieron. Ella sonrió y apoyó su cara contra el pecho de Clay, le besó el hombro y saboreó la sal de la transpiración.

Se adormecieron al mismo tiempo.

13

Cuando Nicole despertó, creía que estaba en la caverna con Clay. Pero el sol que iluminaba la cama y que brillaba a través de las cortinas de encaje de Ellen le recordó dónde se encontraba. El lugar junto a ella estaba vacío, pero la almohada aún se encontraba hundida por la marca que había dejado la cabeza de Clay.

Se estiró perezosamente y la sábana cayó de su cuerpo desnudo. Después de hacer el amor en la caverna, la noche anterior, habían dormido varias horas. Al despertar, había salido la luna, el fuego estaba apagado y tanto Clay como ella tenían frío. Habían recogido deprisa las ropas húmedas y fueron corriendo hasta la balandra. Clay retomó lentamente por el río hasta la casa de los Backes.

Una vez allí, Clay fue a la cocina y volvió con Nicole con una gran canasta de fruta, queso, pan y vino. Rio cuando Nicole comenzó a demostrar apetencias amorosas después de solo medio vaso de vino. De nuevo hicieron el amor y después comieron otra vez, y se besaron y volvieron a comer, y jugaron y rieron hasta que de nuevo se durmieron, fuertemente abrazados.

Nicole se movió y tomó un trozo de manzana que estaba bajo su cadera derecha. Lo miró sonriente antes de depositarlo sobre la mesita de noche. Sabía que las sábanas de Ellen quedarían manchadas definitivamente después de las travesuras de ellos dos durante la noche. Pero, ¿cómo podían disculparse por lo que habían hecho? ¿Podía explicar que ella había vertido vino sobre la espalda de Clay y después lo había sorbido, aunque por desgracia se había derramado un poco cuando él se había impacientado y se había vuelto antes de que ella pudiese beberlo todo? No, no era algo que uno pudiese explicar a la dueña de la casa.

Nicole apartó las mantas y después se frotó los brazos desnudos. En el aire se percibía el primer presagio del otoño. En el guardarropa había un vestido de terciopelo que tenía precisamente el color del vino que ella y Clay habían bebido durante la noche. Con movimientos rápidos se lo puso y se abotonó los minúsculos botones de perlas que llegaban hasta el cuello. Tenía las mangas largas y el cuello alto se ajustaba firmemente al busto y después caía formando una falda que llegaba al suelo. Era un vestido sencillo, elegante y abrigado, precisamente lo que ella necesitaba en vista de que el día era bastante fresco.

Se acercó al espejo para arreglarse el cabello. Deseaba mostrarse especialmente atractiva. Clay había dicho que durante el almuerzo anunciaría los planes del segundo matrimonio e invitaría a la gente a su casa para celebrar la boda durante la Navidad. Nicole no había podido convencerlo de que esperase y preparara una fiesta para celebrar el acontecimiento. Los invitados de

Ellen comenzarían a partir esa tarde y Clay deseaba anunciar la novedad antes de que se marchasen.

Nicole se perdió una sola vez antes de encontrar la puerta que conducía al prado donde se habían servido nuevamente las mesas. Varias personas merodeaban alrededor de los alimentos, hablando y comiendo tranquilamente. Todos parecían fatigados y dispuestos a dar por terminada la larga celebración. Nicole deseaba regresar a Arundel Hall... en la condición de señora de la casa.

Vio a Bianca sentada, sola frente a una mesita, bajo un olmo. Al verla sintió remordimientos. En cierto modo no parecía justo que la inglesa hubiese realizado un viaje tan largo con la esperanza de casarse y todo para descubrir que su prometido ya había contraído matrimonio. Vacilante, Nicole avanzó un paso. Entonces Bianca movió la cabeza y apartó los ojos del plato de comida que tenía ante sí. Los ojos de Bianca despedían chispas de odio. Su expresión era feroz.

Nicole se llevó la mano al cuello y retrocedió. De pronto sintió que su propia actitud era hipócrita. Por supuesto, podía darse el lujo de ofrecer su simpatía a Bianca, pues ella misma, Nicole, había vencido. Los vencedores siempre pueden mostrar una actitud airosa. Se volvió hacia las mesas y levantó un plato, pero ya no tenía apetito.

—Discúlpeme, señora Armstrong —dijo un hombre que se inclinó sobre ella.

Nicole apartó la mirada de la comida que se estaba sirviendo en el plato.

—¿Sí?

Vio a un joven alto y fuerte, pero los ojos del desconocido la irritaron. Eran pequeños, estaban muy juntos y mostraban un brillo desagradable.

—Su marido le pide que vaya a buscarlo a la balandra.

Nicole se puso de pie instantáneamente y rodeó la mesa para acercarse al hombre.

El desconocido sonrió.

—Me agradan las mujeres obedientes. Veo que Clay sabe educar a la suya.

Nicole comenzó a contestar al individuo, pero se interrumpió. Sabía que una respuesta no bastaba para poner a ese hombre en su lugar.

—Creí que el señor Armstrong estaba en la pista de carreras —dijo, e intencionadamente utilizó el título formal. Siguió al individuo a través del prado, en dirección al río.

—No son muchos los hombres que informan siempre a sus mujeres sobre su paradero —sonrió el joven, y la miró de arriba abajo, y sus ojillos se demoraron en los pechos de Nicole.

Nicole detuvo la marcha.

—Creo que volveré a la casa. ¿Quiere avisar a mi marido de que lo veré allí?

Se volvió y comenzó a regresar a la casa.

No había dado dos pasos antes de que la mano del hombre se cerrara brutalmente sobre el brazo de Nicole.

—Escúcheme, francesita —dijo, con los labios curvados en una mueca—. La conozco bien. Ya me han hablado de sus costumbres y sus mentiras. Ya sé lo que le ha hecho a mi prima.

Nicole cesó en su resistencia y lo miró fijamente.

—¿Prima? Suélteme o gritaré.

—Hágalo y su marido no vivirá hasta mañana.

—¡Clay! ¿Qué le han hecho? ¿Dónde está? Si está herido, yo... yo...

—¿Qué? —dijo el hombre muy interesado—. De veras está caliente con él, ¿eh? Le dije a papá que usted era poco más que una perra en celo. Ya he visto cómo revolotea alrededor de Clay. Una mujer honesta no procede así.

—¿Qué desea? —preguntó Nicole con los ojos muy abiertos.

El joven le dirigió una sonrisa.

—No se trata tanto de lo que deseo como de lo que tomaré. Bien, ¿está dispuesta a escucharme?

Ella asintió en silencio, intensamente conmovida.

—Caminará conmigo hasta el muelle, donde está amarrado el bote de mi familia. No es igual al que usted usa, pero es suficiente para una mujer como usted. Después, se embarcará sin armar escándalo y daremos un paseo.

—¿Iremos donde está Clay?

—Por supuesto, preciosa. Ya le he dicho que nada le sucederá a ese hombre si usted hace lo que le mando.

Nicole asintió y la mano del hombre se deslizó hasta el codo de la joven, pero continuó apretándola con la misma fuerza que antes. Ella podía pensar únicamente en que Clay corría peligro y era necesario ayudarlo.

La llevó a un extremo del muelle, donde dos hombres esperaban en una balandra vieja y remendada. Uno era un hombre de edad, muy delgado y sucio, con una Biblia bajo el brazo.

—¡Ahí esta! —gritó—. Una Jezabel, una mujer perdida pecaminosa.

Nicole miró hostil al hombre y después empezó a hablar, pero el joven que le sostenía el brazo lo apretó con fuerza. La empujó hacia el muchacho más joven.

—Le dije que cerrase la boca —gruñó el hombre—. Ocúpate de ella, Isaac, y mira que no haga el más mínimo ruido.

Nicole miró al muchacho que la tomó de los hombros. Los rasgos de su cara eran más suaves, menos duros que los de los dos restantes. La balandra se movió y el jovencito evitó que Nicole cayese. Ella se volvió, con la mirada hacia la casa de los Backes. Vio a Clay que atravesaba a caballo el prado, tocado con un ancho sombrero blanco. El caballo que él montaba iba adornado con una gran corona de flores. Era evidente que acababa de ganar una carrera y estaba celebrando su triunfo.

Nicole lo comprendió todo instantáneamente. Esos hombres no tenían a Clay y jamás lo habían tenido. Supo que estaba bastante cerca de la casa, de modo que si gritaba podían oírla. Abrió la boca y llenó los pulmones, pero no alcanzó a gritar, porque un puño grande y duro le golpeó la cara. Cayó desmayada en los brazos de Isaac.

—¡Abe, no tenías motivo para hacer eso! —dijo Isaac, mientras sostenía el cuerpo inerte de Nicole.

—Por supuesto que tenía buenos motivos. Si no hubieses estado mirándola tan embobado, habrías advertido que se disponía a gritar.

—Podías impedirlo de otro modo —dijo Isaac—. ¡Por poco la matas!

—Sin duda, tú habrías usado besos para obligarla a callar —se burló Abe—. Seguro que no es la primera vez que la golpean. Ahora, ocúpate de ella. Papá y yo vigilaremos.

—¡Muchacho, tu hablar es pecaminoso! —dijo Elijah Simmons—. Esa mujer es una descarriada, una pecadora, y la llevamos para salvarle el alma.

—Por supuesto, papá —dijo Abe mientras guiñaba un ojo a Isaac.

Isaac apartó la mirada de su hermano y tomó en brazos a Nicole. No hizo caso de las burlas de Abe. Sostuvo el cuerpo de la joven y permaneció sentado en cubierta, de espaldas a la baranda. No había advertido antes que era tan menuda, más parecida a una niña que a una mujer adulta.

Hizo una mueca cuando Abe le arrojó unas cuerdas y un pañuelo sucio y le ordenó que la maniatase. Por lo menos, si él se encargaba de la tarea, evitaría lastimarle la delicada piel.

Isaac había dudado mucho desde el momento en que Abe le dijo que secuestrarían a la pequeña y bonita señora Armstrong. Abe había explicado al padre que en realidad Clay estaba casado con la prima Bianca, pero que esa mujerzuela de Nicole había seducido al hombre, hasta el extremo de llevarlo a abandonar a Bianca y a vivir públicamente con la prostituta francesa. La explicación había bastado a Elijah. Estaba dispuesto a lapidar a la muchacha.

Desde el principio Isaac se había opuesto al secuestro. No creía todo lo que Bianca decía, y eso, a pesar de que era su prima. La joven inglesa no se había sentido muy complacida cuando los conoció. Pero Abe continuaba insistiendo en la injusticia que se había cometido con la sustitución de Bianca por Nicole. Decía que secuestrarían a Nicole solo el tiempo necesario para anular el matrimonio y dar tiempo a Bianca de casarse con Clay.

Mientras sostenía contra su cuerpo a Nicole, Isaac no podía imaginar que ella fuese una mentirosa ni una mujer que codiciara el dinero de Clay. Al parecer, amaba a Clay. Pero Abe decía que una mujer que miraba a un hombre como Nicole miraba a Clay no era honrada. Las esposas tenían que ser mujeres honestas, discretas y poco atractivas, como la madre de los dos hermanos. Isaac se sentía desconcertado ante las palabras de Abe, porque si le daban a elegir prefería casarse con una mujer como Nicole antes que con una como su madre. Quizás él y Nicole pertenecían a la misma categoría de personas, y ambos eran perversos.

—¡Isaac! —ordenó Abe—. Basta de soñar y presta atención. Está recuperando el sentido y no quiero que grite. Ponle esa mordaza.

Isaac obedeció a su hermano, exactamente como había hecho a lo largo de toda su vida.

Nicole abrió lentamente los ojos. El mentón y la cabeza le dolían horriblemente y necesitó un momento para aclarar la visión. Trató de masajearse la barbilla, pero algo se lo impidió y casi la estranguló.

—Silencio —dijo Isaac—. Conmigo está segura. —Habló en un murmullo, destinado solo a los oídos de

Nicole—. En un minuto le quitaré la mordaza, cuando lleguemos a casa. Cierre los ojos y descanse.

—¿Ya despertó esa hija de Satán? —preguntó Elijah a su hijo menor.

Nicole miró al muchacho que la sostenía. No deseaba confiar en ninguno de ellos, pero no tenía alternativa. Advirtió que él le guiñaba un ojo. Lo comprendió y cerró sus propios ojos.

—No, papá —gritó Isaac—. Está durmiendo.

—Wes —dijo Clay, con expresión preocupada—. ¿Has visto a Nicole?

Wes apartó los ojos de la bonita pelirroja que coqueteaba con él.

—Clay, ¿ya la has perdido? Creo que tendré que enseñarte a conservar a tus mujeres —bromeó. Pero cambió de actitud cuando vio la cara de su amigo. Dejó sobre la mesa la jarra de cerveza y caminó unos pasos con Clay—. Estás preocupado, ¿verdad? ¿Cuándo la viste por última vez?

—Esta mañana. Estaba durmiendo cuando fui a las carreras. Ellen dice que vio bajar a Nicole, pero después desapareció. He preguntado a algunas mujeres, pero ninguna la ha visto.

—¿Dónde está Bianca?

—Comiendo —dijo Clay—. Ya fui a ver qué estaba haciendo. De todos modos, no puede prestarnos mucha ayuda. Varias mujeres dijeron que Bianca no se ha alejado de las mesas en todo el día.

—¿No es posible que Nicole haya salido a pasear,

quizá para gozar de un poco de paz y tranquilidad?

Clay frunció aún más el entrecejo.

—Durante la comida debíamos anunciar que proyectábamos un segundo matrimonio en Navidad. Y queríamos invitar a todos.

—La comida fue hace una hora —murmuró Wes mientras miraba a varios invitados que se dirigían al muelle. Eran los que ya regresaban a sus casas—. Estoy seguro de que hubiera deseado encontrarse aquí cuando tú hicieras el anuncio.

—Por supuesto —confirmó secamente Clay—, era precisamente lo que más deseaba Nicole.

Los dos hombres se miraron. Ambos recordaron la muerte de James y Beth. Si un navegante experto como James podía ahogarse...

—Vamos a buscar a Travis —dijo Wes.

Clay asintió y después se volvió hacia los invitados que no se habían retirado aún. El nudo en su estómago era cada vez más doloroso.

Cuando se mencionó el tema de la seguridad de Nicole, la reacción de los invitados fue inmediata. Se suspendieron todas las actividades y cesó la diversión. Las mujeres organizaron con rapidez un plan para rastrear el bosque que rodeaba la plantación. Los niños corrieron de una habitación a otra para ver si podían encontrar a Nicole. Los hombres se acercaron al río.

—¿Sabe nadar? —preguntó Horace.

—Sí —dijo Clay, y paseó la mirada sobre el agua, buscando un cuerpo menudo, de cabellos negros.

—¿Discutiste con ella? Quizás alguien la llevó de regreso a Arundel Hall.

Clay se volvió hacia Travis.

—¡No! ¡Maldita sea! No ha habido nada de eso. Y no se hubiera marchado sin decírmelo.

Travis apoyó la mano en el hombro de Clay.

—Tal vez está en el bosque recogiendo avellanas y olvidó la hora. —Su voz revelaba que no creía eso más que el propio Clay. Por lo que había visto de la nueva esposa de Clay, era una joven razonable y considerada—. Horace —dijo con voz neutra—, trae los perros.

Clay volvió a la casa. No conseguía controlar su furia. Estaba irritado consigo mismo porque la había dejado sola aunque fuese unos pocos minutos. Y enojado con ella porque se había apartado de él. Pero lo peor de su cólera provenía del sentimiento de impotencia. Podía estar a diez metros de él, o a cincuenta kilómetros, y Clay no tenía idea del lugar donde debía buscarla.

Nadie prestó atención a Bianca, que estaba de pie a un lado con un plato colmado en su mano, sonriendo.

Había hecho su trabajo, podía regresar a casa. Estaba cansada de escuchar a la gente que le preguntaba quién era y por qué vivía con Clay.

Los perros estaban confundidos por los muchos olores que provenían de tantas personas. Al parecer, descubrían por todas partes la pista de Nicole, y probablemente tenían razón.

Mientras Horace trabajaba con los perros, Clay comenzó a interrogar a la gente. Conversó individualmente con todos los hombres, las mujeres y los niños de la enorme plantación. Pero la respuesta era siempre la misma: nadie recordaba haberla visto esa mañana. Uno de los esclavos dijo que le había servido unos huevos revueltos, pero no podía recordar lo que ella había hecho después.

Por la noche, los hombres entraron en el bosque con antorchas. Cuatro hombres remontaron y descendieron el río en sus balandras, y, mientras navegaban. llamaban a Nicole. Se exploró la orilla opuesta del río, pero nadie halló signos de la joven.

Cuando llegó la mañana, los hombres comenzaron a retornar a la casa. Trataban de evitar la mirada dolorida de Clay.

—¡Clay! —gritó una mujer corriendo hacia él.

Clay volvió inmediatamente la cabeza y vio a Amy Evans que le hacía señas con su sombrero mientras corría desde el muelle.

—¿Es cierto? —preguntó Amy—. ¿Su esposa ha desaparecido?

—¿Sabe algo? —preguntó Clay. Tenía los ojos hundidos y la cara ensombrecida por la barba sin afeitar.

Amy se llevó la mano al pecho, tratando de calmar la agitación provocada por la carrera.

—Anoche uno de los hombres vino a nuestra casa y preguntó si habíamos visto a su esposa. Ben y yo dijimos que no la habíamos visto, pero esta mañana, durante el desayuno, nuestra hija mayor, Deborah, afirmó que había visto a Nicole con Abraham Simmons cerca del muelle.

—¿Cuándo? —preguntó Clay, mientras aferraba por los hombros a la minúscula mujercita.

—Ayer por la mañana. Dije a Deborah que regresara a la balandra para retirar nuestros chales, porque hacía demasiado fresco. Y Deborah dice que vio a Abe con la mano sobre el brazo de Nicole, llevándola al río. Deborah nunca simpatizó con Abe y quiso alejarse de él, de modo que subió a la balandra, retiró los chales y se alejó inmediatamente.

—¿Vio a Nicole embarcar en el bote de los Simmons?

—No, nada. Ese gran ciprés que crece junto a la orilla le impidió ver más, y, por otra parte, Deborah deseaba regresar a las carreras. No pensó mucho en el asunto y ni siquiera lo recordó hasta esta mañana, durante el desayuno, cuando Ben y yo comentamos la desaparición de Nicole.

Clay miró fijamente a la mujer. Si Nicole había embarcado en el bote, aún estaba viva. No se había ahogado como él temía. Y podía haber muchas razones por las cuales había acompañado a Abe Simmons. Lo único que el hombre necesitaba era afirmar que alguien requería la ayuda de Nicole y esta no se lo habría pensado dos veces.

Las manos de Clay se cerraron sobre los fuertes hombros de Amy. Después, se inclinó y le dio un sonoro beso en la mejilla.

—Gracias —dijo, y su mirada de nuevo recobró cierta vivacidad.

—Encantada, Clay —dijo riendo Amy.

Clay soltó a la mujer y se volvió. Sus amigos y vecinos permanecían de pie, en silencio. Ninguno de ellos había dormido durante la noche.

—Vamos —dijo Travis, mientras daba unas palmadas a Clay en el hombro—. Es probable que la esposa de Elijah esté dando a luz a otro niño y Abe echó mano de la primera mujer que encontró.

Clay y Travis se miraron largamente. Ninguno de ellos creía eso. Elijah estaba loco, y no era inofensivo, ni mucho menos. Abe era un joven hosco y de mal carácter, que demostraba francamente la hostilidad que sentía ante riqueza de los plantadores vecinos.

Clay se volvió cuando alguien le tocó el brazo. Vio a Janie, que le entregaba una canasta repleta de alimentos.

—Lleve esto —dijo la mujer. Era la primera vez, en todo el tiempo en que Clay la había conocido, que las mejillas de Janie perdían su color. Tenía la cara grisácea a causa de la inquietud.

Clay recibió la canasta y acarició la mano de Janie. Después volvió los ojos hacia Travis y Wes, que estaba junto a su hermano. Asintió una vez y los tres hombres caminaron deprisa hacia la balandra de Clay. Wes fue primero a su propia embarcación, y, cuando se reunió con Clay y su hermano, traía consigo un par de pistolas. Los hombres guardaron silencio mientras soltaban amarras y comenzaban a surcar el río, en dirección a la propiedad de los Simmons.

A lo largo del día, Nicole tuvo momentos en que durmió y otros en que estaba desmayada. Cuando estaba despierta, los árboles que desfilaban a cierta altura parecían irreales, dibujos en los cuales se mezclaban las sombras y la luz del sol. Isaac la dejó sobre una pila de trapos y viejos sacos de alimentos. El movimiento lento de la embarcación y el dolor sordo del mentón consiguieron que prestase escasa atención a las ligaduras de los tobillos y las muñecas, además de la mordaza que le cubría la boca.

El sistema fluvial de Virginia era muy extenso. Abe dirigió la pequeña balandra entrando y saliendo de los afluentes que unen un río importante con otro. Había canales tan estrechos que los dos hombres tenían que usar los remos para mover la balandra entre los árboles que casi los tocaban.

—Abe, ¿adónde vas? —preguntó Isaac.

Abe sonrió misteriosamente. No pensaba informar a su hermano acerca del lugar de destino. Había descubierto esa isla unos años atrás y siempre había pensado que algún día podía serle útil. Poco después de embarcar a la mujer, Abe dejó a su padre en la propiedad de la familia. Sabía que muy pronto los hombres irían a buscar a la mujer y el viejo Elijah se enfrentaría a ellos. Elijah nunca mentiría si le preguntaban qué habían hecho con la mujer, pero pasarían horas antes de que alguien pudiese entender sus explicaciones. Abe sonrió al pensar en su propia astucia. Lo único que tenía que hacer era controlar a la muchacha. Volvió los ojos hacia la mujer, atada e impotente, que yacía inmóvil sobre el montón de harapos. Sonrió y se pasó la lengua por los labios.

Al atardecer, Abe guio la balandra hacia la orilla.

Isaac se puso de pie y frunció el entrecejo. Había pasado una hora desde la última vez que vieron una casa. Durante un rato el agua había sido poco más que una especie de limo verde estancado. El aire era fétido y hostil.

—Salgamos de aquí —dijo Isaac, mirando alrededor—. Nadie podría vivir en esta peste.

—Precisamente lo que yo deseaba. Salta aquí y trae ese bote. ¡Ahora! —ordenó Abe cuando Isaac comenzó a hablar.

Isaac estaba demasiado acostumbrado a obedecer a su hermano mayor. No le agradaba el agua lodosa, y, en el momento mismo en que la miraba, una larga serpiente se deslizó sobre la superficie. Saltó a un lado de la balandra y sintió el lodo verdoso que le succionaba los pies hasta los tobillos. Avanzó dificultosamente y el cieno espumoso se le adhería a las rodillas; finalmente, desató el pequeño bote de remos. Embarcó en él y utilizó los remos para acercar el bote al lado de la balandra.

Abe estaba de pie en la cubierta, sosteniendo en brazos a Nicole. La entregó a su hermano menor y después también él pasó al bote de remos.

—Déjala en el fondo y toma los remos —ordenó—. Todavía necesitamos recorrer un largo trecho.

Isaac hizo lo que se le mandaba y apoyó el cuerpo de Nicole sobre una de sus piernas. No le agradó la expresión de temor que veía en los ojos de la joven; deseaba tranquilizarla.

Abe rezongó al advertir la actitud de su hermano.

—Muchacho, no te hagas ilusiones acerca de esta mujer. Ella sabe a quién pertenece.

Isaac desvió la mirada y recordó la actitud de Nicole con Clay. No concibió la posibilidad de que las palabras de su hermano tuviesen un sentido distinto.

No fue fácil maniobrar a través del agua pantanosa. Varias veces Isaac tuvo que detenerse para limpiar los restos adheridos a los remos. Estaba oscureciendo y los árboles frondosos bloqueaban por completo el paso de la escasa luz. Isaac elevó los ojos y le pareció que los árboles se inclinaban hacia ellos e intentaban devorarlos.

—Abe, no me gusta este lugar. No podemos dejarla aquí. ¿Por qué no la llevamos de regreso a nuestra propiedad?

—Porque allí la encontrarán. Y no creo haber dicho que la dejaríamos aquí. ¡Ahora! Acércate a la orilla.

Isaac usó los remos como pértigas para acercar el botecito a la orilla. Abe saltó a tierra.

—Vamos, sígueme —dijo, mientras Isaac alzaba a Nicole.

—Unos minutos más y la desataré —murmuró Isaac, que sostenía en brazos a Nicole.

Ella asintió con un gesto de fatiga y la cabeza apoyada en el hombro del joven.

Abe reveló la presencia de una puerta baja y sólida, que parecía empotrada en las sombras.

—Encontré este lugar hace mucho tiempo —dijo orgullosamente mientras abría la puerta.

Era una cabaña de piedra, pequeña, con una sola habitación. Adentro no había nada, salvo el polvo y las hojas que cubrían el suelo.

Isaac depositó en el suelo a Nicole y ella sintió que las piernas no la sostenían; después, el joven le quitó la mordaza. Nicole contuvo una exclamación y casi lloró agradecida. Después, Isaac le desató las cuerdas que aseguraban las muñecas de la prisionera. Cuando se arrodilló para desatar las ligaduras de los pies, Abe le gritó.

—¿Qué demonios estás haciendo? ¡No te he dicho que la desataras!

Isaac miró hostil a su hermano en la oscuridad.

—¿Acaso puede hacer algo? ¿No ves que está tan cansada que apenas puede mantenerse en pie? ¿Hay algo que comer por aquí? ¿Y un poco de agua?

—Atrás hay un viejo pozo.

Isaac miró alrededor con expresión de disgusto.

—¿Qué es esto? ¿Por qué alguien quiso construir aquí una choza?

—Imagino que este lugar no siempre fue pantanoso. El río cambió su curso y aisló este sector. Hay jabalíes por estos lados, muchos conejos y un par de manzanos a orillas de río. Ahora, basta de preguntas y trae agua. La última vez que vine, dejé un cubo aquí.

Isaac salió de mala gana a la oscuridad de la noche.

Nicole se apoyó en la pared de piedra. Le dolían las muñecas y los tobillos y aún no había reaccionado lo necesario para moverlos. Apenas tuvo conciencia de lo que sucedía cuando Abe se le acercó.

—Cansada, ¿verdad? —dijo el hombre en voz baja mientras su mano grande acariciaba el cuello de la joven—. Y estará todavía más cansada mañana después de que termine con usted. Usted jamás ha hecho el amor como se lo haré yo.

—No —murmuró Nicole, y dio un paso a un lado para alejarse del hombre. Los pies entumecidos rehusaron sostenerla y Nicole se desplomó hacia delante, sobre las manos y las rodillas.

—¿Qué le has hecho? —preguntó Isaac desde la puerta. Se inclinó y levantó a Nicole.

—¡Dios mío, muchacho! —dijo Abe, medio riéndose—. Quien te viese diría que estás enamorado de ella a juzgar por el modo de comportarte. En definitiva, ¿qué ves en esta mujer? Ya conoces el asunto. Es poco más que una prostituta.

—¿Se encuentra bien? —preguntó Isaac, con las manos sobre los hombros de Nicole.

—Sí —murmuró ella.

Isaac se apartó de Nicole y un momento después le dio de beber el agua de un cuenco sucio. Nicole bebió ansiosamente.

—Ya es suficiente —dijo el joven—. Siéntese y descanse un poco.

Pasó el brazo por los hombros de Nicole y la llevó hasta la pared del fondo.

—Es más joven de lo que yo creía —dijo Abe, disgustado. Comenzó a decir algo más, pero se interrumpió.

Isaac se sentó en el suelo y después acercó a Nicole hacia sí y la acomodó al lado.

—No tema —dijo, al advertir que ella endurecía el cuerpo—. No le haré daño.

Nicole estaba muy cansada, tenía demasiado frío y estaba tan entumecida que poco le importaban las normas del decoro. Se sentó al lado de Isaac y él apoyó sobre su propio hombro la cabeza de la joven. Ambos se durmieron instantáneamente.

—¡Isaac! —llamó Abe, moviendo el hombro de su hermano—. ¡Despierta! —Tenía los ojos fijos en Nicole. Lo encolerizaba que esa perra prestase tanta atención a su hermanito. Isaac no era todavía un hombre, había cumplido apenas quince años, y nunca había tenido una mujer. Sin embargo, se comportaba como si supiese mucho de mujeres..., por lo menos se arreglaba bien con Nicole. Abe observaba a Nicole y la había observado durante la última hora, mientras la luz del nuevo día comenzaba a iluminar la choza. Los cabellos negros de la muchacha se habían soltado y la humedad determinaba que los pequeños rizos se adhiriesen a la cara de la joven. Las gruesas pestañas le rozaban la mejilla. ¡Y esa boca! Era para enloquecer. Lo enfermaba ver cómo el brazo de Isaac sujetaba posesivamente a la mujer y la mano del joven descansaba precisamente bajo el busto protegido por el vestido de terciopelo.

—¡Isaac! —volvió a gritar Abe—. ¿Te propones dormir el día entero?

Isaac despertó lentamente. Estrechó con fuerza a Nicole y le sonrió.

—Vamos, levántate —dijo Abe, disgustado—. Tienes que ir a la balandra para traer algunas cosas.

Isaac asintió. No preguntó a su hermano por qué debía ir él y no el propio Abe. Isaac siempre había obedecido a su hermano.

—¿Se encuentra bien? —preguntó a Nicole.

Ella asintió sin hablar.

—¿Por qué me han traído aquí? ¿Pedirán un rescate a Clay?

—Ve a buscar la comida —ordenó Abe cuando Isaac comenzó a hablar—. Yo contestaré a sus preguntas. ¡Vete! —ordenó al advertir que Isaac parecía vacilar.

Abe permaneció de pie en el umbral de la puerta y vio como su hermano menor avanzaba por el sendero.

En cuanto Nicole quedó sola con Abe, comprendió que debía temerle. La víspera, su mente no funcionaba bien, pero ahora percibía el peligro que corría. Isaac era un muchacho afectuoso e inocente, pero no había nada afectuoso ni inocente en Abe. Nicole se puso de pie, sin hablar.

Abe se volvió bruscamente hacia ella.

—Ahora estamos solos —dijo en voz baja—. Usted cree que es demasiado buena para tener nada que ver conmigo, ¿verdad? Ya he visto cómo se aferra a Isaac, y le permite tocarla y abrazarla. —Avanzó un paso hacia ella—. ¿Es una de esas mujeres que solo aceptan la carne joven? ¿Le agradan únicamente los muchachitos?

Nicole se irguió, con la columna vertebral rígida, y se negó a permitir que ese hombre horrible advirtiese el miedo que ella sentía. Le pareció que oía la voz del abuelo: «Por las venas de los Courtalain corre sangre de reyes.» Sus ojos se desviaron hacia la puerta. Tal vez pudiera esquivar al hombre y salir de la choza.

Abe sonrió muy divertido.

—No hay modo de evitarme. Más vale que se acueste y goce. Y no espere que Isaac venga a salvarla. Tardará todavía varias horas.

Nicole se desplazó lentamente a lo largo de la pared. No importaba lo que sucediese, no cedería fácilmente.

Antes de que hubiese dado un paso, un largo brazo salió disparado y le aferró unos mechones de cabello. Lenta, muy lentamente, él envolvió la masa de cabellos alrededor de la mano y la atrajo hacia sí.

—Muy limpios —murmuró Abe—. Estoy seguro de que son los cabellos más limpios que he visto jamás. A algunos hombres no les gustan los cabellos negros, pero a mí sí. —Sonrió—. Creo que tiene mucha suerte, porque me gustan.

—No conseguirá un buen rescate si me hiere —dijo Nicole, con su cara cerca de Abe. Los ojillos negros del hombre la miraban hostiles y todo su cuerpo olía a transpiración rancia y a dientes podridos.

—Es una mujer serena —dijo él sonriendo—. ¿Por qué no llora y ruega?

Ella le dirigió una mirada fría y se negó a permitir que él advirtiese el temor que sentía. El abuelo se había enfrentado a una turba encolerizada. ¿Qué era ese hombre sucio y perverso comparado con aquello?

Él la sostuvo cerca, con los cabellos bien sujetos. Le pasó la mano sobre el hombro, y el brazo, y el pulgar de Abe acarició la curva del seno de Nicole.

—Su valor no depende de lo que yo le haga. Mientras la mantenga viva, puedo divertirme todo lo que desee.

—¿Qué quiere decir? —Nicole pensó que debía tratar de que él continuase hablando.

—No importa lo que quiero decir. No me interesa explicarle lo que pienso. —La mano de Abe descendió por la curva de la cadera de la joven—. Un vestido muy bonito, pero se interpone en mi camino. ¡Quíteselo!

—No —dijo ella en voz baja.

Él tiró de los cabellos de Nicole, hasta que pareció que amenazaba romperle el cuello.

Los ojos de Nicole se llenaron de lágrimas a causa del dolor, pero aun así no quiso desvestirse. No estaba dispuesta a representar el papel de prostituta para un hombre.

Él la soltó bruscamente y se echó a reír.

—Es la perra más altanera que conozco —dijo. Fue hacia la puerta y levantó las cuerdas que Isaac había dejado en el suelo—. Como no quiere hacerlo sola, quizá tendré que ayudarla. Vea, nunca he visto a una mujer completamente desnuda.

—No —murmuró Nicole, y retrocedió, y las manos trataron vanamente de aferrarse a la pared de piedra.

Abe rio cuando se abalanzó sobre ella y la aferró del hombro. Nicole trató de apartarse, pero no lo consiguió, pues él ya le había hundido en la carne los gruesos dedos. La obligó a arrodillarse. Nicole inclinó hacia delante la cabeza y hundió los dientes en el músculo que estaba encima de la rodilla de Abe. Un instante después salió despedida a través de la habitación.

—¡Maldita sea! —explotó Abe—. Me las pagará.

Le aferró un tobillo y ató alrededor un extremo de la cuerda. El cáñamo áspero se hundió en la carne ya dolorida. Nicole trató de descargar puntapiés, pero él la sostuvo fácilmente. Le unió los brazos y ató juntas las muñecas. Había un gancho empotrado en la pared de piedra, utilizado antes para colgar la caza cobrada. Abe alzó a Nicole tirando de la cuerda que sujetaba las muñecas, y ató el extremo al gancho. Los pies de Nicole apenas tocaban el suelo.

Ella jadeó al sentir el dolor en los brazos extendidos. Le ató los pies juntos y después enlazó la cuerda en otro gancho. Nicole se encontraba impotente, fuertemente atada a la pared.

Abe retrocedió un paso y admiró el resultado de su trabajo.

—Ahora no parece una dama tan elegante —dijo, mientras se frotaba la pierna en el lugar que ella le había mordido. Del bolsillo sacó un cuchillo largo.

Al ver el arma, a Nicole se le agrandaron los ojos.

—Ahora parece que comienza a demostrar el respeto debido a un hombre. Una cosa que mi padre conoce bien es el modo de tratar a una mujer. Todas esas mujeres que estaban en la casa de los Backes me parecen insoportables. Los maridos les permiten hablar y les dan dinero para que apuesten a los caballos. Uno no diría que son hombres al ver cómo se comportan. Y algunas creen que son mejores que los hombres. El verano pasado pedí a una de esas muchachas que se casara conmigo, ¿y sabe lo que hizo? Se rio de mí. Estaba haciéndole un gran honor, ¡y se rio de mí! ¡Exactamente como usted! Usted se lleva bien con esa gente. Es bonita, está casada con un hombre rico y seguramente no aceptaría ni siquiera saludarme.

El dolor en los brazos de Nicole era demasiado intenso y no le permitía pensar. Tenía la confusa sensación de que Abe estaba hablando molesto. Tal vez ella había cometido el error de ignorarlo y desairarlo.

—Por favor, suélteme. Clay le pagará lo que pida.

—¡Clay! —se burló él—. ¿Cómo puede darme lo que deseo? ¿Puede ofrecerme una vida lejos de un padre loco? ¿Puede conseguir que una auténtica dama acepte casarse conmigo? ¡No! Pero en todo caso puede ofrecerme unas pocas horas de placer con su dama.

Se acercó más a ella, sostenía el cuchillo en la mano.

Los ojos de Abe relampaguearon amenazadores. Deslizó el cuchillo bajo el primer botón de la pechera del vestido de Nicole. Ella contuvo la respiración cuando el frío acero le tocó la piel. El botón saltó y cayó al suelo.

Cortó uno por uno los botones, después rasgó la pechera de raso que sostenía el vestido bajo el busto. Acercó la mano a Nicole y suavemente separó las piezas de terciopelo. Acarició el seno derecho medio cubierto por la fina enagua.

—Bonito —murmuró—. Realmente bonito. —Utilizó la punta de la hoja para abrir limpiamente la camisa.

Los pechos de Nicole ya se le ofrecían desnudos. Nicole cerró los ojos y las lágrimas comenzaron a correrle por las mejillas.

Abe retrocedió un paso para admirarla.

—Ahora no parece una dama —dijo sonriendo—. Se parece a todas las mujeres de Boston. Yo les agradaba. Y me rogaban que volviese con ellas. —De pronto, se le endureció la boca—. Veamos el resto.

Insertó el cuchillo bajo el borde superior de la larga falda y muy lentamente rasgó el terciopelo hasta el dobladillo. Los pedazos de la tela colgaron, mostrando la enagua casi transparente que había debajo.

—Encaje —murmuró Abe mientras levantaba la enagua—. Mi madre siempre quiso un pedazo de encaje auténtico para agregar un cuello a su vestido del domingo. Y usted usa encaje en la ropa interior.

Con un movimiento rápido y violento arrancó la enagua.

Contempló el cuerpo desnudo, las caderas redondeadas, la cintura pequeña, y los pechos levantados a causa de la posición de los brazos. Pasó la mano sobre un muslo.

—De manera que así son las damas bajo todas sus sedas y sus terciopelos. No me extraña que Clay, Travis y los otros les permitan hablar hasta los codos.

—¡Abe! —llamó Isaac—. ¿Estás ahí? Uno de los remos se rompió y...

Se detuvo en el umbral de la puerta de la choza. Lo que vio suscitó en él una impresión profunda. Nicole estaba asegurada a la pared, con los brazos extendidos por encima de la cabeza. El cuerpo de Abe impedía la visión de Isaac, pero el muchacho alcanzó a ver los trozos del vestido y de la enagua que caían hasta el suelo. La cara juvenil de Isaac pasó de la confusión a la cólera y la rabia.

—Dijiste que no la lastimarías —afirmó con los dientes apretados—. Yo confié en ti.

Abe se volvió hacia su hermano menor.

—Y yo te dije que regresaras a la balandra. Te he dado una orden y espero que me obedezcas.

Continuaba sosteniendo en la mano el cuchillo que ahora apuntaba a Isaac.

—Para usarla. ¿Por eso querías alejarme de aquí? ¿Te proponías usarla como hiciste con la pequeña de los Samuels? Después que pasó por tus manos, los padres tuvieron que enviarla lejos. Tenía miedo de ir a dormir por la noche, miedo de que tú fueses a buscarla. Por supuesto, no quiso denunciarte, pero yo sabía a qué atenerme.

—¿Y qué? —dijo Abe—. Quien te oyera diría que

es una niña. Estaba comprometida con uno de los muchachos Peterson. Si se lo daba a él, ¿por qué no a mí?

—¡A ti! —protestó Isaac—. Sobre la tierra no existe una mujer que te acepte. He visto cómo intentan mostrarse amables contigo, pero tú solo deseas a las que puedes someter por la fuerza. —Alzó el cubo que tenía a los pies y lo arrojó a la cabeza de Abe—. ¡Estoy harto de ver que usas a las mujeres! ¡Ya es suficiente! ¡Déjala en paz!

Abe esquivó fácilmente el cubo que Isaac le arrojó. Sonrió con expresión maliciosa.

—Muchacho, ¿recuerdas la última vez que me desafiaste? —preguntó, y comenzó a describir un círculo, agazapado, mientras pasaba el cuchillo de una mano a la otra.

Isaac miró a Nicole cuando Abe se movió. La impotencia en que encontraba a esa mujer no lo excitó. Al contrario, lo repelió. Volvió los ojos hacia Abe.

—Recuerdo que la última vez yo tenía doce años —se apresuró a contestar.

—Y, ahora, el niño cree que se ha convertido en hombre. —Abe se echó a reír.

—Sí, eso creo.

Isaac atacó con tal velocidad que Abe no vio el movimiento de su hermano menor. Estaba acostumbrado a un niño controlable y torpe. No había percibido el crecimiento de su propio hermano.

Cuando Abe recibió el primer puñetazo de su hermano en la cara, se desconcertó. Retrocedió hacia la pared de piedra y casi se le cortó el aliento. Pero reaccionó y su cólera cobró la misma intensidad que la de

Isaac. Ya no pensó que estaba luchando contra su propio hermano.

—¡Cuidado! —gritó Nicole a Isaac cuando Abe atacó. La hoja del cuchillo se hundió en el muslo de Isaac, y Abe empujó hacia arriba y le infligió una herida larga y profunda.

Isaac emitió una exclamación y se apartó del cuchillo. El corte era demasiado profundo y aún no sangraba mucho. Aferró la muñeca de Abe, obligando a su hermano a inclinarse. El cuchillo cayó al suelo, y, con la velocidad de un gato, Isaac lo recogió. El brazo de Abe describió un arco cuando intentó apoderarse del cuchillo, pero sintió que una punzada le cortaba el hombro.

De un salto buscó la protección de la pared junto a la puerta, con la mano puesta en la herida del hombro. La sangre comenzaba a manar entre sus dedos.

—La quieres para ti, ¿verdad? —dijo con los dientes apretados—. ¡Puedes tenerla!

Se volvió deprisa y salió por la puerta abierta. La cerró con un fuerte golpe y Nicole e Isaac alcanzaron a oír el ruido del cerrojo.

Isaac avanzó a tumbos hacia la puerta y realizó un débil esfuerzo para volcar su peso en ella. La pierna comenzaba a sangrarle, y ya estaba sintiendo los primeros efectos de la pérdida.

—¡Isaac! —gritó Nicole cuando vio que los ojos del muchacho comenzaban a cerrarse en el mismo momento en que apoyaba su peso en la puerta—. Corta mis ataduras y te ayudaré. ¡Isaac! —llamó otra vez porque le pareció que él no la oía.

Cegado por el dolor, Isaac se acercó a ella tropezando y levantó el brazo en dirección a las cuerdas que inmovilizaban las manos de Nicole.

—Córtalas, Isaac —lo apremió ella; parecía que él había olvidado dónde estaba y lo que tenía que hacer.

Isaac utilizó el último resto de fuerza que le quedaba para cortar las cuerdas, que felizmente estaban algo podridas. Cuando las ligaduras cedieron, Isaac se derrumbó sobre el suelo de la choza y Nicole cayó hacia delante, sobre sus manos y rodillas. Con movimientos rápidos se desató los tobillos.

El cuchillo ensangrentado de Abe estaba en el suelo. Sin pérdida de tiempo Nicole cortó su propia camisa, la convirtió en tiras, y después abrió los pantalones de Isaac para poner al descubierto la herida. Era profunda pero limpia. La vendó fuertemente para detener la hemorragia. Isaac parecía encontrarse en estado de debilidad y no hablaba ni se movía. Cuando Nicole terminó de vendar la pierna, trató de que el joven bebiese un poco de agua, pero él no la aceptó.

De pronto, se sintió muy cansada. Se sentó, con su espalda apoyada en la pared de piedra, mientras sostenía la cabeza de Isaac. El contacto pareció calmar al muchacho. Ella le apartó de la frente los cabellos negros y después apoyó su propia cabeza en la pared. Estaban encerrados en una sólida choza de piedra. No tenían comida ni otros suministros. Se encontraban en una isla desolada, donde nadie podría hallarlos, y, sin embargo, de pronto Nicole se sintió más segura allí que durante las últimas veinticuatro horas. Se adormeció.

14

La propiedad de los Simmons estaba en un rincón apartado, a unos veinte kilómetros, río arriba, de la plantación Armstrong. Era tierra sin valor, pedregosa y estéril. La casa era poco más que una choza, pequeña y sucia, y el tejado tenía urgente necesidad de reparaciones. El patio de tierra apisonada estaba atestado de gallinas, perros, cerdos y varios niños casi desnudos.

Travis amarró la balandra al carcomido muelle mientras Clay saltaba a la orilla y caminaba hacia la casa, seguido por los restantes hombres. El viejo de figura espectral apareció en la puerta de la casa.

—¿Qué desean? —preguntó, con los ojillos somnolientos, como si acabara de despertarse. Se volvió hacia uno de los niños, una pequeña que tendría a lo sumo cuatro años. Tenía una gallina en el regazo y con gestos fatigados estaba desplumándola—. ¡Tú, niña! —dijo Elijah—. Será mejor que no dejes plumas en esa ave. Si lo haces, te llevaré al cobertizo.

Clayton miró con repugnancia al viejo. Dormía mientras sus hijos trabajaban.

—Quiero hablar con usted.

Cuando el viejo comenzó a despertar, sus ojitos se convirtieron en poco más que ranuras.

—¡Bien! El pagano ha venido a buscar su salvación. Necesitará el perdón por sus perversas costumbres.

Clay aferró la cabeza del hombre y lo levantó de modo que los pies de Elijah apenas tocaron el suelo.

—¡No quiero que me predique! ¿Sabe dónde está mi esposa?

—¿Su esposa? —escupió el hombre—. Las mujeres escarlatas no son esposas. Es una hija de Satán y hay que eliminarla de la Tierra.

El puño de Clay golpeó el rostro alargado y huesudo del hombre. El cuerpo chocó contra el marco de la puerta y se deslizó lentamente hacia el suelo.

—¡Clay! —dijo Travis, con la mano sobre el brazo de su amigo—. No conseguirás nada de él. Está loco. —Travis se volvió hacia los niños—. Id a buscar a vuestra madre —ordenó.

Los niños levantaron la vista, apartando los ojos de las gallinas y las habas con las cuales estaban trabajando, y se encogieron de hombros. Parecían tan castigados, tan desmoralizados, que ni siquiera les interesaba ver cómo golpeaban a su padre.

—Estoy aquí —dijo una voz suave detrás de los hombres. La señora Simmons era aún más delgada que el marido. Tenía los ojos hundidos y las mejillas enflaquecidas.

—Oímos decir que mi esposa embarcó en un bote con su hijo. Lleva desaparecida dos días.

La señora Simmons asintió con un gesto fatigado como si la noticia no la asombrara.

—No la he visto, y tampoco he visto a ningún desconocido. —Se llevó la mano a la espalda para aliviar el dolor. Parecía tener un embarazo de seis meses. No negó la idea de que quizá su hijo tenía algo que ver con la desaparición de Nicole.

—¿Dónde está Abe? —preguntó Wesley.

La señora Simmons se encogió de hombros. Volvió los ojos hacia el marido, que comenzaba a volver en sí. Pareció que ella deseaba huir antes de que Elijah despertase del todo.

—Hace días que Abe no viene por aquí.

—¿Usted no sabe adónde ha ido? ¿Él lo sabe? —le preguntó Clay, indicando a Elijah con un gesto de la cabeza.

—Abe no habla mucho con nadie. Él e Isaac embarcaron en la baladra y se fueron. A veces se ausentan durante varios días.

—¿No sabe adónde van? —preguntó Clay desesperado.

Travis aferró el brazo de Clay.

—Ella no sabe nada y dudo que tampoco el viejo sepa algo. Abe seguramente no les informó sobre sus planes. Creo que lo mejor será organizar un grupo de búsqueda. Podemos enviar gente a las casas, remontando y descendiendo el río, para preguntar si han visto algo.

Clay asintió en silencio. Sabía que era la actitud más razonable, pero llevaría mucho tiempo. Trató de rechazar la imagen de Abe y Nicole. Abe era un hombre deformado por muchos años de dominio severo y absurdo de Elijah. Clay se volvió y regresó a la balandra. Sentía una inmensa cólera a causa de la frustración.

Wes caminó detrás de Clay y su hermano y todos regresaron a la balandra. Se detuvo cuando un puñado de guijarros le golpeó la espalda.

—¡Psst! Aquí.

Wes miró en dirección a los matorrales que crecían junto al río y pudo distinguir apenas el perfil de una figura pequeña. Caminó hacia allí y apareció una niña. Era una pequeña muy bonita, con grandes ojos verdes. Aunque se la veía más limpia que a los restantes niños Simmons, llevaba puesto un fino y raído vestido de algodón.

—¿Querías hablar conmigo?

Ella lo miró asombrada.

—Usted es uno de esos hombres ricos, ¿verdad? ¿Los que viven en una casa grande a orillas del río?

Wes comprendió que él era rico comparado con la niña. Asintió.

La niña miró alrededor para asegurarse de que no había nadie cerca.

—Sé algo del paradero de Abe —murmuró la pequeña.

En un instante, Wes se inclinó.

—¿Qué? —preguntó.

—Mi mamá tiene una prima, una dama. Es difícil creerlo, ¿no? Esta prima viene a Virginia y Abe dijo que ella nos daría un poco de dinero. Él y papá y también Isaac fueron a una fiesta, una verdadera fiesta. —Respiró hondo—. Nunca he ido a una fiesta.

—¿Qué dijo Abe? —preguntó impaciente Wes.

—Vino a casa y oí que le decía a Isaac que se llevarían a una dama y la esconderían. Después, la prima de mi mamá la regalaría algunas vacas del señor Armstrong.

—¿De Clay? —preguntó asombrado Wes—. ¿Adónde llevaron a la dama? ¿Quién es la prima de tu madre?

—Abe dijo que solamente él sabía adónde llevaría a la dama y que no se lo diría ni siquiera a Isaac.

—¿Quién es la prima?

—No recuerdo el nombre. Abe dijo que en realidad ella era la esposa del señor Armstrong y que la mujer pequeña era una mentirosa y quería apoderarse de lo que correspondía a su prima.

—Bianca —dijo asombrado Wes. Siempre había pensado que ella estaba en el fondo de todo el asunto; entonces tuvo la certeza. Wes miró fijamente a la niña y después le sonrió—. Preciosa, si fueras mayor, creo que te besaría por lo que has hecho. Toma. —Hundió la mano en el bolsillo y sacó una moneda de oro—. Mi madre me la regaló. Ahora es tuya.

Depositó la moneda en la mano de la niña.

Ella aferró con fuerza el dinero y miró asombrada a Wes. Nadie le había dado jamás otra cosa que maldiciones y castigos. A sus ojos, Wesley, tan pulcro, un hombre que olía tan bien, era como un ángel descendido a la tierra. Habló con voz muy suave.

—Cuando yo sea mayor, ¿se casará conmigo?

Wesley sonrió.

—Quizá lo haga. —Se incorporó. Después, obedeciendo a un impulso, dio en la mejilla un sonoro beso a la niña—. Ven a verme cuando crezcas. —Se volvió deprisa y caminó hacia la balandra donde Clay y Travis esperaban impacientes. La noticia de que Bianca estaba implicada y poseía información acerca del paradero de Nicole determinó que el recuerdo de la niña se esfumase.

Pero no sucedió lo mismo con la niña. Permaneció de pie, en silencio, mirando cómo la balandra se alejaba. A lo largo de sus trece años había vivido aislada con su familia. Nunca había conocido nada fuera de la mezquindad de su padre y la severidad de la madre. Nadie se había mostrado amable con ella y ni siquiera la habían besado. Se tocó la mejilla, donde Wes lo había hecho, y se volvió. Tenía que encontrar un escondrijo para la moneda de oro.

Bianca observó que Clay corría desde el muelle hasta la casa y sonrió para sí misma. No ignoraba que él descubriría que la propia Bianca estaba comprometida en la desaparición de Nicole, de modo que se había preparado para contarlo. Bebió el último sorbo de chocolate y concluyó la última crepe. Después se enjugó delicadamente la boca.

Estaba en el dormitorio de la planta alta y sonrió al mirar alrededor. Ese lugar había cambiado mucho los últimos dos meses. Ya no tenía la aburrida sencillez anterior. Había tul rosado por doquier y los remates de la cama habían sido dorados. El borde de la chimenea estaba cubierto de pequeñas figuras de porcelana. Bianca suspiró. Todavía no había terminado las reformas, pero trabajaba en ello.

Clay irrumpió en la habitación y sus pesadas botas resonaron sobre el suelo de madera. Bianca se estremeció ante la grosería de aquel hombre, y decidió que compraría más alfombras.

—¿Dónde está? —preguntó Clay, con voz seca y dura.

—Presumiblemente debo saber qué significan tus palabras.

Bianca se frotó los brazos regordetes y pensó en las pieles que compraría para el invierno.

Clay se acercó con una larga zancada y entrecerró los ojos.

Bianca le dirigió una mirada de advertencia.

—Si me tocas, jamás la encontrarás.

Clay retrocedió.

—¡Qué repugnante! —se burló Bianca—. Es suficiente sugerir que esa mujerzuela mentirosa corre el más mínimo peligro para que tiembles.

—Si aprecias tu vida, me dirás dónde está.

—Si tu aprecias su vida te mantendrás alejado de mí.

Clay rechinó los dientes.

—¿Qué deseas? Te daré la mitad de todo lo que poseo.

—¿La mitad? Pensé que ella valía más.

—Entonces, todo. Te transferiré la plantación entera.

Bianca sonrió y se acercó a la ventana para arreglar una cortina. Manipuló la seda rosada.

—No sé qué hizo para inducir a todos a creer que soy estúpida. Pero no carezco completamente de inteligencia. Si me transfieres este lugar y después te alejas con tu querida prostituta francesa, ¿qué me sucederá?

Clay cerró los puños, manteniéndolos a los costados del cuerpo. Era todo lo que podía hacer para abstenerse de estrangular a esa mujer, pero no deseaba hacer nada que amenazara a Nicole.

—Te diré lo que me sucederá —continuó diciendo Bianca—. En un año esta plantación quebraría. Los norteamericanos sois gente repulsiva. Los criados creen que tienen los mismos derechos que los amos. Jamás me obedecerían. Y después de ir a la quiebra, ¿cuál sería mi destino? Tal vez tú regresarías y volverías a comprar la propiedad por unos centavos. Tendrías todo lo que deseas y yo nada.

—Entonces, ¿qué más puedo darte? —dijo Clay con expresión burlona.

—Me pregunto si en verdad amas a mi criada.

Clay guardó silencio, mirando fijamente a Bianca. Pensaba cómo era posible que hubiese visto en ella cierta semejanza con Beth.

—Dices que estás dispuesto a entregarme tu propiedad, pero, ¿me darás todo el resto para salvarla? Te lo explicaré. Supongo que sabes que tengo primos en América. No son precisamente la clase de personas que uno exhibiría en público, pero son útiles... Oh, sí, muy útiles. Ese hombre, Abe, aceptó todo lo que yo le sugerí.

—¿Adónde la llevaste?

Bianca lo miró con expresión burlona.

—¿Crees que te lo diré tan fácilmente? ¿Después de lo que me has hecho? Me has humillado, me has utilizado. Hace meses que estoy aquí y no he hecho otra cosa que esperar mientras tú perseguías a esa perra en presencia de todo el mundo. Ahora me toca el turno de hacer que tú esperes.

Hizo una pausa.

—Bien, ¿dónde estaba? Ah, sí, mis amados primos. A cambio de unos pocos animales, se mostraron dispuestos a hacer todo lo que yo deseara e incluso llegar al asesinato.

Clay retrocedió un paso. No había concebido la posibilidad del asesinato.

Bianca sonrió ante la reacción de Clay.

—Creo que estás comenzando a entender. Ahora, permíteme decirte lo que deseo: quiero ser la dueña de esta plantación. Deseo que tú la administres y yo aprovecharé los beneficios. Cuando me presente en sociedad, quiero hacerlo como una mujer casada y respetable, no como un apéndice innecesario, lo que fui en la fiesta de los Backes. Y deseo que los criados me obedezcan.

Bianca desvió la mirada un momento, y, cuando de nuevo clavó los ojos en Clay, habló con voz muy serena.

—¿Estás familiarizado con la Revolución en Francia? Todos me recuerdan a los parientes de mi exdoncella en Francia. Según creo, la mayoría fueron decapitados. La turba todavía está irritada en Francia, todavía busca a los aristócratas para llevarlos a la guillotina.

Hizo una pausa.

—Esta vez Abe se limitó a llevarla a una isla perdida entre los riachuelos de Virginia, pero la próxima vez será depositada en un barco que la devuelva a Francia. —Sonrió—. Y no creas que si te desembarazas de Abe eliminarás la amenaza. Tiene muchos parientes y todos se alegrarán de ayudarme y de satisfacer mis deseos.

Y si me sucede algo, aunque sea un rasguño provocado por ti, he dejado dinero para garantizar que devuelvan a Nicole a Francia.

Clay tuvo la sensación de que había recibido un puntapié en el estómago. Retrocedió un paso y se desplomó en un sillón. ¡La guillotina! Recordaba vívidamente la historia del abuelo de Nicole, con la cabeza clavada en una pica. Cómo ella se había aferrado al propio Clay aterrorizada por los recuerdos. No podía arriesgar la posibilidad de que regresase a ese horror.

Echó hacia atrás la cabeza. La defendería. La vigilaría de tal modo que no la perdiese nunca de vista. Y de pronto comprendió que esa idea era absurda. En casa de los Backes, Nicole se había apartado de él solo dos horas. Tendría que vivir como una prisionera. Y un momento de descuido y... ¿qué? ¿La muerte? ¿Un terror peor que lo que ya había conocido? No podía hacer nada que la entregase a tan terrible destino.

Intentó razonar con Bianca.

—Puedo darte dinero suficiente de modo que tengas una buena dote. Con una dote conseguirás un marido inglés.

Bianca emitió un rezongo.

—En efecto, no entiendes a las mujeres, ¿eh? Regresaría avergonzada a Inglaterra. Todos los hombres dirían que me pagaste antes que desposarme. Sin duda, tendría marido, pero él se reiría de mí, me ridiculizaría. Deseo de la vida un poco más que eso.

Clay se puso de pie y al hacerlo derribó la silla.

—¿Qué tendrías si te casaras conmigo? Sabes que a lo sumo puedo odiarte. ¿Ansías eso?

—Una mujer prefiere que la odien y no que se rían de ella. Por lo menos, el odio implica cierto grado de saludable respeto. En realidad, creo que haríamos una pareja admirable. Yo podría dirigir tu casa, ser tu anfitriona. Organizaría grandes fiestas. Sería la esposa perfecta. Por tu parte, nunca tendrías que soportar a una mujer celosa. Mientras administres satisfactoriamente la plantación, gozarás de libertad total para hacer lo que desees e incluso perseguir a las mujeres. —Se estremeció—. Mientras te mantengas apartado de mí.

—Puedo asegurarte que no tienes por qué temer que jamás llegue a tocarte.

Bianca sonrió.

—Si tu intención fue insultar, no interpreto así tus palabras. No deseo ser tocada por ti ni por cualquier otro hombre.

—¿Y Nicole?

—Por supuesto, volvamos a ella. Si te casas conmigo, no sufrirá daño alguno. Incluso puede permanecer en el molino y si lo deseas estarás en condiciones de visitarla para tener tus... tus placeres más terrenales. Estoy segura de que ambos gozaréis con tus travesuras.

—¿Qué garantías tengo de que después de casados uno de tus primos no aparecerá en mitad de la noche?

Bianca reflexionó un momento.

—No creo que haya ninguna garantía. Quizá te atendrás más seriamente al acuerdo si nunca estás muy seguro de lo que puede sucederle a Nicole.

Clay permaneció en silencio. No tenía garantías. La vida de su bien amada dependía de los caprichos de una perra codiciosa y egoísta. Pero, ¿acaso tenía alternativas? Podía desafiar las exigencias de Bianca y permanecer casado con Nicole, pero viviría en un estado de terror permanente, ante la posibilidad de hallarla muerta. ¿La amaba de un modo tan egoísta que estaba dispuesto a arriesgar la vida de la joven por unos pocos meses de placer? Después de todo, no era su vida la que corría peligro, sino la de Nicole. En resumen, contempló la posibilidad de preguntar su opinión a Nicole, pero sabía que ella estaría dispuesta a arriesgarlo todo para permanecer con él. ¿El amor que él sentía era tan endeble que no podía realizar sacrificios por ella?

—¿Sabes dónde está?

—Tengo un mapa. — Bianca sonrió, como si supiera que había triunfado—. Deseo que manifiestes tu aceptación de mis condiciones antes de entregártelo.

Clay trató de aliviar el nudo que sentía en la garganta.

—No es posible anular el matrimonio sin el testimonio del médico que fue testigo de la boda. Puede hacerse muy poco hasta que él regrese de Inglaterra.

Bianca asintió.

—Acepto eso. Cuando él llegue, espero que se anule el matrimonio y se celebre el nuestro. Si eso se demora, Nicole desaparecerá. ¿Está claro?

Clay la miró con desprecio.

—Has hablado con absoluta sinceridad. Quiero ese mapa.

Bianca atravesó la habitación hacia una de las figuras de porcelana depositadas sobre el armario de frente curvo, la levantó y de su interior sacó un rollito de papel.

—Es un dibujo tosco —dijo—, pero creo que legible. —Sonrió—. Mi querido primo Abe ha estado con ella en la isla dos días y una noche y pasará otra noche antes de que llegues allí. Dijo que se proponía pasar un rato agradable con Nicole. Estoy segura de que a esta altura de las cosas ya habría tenido mucho tiempo. Por supuesto, ella fue bastante usada antes de hacer este viaje con Abe. A propósito, ¿te preguntaste por qué ella lo acompañó sin ofrecer la más mínima resistencia? ¿Por qué no gritó? El muelle está a poca distancia del lugar donde había por lo menos veinte personas.

Clay avanzó un paso hacia Bianca, pero se contuvo. Si llegaba a tocarla, eso equivaldría a matar a Nicole. No creía que su propia conciencia se lo reprochase mucho, pero sabía que esa mujer era capaz de cumplir sus amenazas, incluso desde la muerte. Se volvió sobre sus talones, con el mapa en la mano y salió de la habitación.

Bianca permaneció de pie frente a la ventana y lo vio caminar hacia el muelle. Un sentimiento de triunfo recorrió su cuerpo. ¡Ya les mostraría! ¡Ya les mostraría a todos! Su padre se había reído cuando ella hizo el equipaje para ir a América. Había dicho que Clay no se sentiría demasiado inquieto cuando descubriese que estaba casado con una hermosa muchachita como Nicole. Había considerado que la anécdota del matrimonio por equivocación era tan buena que la había relatado por lo menos a veinte personas antes de la partida de Bianca. Era imposible calcular a cuántas personas más ya les habría revelado el asunto.

Bianca apretó los labios. Sabía lo que todos decían: que Bianca era igual que su madre. Su madre había llevado a su cama a todo lo que usara pantalones. Cuando era pequeña y oía los ruidos que venían del dormitorio de su madre, Bianca se juró que jamás permitiría que un hombre la manchase o que pusiese sus manos toscas y hambrientas sobre su delicado y blanco cuerpo.

Cuando Bianca anunció que viajaría a América, su padre la acusó de ser como esa mujer y afirmó que estaba desesperada por recibir las caricias del brutal norteamericano, precisamente el tipo de hombre que agradaba a su madre muerta. ¿Cómo podía Bianca regresar a Inglaterra después de haber pasado meses en la casa de Clay? No podría mostrar un anillo de bodas, pero dispondría de mucho dinero, exactamente lo que sucedía con su madre cuando regresaba de sus excursiones de fin de semana. Incluso a miles de kilómetros de distancia, casi podía oír las burlas y ver los gestos de desprecio cuando la gente comentara lo que ella había hecho para ganar ese dinero. ¡No! Golpeó el suelo con el pie. Sería la dueña de la plantación Armstrong y no importaba lo que tuviese que hacer. Y, después, pensó con una sonrisa, invitaría a su padre a visitarla. Le mostraría su riqueza, su marido, los dormitorios separados. Le demostraría que no era como su madre. Sí, sonrió. ¡Ella se lo mostraría!

—¿Te lo dijo? —preguntó Wes en cuanto Clay llegó a la balandra.

Clay mostró el mapa.

—Me lo dijo —replicó. Habló con voz neutra.

—¡Esa perra! —dijo Wes con expresión hostil—.

Deberíamos castigarte con un látigo, porque tú conseguiste que viniera a América. ¡Y pensar que casi te casas con ella! Cuando regresemos y Nicole recupere la libertad, confío en que arrojarás a esa mujerzuela gorda a la bodega de un barco y te desembarazarás de ella con la mayor rapidez posible.

Clay guardó silencio y sus ojos negros contemplaron el río. No respondió a los comentarios de Wesley; era poco lo que podía decir. ¿Acaso podía explicar a sus amigos que probablemente después de todo tendría que casarse con Bianca?

—¿Clay? —preguntó Travis, con la voz cargada de inquietud—. ¿Te sientes bien? ¿Crees que tu esposa está herida?

Clay se volvió y Travis frunció el entrecejo al advertir la expresión del rostro de su amigo.

—¿Cómo se siente un hombre cuando acaba de vender su alma al diablo? —preguntó en voz baja.

Isaac comió los últimos bocados de conejo y manzanas asadas servidos en la sartén. Depositó la sartén en el suelo y apoyó la espalda contra la pared de piedra de la choza; tenía las piernas estiradas sobre la hierba. El muslo, fuertemente vendado con tiras de la enagua de Nicole le latía. Cerró los ojos y expuso su cuerpo a la luz del sol; sonrió al sentir la tibieza. La atmósfera de la pequeña isla olía mal, en el agua abundaban serpientes ponzoñosas, y ellos tenían pocas esperanzas de que llegasen a salvarlos, pero Isaac no deseaba salir de allí. Los dos últimos días había comido mejor que nunca en su casa, pese a que Nicole tenía solo una sartén para cocinar. Y había podido descansar, algo que era nuevo en su vida.

Su sonrisa se ensanchó cuando oyó el roce conocido de la falda de terciopelo de Nicole. Abrió los ojos y saludó con un gesto a la joven. Nicole había arrancado el encaje de su enagua, y, con él, unido los pedazos de la pechera de su vestido, para sostenerlos en los lugares por donde había pasado el cuchillo de Abe. Isaac estaba muy sorprendido. En el curso de su vida había creído que las mujeres que vivían en la casa era inútiles, pero Nicole no se había dejado dominar por la histeria después de la disputa entre los dos hermanos. Se había arrodillado y vendado la herida de Isaac para contener la hemorragia, y después se entregó tranquilamente al sueño.

Por la mañana vieron que la puerta tenía goznes de grueso cuero. Nicole utilizó el cuchillo de Isaac y cortó el cuero, y, por su parte, Isaac apoyó su cuerpo contra la puerta para evitar que cayese. Habían necesitado toda la fuerza de los dos para abrir la puerta y dejar un espacio que les permitiera deslizarse hacia afuera. Más tarde, Isaac descansó mientras Nicole preparaba un lazo con un pedazo de cordel de su enagua y atrapaba un conejo. Isaac se asombró cuando vio que ella sabía hacer esas cosas. Nicole rio y le dijo que su abuelo le había enseñado a preparar trampas.

—¿Te encuentras mejor? —preguntó Nicole, sondeándole. Los cabellos bajaban por su espalda hasta la cintura, formando una masa espesa y reluciente.

—Sí. Aunque me siento un poco solo. ¿Podría hablar un rato conmigo?

Nicole sonrió y se sentó al lado de Isaac.

—¿Por qué no siente miedo? —preguntó Isaac—. Supongo que la mayoría de las mujeres estarían aterrorizadas al verse en este sitio.

Nicole pensó un momento.

—Creo que los sentimientos son cosas relativas. Hubo ocasiones en que sentí muchísimo miedo. Pero comparado con ellas, este lugar parece casi seguro. Disponemos de agua y comida, y el tiempo todavía no es muy frío; cuando mejore tu pierna saldremos de la isla.

—¿Está muy segura de eso? ¿Ha visto el agua?

—Las serpientes no me intimidan. Solo la gente puede perjudicarnos.

Isaac experimentó un sentimiento de culpa. Nicole no había preguntado ni una sola vez por la razón por la cual él y Abe la habían secuestrado. Podía haber permitido que él se desangrara hasta morir y probablemente era lo que hubiese tenido que hacer.

—Me estás mirando de un modo extraño —dijo Nicole.

—¿Qué sucederá cuando regresemos a la civilización?

Nicole experimentó que un sentimiento de alegría le recorría el cuerpo. Pensó: «Clay.» Nicole dejaría el molino en manos de otra persona y regresaría a la casa de Clay. Viviría allí con él y los mellizos, como habían hecho antes, pero Bianca ya no podría turbar las relaciones entre ellos.

Sus pensamientos retornaron a Isaac.

—No creo que desees volver a tu casa. Tal vez quieras trabajar para mí en el molino. Creo que podríamos utilizar los servicios de otro hombre.

El rostro de Isaac cambió de color.

—¿Cómo puede ofrecerme empleo después de lo que le hice? —murmuró.

—Me salvaste la vida.

—¡Pero la traje aquí! De no haber sido por mí, jamás se habría encontrado en esta situación.

—Eso no es cierto y tú lo sabes —dijo Nicole—. Si te hubieras negado a ayudar a Abe, él habría utilizado a otra persona o habría venido solo. Y, en ese caso, ¿cuál habría sido mi destino? —Apoyó la mano en el brazo de Isaac—. Te debo mucho. Lo menos que puedo hacer es ofrecerte empleo.

Él la miró en silencio varios minutos.

—Usted es una dama, una auténtica dama. Creo que mi vida mejorará después de haberla conocido.

Ella se echó a reír y observó la luz del sol que jugueteaba en sus propios cabellos.

—Y usted, amable señor, se desempeñaría bien en todas las cortes del mundo. Su galantería es excesiva.

Él le retribuyó la sonrisa, más feliz que lo que nunca se había sentido en su vida.

De pronto, Nicole se incorporó de un salto.

—¿Qué ha sido eso?

Isaac permaneció inmóvil y escuchó.

—Tráigame el cuchillo —murmuró—. Y ocúltese. Ocúltese en la orilla. Nadie la encontrará allí. No importa lo que suceda, no salga hasta que estemos seguros.

Nicole le dirigió una sonrisa muy afectuosa. No estaba dispuesta a abandonarlo, con esa herida, a la compasión de quien se aproximaba con tantas precauciones. Y ciertamente no deseaba meterse en el cieno del agua. Entregó el cuchillo a Isaac. Después, cuando se inclinó para ayudarlo a ponerse de pie, él la apartó.

—¡Váyase! —ordenó Isaac.

Nicole se ocultó tras los sauces que crecían en la orilla de la isla y después avanzó lentamente hacia los pasos que se acercaban discretos. Vio primero a Travis, con sus anchas espaldas inconfundibles. Se le llenaron los ojos de lágrimas. Se apresuró a enjugarlas y advirtió que Travis se alejaba de ella.

Sintió la presencia de Clay a su espalda. Se volvió como un relámpago; los cabellos flotaban en el aire. Permaneció inmóvil, como si estuviese hecha de piedra.

En silencio, él abrió los brazos.

Nicole avanzó dos pasos, hundió la cara en el cuello de Clay y apretó su cuerpo fuertemente contra el cuerpo del hombre. Sintió el rostro de Clay contra su mejilla, y advirtió que también él tenía los ojos húmedos.

Siempre sosteniéndola en sus brazos, Clay le levantó el mentón para mirarla. Examinó su cara, casi como si estuviese devorándola.

—¿Estás bien? —murmuró.

Ella asintió, con sus ojos fijos en los de Clay. Había algo que andaba mal, muy mal. Lo intuyó.

Él la estrechó con más fuerza.

—Creí que me volvía loco. No podría soportar lo mismo otra vez.

—No tendrás que soportarlo —sonrió Nicole, relajó el cuerpo y se solazó al sentir la calidez y la fuerza de Clay—. Mi propia ingenuidad me metió en esto. La próxima vez no seré tan descuidada.

—La próxima vez no te darán alternativa —dijo fieramente Clay.

—Clay, ¿qué quieres decir con eso?

La joven trató de apartarse de él.

Clay le inclinó la cabeza y comenzó a besarla; apenas los labios de Clay tocaron los de Nicole, ella dejó de pensar. Hacía tanto tiempo que estaban separados...

—¡Hola!

La cabeza de Clay se volvió y sus ojos se clavaron en Travis y Wesley.

—Veo que la has encontrado —dijo sonriendo Wes—. Lamentamos interrumpirte, pero este es un lugar hediondo, y quisiéramos partir.

Clay asintió; en su cara se dibujaba una expresión seria, con el entrecejo muy fruncido.

—¿Y él? —dijo Travis, con la voz cargada de disgusto. Señaló a Isaac, desmayado y caído en el suelo. Las vendas que le envolvían la pierna estaban manchándose de sangre. Tenía una protuberancia en el mentón, sin duda donde había recibido el golpe.

—¡Isaac! —exclamó Nicole, y se apartó de los brazos de Clay. Se acercó inmediatamente al muchacho—. ¿Cómo habéis podido hacer esto? —Miró hostil a Travis—. Me salvó la vida. ¿No habéis imaginado cómo recibió esa herida en la pierna? Si yo hubiera sido su prisionera, hubiera podido escapar de él.

Travis miró un tanto divertido a Nicole.

—Creo que no me detuve a pensar. Apareció por una esquina de la choza y me atacó con un cuchillo. —Parpadeó un poco—. Supongo que debía retroceder un paso y reflexionar un rato.

—Disculpa —dijo Nicole—. Creo que estoy un poco nerviosa. —Se apresuró a desatar las vendas ensangrentadas de la pierna de Isaac—. Clay, dame tu camisa. Necesito más vendas.

Cuando Nicole se volvió, con la mano extendida para recibir la camisa, vio a los tres hombres con el pecho desnudo y los tres ofreciéndole su camisa.

—Gracias —murmuró, conteniendo las lágrimas—. Qué feliz será regresar nuevamente al hogar.

15

Nicole hizo una pausa, con la aguja en la mano, y por centésima vez volvió los ojos hacia la ventana. No necesitaba esforzarse por evitar el llanto, porque ya había gastado todas sus lágrimas. Hacía casi dos meses que no veía a Clay. El primer mes se había sentido desconcertada, confundida y aturdida. Y después lloró durante varias semanas. Se sentía entumecida, como si le hubiesen arrancado una parte de su cuerpo y necesitase adaptarse a la nueva situación.

Después de que Clay y ella salieron de la isla, Nicole había retornado al molino. Durante el largo viaje río abajo en dirección a la plantación Armstrong, Clay la había abrazado con fuerza y a veces casi le impedía respirar bien. Pero a Nicole no le importaba. Solamente ansiaba sentir la presión de esos brazos.

Cuando llegaron al muelle, Clay dijo a Travis que se acercara primero al muelle del molino. Nicole se sintió desconcertada, porque suponía que iría a la casa con él. Después de abrazarla casi con desesperación, él la soltó bruscamente y de un salto se embarcó de nuevo, sin mirar hacia atrás mientras Travis enfilaba la embarcación hacia el muelle de Clay.

Durante varios días, Nicole había esperado la llegada de Clay. Y cuando él no vino, trató de disculparlo. Sabía que Bianca aún vivía en la casa con él. Quizá Clay necesitaba más tiempo para conseguir que un barco destinado a Inglaterra pudiera alejarla.

Pasó un mes sin noticias, y Nicole comenzó a llorar. En diferentes ocasiones ella lo maldijo, lo perdonó, lo comprendió y volvió a maldecirlo. ¿Había mentido cuando le dijo que la amaba? ¿El poder de Bianca sobre él era mayor que lo que él mismo había supuesto? Nicole estaba tan encolerizada que no podía pensar ordenadamente.

—Nicole —dijo Janie en voz baja; en la casa todos hablaban en murmullos—. ¿Por qué no va a cortar algunas plantas con los mellizos? Parece que nevará. Wes vendrá más tarde y podremos adornar la casa para la Navidad.

Nicole se puso de pie lentamente, pero en realidad no sentía mucha alegría ante la perspectiva de la Navidad.

—No derribarás el ala este de mi casa —dijo Clay con voz que trasuntaba mortal seriedad.

Bianca lo miró disgustada.

—¡Esta casa es muy pequeña! En Inglaterra no sería más que la del guardabosques.

—En ese caso, ¿puedo sugerir que regreses a Inglaterra?

—No soportaré tus insultos, ¿me oyes? ¿Has olvidado a mis primos?

—Como no pasa un momento sin que los menciones, me parece imposible olvidarlos. Ahora tengo que trabajar. ¡Fuera de aquí!

La miró hostil desde su asiento detrás del escritorio. Vio que ella alzaba la nariz y salía furiosa de la habitación.

Cuando Bianca se marchó, Clay se sirvió una copa. Ya no toleraba a Bianca. Probablemente era el ser humano más perezoso que había conocido. Se enojaba constantemente porque los criados rehusaban obedecerle. Al principio, Clay había realizado débiles intentos de obligarlos a mantener cierta disciplina. Pero pronto renunció a sus esfuerzos. ¿Por qué tenía que obligarlos a sufrir todo lo que él soportaba?

Salió del despacho y fue a los establos en busca de su caballo. ¡Había pasado dos meses con esa perra! Día tras día trataba de pensar en la nobleza de su propio gesto y en que con su martirio probablemente estaba salvando la vida de Nicole. Pero el dolor autoinfligido tiene cierto límite. Ahora que disponía de más tiempo para pensar, imaginaba un modo de frustrar los planes de Bianca. Él y Nicole podían salir de Virginia. Elegirían el momento en que no se advirtiese la ausencia de ambos durante unos días y marcharían al oeste. Estaban ocupándose nuevas tierras en todo el territorio que se extendía desde allí hasta el río Mississippi. Y Clay deseaba conocer ese río.

Bianca acertaba en una cosa: sola, quebraría en menos de un año. Clay podía arreglar que Travis comprase la plantación después de que Bianca comenzase a contraer deudas. Travis y Wes podían obligar a Bianca a abandonar la tierra. Sobre todo, si Nicole estaba lejos, fuera del alcance de esa perra gorda.

Clay montaba su caballo. Lo detuvo a orillas del río. De la chimenea de Nicole brotaba humo. Al principio, él se mantuvo lejos de la joven porque verla le provocaba excesivo sufrimiento. Durante los últimos meses, con bastante frecuencia había subido a la cima de una colina para contemplar la actividad al otro lado del río. Deseaba acercarse a ella y hablarle, pero no podía hacerlo mientras no hubiera trazado un plan. Ahora lo tenía.

Comenzaron a caer grandes copos de nieve, y, mientras Clay observaba, oyó el ruido de los martillazos. Pudo ver una figura solitaria sobre el tejado del molino, asegurando las tablas sueltas.

Clay desmontó sonriendo, palmeó la esbelta grupa negra del animal y lo observó mientras volvía a los establos. Después, se acercó al bote y remó para cruzar el río.

Sacó un martillo de la caja de herramientas que estaba al pie de la escalera apoyada contra la pared del molino y trepó al tejado. Wesley lo miró sorprendido, sonrió y en silencio le entregó un puñado de clavos. Clay dispuso prontamente en una misma dirección la cabeza de los clavos y comenzó a dar martillazos, sosteniendo los clavos con la mano izquierda, rápido como una máquina. El trabajo físico le hizo bien después de la disputa con Bianca.

Casi había anochecido cuando los dos hombres bajaron de la escalera, ambos sudorosos y fatigados. Pero era un cansancio agradable, originado en el trabajo en compañía de un amigo.

Entraron en el molino, donde reinaba un ambiente tibio y una bañera con agua los esperaba. La noche caía más intensamente.

—Hace mucho que no te vemos —dijo Wes; en la voz había un tono de acentuada crítica.

Clay no contestó mientras se quitaba la camisa y comenzaba a lavarse.

—Janie me dijo que Nicole se ha dormido llorando durante semanas enteras —continuó Wes—. Tal vez eso no te importa. Después de todo, tienes esa copia ampliada de Beth que te mantiene caliente.

Clay lo miró fijamente.

—Estás juzgando cosas de las cuales no sabes nada.

—Entonces, quizá puedas explicármelas.

Clay se secó con movimientos lentos.

—Nos conocemos casi desde que nacimos. ¿He hecho algo que pueda provocar tanta hostilidad?

—¡Hasta ahora no! Maldita sea, Clay, es una mujer hermosa. Es buena, y tierna y...

—¡No necesitas decírmelo! —lo interrumpió Clay—. ¿Crees que deseo mantenerme alejado de ella? ¿No has pensado nunca que hay circunstancias que escapan a mi control?

Wes permaneció en silencio un momento. Se había equivocado al no confiar en su amigo. Apoyó la mano en el hombro de Clay.

—¿Por qué no entras conmigo? Nicole prometió preparar bollos. Y los mellizos se alegrarán de verte.

—Manejas a tu antojo la hospitalidad de Nicole —dijo fieramente Clay.

Wes sonrió.

—Ese es el Clay que yo conozco. Si no la cuidas, alguien tiene que hacerlo.

Clay se volvió, salió del molino y caminó hacia la casa. No había estado allí desde el día del traslado de Nicole. Nada más entrar, la calidez del lugar lo impresionó. Era más que la calidez física del enorme hogar; era algo intangible, que uno sentía íntimamente más que en la piel.

El sol invernal entraba por las ventanas muy limpias. Había muy pocos muebles y Clay identificó la mayoría de los desechos que él había enviado tiempo atrás. La vajilla que estaba en el armario, junto al hogar, era un conjunto de piezas cascadas y desparejas. Había muy pocos utensilios de cocina.

Pero, a pesar de todo, en ese momento, Clay habría cambiado su bella casa por esa sencilla morada. Janie estaba inclinada sobre un caldero de aceite hirviendo y volvía los bollos a medida que se elevaban a la superficie. Los mellizos estaban cerca, indiferentes a los hombres que habían entrado poco antes.

—Mandy —dijo Janie—, si intentas comerlos cuando están tan calientes, te quemarás, y tú lo sabes.

Mandy emitió una risita mientras se apoderaba de un bollo recién cocido y lo mordía. Se le llenaron los ojos de lágrimas cuando se quemó la boca, pero no quiso mostrar a Janie que estaba sufriendo.

—Eres tan obstinada como tu tío —dijo disgustada Janie.

Clay se echó a reír y Janie se volvió bruscamente para mirarlo.

—Janie, deberías tener cuidado cuando hablas de alguien. Quizás el aludido esté escuchándote.

Antes de que Janie pudiese contestar, los mellizos gritaron:

—¡Tío Clay! —Se arrojaron a los brazos del visitante. Clay sostuvo a un niño en cada brazo y giró con ellos. Cuando los alzó, Alex y Mandy le rodearon el cuello con los brazos.

—¿Por qué no viniste antes? ¿Quieres ver mi nuevo cachorro? ¿Te apetece un bollo? Son buenos, pero están muy calientes.

Clay se echó a reír y los abrazó con fuerza.

—¿Me habéis echado de menos?

—Sí, mucho. Nicole dijo que teníamos que esperar a que vinieses a vernos, que no podíamos ir a verte.

—¿Esa señora gorda todavía está allí?

—¡Alex! —dijo Nicole desde la escalera—. Tienes que cuidar tus modales. —Se acercó lentamente a Clay; el corazón le latía con fuerza. La desconcertaba el hecho de que la presencia de Clay pudiese inquietarla tanto. Puesto que él había podido abandonarla con tanta desaprensión, era evidente que Nicole le importaba muy poco. Trató de mantener controlada su cólera.

—¿Queréis tomar asiento? —preguntó formalmente.

—Sí, Clay —dijo Wes sonriendo—. Siéntate. Janie, ¿crees que esos bollos ya se habrán enfriado bastante?

—Más o menos. —Janie depositó la fuente sobre la mesa grande—. ¿Dónde has estado, desagradecido, maldito... —zumbó en voz baja, incapaz de encontrar una palabra bastante fuerte para aplicarla a Clay—. Si vuelves a maltratarla, tendrás que vértelas conmigo.

Clay le sonrió, después tomó la mano gruesa y áspera de Janie y la besó.

—Janie, eres grandiosa como protectora. Si no te conociera, casi me asustarías.

—Quizá sea bueno que te asustes —replicó Janie, pero sus ojos chispeaban.

Nicole estaba de espaldas a ellos mientras servía tranquilamente vasos de licor de huevo. Con las manos temblorosas, puso un vaso frente a Clay.

Los ojos de Clay no se apartaron del rostro de Nicole mientras alzaba el vaso.

—Licor de huevo —dijo—. Lo he bebido únicamente en Navidad.

—¡Es Navidad! —dijeron riendo los mellizos.

Clay miró alrededor y vio por primera vez el muérdago sobre la chimenea. No había advertido que ya era Navidad. Los últimos meses de tortura, pasados cerca de la mordaz lengua de Bianca, comenzaban a desdibujarse.

—Nicole preparará un pavo mañana y vendrán el señor Wesley y el señor Travis —dijeron lo mellizos.

Clay miró a Wes.

—¿Crees que habrá espacio para otro invitado?

Los hombres se miraron.

—Tiene que decidirlo Nicole.

Clay miró largamente a su esposa, esperando la respuesta.

Nicole sintió que su enojo afloraba. ¡Estaba utilizándola! Pasaba días acostado con ella, le decía que la amaba, y de pronto la expulsaba de su vida como un trasto inútil. Y ahora, después de varios meses de silencio, aparecía en su casa. ¿Y qué deseaba? Quizá pretendía que ella le besase los pies como bienvenida. Irguió el cuerpo y se apartó de él.

—Por supuesto, tú y Bianca sois bienvenidos. Estoy segura de que la festividad le agradará tanto como a todos.

Wesley tuvo que contener la risa cuando observó la arruga que se dibujaba en la frente de Clay.

—Bianca no puede... —comenzó a decir Clay.

—¡Insisto! —dijo secamente Nicole—. ¿Puedo agregar que uno no es bienvenido sin el otro?

De pronto, la atmósfera de la casa fue más de lo que Clay pudo soportar. No veían el cuadro que formaban. Wes recostado en una silla, fumando una pipa que había retirado de la repisa de la chimenea. Los mellizos atiborrándose de bollos. La mención del nombre de Bianca lo llevó a recordar el sufrimiento en su propia casa.

Se puso de pie.

—Nicole, ¿podemos hablar? —preguntó tranquilamente.

—No —dijo ella con firmeza—. Todavía no.

Él asintió y abandonó la calidez de la casa.

Bianca lo esperaba cuando Clay entró en Arundel Hall.

—¡Y bien! De modo que no pudiste mantenerte lejos de ella, ¿verdad?

Clay pasó a su lado sin contestarle.

—Ese hombre que dirige el establo vino a verme y preguntó por ti. Estaba preocupado porque temió que hubieses sufrido un accidente, en vista de que el caballo regresó solo. Siempre están preocupados por ti... ¡y por ella! Aquí nadie se inquieta en lo más mínimo por mí.

Clay se volvió y la miró con expresión burlona.

—Te preocupas tanto de ti misma, que compensas el descuido del resto. ¿Sabías que mañana es Navidad?

—¡Por supuesto! Dije a los criados que deseaba que preparasen una comida especial. Y estoy segura de que, como de costumbre, no harán caso, y tampoco tú intervendrás.

—¡Una comida! Es tu interés principal, ¿verdad? —De pronto, se acercó a Bianca y aferró con una mano el cuello del vestido—. Se hará lo que deseas. Mañana iremos a cenar a casa de Nicole.

Tal vez si Nicole los veía juntos, sabría todo lo que Clay estaba sufriendo. Y él deseaba tanto pasar el día con Nicole que estaba dispuesto a imponer a todos la perversa personalidad de Bianca. Tal vez ella se limitara a comer y callase.

Bianca trató de soltarse, pero no pudo. La proximidad de Clay le revolvía el estómago.

—¡No iré! —jadeó.

—En ese caso, ordenaré que en todo el día no traigan alimentos a esta casa.

A Bianca los ojos se le agrandaron, horrorizada.

—No puedes hacer eso —dijo.

Él la apartó de un empujón y Bianca se golpeó con fuerza contra la pared.

—Me enfermas —dijo Clay—. Irás aunque tenga que arrastrarte. —La miró de arriba abajo—. En el supuesto caso de que pueda hacer tal cosa. Dios mío, qué agradable sería desembarazarse de ti.

Se interrumpió, abrumado por lo que él mismo había dicho. Se volvió, entró en la biblioteca y cerró con un fuerte golpe la puerta.

Bianca permaneció en silencio un momento, mirando fijamente la puerta. ¿Qué había querido decir cuando mencionó la posibilidad de desembarazarse de ella?

Se volvió y subió lentamente la escalera. Nada estaba sucediendo como ella había planeado. Abe la había visitado poco después de que ella entregara el mapa a Clay. Sangraba a causa de la herida en el brazo y Bianca casi se había desmayado. Ese hombre terrible le había exigido dinero para huir de Virginia y escapar de la venganza de Clay. Bianca había tenido que forzar una caja de la biblioteca para entregarle algunas monedas de plata.

Ella le dijo que tenía que mantenerse cerca, porque quizá lo necesitara de nuevo. Abe se rio de Bianca mientras se vendaba el brazo, y dijo que ella le había llevado a perder a su familia y su herencia. Y después formuló algunos comentarios muy groseros acerca de lo que ella podía hacer con sus futuras necesidades.

Bianca sabía que no contaba con otros aliados. Dijo a Clay que tenía otros parientes, pero era una amenaza vacía. Si Clay la obligaba a subir a un barco, nadie se vengaría de Nicole, contra lo que Bianca había dicho. No sucedería nada. Bianca sería abandonada y nadie, absolutamente nadie, se preocuparía por ella.

Cerró la puerta de su dormitorio y se acercó a la ventana para contemplar el oscuro jardín. La nieve recién caída embellecía el lugar. ¿Tendría que renunciar a todo eso? Durante un tiempo se había sentido segura, pero comenzaba a preocuparse nuevamente.

Tenía que hacer algo... y deprisa. Debía desembarazarse de Nicole antes de que esa perra francesa se apoderase de todo. Abe se había marchado y por lo tanto Bianca no podía cumplir su amenaza de enviar a Nicole de regreso a Francia; pero, por supuesto, Clay no lo sabía... todavía. Bianca no dudaba de que más tarde o más temprano tendría que descubrirlo.

Aferró la cortina y aplastó la seda rosada. En vista del modo en que esos dos hacían el amor, era extraño que Nicole aún no estuviese embarazada. Después de ver cómo se comportaba Clay con los mellizos, Bianca sospechó que si Nicole tenía un hijo, el hijo de Clay, no habría poder en la tierra que indujese a ese hombre a abandonarla.

De pronto, Bianca soltó la cortina y alisó la tela. ¿Y si otra mujer concebía el hijo de Clay? ¿No se conseguiría de ese modo que la francesa se viese desplazada? ¿Y si Clay creía que Nicole estaba acostándose con otro? Bianca pensaba que era probable que Nicole hiciera precisamente eso. Se mostraba tan sensual con los hombres, que probablemente había dormido con Isaac en la isla. ¡O con Wesley!

Bianca sonrió y se acarició el vientre. Pensar siempre le despertaba el apetito. Caminó hacia la puerta. Tenía que pensar mucho y necesitaba fortalecerse.

—¡Feliz Navidad! —gritó Travis cuando Clay y Bianca entraron en la casita de Nicole. Bianca tenía una expresión hostil. No hizo caso de Travis y contempló la comida que ocupaba la mesa grande, en el centro de la habitación. Se soltó de la mano de Clay y caminó hacia la mesa.

—¿Prefieres a esa mujer antes que a Nicole? —rezongo Travis.

—Ocúpate de tus propios asuntos —dijo ásperamente Clay y se alejó, y la risa de Travis resonó en sus oídos. Janie entregó a Clay una copita de licor. Él la bebió de prisa, porque necesitaba el calor y la fuerza del alcohol. Emitió una exclamación cuando terminó de beber. La bebida era deliciosa.

—Ten cuidado, es una bebida fuerte.

—¡Pero estamos en Navidad! —dijo Clay con falsa jovialidad—. Es un día para comer, beber y alegrarse.

Alzó la copa en un saludo a Bianca, que estaba bordeando lentamente la mesa y mordisqueando trocitos de todas las fuentes.

Todos callaron cuando Nicole entró en la habitación. Se había puesto un vestido de terciopelo azul zafiro, con un profundo escote y cintas azules bordadas alrededor de la alta cintura. Los cabellos largos y oscuros estaban distribuidos perfectamente en gruesos rizos, unidos con cintas azules adornadas con centenares de pequeñas perlas.

Clay solamente pudo mirarla anheloso, pues los ojos de Nicole lo evitaron. El hecho de saber que ella tenía motivo justificado para enojarse no atenuaba el sufrimiento.

Wes se adelantó y ofreció el brazo a Nicole.

—Verte ya es suficiente regalo de Navidad. ¿No te parece, Clay?

Bianca habló mientras Clay miraba en silencio.

—¿Esa es una de las telas destinadas para mí? —preguntó con voz dulce—. ¿Una de las que tú y Janie utilizasteis sin mi permiso?

—¡Clay! —dijo Travis—. Será mejor que hagas algo con esa mujer antes de que yo intervenga.

—Eres mi invitado —dijo serenamente Clay, y se sirvió más licor.

—Por favor —dijo Nicole, siempre evitando la mirada de Clay—. Tengo que llamar a los mellizos. Están en el molino, admirando a los cachorros recién nacidos. No tardaré un minuto.

Clay depositó sobre la mesa su copa vacía y caminó con ella hasta la puerta. Retiró la capa de Nicole colgada en la percha de madera que estaba junto a la puerta.

—No te quiero cerca —dijo ella por lo bajo—. Por favor, quédate aquí.

Clay no le hizo caso, abrió la puerta y salió con ella. Nicole elevó el mentón y se adelantó, fingiendo que ni siquiera reconocía su presencia.

—Es bonita tu nariz, pero si no la bajas tropezarás.

Ella se detuvo bruscamente y se volvió hacia él.

—Para ti es una broma, ¿verdad? Algo que es cuestión de vida o muerte para mí es cosa de risa para ti. Esta vez tus palabras no calmarán mi enojo. He sido herida y humillada muchas veces.

Los ojos de Nicole eran enormes y ardían iluminados por la luz de las estrellas. Los labios formaban una línea tan tensa que el inferior casi desaparecía. Lo único que restaba era el labio superior lleno y sensual. Clay ansiaba besarlo.

—Nunca fue mi intención herirte —dijo serenamente—. Y menos aún humillarte.

—Entonces, y solo por ignorancia, has hecho un trabajo excelente. Me llamaste prostituta cinco minutos después de conocerte. Me permitiste administrar tu casa, pero me abandonaste apenas apareció tu querida Bianca.

—¡Basta! —ordenó él, aferrándole con fuerza los hombros—. Sé que nuestra relación no ha sido normal, pero...

—¡Normal! —dijo ella con sarcasmo—. Ni siquiera estoy segura de que haya sido una relación. Creo que soy una prostituta. Chasqueas los dedos y acudo corriendo.

—Ojalá eso fuera cierto.

La voz de Clay estaba cargada de ironía.

Después de emitir lo que sin duda era una maldición francesa, Nicole lo miró con odio y descargó un fuerte puntapié en el tobillo de Clay.

Él la soltó y se inclinó para frotarse la zona golpeada. Cojeando, la siguió y consiguió tomarla del brazo.

—¡Tienes que escucharme!

—¿Como hice cuando me hablaste de Beth? ¿O la vez que me pediste que de nuevo contrajese matrimonio contigo? ¿Me crees tan ingenua que pueda volver a creerte? Y después, cuando me muestre vulnerable y caiga en tus brazos, ¿de nuevo te cansarás de mí y regresarás a tu querida Bianca? Una mujer no puede llegar a esos extremos por el hombre a quien ama.

—Nicole —dijo Clay, sosteniéndola firmemente de un brazo y acariciando el otro con la mano—, sé que has sufrido. Yo también he sufrido.

—Pobrecito —sonrió Nicole—. Tienes que soportar solo a dos mujeres en tu cama.

A Clay se le endurecieron los rasgos de la cara.

—Sabes cómo es Bianca. Si me acerco a menos de un metro se pone verde.

Nicole lo miró con los ojos llenos de estupor; habló con voz aguda.

—¿Deseas mi comprensión?

Él continuó sujetándola por los hombros.

—Quiero tu confianza. Quiero tu amor. ¿Puedes suspender tu odio y pensar que existe un motivo que explica por qué no te he visto? ¿Es demasiado pedir después de todo lo que hemos pasado juntos? Tal vez he adoptado ciertas actitudes que provocan tu desconfianza, pero te amo. ¿Eso no significa nada para ti?

—¿Por qué? —murmuró Nicole, tratando de contener las lágrimas—. Me abandonaste sin una palabra, te alejaste como si hubieses terminado conmigo. En la isla yo podía pensar solamente en el regreso a casa, en que los dos viviríamos juntos en Arundel Hall.

Él la acercó más y sintió que las lágrimas de Nicole le humedecían la camisa.

—¿Isaac no mencionó a su prima?

Las horas pasadas en la isla eran un recuerdo confuso en la mente de Nicole.

—Quise explicártelo allí mismo, pero no pude. Estaba tan atemorizado que ni siquiera pude hablarte del asunto.

Ella intentó levantar la cabeza, pero él se lo impidió.

—¿Atemorizado? Pero yo estaba a salvo. Abe se había alejado. No temías a Isaac, ¿verdad?

—Bianca es prima de Isaac. Ellos son una de las razones por las cuales ella vino a América. Prometió a Abe un toro y varias terneras si él te secuestraba y te escondía hasta que Bianca pudiera conseguir la anulación del matrimonio. Una de las hijas del viejo Elijah habló del plan a Wes.

—¿Y Bianca te dijo dónde estaba yo?

Él la estrechó todavía con más fuerza.

—Por un precio. Me dijo que si no me casaba con ella conseguiría que uno de sus muchos parientes te devolviese a Francia.

Sintió el estremecimiento de Nicole; la idea era tan horrible para ella como lo había sido para Clay.

—¿Por qué no me dijiste nada? ¿Por qué me abandonaste tan bruscamente?

—Porque habrías ido a la casa y desafiado a Bianca. La hubieses desafiado a que intentase devolverte a tu país.

—Es lo que deberíamos haber hecho.

—No, no puedo correr el riesgo de perderte —dijo Clay mientras le acariciaba el cabello.

Nicole se apartó de él.

—¿Por qué me dices eso precisamente ahora? ¿Por qué continúas asustado, protegiéndote tras las anchas faldas de Bianca?

Clay meneó la cabeza y sonrió.

—Hablé con Isaac cuando él comenzó a trabajar para ti. Me dijo que la razón por la cual acompañaste tranquilamente a Abe fue que creías que yo estaba en dificultades. ¿Podía hacer menos, sabiendo que tu vida corría peligro?

—Regresemos a la casa y hablemos con Bianca.

—¡No! —Era una orden—. No arriesgaré tu vida, ¿entiendes? Lo único que ella tiene que hacer es planear de nuevo tu captura. ¡No! No quiero eso.

—Entonces, ¿propones que pasemos el resto de nuestras vidas reuniéndonos en Navidad, de manera que Bianca pueda tener lo que desea? —preguntó enojada Nicole.

Él pasó el dedo sobre el labio superior de la joven.

—Tienes una lengua afilada. La prefiero cuando la usas para algo que no sea castigarme.

—Quizá necesitas el castigo. Ciertamente, pareces temer a Bianca.

—¡Maldita sea! Me he mostrado muy paciente, pero ya tengo bastante de tus insultos. No temo a Bianca. He tenido que apelar a todo mi control para abstenerme de matarla, pero sabía que, si la lastimaba, te lastimaba a ti.

—Isaac dijo que Abe salió de Virginia. ¿Estás seguro de que hay más parientes? Quizá Bianca mintió.

—Wes volvió a hablar con la niña que nos ayudó antes. Dijo que Bianca estaba emparentada con su madre y que esta tenía centenares de parientes.

—Pero estoy segura de que no todos harían lo que Bianca desea.

—La gente está dispuesta a hacer de todo por dinero —dijo Clay con repugnancia—. Y Bianca tiene a su disposición toda la plantación Armstrong.

Nicole rodeó con los brazos el pecho de Clay. Y se aferró a él.

—Clay, ¿qué haremos? Tenemos que arriesgarnos. Quizás esa mujer está fantaseando.

—Es posible, pero no estoy seguro. Me ha llevado

meses, pero ahora tengo un plan. Iremos al oeste. Cambiaremos nuestros nombres y saldremos de Virginia.

—¿Salir de Virginia? —preguntó ella, y de nuevo se apartó—. Pero tu hogar está aquí. ¿Quién dirigirá la plantación?

—Imagino que Bianca —dijo secamente Clay—. Le ofrecí toda la propiedad, pero dijo que quería un marido que la administrase.

—¡Mi marido! —dijo fieramente Nicole.

—Sí, siempre tuyo. Escucha, hemos estado aquí demasiado tiempo. ¿Podemos vernos mañana junto a la cueva? ¿Podrás encontrarla?

—Sí —dijo ella con voz vacilante.

—No confías en mí. ¿verdad?

—No lo sé, Clay. Siempre que creo en ti y en nuestra unión, ocurre algo terrible. No puedo soportarlo más. No sabes qué terribles han sido para mí los últimos meses. No sabía nada y me hacía preguntas, y siempre estaba confundida.

—Tendría que haberte explicado la situación. Ahora lo comprendo. Pero necesitaba tiempo para pensar. —Hizo una pausa—. Por lo menos, no has tenido que convivir con Bianca. ¿Sabes que esa mujer quiere derribar parte de mi casa y agregar un ala? Si se lo permitiera, convertiría Arundel Hall en una monstruosidad semejante a la casa de Horace y Ellen.

—Si la dejas, podrá hacer lo que desee con la casa.

Pasó un momento antes de que Clay respondiese.

—Lo sé. Vamos a buscar a los mellizos y regresemos.

Se apartó de Nicole y la tomó de la mano.

Durante esa cena prolongada e incómoda, Nicole comprendió que su mente estaba dominada por la confusión. Tenía que luchar no solo con Bianca, sino también con Arundel Hall. Sabía cuánto amor profesaba Clay a su hogar y cómo solía hablar casi con reverencia de esa mansión. Y aunque parecía que él había descuidado la casa en beneficio de los campos, comprendía muy bien que Nicole le había concedido la atención que, según creía el propio Clay, el lugar merecía. Nicole pensaba que ese era el motivo que lo había llevado a formular su primera propuesta de matrimonio, cuando había dicho que continuaría casado con ella si Bianca no llegaba a América.

Nicole comía desganadamente y escuchaba apenas los planes de Travis, que proyectaba visitar Inglaterra durante la primavera. Clay tenía razón: Nicole no confiaba en él. Muchas veces le había entregado su corazón y él lo había rechazado. El recuerdo de la vez que él la emborrachó y la indujo a confesar que lo amaba provocaba el sonrojo de Nicole. Después, la invitó a su casa y, tan pronto como llegó Bianca, él ya ni siquiera prestó atención a la presencia de Nicole. Le había hecho el amor en la casa de los Backes para abandonarla poco después. Por supuesto, siempre tenía razones maravillosas. Primero, la historia de Beth, y ahora la traición de Bianca. Nicole le creía, pues esas historias eran demasiado extrañas y no podían ser mentira, pero ahora él decía que proyectaba salir de Virginia y alejarse de Bianca porque de ese modo los dos podían estar juntos. Decía que odiaba a Bianca, pero había vivido con ella varios meses.

Hundió ferozmente el tenedor en un trozo de pavo. ¡Tenía que creerle! Por supuesto, él odiaba a Bianca y amaba a Nicole. Había razones lógicas que explicaban la convivencia de Bianca y Clay y determinaban que Nicole residiese en el molino. Pero en ese momento Nicole no podía recordar una sola de dichas razones.

—Creo que el pavo ya está muerto —susurró Wes al oído de Nicole.

—Parece que no soy muy buena compañía.

Travis le dirigió una sonrisa.

—Una mujer que tiene el aspecto que tú muestras no necesita hacer o decir nada. Un día voy a buscar una muchacha bonita y la guardaré en un frasco de vidrio. Le permitiré salir solo cuando la necesite.

—Yo diría que lo harás unas tres veces por noche —dijo Wesley, mientras se servía más patatas.

—¡No toleraré esta clase de conversación! —dijo Bianca con expresión severa—. Ustedes tienen que recordar que están ante una dama.

—Según me educaron, las damas no viven con hombres cuando no están casadas con ellos —dijo abiertamente Travis.

El rostro de Bianca enrojeció de cólera cuando ella se puso de pie, derribando la silla y haciendo temblar la mesa.

—¡No permitiré que me insulten! Yo seré la dueña de Arundel Hall y cuando llegue ese momento...

Se interrumpió y emitió un grito cuando Mandy, que miraba fijamente a la corpulenta mujer, con el plato en la mano, dejó caer una porción de salsa en la falda de Bianca.

—¡Lo has hecho a propósito! —gritó Bianca, y levantó una mano para golpear a la niña.

Todos se pusieron de pie para impedirlo. Pero Bianca se contuvo sola, pues lanzó una exclamación y los ojos se le llenaron de lágrimas; se apartó de un salto de la mesa y se aferró el pie. Allí, descansando sobre el grueso tobillo, apareció un budín de ciruelas, grande y muy caliente.

—¡Quítenme esto! —gritó Bianca, y agitó compulsivamente el pie.

Nicole le arrojó una servilleta, pero nadie se inclinó para ayudarla a limpiarse la masa pegajosa. Travis retiró a Alex, que estaba bajo la mesa.

—Janie, creo que el niño tiene los dedos quemados.

—Qué manera de malgastar el budín —dijo con tristeza Wes, observando a Bianca que trataba de mantener el equilibrio al mismo tiempo que se limpiaba el pie con la servilleta. Bianca tenía el vientre tan voluminoso que apenas podía alcanzar su tobillo.

—No malgastamos nada —dijo Janie—. En realidad, creo que nunca me ha gustado tanto un postre.

—¡Clayton Armstrong! —gritó Bianca—. ¡Cómo te atreves a estar aquí y permites que me insulten de este modo!

Todos se volvieron hacia Clay. Nadie había advertido que a lo largo de la cena él había estado bebiendo abundantemente una copa tras otra de licor. Tenía los ojos vidriosos y miraba sin interés los movimientos de Bianca.

—Clay —dijo serenamente Nicole—. Creo que será mejor que lleves a Bianca... de regreso a casa.

Clay se puso de pie lentamente y pareció que se mostraba indiferente a todos los presentes; aferró el brazo de Bianca y la arrastró hacia la puerta sin hacer caso de sus gritos y sus afirmaciones en el sentido de que el budín aún le quemaba. Salió con ella de la casa, y, mientras Bianca descolgaba su capa, él se apoderó de una garrafa llena de licor. El aire frío amenazó con congelar la masa húmeda y pegajosa que cubría el tobillo de Bianca.

La desagradable mujer siguió de mala gana a Clay, tropezando en la oscuridad. Le habían arruinado el vestido; sentía la salsa fría en los muslos, y el tobillo le dolía a causa de la quemadura y el frío. Las lágrimas le enturbiaban la visión y casi no sabía dónde estaba. Clay la había humillado nuevamente. No había hecho otra cosa desde su llegada a América.

En el muelle, Clay gruñó cuando alzó a Bianca y la dejó en el bote.

—Sigue engordando y nos hundiremos —dijo con la voz poco clara.

Ella ya había llegado al límite de los insultos que podía soportar y se enfrentó a Clay.

—Parece que te agrada esa nueva bebida —dijo con voz dulce, y con un gesto indicó la garrafa depositada en el fondo del bote.

—Consigue que olvide un rato. Me agrada todo lo que produce ese efecto.

Bianca sonrió en la oscuridad. Cuando llegaron a la orilla del río, aceptó la mano que él le ofreció, bajó a tierra y lo siguió con paso rápido, de regreso a la casa. Cuando llegaron a la puerta del jardín, ella estaba temblando, porque sabía lo que era necesario hacer a pesar de que la idea del hecho la asqueaba.

Clay depositó la garrafa sobre la mesa del vestíbulo y volvió a salir.

Bianca murmuró:

—¡Campesino!

Se recogió la falda y subió deprisa la escalera para ir a su habitación; no prestó atención al dolor del tobillo ni a los latidos de su corazón. Abrió un cajón y sacó un frasquito de láudano. El licor mezclado con el somnífero determinaría que Clay no tuviese la menor idea de lo que le había sucedido. Bianca disponía del tiempo indispensable para agregar unas gotas al licor vertido en un vaso. ¡Esa sustancia tenía un olor muy desagradable!

Clay enarcó el entrecejo cuando ella le ofreció el vaso. Pero ya estaba demasiado ebrio para formularse preguntas acerca de las actitudes de Bianca. Alzó el vaso en un saludo burlón a la mujer y después bebió de un trago el ardiente líquido. Después de dejar el vaso sobre la mesa, se llevó la garrafa a los labios.

Bianca se limitó a sonreír ante la grosería de ese hombre y lo vio subir la escalera. Cuando oyó cerrarse la puerta del dormitorio de Clay, y el ruido de las botas al caer al suelo, comprendió que había llegado el momento.

El vestíbulo estaba sumido en la oscuridad. Bianca se encontraba sola y escuchaba. La idea le repugnaba; detestaba el contacto con un hombre tanto como eso agradaba a su madre, pero, cuando echó una última mirada al vestíbulo, comprendió que si no se metía en la cama con Clay lo perdería todo. Aferró la botella de láudano y subió la escalera.

En su propio cuarto, le temblaban las manos mientras se desvestía y se ponía un camisón de seda rosa pálido; lloró al beber una porción de láudano. Por lo menos, la droga adormecería sus sentidos.

La luz de la luna iluminaba la habitación de Clay y Bianca lo vio tendido en la cama. Estaba completamente desnudo, y la luz plateada sobre la piel color de bronce le confería el aspecto de una estatua; pero Bianca no vio nada hermoso en el espectáculo del hombre desnudo. El láudano la llevó a sentir que estaba protagonizando un sueño.

Con movimientos lentos se deslizó junto a Clay, en la cama, y contempló con temor la idea de verse obligada a provocarlo. No sabía si podría llegar a eso.

Clay no necesitaba que lo alentasen. Había estado soñando con Nicole y el contacto del camisón de seda de una mujer y el olor de los cabellos perfumados provocaron su reacción.

—Nicole —murmuró, y se acercó todavía más a Bianca.

Pero incluso en su embriaguez, y sometido a los efectos de la droga, Clay comprendió que esa no era la mujer a la que amaba. Extendió la mano para tocarla y encontró una abundante masa adiposa, y, con un gruñido ahogado, se volvió y trató de hundirse nuevamente en su sueño con Nicole.

Bianca, rígida, conteniendo la respiración, esperó a que la sensualidad animal se impusiera en Clay. Cuando él se limitó a gruñir y se apartó, pasaron varios minutos antes de que ella comprendiese que no deseaba tocarla. Profirió groseras maldiciones y explicó al hombre dormido lo que opinaba de su falta de masculinidad. Si la plantación no hubiera sido tan importante para ella, habría regalado a Nicole esa caricatura de hombre y que le hiciera provecho.

Pero había que hacer algo. Por la mañana, Clay debía creer que había desflorado a Bianca, porque de lo contrario el plan que ella había concebido jamás tendría éxito. El láudano bebido un rato antes se convirtió en un obstáculo para Bianca cuando salió de la cama y bajó a tropezones la escalera, pero hubiese podido encontrarse aún más drogada, y, de todos modos, habría encontrado su camino: la cocina.

Sobre la mesa había un gran trozo de carne; Bianca llenó hasta la mitad un jarrito con la sangre de la carne. Se apoderó de seis bollos guardados en un cajón para recompensar su propio ingenio y regresó a la casa.

De nuevo en la planta alta, y cuando ya había comido los bollos, el láudano comenzó a ejercer sobre ella todo su efecto. Se deslizó junto a Clay y manchó su vientre con sangre; después, ocultó el jarrito bajo la cama. Bianca se durmió al lado de Clay.

16

Los primeros rayos del sol matutino se posaron sobre la delgada capa de nieve y fueron a herir los ojos enrojecidos de Clay. El dolor de los ojos pasó directamente a la cabeza, donde parecían haberse reunido todas las cosas perversas creadas en el mundo. Tenía la impresión de que su cuerpo pesaba por lo menos quinientos kilogramos y cada movimiento que hacía era una tortura, incluso el gesto de recoger otro puñado de nieve y llevárselo a la lengua reseca e hinchada. Peor que la espantosa jaqueca y el estómago agitado era el recuerdo de esa mañana. Había despertado al lado de Bianca. Al principio, no había podido hacer otra cosa más que mirar fijamente, porque el cuerpo le dolía demasiado y él no estaba en condiciones de pensar.

Bianca abrió los ojos en un instante y contuvo una exclamación al ver a Clay. Se sentó en la cama y se cubrió el cuerpo con las sábanas.

—¡Animal! —dijo con los dientes apretados—. ¡Animal sucio y hediondo!

Cuando ella le explicó que la había arrastrado a su cama y la había violado, Clay no supo qué decir.

Cuando Bianca concluyó su relato, Clay se echó a reír, porque le parecía increíble que hubiese llegado a ese grado de borrachera.

Pero después de que Bianca bajó de la cama, él vio sangre en las sábanas y en el camisón. Antes de que Clay pudiese replicar, Bianca comenzó a decirle que ella era una dama, que no admitirían que la tratasen como a un prostituta, y que, si tenía un hijo, Clay se vería obligado a desposarla.

Clay no se había molestado en contestar y después de abandonar la cama comenzó a vestirse deprisa. Quería alejarse de Bianca todo lo que fuese posible.

Sentado en el claro que él había limpiado con James y Beth, comenzó a recordar ciertas cosas. Quizá se había embriagado tanto que había hecho el amor a Bianca. En todo caso, esa mañana no podía recordar nada de lo que había hecho después de separarse de Nicole.

Nicole era la persona que lo inquietaba. ¿Qué sucedería si Bianca quedaba embarazada? Apartó de su mente la idea.

—¿Clay? —llamó Nicole—. ¿Estás aquí?

Sonriendo, él se puso de pie para saludarla cuando llegó al claro.

—No me dijiste a qué hora debíamos encontrarnos.

—¡Oh, Clay! ¡Tienes un aspecto terrible!

Nicole llegó a medio metro de distancia, se detuvo, y parpadeó varias veces.

—Hueles tan mal como la apariencia que tienes.

Él esbozó una mueca.

—¿Oí decir que el amor era ciego?

—Incluso los ciegos pueden oler. Siéntate y descansa, o enciendo fuego en la caverna. He traído alimentos. Anoche no comiste casi nada.

Clay gimió.

—No me hables de anoche —dijo.

Una hora más tarde, cuando ya habían desayunado y la pequeña cueva se había entibiado, Nicole parecía dispuesta a conversar, con su espalda apoyada en la pared de piedra y una manta sobre las piernas. Pero aún no estaba dispuesta a aceptar fácilmente los brazos de Clay.

—Anoche no dormí mucho —empezó a decir—. Estuve pensando en lo que me dijiste de Bianca y sus parientes. Deseo creerte... pero es difícil. Lo único que sé es que soy tu esposa, y, sin embargo, ella vive contigo. Es como si nos quisieras a ambas.

—¿Realmente crees eso?

—Trato de no creerlo. Pero sé que Beth ejerce mucha influencia sobre ti. Tal vez no comprendes cuán estrecha es la relación que mantienes con tu hogar. Anoche hablaste de abandonar este sitio. Sin embargo, hubo un momento en que estabas dispuesto a secuestrar a una mujer solo porque se parecía a otra que pertenecía a este lugar.

—Para mí tú significas más que la plantación.

—¿Lo crees? —preguntó Nicole. Lo miró con los ojos grandes y oscuros—. Espero que así sea —murmuró—. Espero significar tanto para ti.

—Pero dudas —dijo él, sin andarse con rodeos. Su mente evocaba la visión de Bianca en el lecho, con la sangre virginal en las sábanas. ¿Quizá Nicole tenía razón cuando se negaba a confiar en él? Se volvió hacia el pequeño nicho donde estaba el unicornio con su cubierta de vidrio, se puso de pie y lo sostuvo entre las manos—. Formulamos votos frente a esto —dijo—. Sé que éramos niños y teníamos mucho que aprender de la vida, pero nunca quebrantamos los votos.

—Ciertas promesas inocentes son las más sinceras —sonrió Nicole.

Clay sostuvo el recuerdo en la mano.

—Te amo, Nicole, y prometo que te amaré hasta el día de mi muerte.

Nicole se acercó a Clay y puso su mano sobre la del hombre. Había algo que la molestaba. Beth, James y Clay habían tocado el pequeño unicornio, y después Beth ordenó que lo envolviesen en una burbuja de vidrio, de manera que nadie más pudiese tocarlo. A decir verdad, era una tontería, pero Nicole no podía dejar de recordar el retrato de Beth, tan parecida a Bianca. Un pensamiento cruzó su mente. ¿Cuándo ella sería digna de tocar lo que Beth había tocado?

—Sí, Clay, te amo —murmuró Nicole—. Siempre te he amado y siempre te amaré.

Con movimientos cuidadosos, Clay devolvió al nicho el unicornio de vidrio y no advirtió el entrecejo fruncido de Nicole. Se volvió y la acercó hacia sí.

—Podemos ir hacia el oeste en la primavera. Siempre se organizan caravanas de carretas. Saldremos en diferentes días, de manera que nadie sepa que nos hemos marchado juntos.

Clay continuó hablando pero Nicole no lo escuchaba. Faltaban muchos meses para la llegada de la primavera. La primavera era el momento en que la tierra recobraba vida y se sembraban los campos. ¿Clay podría marcharse y abandonar a todas las personas que dependían de él?

—Estás temblando —dijo Clay—. ¿Tienes frío?

—Creo que siento miedo —dijo ella con sinceridad.

—No hay motivo para temer. Ya hemos pasado lo peor.

—¿Lo crees, Clay?

—¡Calla! —ordenó él, y acercó su boca a la de Nicole.

Hacía mucho que no estaban juntos, por lo menos desde la fiesta en la casa de los Backes. Nicole podía tener muchos motivos razonables que justificaban sus temores, pero se esfumaron cuando Clay la besó. Los brazos de la joven rodearon el cuello de Clay y acercaron todavía más su cara, mientras él la obligaba a volver la cabeza y le presionaba la boca para que Nicole entreabriera los labios. Tenía hambre de ella, ansiaba el dulce néctar que rechazaría la suciedad de la noche con Bianca, una noche mezclada de visiones de Beth, un camisón de seda rosada y manchas de sangre en una sábana blanca.

—¡Clay! —exclamó Nicole—. ¿Qué sucede?

—Nada. Solo que anoche bebí demasiado. No te alejes —murmuró, mientras la estrechaba contra su cuerpo—. Te necesito tanto... Eres un ser cálido y vivo. —Le besó el cuello—. Hazme olvidar.

—Sí —murmuró ella—. Sí.

Clay la acostó en el suelo de la cueva, sobre una manta. En ese lugar estrecho reinaba una atmósfera tibia que olía bien. Nicole lo deseaba pero Clay quería tomarse su tiempo. Con movimientos pausados desabotonó la pechera del vestido de lana de Nicole y deslizó la mano, sosteniendo un seno, y su pulgar acarició el tierno pezón.

—¡Cómo te he echado de menos! —murmuró él, mientras su boca seguía el movimiento de la mano.

Nicole arqueó su cuerpo y su mente se convirtió en un torbellino de colores violentos. Mientras manipulaba los botones de la chaqueta de Clay, no atinó a recordar lo que hacía, pues la boca y las manos de Clay impedían que Nicole ejecutase ni siguiera una tarea sencilla.

Sonriendo ante la ineptitud de Nicole, Clay se apartó un poco. Los ojos de Nicole estaban cerrados y las pestañas formaban una curva gruesa y sedosa sobre las mejillas. Mientras él le acariciaba los labios, su ensueño pasó de la dulzura a la pasión. Sus manos desabrocharon deprisa los botones del chaleco y arrancaron la camisa, las botas y los pantalones.

Nicole yacía de espaldas, con la cabeza apoyada sobre su propio brazo, observando cómo la luz de las llamas jugaba deliciosamente con la piel de los músculos de Clay y pasaba de una entrada a un montículo poderoso. Acarició con un dedo la espalda de Clay.

Él se convirtió, desnudo, en una estatua de piel dorada y bronce.

—Eres hermoso —murmuró Nicole, y él le sonrió antes de besarla otra vez, y su mano deslizó fácilmente el vestido y acarició el cuerpo suave y firme; lo exploró lentamente, como si no lo conociese muy bien. Cuando la alzó sobre su propio cuerpo, ella curvó la cadera y guio al hombre en el acto de amor.

—¡Clay! —exclamó Nicole, mientras movía las caderas, al principio lentamente, y después con ritmo más intenso, hasta que se aferró a él, y sus manos lo buscaron hambrientas. Se derrumbó sobre Clay, débil, sofocada, saciada.

—Aclaremos esto, señora —dijo el joven corpulento, y escupió cerca de los pies—. ¿Usted quiere que yo le dé un hijo? ¿No que le entregue uno de los míos, de los que ya nacieron, sino que le haga uno?

Bianca estaba de pie, con el cuerpo rígido, la mirada al frente. Había necesitado preguntar muy poco para descubrir a Oliver Hawthorne, un hombre dispuesto a hacer lo que fuera necesario por un precio y a mantener la boca cerrada. La primera idea de Bianca había sido pagarle para conseguir que devolviese a Nicole a Francia, pero los Hawthorne no tenían la reputación de honestidad que caracterizaba a los Simmons.

Después de fracasar en el intento de conseguir que Clay la dejase embarazada, Bianca comprendió que había que hacer algo, porque de lo contrario todos sus sueños acerca del futuro quedarían en nada. No pasaría mucho tiempo antes de que Clay comprendiese que ella no ejercía ningún poder sobre él. Debía quedarse embarazada, y, para lograrlo, poco importaba lo que tuviese que hacer.

—Sí, señor Hawthorne, deseo tener un hijo. He investigado a su familia y parece que usted es especialmente prolífico.

—De modo que ha investigado, ¿eh? —Sonrió a la

mujer, mientras la observaba. No le importaba su grosor, pues le agradaban las mujeres corpulentas, de espaldas fuertes, mujeres entusiastas y enérgicas en la cama, pero sí que le importaba la apariencia que ella tenía de que jamás había trabajado en su vida—. Tal vez usted alude al hecho de que los Hawthorne pueden hacer hijos, aunque no consiguen que su tabaco crezca bien.

Bianca asintió secamente. Cuanto menos hablase con ese hombre, tanto mejor.

—Por supuesto, esto debe ser confidencial. En público yo no admitiré conocerlo y espero recibir el mismo trato.

A Oliver le chispearon los ojos. Era un hombre de baja estatura, corpulento, con un diente roto; tenía la sensación de que todo eso era un sueño y de que poco después despertaría. Aquí estaba ante una mujer que le ofrecía pagar por ir a la cama con él una o tantas veces como él necesitara para dejarla embarazada. Se sentía como un caballo obligado a cubrir a una yegua, y la idea le agradaba bastante.

—Por supuesto, señora, lo que usted diga. Me comportaré como si jamás la hubiese visto o no conociese al niño, aunque le advierto que mis seis hijos se me parecen todos.

Bianca pensó que Clay lo tenía merecido; reconocería como propio a un hijo cuando evidentemente parecería provenir de otro hombre. El niño sería bajo y robusto, muy diferente del cuerpo de Clay, un hombre grácil y de elevada estatura.

—Está bien —dijo Bianca, y el hoyuelo apareció en su mejilla izquierda—. ¿Puede reunirse conmigo mañana a las tres, detrás de la curtiduría de la plantación Armstrong?

—De modo que Armstrong, ¿eh? ¿Clay tiene dificultades para engendrar sus propios hijos?

La expresión de Bianca se endureció.

—No deseo contestar preguntas y prefiero que usted no las haga.

—Por supuesto —dijo Oliver, y después miró alrededor con cautela. Estaban a la vera de un camino, a unos siete kilómetros de la plantación Armstrong, el lugar que ella había indicado en el mensaje enviado a Oliver. Cuando él extendió una mano y le tocó el brazo, Bianca pegó un brinco como si la hubiesen quemado.

—¡No me toque! —dijo apretando los dientes.

Oliver frunció el entrecejo, desconcertado, mientras la veía volverse y caminar encolerizada por el camino, en dirección al carruaje que la esperaba en un recodo. Pensó que era una mujer extraña. No quería que la tocase y sin embargo deseaba que él la dejase embarazada. Lo miraba con desprecio, como si Oliver le repugnase, pero quería encontrarse con él por la tarde para hacer el amor. ¡A la luz del día! La idea le interesaba y deslizó la mano bajo el pantalón para acomodarse mejor. No era hombre de mirar el diente al caballo regalado. Quizás otras damas encopetadas como esa necesitarían sus servicios para compensar las faltas de sus hombres demasiado débiles. Tal vez Oliver pudiese ganarse la vida de ese modo, y al demonio con el tabaco.

Cuadró los hombros y echó a andar hacia su casa.

Durante el mes siguiente Nicole se sintió contenta, ya que no feliz. Clay y ella se veían a menudo en el claro, junto al río. Eran encuentros placenteros, colmados de amor y de planes relacionados con el viaje hacia el oeste. Parecían niños, y hablaban de lo que se llevarían, del número de dormitorios de la futura casa, de los hijos que tendrían y de los nombres que pondrían a cada uno. También comentaban el momento en que explicarían sus planes a los mellizos y a Janie, pues naturalmente ellos los acompañarían. Un atardecer a finales de febrero, el cielo se ensombreció de repente y un rayo amenazó partir en dos la casita.

—¿Por qué estás tan nerviosa? —preguntó Janie—. Es solo una tormenta.

Nicole guardó su tejido en el canasto que había en el suelo, porque era inútil tratar de continuar. Las tormentas siempre la retrotraían a la noche en que se habían llevado a su abuelo.

—¿Estás nerviosa porque no puedes reunirte con Clay?

El asombro se dibujó en la cara de Nicole.

Janie sonrió.

—No es necesario que me digas lo que está sucediendo. Lo veo en tu cara. Siempre imaginé que hablarías conmigo cuando llegase el momento.

Nicole se sentó en el suelo, frente al fuego.

—Eres muy buena y paciente conmigo.

—Tú eres la persona paciente —afirmó Janie—. Sobre la tierra no hay otra mujer que esté dispuesta a soportar lo que Clayton hace.

—Hay motivos... —comenzó a decir Nicole.

—Los hombres siempre tienen motivos cuando se trata de las mujeres. —Se interrumpió bruscamente—. No debería decir eso. En este asunto hay más de lo que parece, de eso estoy segura. Quizás hay motivos que justifiquen que Clay se reúna con su esposa como si ella fuese una cualquiera.

Con los ojos chispeantes, Nicole sonrió.

—Una cualquiera, ¿eh? Tal vez más adelante, cuando yo viva con él y lo vea todos los días, recuerde con afecto esta época en que me adoraba tanto.

—Yo no lo creo, y tú tampoco. Ahora tú deberías estar en Arundel Hall, supervisando el trabajo, en lugar de esa gorda...

Cuando un rayo interrumpió las palabras de Janie, Nicole emitió un grito de miedo y se llevó la mano al corazón.

—¡Nicole! —dijo Janie, y se incorporó bruscamente, lanzando su costura al suelo—. Algo anda mal. —Rodeó con el brazo los hombros de Nicole y la llevó otra vez a la silla—. Quiero que te sientes y te tranquilices. Te prepararé un poco de té y le agregaré brandy.

Nicole se sentó, pero no se relajó. Las ramas de un árbol golpeaban el tejado, el viento se filtraba a través de las ventanas y movía las cortinas. Afuera, la noche estaba oscura, y, a los ojos de Nicole, tenía un aspecto horrible.

—Vamos —dijo Janie, y obligó a Nicole a aceptar una humeante taza de té—. Bebe esto y después acuéstate.

Nicole trató de serenarse mientras bebía el té y sintió que el brandy la calentaba, pero tenía los nervios demasiado tensos y no podía relajarse.

Cuando sonó el primer golpe en la puerta, Nicole pegó un brinco tal que derramó la mitad del té sobre su vestido.

—Seguramente es Clay —dijo Janie sonriendo, mientras se apoderaba de un paño de cocina—. Sabe que te impresionan las tormentas y ha venido a acompañarte. Vamos, sécate y prepara una bonita sonrisa para él.

Con las manos temblorosas, Nicole trató de limpiar el vestido de lana manchado de té y se preparó para recibir a Clay con una sonrisa.

Cuando Janie abrió la puerta principal, ya estaba pensando en una frase de bienvenida y un sermoneo destinados a Clay. Se proponía decirle lo que pensaba acerca del descuido en que tenía a su esposa.

Pero el hombre que estaba frente a ella no era Clay. Era un individuo de corta estatura, cuerpo menudo, con cabellos finos y rubios que se derramaban sobre el cuello de la chaqueta de cuero. Alrededor del cuello tenía un pañuelo de seda blanca, atado de modo que cubría el borde inferior del mentón. Tenía ojos pequeños, la nariz afilada como un cuchillo, y una boca pequeña de labios gruesos y apretados.

—¿Esta es la casa de Nicole Courtalain? —preguntó, con la cabeza echada hacia atrás, como si intentase mirar desde arriba a Janie, lo cual era imposible porque la mujer tenía varios centímetros más de estatura.

La voz del hombre mostraba tanto acento que Janie no alcanzó a comprender bien lo que le decía. Por otra parte, Janie nunca había escuchado ese apellido.

—¡Mujer! —ordenó el hombrecito—. ¿Usted no tiene lengua o no tiene cerebro?

—Janie —dijo Nicole con voz tranquila—. Yo soy Nicole Courtalain Armstrong.

Al verla, se calmó la irritación del hombre.

—*Oui*. Usted es la hija.

Se volvió y regresó hacia la noche.

—¿Quién es? —preguntó Janie—. Ni siquiera pude entenderlo. ¿Es un amigo?

—Janie, nunca lo he visto. Y lo acompaña una mujer.

—Ambas mujeres salieron a la noche. Nicole pasó el brazo por la cintura de la mujer, y el hombre la sostuvo por el otro lado. Por su parte, Janie levantó del suelo una maleta y les siguió.

Una vez en la casa, llevaron a la mujer a una silla frente al fuego y Janie sirvió té y brandy mientras Nicole se acercaba a un arcón para retirar una manta. Cuando Janie terminó de preparar el té y se lo entregó a la exhausta mujer, tuvo tiempo para examinarla bien. Era como ver una versión más antigua de Nicole. Aquella mujer tenía la piel lisa, clara y perfecta, y su boca era exactamente igual a la de Nicole, una combinación de inocencia y sensualidad. Los ojos se parecían a los de Nicole, pero eran vacíos, inertes.

—Vamos, vamos —dijo Nicole, y envolvió la manta alrededor de las piernas de la mujer antes de levantar los ojos y ver la expresión extraña en el rostro de Janie. Nicole observó a la mujer, desde el lugar en que estaba arrodillada en el suelo, con las manos todavía sobre la manta. Cuando examinó los rasgos conocidos, se le llenaron los ojos de lágrimas, y después las lágrimas comenzaron a descender lentamente por sus mejillas.

—Mami —murmuró—. Mamá.

Se inclinó hacia delante y hundió la cara en el regazo de la mujer.

Janie vio que la mujer de más edad no reaccionaba ante el gesto o las palabras de Nicole.

—Abrigaba la esperanza... —dijo el hombre—. Supuse que al ver nuevamente a su hija volvería en sí.

Las palabras del hombre determinaron que Janie comprendiese a qué respondía la expresión vacía en los ojos de la mujer; eran los ojos de una persona que no deseaba ver nada más de la vida.

—¿Podemos acostarla? —preguntó el hombre.

—Sí, por supuesto —dijo Janie con voz firme, y se arrodilló junto a su joven amiga—. Nicole, tu madre está muy cansada. La llevaremos arriba y la acostaremos.

Nicole se puso de pie en silencio. Las lágrimas corrían por sus mejillas y sus ojos no se apartaban de la cara de la mujer. Medio aturdida, ayudó a su madre a subir la escalera, y con Janie la desvistieron. La mujer no dijo una sola palabra.

Abajo, Janie sirvió más té con brandy y después preparó sándwiches de jamón y queso para el joven.

—Creía que mis padres habían muerto —dijo en voz baja Nicole.

El hombre comió deprisa; era evidente que tenía mucho apetito.

—Su padre murió. Lo vi guillotinado. —Pareció que no le importaba la expresión dolorida de Nicole—. Mi padre y yo fuimos a ver la ejecución, como hacía casi todo el mundo. Era el único entretenimiento que quedaba en París y ayudaba a compensar la falta de pan. Pero mi padre es... ¿cómo decirlo? Un romántico.

Todos los días volvía a su taller de zapatero y hablaba con mi madre y conmigo y decía que era una lástima que mataran a tantas mujeres hermosas. Decía que era una vergüenza ver cómo caían esas cabezas tan bellas.

—¿Puede relatar esa historia con menos detalles? —preguntó Janie, con la mano sobre el hombro de Nicole.

El hombre tomó un pote de cerámica lleno de mostaza.

—Dijon. Es bueno ver cosas francesas en este país.

—¿Quién es usted? ¿Cómo salvó a mi madre? —preguntó Nicole.

El joven mordió un pedazo de queso cargado de mostaza y sonrió.

—Hijita, soy su padrastro. Su madre y yo estamos casados. —Se puso de pie y tomó la mano de Nicole—. Soy Gerard Gautier, ahora miembro de la gran familia de los Courtalain.

—¿Courtalain? Creí que ese era el nombre de soltera de Nicole.

—Lo es —dijo Gerard, volviendo a su asiento frente a la mesa—. Es una de las familias más antiguas, más ricas e influyentes de Europa. Ojalá usted hubiera conocido al viejo, el padre de mi esposa. Lo vi una vez, cuando yo era niño. Grande como una montaña, y, según dicen, igualmente fuerte. Me contaron que su cólera hacía temblar al rey.

—Incluso la gente más vulgar provocaba el temblor del rey —dijo amargamente Nicole—. Por favor, dígame cómo conoció a mi madre.

Gerard dirigió una mirada desdeñosa a Janie.

—Como le decía, mi padre y yo fuimos a ver las ejecuciones. Adele, su madre, caminaba detrás de su padre. Se la veía bella y majestuosa. Se había puesto un vestido blanco y con los cabellos negros parecía un ángel. La gente guardó silencio al paso de Adele. Todos vieron que el marido se sentía muy orgulloso de ella. Tenían las manos atadas a la espalda y no podían tocarse, pero se miraban, y varias personas se echaron a llorar, porque era evidente que esas dos personas tan bellas se amaban. Mi padre me dio un codazo y me dijo que no podía soportar que matasen a una criatura tan notable. Intenté detenerlo, pero... —Gerard se encogió de hombros—. Mi padre siempre hace lo que se le antoja.

—¿Cómo la salvó? —insistió Nicole—. ¿Cómo consiguió rescatarla en presencia de la turba?

—No lo sé. La turba muestra un humor distinto cada día. A veces la gente llora cuando ruedan las cabezas y otras ríe o lanza vivas. Supongo que depende del tiempo. Ese día todos se sentían románticos, como mi padre. Vi cómo se abría paso a través de la turba, cerraba la mano sobre las ligaduras que sujetaban las muñecas de Adele y la empujaba hacia la gente.

—¿Y los guardias?

—Al público le agradó lo que mi padre estaba haciendo y lo protegió. Cerraron filas a medida que él pasaba. Cuando los guardias intentaron seguirlo, varios se interpusieron en el camino y les dieron pistas falsas. —Se interrumpió y sonrió, y bebió el resto de un gran vaso de vino—. Yo estaba encaramado sobre el extremo de un muro y desde allí pude verlo todo. ¡Qué espectáculo! La gente gritaba a los guardias en todas las direcciones imaginables, y, mientras tanto, mi padre y Adele regresaban en silencio al taller.

—Usted la salvó —murmuró Nicole, con los ojos fijos en sus propias manos, que descansaban sobre el regazo—. ¿Cómo puedo agradecérselo?

—Puede ofrecernos refugio —se apresuró a decir el hombre—. Hemos venido de muy lejos.

—Lo que usted diga —contestó Nicole—. Lo que es mío les pertenece. Seguramente está fatigado y necesita descansar.

—¡Un momento! —dijo Janie—. Esta historia no termina aquí. ¿Qué le sucedió a la madre de Nicole después de que su padre la salvó? ¿Por qué salieron de Francia? ¿Cómo descubrió que Nicole estaba aquí?

—¿Quién es esta mujer? —preguntó Gerard—. No me agrada que los criados me traten de este modo. Mi esposa es la duquesa de Levroux.

—La Revolución anuló todos los títulos —dijo Nicole—. En América todos son iguales y Janie es mi amiga.

—Una lástima —dijo el hombre, y sus ojos exploraron la sencilla habitación. Él bostezó antes de ponerse de pie—. Estoy muy fatigado. ¿En este lugar hay un dormitorio cómodo?

—Nada sé de comodidad, pero hay lugares para dormir —replicó Janie con hostilidad—. En el desván dormimos los mellizos y las tres mujeres. En el molino hay algunos catres.

—¿Los mellizos? —El visitante observó cuidadosamente la excelente calidad del vestido de lana de Nicole y miró a los ojos a la joven—. ¿Qué edad tienen?

—Seis años.

—¿Son suyos?

—Yo los cuido.

El visitante sonrió.

—Bien. Creo que tendré que arreglarme con el molino. No me agrada que los niños me despierten.

Cuando Nicole fue a buscar su capa, colgada junto a la puerta, Janie se lo impidió.

—Atiende a tu madre y ocúpate de que esté cómoda. Yo me ocuparé de él.

Sonriendo agradecida, Nicole dio las buenas noches a Gerard y subió a la planta alta, donde su madre dormía pacíficamente. La tormenta se había calmado y caían silenciosos y suaves copos de nieve. Mientras Nicole sostenía la tibia mano de su madre y la observaba, se vio asaltada por los recuerdos: su madre alzándola en brazos y abrazándola poco antes de ir a un baile de la corte, o leyéndole, o empujando un columpio. Cuando Nicole tenía ocho años, Adele confeccionó vestidos idénticos para ambas. El rey dijo entonces que un día las dos mujeres serían mellizas, pues Adele jamás envejecería.

—Nicole —dijo Janie cuando regresó—. No puedes permanecer sentada la noche entera. Tu madre necesita descanso.

—No la molestaré.

—Y tampoco la ayudarás. Si esta noche no duermes, mañana estarás demasiado cansada para servir de algo.

Aunque sabía que Janie tenía razón, Nicole suspiró, porque temía que, si cerraba los ojos, su madre desaparecería. De mala gana, se puso de pie y besó a su madre antes de volverse para comenzar a desvestirse.

Una hora antes del amanecer, todos los habitantes

de la casita despertaron a causa de los gritos horribles..., gritos de terror absoluto. Mientras los mellizos saltaron de sus camas y se acercaron a Janie, Nicole corrió al lado de su madre.

—Mamá, soy yo, Nicole. ¡Nicole! Tu hija. Mamá, cálmate, estás a salvo.

El terror que la mujer manifestaba era prueba clara de que no entendía las palabras de Nicole. Y aunque Nicole hablaba en francés, sus palabras no producían el más mínimo efecto; Adele continuaba temblando y gritando, gritando como si le desgarrasen el cuerpo.

Los mellizos se cubrieron los oídos y trataron de ocultarse entre los pliegues del camisón de franela de Janie.

—Llamad al señor Gautier —gritó Nicole sosteniendo las manos de su madre, que trataba de desasirse.

—Aquí estoy —dijo él desde el pie de la escalera—. Pensé que podía despertar de este modo. ¡Adele! —dijo bruscamente. Y como ella no contestó, el hombre le dio una fuerte bofetada en la mejilla. Los gritos cesaron inmediatamente, la mujer parpadeó unas pocas veces, y al fin se derrumbó, sollozando, en los brazos de Gerard. Él la sostuvo un momento antes de acostarla otra vez en la cama.

—Ahora dormirá unas tres horas —dijo Gerard, y se incorporó antes de volverse para regresar a la escalera.

—¡Señor Gautier! —dijo Nicole—. Por favor, seguramente podemos hacer algo. No es posible dejarla así.

El hombre se volvió y sonrió a Nicole.

—Nadie puede hacer nada. Su madre está completamente loca. —Se encogió de hombros, como si el asunto le interesara muy poco, y bajó la escalera.

Deteniéndose apenas el tiempo necesario para retirar de la percha su bata, Nicole bajó tras él.

—No puede decir algo así e irse —dijo la joven—. Mi madre ha sufrido experiencias horribles. No dudo de que si descansa y de nuevo se siente en un lugar seguro, podrá recuperarse.

—Tal vez.

Janie entró en la habitación, seguida de cerca por los mellizos.

Por acuerdo tácito se postergó la discusión hasta después del desayuno, de manera que fuera posible hablar sin la presencia de los niños.

Mientras Janie retiraba la vajilla, Nicole se volvió hacia Gerard.

—Por favor, dígame qué le sucedió a mi madre después de que su padre la rescató.

—Nunca se recuperó —dijo Gerard—. Todos creyeron que se había mostrado muy valiente mientras caminaba hacia su muerte, pero la verdad era que hacía mucho tiempo que había perdido el contacto con la realidad. La tuvieron encarcelada durante un período muy prolongado y ella vio cómo ejecutaban a todos sus amigos. Imagino que después de un tiempo su mente se negó a aceptar que le esperaba el mismo destino.

—Pero cuando estuvo a salvo —dijo Nicole—, ¿no se tranquilizó?

Gerard examinó atentamente las uñas de sus propios dedos.

—Mi padre nunca debió salvarla. Era muy peligroso alojar en nuestra casa a un miembro de la aristocracia. El día que la salvó de la guillotina, la multitud lo miró con simpatía, pero más tarde alguien podía denunciarnos al comité de ciudadanos. Era muy peligroso para todos. Mi madre comenzó a llorar noche tras noche, dominada por el miedo. Los gritos de Adele despertaban a los vecinos. No hablaban de la mujer a quien ocultábamos, pero nosotros nos preguntábamos cuánto tiempo pasaría antes de que solicitaran la recompensa ofrecida por la duquesa.

Mientras bebía el café que Janie le había servido, Gerard estudió un momento a Nicole. Se la veía muy hermosa a la luz del día, con la piel refrescada por el descanso de la noche y los ojos brillantes mientras escuchaba el relato; y a Gerard le agradaba bastante el modo en que ella lo miraba, expectante, con mucho interés.

Gerard continuó diciendo:

—Cuando supimos que habían asesinado al duque, fui al molino donde él se ocultaba. Deseaba saber si había sobrevivido por lo menos un miembro de la familia. La esposa del molinero estaba furiosa, porque habían asesinado a su marido al mismo tiempo que al duque. Me llevó bastante tiempo conseguir que me hablase de la hija de Adele y que explicara que usted había viajado a Inglaterra. En casa, cuando mis padres supieron lo que le había sucedido al molinero, se asustaron mucho. Comprendimos que era necesario sacar de nuestra casa a Adele.

Nicole se puso de pie y se acercó al fuego.

—Ustedes tenían pocas alternativas. Debían entregarla al comité o sacarla del país, por supuesto bajo otro nombre.

Gerard sonrió ante la rápida comprensión de Nicole.

—¿Y acaso había un disfraz mejor que la verdad? Nos casamos discretamente y salimos de viaje para pasar la luna de miel. En Inglaterra conocí al señor Maleson, que me dijo que usted había trabajado para su hija y que ambas estaban en América.

—Maleson era un hombre muy peculiar —dijo—. Me contó una historia muy extraña y la entendí solo a medias. Dijo que usted estaba casada con el marido de la hija. ¿Cómo era posible? ¿En este país un hombre puede tener dos esposas?

Janie emitió un rezongo burlón antes de que Nicole pudiese contestar.

—Clayton Armstrong dicta su propia ley en esta región del país.

—¿Armstrong? Sí, es el nombre que Maleson mencionó. Entonces, ¿es su marido? ¿Por qué no está aquí? ¿Salió en viaje de negocios?

—¡Negocios! —dijo Janie—. Ojalá así fuese. Clay vive al otro lado del río en una casa grande y hermosa, con una tonta gorda y codiciosa, y, en cambio, la esposa vive separada de él en la choza de un molinero.

—¡Janie! —explotó Nicole—. Ya has hablado bastante.

—El problema es que tú dices demasiado poco. Cuando Clay habla, tú te inclinas y contestas: «Sí, Clay. Por favor, Clay. Lo que tú digas, Clay.»

—¡Janie! No quiero continuar escuchando esto. Tenemos un huésped, por si lo has olvidado.

—¡No he olvidado nada! —replicó bruscamente Janie y se volvió hacia el fuego, dando la espalda a Nicole y a Gerard.

Cuando Janie pensaba en Clay y en el modo en que él trataba a Nicole, se enojaba. No sabía si se irritaba con Clay por su comportamiento o con Nicole que aceptaba tan serenamente ese trato. Janie creía que Clay no merecía a Nicole, que ella debía anular el matrimonio y buscar otro hombre. Pero siempre que Janie afirmaba esto, Nicole se negaba a escuchar y decía que confiaba en Clay, además de amarlo.

Los gritos recomenzaron e interrumpieron los pensamientos de todos. Arrancaron ecos a la casita y el horror de esa voz provocó estremecimientos en Janie y Nicole.

Gerard se puso de pie con movimientos lentos y fatigados.

—El lugar nuevo la atemoriza. Cuando se acostumbre, los gritos serán menos frecuentes.

Caminó hacia la escalera.

—¿Cree que me reconocerá? —preguntó Nicole.

—¿Quién puede decirlo? Durante un tiempo tuvo días lúcidos, pero ahora siempre se muestra temerosa. Se encogió de hombros antes de subir al desván y un rato después los gritos cesaron.

Nicole subió la escalera con movimientos cautelosos. Gerard estaba sentado en el borde de la cama; un brazo rodeaba los hombros de Adele, que se aferraba a él y miraba alrededor con expresión de horror. Abrió con estupor los ojos, alarmada, cuando vio a Nicole, pero no continuó gritando.

—Mamá —dijo Nicole con voz suave y pausada—. Soy Nicole, tu hija. ¿Recuerdas cuando papá me trajo un conejito? ¿Recuerdas que escapó de la caja y nadie pudo encontrarlo? Buscamos en todos los rincones del castillo, pero no apareció.

Pareció que los ojos de Adele cobraban una expresión más tranquila mientras miraba a Nicole.

Nicole tomó la mano de su madre y continuó diciendo:

—¿Recuerdas lo que hiciste, mamá? Para hacerle una broma a papá, soltaste tres conejas en el castillo. ¿Recuerdas el nido de conejitos que papá encontró junto a sus botas de caza? Cómo te reíste. Pero después papá rio, porque encontramos mis conejos en la cómoda, sobre tu vestido de boda. ¿Y recuerdas al abuelo? Dijo que los dos erais como niños y que os encantaba jugar.

—Organizó una partida de caza —murmuró Adele, con la voz áspera a causa del excesivo esfuerzo al gritar.

—Sí —murmuró Nicole, y las lágrimas le enturbiaron la visión—. Esa semana nos visitó el rey, y él, el abuelo y quince de sus hombres se vistieron como si se marchasen a la guerra y comenzaron a buscar a todos los conejos. ¿Recuerdas lo que sucedió entonces?

—Éramos soldados —dijo Adele.

—Sí, me vestiste con las ropas de mi primo. Después, tú y algunas damas de la corte usasteis las ropas de los soldados. ¿Recuerdas a la vieja tía de la reina?

—Se la veía tan extraña con esos pantalones de hombre...

—Sí —murmuró Adele, atrapada por el relato—. Esa noche cenamos pescado.

—Sí —sonrió Nicole—. Las damas atraparon a todos los conejos y los soltaron en el parque, y para castigar a los hombres, que habían sido tan malos soldados, solo servisteis pescado en la cena. ¡Oh! ¿Recuerdas la pasta de salmón?

Adele había recobrado la sonrisa y contestó:

—Con esa pasta, el chef formó muchos conejos, centenares de conejitos.

Con lágrimas en los ojos, Nicole esperó.

—¡Nicole! —dijo bruscamente Adele—. ¿Qué estás haciendo con ese horrible vestido? Una dama nunca debe usar lana. Es muy tosca, oculta demasiado. Si un caballero quiere usar lana, más vale que se dedique a pastor. Ahora, ve y busca una prenda de seda, algo que haya sido elaborado por mariposas, no por esas ovejas feas y sucias.

—Sí, mamá —dijo tranquilamente la hija obediente, y besó la mejilla de su madre—. ¿Tienes apetito? ¿Deseas que te traiga una bandeja?

Adele apoyó la espalda contra la pared, detrás del colchón extendido en el suelo, al parecer inconsciente de la presencia de Gerard, que retiró el brazo.

—Envíame algo suave. Y hoy usa la porcelana de Limoges azul y blanca. Después de comer descansaré, y más tarde envíame al chef, porque necesitamos planear las comidas de la próxima semana. Vendrá la reina y quiero que sirvan algo muy especial. Oh, sí, si llegan esos actores italianos, diles que más tarde hablaré con ellos. ¡Y el jardinero! Tengo que hablarle acerca de las rosas. Hay tanto que hacer y estoy tan fatigada... Nicole, ¿crees que hoy podrás ayudarme?

—Por supuesto, mamá. Descansa y te traeré personalmente algo de comer. Yo misma hablaré con el jardinero.

—Usted la tranquiliza —dijo Gerard, mientras bajaba con Nicole—. Hacía mucho que no la veía tan serena.

Con la mente convertida en un torbellino, Nicole atravesó la habitación. Su madre aún creía que estaba viviendo en una época en que contaba con fieles criadas que se dedicaban exclusivamente a vestirla. Nicole había tenido juventud suficiente para adaptarse a un mundo duro y cruel, donde nadie la mimaba, pero dudaba que su madre pudiese imitarla.

Con movimientos lentos, Nicole retiró de la pared una pequeña sartén y comenzó a cascar huevos para preparar una tortilla. Clay, pensó, enjugándose las lágrimas con el dorso de la mano, ¿ahora cómo me puedo fugar contigo? Su madre estaba allí y la necesitaba. También Janie y los mellizos la necesitaban. Nicole era responsable de Isaac y ahora Gerard y Adele también la requerían. ¿Qué derecho tenía de compadecerse de sí misma? Debía sentirse agradecida porque no estaba sola en el mundo.

Un fuerte golpe proveniente del desván le indicó que Adele se impacientaba por la tardanza de su comida. De pronto, se abrió bruscamente la puerta de la entrada y entró una bocanada de aire frío.

—Discúlpeme, Nicole —le dijo Isaac—. Ignoraba que tenía visitas, pero ahí hay un hombre que necesita verla.

—Iré cuanto antes.

—Dice que tiene prisa, porque parece que se aproxima una gran nevada. Quiere llegar a casa de los Backes antes de que comience.

Los golpes provenientes del desván se hicieron más fuertes.

—¡Nicole! —gritó Adele—. ¿Dónde está mi doncella? ¿Dónde está mi desayuno?

Nicole se apresuró a depositar la comida en una bandeja y con movimientos rápidos pasó frente a Isaac y subió al desván.

Adele examinó apenas un segundo la sencilla bandeja de mimbre, el recipiente de cerámica oscura, la tortilla caliente de la cual brotaba jugo de queso, y sostuvo un pedazo de pan tostado entre el pulgar y el índice.

—¿Qué es esto? ¿Pan? ¿Pan de los campesinos? ¡Que me traigan mis bollos preferidos!

Antes de que Nicole pudiese decir una palabra, Adele aplastó el pan en la tortilla.

—¡El chef me ha insultado! Devuélvele esto y dile que si aprecia su empleo no vuelva a servirme esta basura.

Levantó la tetera y volcó el contenido, y el té caliente se derramó en la bandeja de mimbre y pasó a las mantas.

Cuando vio el desastre que su madre provocaba, Nicole comenzó a sentirse muy fatigada. Habría que lavar las mantas... a mano. Era necesario volver a preparar el desayuno, y Nicole tendría que convencer a su madre de que lo aceptase, pero sin provocar sus gritos. E Isaac la necesitaba en el molino.

Bajó la escalera con la bandeja goteando.

—¡Nicole! —Janie casi derribó a Isaac cuando entró corriendo en la sala—. Los mellizos han desaparecido. Dijeron a Luke que pensaban huir porque una señora loca había venido a vivir con ellos.

—Bien, ¿por qué Luke no lo impidió? —Nicole dejó la bandeja sobre la mesa. Adele ya estaba golpeando de nuevo el suelo.

—Dijo que creyó que era una broma y que aquí no vivía ninguna dama loca.

Nicole levantó las manos en un gesto de impotencia.

—Isaac, ve a buscar a los hombres y que comiencen a revisar el bosque. Hace demasiado frío y no podemos permitir que estén solos fuera. —Se volvió hacia Gerard—. ¿Puede preparar algo de comer para mi madre?

Gerard enarcó el entrecejo.

—Me temo que no me hago cargo de las tareas femeninas.

Janie contuvo una exclamación de cólera.

—¡Escuche, usted!

—¡Janie! —gritó Nicole—. Ahora los mellizos son más importantes. Le llevaré un poco de pan con queso. Tendrá que arreglarse con eso. Y me uniré a la búsqueda en cuanto pueda. Por favor —agregó, cuando vio que Janie miraba hostil a Gerard—. Ahora necesito ayuda. No agravéis mis problemas.

Janie e Isaac salieron de la casa mientras Nicole introducía pan y queso en un canasto. Los golpes de Adele eran más intensos y Nicole no advirtió la expresión con que Gerard la observaba, apoyado lánguidamente en un armario.

Nicole se sintió culpable porque casi arrojó los alimentos al regazo de su madre y porque advirtió el sentimiento de ofensa en los ojos de Adele. Al separarse de su madre se sintió todavía más culpable, pero era necesario encontrar a los mellizos. De todos modos, en el instante mismo en que corrió hacia la puerta y comenzó a llamarlos, vio a los dos niños que venían hacia ella.

17

Después de echar una ojeada al reloj que estaba sobre el armario, junto a la puerta, Nicole se apartó del hogar y se acercó a la mesa de la cocina. Los mellizos jugaban tranquilamente en el rincón más alejado de la habitación; Alex tenía varios animales de madera tallada y Mandy una muñeca de cera que supuestamente era la esposa de un agricultor.

—Nicole —preguntó Alex—, ¿podemos salir después de comer?

Nicole suspiró.

—Supongo que sí, si cesa la nevada. Tal vez podáis convencer a Isaac para que os ayude a construir un muñeco de nieve.

Los mellizos se miraron sonrientes y retornaron a sus juegos.

Se abrió la puerta y la bocanada de aire frío amenazó con apagar el fuego.

—Este es el mes de marzo más frío que he visto jamás —dijo Janie, mientras acercaba las manos al fuego—. No creo que la primavera llegue nunca.

—Lo mismo digo —murmuró Nicole. Cerró el puño y lo descargó rudamente sobre la masa que comenzaba a levantarse. Pensó: «¡La primavera!» El momento en que ella y Clay debían marcharse.

Janie decía que ese invierno había sido el más húmedo y frío que había visto jamás en Virginia. A causa de la nieve, todos se habían visto obligados a permanecer en la casa: cuatro adultos y dos niños atrapados en un espacio reducido. Durante el mes que había pasado desde la llegada de Gerard y Adele, Nicole había visto a Clay una sola vez. Pero incluso en ese momento le había parecido que Clay mostraba una actitud distante, como si algo lo inquietase.

—Buenos días —dijo Gerard mientras bajaba la escalera. Inmediatamente después de su llegada, la distribución de las comodidades había cambiado. Él y Adele dormían en la cama de los mellizos, instalada en el desván; en cambio, los niños dormían sobre colchones extendidos todas las noches en la planta baja. Janie y Nicole descansaban arriba y una cortina las separaba del matrimonio.

—¡Buenos días! —se quejó Janie—. Es casi mediodía.

Como de costumbre, Gerard no le hizo caso. Habían llegado a profesarse una intensa y mutua antipatía.

—Nicole —dijo Gerard con expresión de ruego—, ¿no podría hacerse algo para evitar el ruido a hora tan temprana de la mañana?

Ella estaba demasiado fatigada de cocinar, limpiar y atender a tantas personas, de modo que no contestó.

—Además, los puños de mi chaqueta están sucios. Creo que podrían limpiarlos —continuó diciendo, y extendió los brazos y examinó las prendas que vestía en ese momento. Las encontró muy elegantes, hasta el detalle del lazo verde sobre la camisa blanca. Gerard se sintió desconcertado cuando descubrió que Nicole no sabía que una corbata verde significaba que su dueño era miembro de la nobleza francesa.

—Es un pequeño detalle que nos permite diferenciarnos de los plebeyos —dijo.

Los golpes en el techo determinaron que Nicole desviase la mirada del pan. Adele había despertado antes que de costumbre.

—Iré a verla —dijo Janie.

Nicole sonrió.

—Sabes que aún no está acostumbrada a ti.

—¿De nuevo comenzará a gritar? —preguntó Alex con cierta ansiedad.

—¿Podemos salir? —preguntó Mandy.

—No, de ningún modo —contestó Nicole—. Podréis hacerlo después.

Cogió una pequeña bandeja, sirvió un vaso de sidra y subió al desván.

—Buenos días, querida —dijo Adele—. Esta mañana no tienes buen aspecto. ¿No te encuentras bien?

Adele habló en francés, como siempre. Aunque Nicole había tratado de conseguir que hablase en inglés, un idioma que la dama conocía bien, Adele se negaba.

—Solamente algo cansada.

A Adele le brillaron los ojos.

—Ese conde alemán te tuvo bailando demasiado anoche, ¿verdad?

Era inútil tratar de razonar o explicar, de modo que

Nicole se limitó a asentir. Si su madre retornaba a la realidad aunque fuese unos minutos, empezaba a gritar y era necesario apelar a las drogas para obligarla a callar. A veces vacilaba entre la histeria y una serenidad promovida por la fantasía. Durante la etapa de calma, se refería al asesinato y la muerte, al período que había pasado en la cárcel, a los amigos que salían por una puerta y jamás retornaban. Nicole detestaba especialmente esos momentos, pues recordaba a muchas personas que, según afirmaba su madre, habían sido ejecutadas. Recordaba a las mujeres tiernas y frívolas que en el curso de su vida nunca habían conocido otra cosa que el lujo y la comodidad. Cuando pensaba en que esas mujeres habían caminado hacia su propia muerte, apenas podía contener las lágrimas.

Una voz que llegó de la planta baja atrajo su atención. ¡Wesley! Experimentó un sentimiento de alegría, y la satisfizo ver que su madre se recostaba sobre las almohadas de la cama y cerraba los ojos. Adele rara vez abandonaba la cama, pero a veces exigía varias horas de atención.

Nicole se sintió un poco culpable, como de costumbre, pero de todos modos se apartó de su madre y fue a saludar al huésped. No había visto a Wes desde aquella terrible cena de Navidad, tres meses atrás.

Estaba enredado en una discusión con Janie, y Nicole adivinó que la mujer explicaba la presencia de Gerard y Adele.

—Wesley —dijo Nicole—, qué alegría volver a verte. En su rostro se dibujaba una ancha sonrisa cuando se volvió, pero Wes se puso instantáneamente serio.

—¡Santo Dios, Nicole! ¡Tienes un aspecto terrible! Pareces haber perdido por lo menos diez kilos y que no hayas dormido un año entero.

—Esa es más o menos la verdad —dijo irritada Janie.

Cuando Wes desvió la mirada de Janie a Nicole, advirtió que ninguna de las dos mujeres tenía buen aspecto. Las mejillas de Janie ya no estaban sonrosadas. Detrás de las mujeres apareció un hombrecito rubio que se encontraba de pie, cerca de los mellizos, y miraba a los niños con un leve gesto de desagrado en los gruesos labios.

—Alex y Mandy, ¿podéis poneros botas y buenos abrigos? Y Nicole, deseo que tú y Janie también os preparéis. Saldremos a dar un paseo.

—Wes —comenzó a decir Nicole—, realmente, no puedo. Estoy preparando pan, y mi madre... —se interrumpió—. Sí, desearía salir a pasear.

Nicole corrió a la planta alta a buscar su capa nueva, la que Clay había ordenado confeccionarle cuando ella ganó la apuesta a los caballos, en la fiesta de los Backes. La mezcla de lana y seda relució cuando la joven se puso la gruesa capa. La capucha que colgaba sobre la espalda de Nicole mostraba el armiño espeso y lujoso que revestía la totalidad de la prenda.

Afuera, el aire era frío y limpio; la nieve aún caía y los copos a menudo se posaban en las cejas de Nicole. La tela oscura enmarcó la cara de la joven cuando ella se puso la capucha.

—¿Qué sucede? —preguntó Wes, que se había apartado con Nicole apenas salieron. Janie, los mellizos e

Isaac habían iniciado con poco entusiasmo un combate con bolas de nieve.

—Pensé que todo saldría bien entre tú y Clay después de la fiesta de los Backes, cuando te rescatamos de aquella isla.

—Todo se arreglara —dijo confiadamente Nicole—. Pero llevará un tiempo.

—No dudo que Bianca está en el fondo de todo esto.

—Por favor, prefiero no hablar del asunto. ¿Cómo estáis tú y Travis?

—Nos sentimos solos. Comenzamos a cansarnos de nuestra mutua compañía. Cuando llegue la primavera, Travis irá a Inglaterra a buscar esposa.

—¿A Inglaterra? Pero aquí mismo hay varias jóvenes muy hermosas.

Wesley se encogió de hombros.

—Eso le dije, pero creo que lo has echado a perder. Personalmente, prefiero esperar una oportunidad contigo. Si Clay no corrige muy pronto su actitud, trataré de quitarle su mujer.

—Por favor, no digas eso —murmuró Nicole—. Creo que soy un poco supersticiosa.

—Nicole, algo va mal, ¿verdad?

Los ojos de Nicole se llenaron de lágrimas.

—Sucede únicamente que estoy tan cansada y... hace varias semanas que no veo a Clay. No sé qué está haciendo. Siento este horrible temor... que él se haya enamorado de Bianca y no desee decírmelo.

Sonriendo, Wes le pasó el brazo por los hombros y se acercó más a Nicole.

—Trabajas demasiado, tienes excesiva responsabilidad. Lo que menos debería preocuparte es el amor de Clay. ¿Cómo puedes creer que esté enamorado de una perra como Bianca? Si ella vive en la casa de Clay y tú estás aquí, hay buenas razones que explican la situación. —Hizo una pausa—. Quizá tu seguridad, pues no puedo concebir que haya otra razón que justifique que Clay se mantenga apartado de ti.

Ella asintió, tratando de contener un sollozo.

—¿Él te lo ha dicho?

—Algo, pero no aclaró mucho. Vamos, ayudemos a los otros a hacer un muñeco de nieve, o, mejor todavía, podemos retarlos a un duelo con bolas de nieve.

—Sí —sonrió Nicole apartándose de Wes. Se limpió los ojos con los nudillos—. Creerás que no soy mayor que los mellizos.

Él la besó en la frente y sonrió.

—¡Realmente, una niña! Vamos, acerquémonos antes de que gasten toda la nieve.

Una voz que llegaba de la orilla del río los interrumpió.

—¡Hola! ¿Hay alguien en casa?

Wesley y Nicole se volvieron y caminaron hacia el muelle.

Un hombre de cierta edad, corpulento, con una cicatriz reciente en la mejilla izquierda, se acercaba caminando. Vestía el atuendo de marinero y llevaba una bolsa colgada del hombro.

—¿La señora Armstrong? —dijo cuando se acercó a ella—. ¿No me recuerda? Soy el doctor Donaldson, del *Prince Nelson*.

En efecto, la cara parecía conocida, pero Nicole no recordaba exactamente dónde la había visto antes.

Cuando el hombre sonrió, se formaron varias arrugas en las comisuras de los ojos.

—Admito que cuando nos conocimos las circunstancias no eran muy propicias, pero veo que las cosas han salido bien. —Ofreció la mano a Wesley—. Usted seguramente es Clayton Armstrong.

—No —dijo Wes, mientras estrechaba la mano del hombre—. Soy un vecino, Wesley Stanford.

—Comprendo. Bien, quizá se necesita mi presencia. Abrigaba la esperanza de que las cosas hubieran cambiado... en vista de que esta joven es tan bondadosa y bonita.

—¡El médico del barco! —exclamó Nicole—. ¡Durante el matrimonio!

—Sí. —El hombre sonrió—. Apenas llegué a Inglaterra recibí el mensaje reclamando mi presencia inmediata en Virginia, pues yo era el único testigo que podía declarar que se trataba de un matrimonio forzado. Llegué cuanto antes y me indicaron dónde estaba el molino. Mis datos eran un tanto confusos, porque no sabía dónde se encontraba la plantación Armstrong y quién vivía en el molino. Decidí correr el riesgo y he venido aquí antes.

—Me alegro de que haya procedido así. ¿Tiene apetito? Puedo prepararle unos huevos, y hay un poco de jamón y tocino, y una olla de habas.

—No tiene que decírmelo dos veces.

Después, mientras los tres estaban sentados frente a la mesa, el médico les habló del capitán del *Prince*

Nelson y su primer oficial, llamado Frank. Los dos hombres se ahogaron durante el viaje de regreso a Inglaterra.

—Rehusé embarcarme nuevamente con ellos después de lo que le hicieron. Quizás hubiera debido impedirlo, pero yo sabía que en ese caso buscarían a otro testigo. Además, yo también conocía las leyes acerca de la anulación del matrimonio. Sabía que sería el testigo que usted necesitaría si deseaba anular esa unión.

—Entonces, ¿por qué se apresuró a regresar a Inglaterra? —preguntó Wes.

El médico sonrió.

—No me dieron a elegir. Estábamos todos en una taberna celebrando nuestra llegada sanos y salvos. Y al día siguiente desperté a bordo de un barco con una terrible jaqueca. Pasaron tres días antes de que pudiera recordar siquiera mi nombre.

Un fuerte golpe en el techo interrumpió la conversación y sobresaltó a Nicole.

—¡Mi madre! Olvidé su desayuno. Por favor, discúlpenme.

Con movimientos rápidos y diestros, Nicole pasó por agua un huevo y lo depositó cuidadosamente sobre una rebanada de pan, junto a una tarta de manzana servida en otro plato y una humeante taza de café con leche. Subió deprisa la escalera con la bandeja.

—Siéntate conmigo un momento —dijo Adele—. Aquí estoy muy sola.

—Abajo hay un visitante, pero después vendré y podremos conversar.

—¿Es un hombre? ¿Tu visitante es un hombre? —Adele suspiró—. Ojalá no sea uno de esos terribles príncipes rusos.

—No, es un norteamericano.

—¡Un norteamericano! Qué extraordinario. Muy pocos norteamericanos son caballeros. En todo caso, no le permitas que use contigo un lenguaje grosero. Y mira cómo camina. Siempre puedes conocer a un caballero por su postura. Si tu padre vistiera harapos, incluso así parecería un caballero.

—Sí, mamá —dijo Nicole antes de bajar nuevamente la escalera. Su vida estaba muy alejada del mundo en que convenía decidir si un hombre era o no un caballero.

—Wesley me dice que el señor Armstrong vive al otro lado del río. De modo que el matrimonio no funcionó, ¿eh? —preguntó el médico.

—No ha sido fácil, pero aún aliento esperanzas.

Nicole trató de sonreír, pero ella misma no advertía todo lo que su cara expresaba, o que tenía ojeras de cansancio bajo los ojos, y que la fatiga disimulaba el hecho de que se sentía poseída por la esperanza... y también por la desesperación.

El doctor Donaldson frunció el entrecejo.

—Joven, ¿usted come bien? ¿Duerme lo suficiente?

Wes habló antes de que ella pudiese contestar.

—Nicole adopta a la gente más o menos como otros adoptan a los gatos vagabundos. Hace poco recibió a dos personas más. Aquí viven los sobrinos de Clay, que no deberían ser responsabilidad de nuestra amiga, y ahora tiene en la casa a su madre, que exige el servicio propio de una reina, y el esposo de la madre, que cree que es el rey de Francia.

Nicole sonrió.

—Tal como lo dices, parece que mi vida es una pesada carga. Doctor, la verdad es que amo a la gente que me rodea. No renunciaría a ninguno de ellos.

—Jamás lo he sugerido —intervino Wes—. Pero afirmo que deberías estar viviendo en la casa que se levanta al otro lado del río y que la cocina debería ser responsabilidad de Maggie.

El médico sacó la pipa del bolsillo de su chaqueta y se recostó en el respaldo de la silla. Se dijo que las cosas no le habían salido muy bien a la damita francesa. Ese joven, Wes, tenía razón cuando afirmaba que ella merecía algo mejor que matarse trabajando. El doctor Donaldson había proyectado viajar al norte, hacia Boston, pero decidió que permanecería en Virginia unos pocos meses. Detestaba el modo en que la habían obligado a contraer un matrimonio que Nicole no deseaba y siempre se había sentido un poco responsable del episodio. Ahora, sabía que debía mantenerse cerca, por si acaso ella necesitaba ayuda.

Nicole retiró la capucha que cubría su cabeza y dejó que la brisa le acariciara la cara. Movió los remos del pequeño bote, hundiéndolos en el agua y retirándolos con movimientos acompasados. El suelo continuaba cubierto de nieve. No había brotes en los arboles, pero una sensación indefinible anunciaba la primavera. Habían pasado dos semanas desde la primera visita del médico. Sonrió al recordar las palabras de Donaldson: había dicho que estaría cerca, por si Nicole lo necesitaba. ¿Por qué habría de necesitarlo? Ansiaba decir a Donaldson, decir a todos que con Clay partiría muy pronto de Virginia.

Nicole llevaba varios meses trazando planes. Por supuesto, los mellizos y Janie viajarían con ella y Clay. Le desagradaba profundamente la idea de separarse de su madre, pero allí estaría Gerard, y, más tarde, cuando tuviera una casa, Adele podría ir a vivir con ellos. Isaac trabajaría en el molino y mientras mantuviese a Gerard y a Adele podría ahorrar los beneficios de la explotación. Cuando Adele se reuniese con Nicole en el oeste, Isaac podría hacerse cargo del molino y trabajarlo con la ayuda de Luke.

Sí, todo se arreglaría perfectamente.

La víspera Clay le había enviado una nota para pedirle que se reuniese con él esa mañana en el claro. Esa noche ella apenas había podido dormir. No cesaba de pensar en el encuentro con Clay, el momento en que todos los planes comenzarían a cobrar vida.

Respiró profundamente el aire frío y limpio, y después le llegó el olor del humo. Clay ya estaba en la cueva. Arrojó a los arbustos la cuerda del bote, y después saltó a la orilla y amarró la embarcación.

Corrió por el estrecho sendero. Como si fuera una parte de su sueño, Clay estaba allí de pie, esperándola, con los brazos abiertos. Nicole salvó la distancia que los separaba y se arrojó sobre él. Era tan alto, tan fuerte, y tenía el pecho tan firme... Clay la abrazó fuertemente, tanto que ella apenas pudo respirar. Pero en realidad no deseaba respirar. Lo único que ansiaba era fundirse con él, convertirse en parte de él. Deseaba olvidar su propia persona, existir solo con él. Clay levantó el mentón de Nicole para verla mejor. Tenía una mirada hambrienta, sombría, codiciosa. Nicole sintió una llamarada que le recorría el cuerpo. ¡Eso era lo que le faltaba! Forzó el cuerpo para apretar con los dientes los labios de Clay. Nicole emitió un sonido grave, que era mitad queja mitad risa.

La lengua de Clay rozó la comisura de los labios de Nicole.

Ella sintió que se le aflojaban las rodillas.

Clay se echó a reír, después la alzó en brazos y la llevó a la aterciopelada oscuridad de la cueva.

Hubo un movimiento frenético. Eran dos personas hambrientas una de la otra, desesperadas, ansiosas, exigentes, porque el fuego les quemaba la piel y exigía imperiosamente su propia liberación. Se desnudaron en pocos segundos y arrojaron las prendas al descuido en los diferentes rincones de la cueva.

No hablaron al unirse. La piel de ambos se encargó de hablar. Se atacaron con fiereza. Nicole adhirió su cuerpo al de Clay y sintió que un relámpago le atravesaba la cabeza. Cuando notó los latidos que le recorrían el cuerpo, sonrió y comenzó a relajarse.

—Clay —murmuró—, te he echado tanto de menos...

Él tenía el aliento tibio, cálido sobre la cara de Nicole.

—Te amo. Te amo profundamente.

Su voz tenía un matiz de tristeza.

Ella se apartó de Clay y después se acurrucó contra su cuerpo, de modo que su cabeza descansó en el hueco del hombro de Clay.

—Hoy es la primera mañana que me pareció realmente primaveral. Casi tengo la sensación que he esperado eternamente esta primavera.

Clay se inclinó sobre ella y tomó la capa de Nicole. La extendió sobre ellos, el armiño sobre la piel de los dos.

Nicole sonrió complacida y frotó sus muslos contra los de Clay. El momento era perfecto..., estaba en brazos de su amante, sola, con los cuerpos serenados y sobre ellos la caricia del armiño.

—¿Cómo está tu madre? —preguntó Clay.

—No grita tanto como antes. Me alegro de que esté mejor, porque sus alaridos asustan terriblemente a los mellizos.

—Nicole, te he dicho que deberías devolverme a los niños. En tu casa no hay espacio.

—Por favor, déjalos estar conmigo.

Él la acarició con ternura.

—Sabes que no deseo separarlos de ti. Sucede sencillamente que allí hay mucha gente y tienes demasiado que hacer.

Ella le besó el hombro.

—Agradezco tu preocupación, pero te aseguro que no representan un problema. Por supuesto, si quisieras llevarte a Janie y a Gerard consideraría el ofrecimiento.

—¿Janie te acarrea dificultades?

—No, en realidad no. Ella y Gerard se odian y se atacan constantemente. Se trata solo de que estoy cansada de oírlos.

—Si Janie odia a alguien, generalmente tiene buenas razones para adoptar esa actitud. No me has hablado mucho acerca de tu padrastro.

—Mi padrastro —sonrió Nicole—. Es extraño pensar que Gerard esté reemplazando a mi padre.

—Háblame de tu vida. Me siento tan distante de ti...

Nicole volvió a sonreír, quizá porque se sentía protegida por el amor de Clay.

—Gerard se siente muy orgulloso de su condición de miembro de la aristocracia francesa. La cosa parece realmente humorística cuando uno recuerda que en Francia hay centenares de personas que desean ser miembros del pueblo común.

—Por lo que he oído decir, su presencia en tu casa no es precisamente agradable. Sabes que si necesitas algo...

Ella apoyó las yemas de los dedos sobre los labios de Clay.

—Tú eres todo lo que necesito. A veces, cuando hay mucho ruido en casa y tengo la sensación de que todos me presionan, me detengo y pienso en ti. Esta mañana, al despertar, me he animado cuando he notado la tibieza del aire. ¿No es cierto que el tiempo en el oeste es el mismo que tenemos aquí? ¿Y realmente sabes construir una casa? ¿Cuándo podremos partir? Hace tiempo que deseo hacer el equipaje, pero me pareció que aún no era el momento de decírselo a Janie.

Se interrumpió al ver que él no contestaba. Se apoyó en un codo para mirarlo.

—Clay, ¿todo está bien? —preguntó.

—Perfectamente —dijo Clay con voz neutra—. O, por lo menos, todo estará bien.

—¿Qué quieres decir? Adivino que hay dificultades.

—No, o en todo caso nada grave. Nada impedirá que nos marchemos.

Ella lo miró con el entrecejo fruncido.

—Clay, te conozco, y sé que tienes un problema. No has mencionado a Bianca, y sin embargo yo vengo a hablarte de todos mis problemas.

Él le sonrió apenas.

—Tú eres incapaz de volcar sobre otro tus dificultades. Eres tan bondadosa, tan buena y compasiva, que casi nunca adviertes cómo te utiliza la gente.

—¿Me utiliza? —repitió Nicole riendo—. Nadie me utiliza.

—Sí, yo te utilizo, y también los mellizos, y tu madre y su marido, e incluso Janie. Todos descargamos sobre ti nuestras dificultades.

—Quien te oyera diría que soy una santa. Exijo muchas cosas a la vida, pero soy una mujer práctica. Sé que debo esperar para conseguir lo que deseo.

—¿Y qué deseas? —preguntó Clay.

—A ti. Quiero estar contigo en mi propia casa, con los mellizos. Y tal vez otros niños... tus hijos.

—¡Los tendrás! ¡Lo juro! Todo lo que tengamos será tuyo.

Ella lo miró fijamente.

—Quiero saber qué va mal. Está relacionado con Bianca, ¿verdad? ¿Descubrió nuestros planes? Si te ha amenazado otra vez, ahora no lo soportaré. Mi paciencia prácticamente se ha agotado.

Clay le pasó el brazo por los hombros y se acercó la cabeza de Nicole.

—Quiero que me escuches y que lo sepas todo antes de decir una palabra. —Respiró hondo—. Ante todo, quiero decirte que esto no modificará nuestros planes.

—¿Esto?

Intentó levantar la cabeza para mirarlo, pero él se lo impidió.

—Escúchame y después responderé a tus preguntas. —Hizo una pausa, y elevó los ojos hacia el techo de la cueva. Habían pasado tres semanas desde que Bianca le dijo que estaba embarazada. Al principio, Clay se rio y contestó que ella mentía. Bianca había permanecido inmóvil, con una sonrisa en los labios, muy segura de sí misma. Ella misma se había encargado de llamar al médico para pedirle que la examinara. Desde ese día Clay había vivido en un verdadero infierno. No podía creer lo que oía. Había necesitado mucho tiempo para llegar a la conclusión de que consideraba más importante a Nicole que al niño concebido por Bianca.

—Bianca está embarazada —dijo Clay en voz baja. Como Nicole no reaccionó, él continuó hablando—. Vino el médico y lo confirmó. He pensado mucho tiempo en el asunto y decidí continuar con nuestros planes y salir de Virginia. Estableceremos nuestro hogar en un lugar distinto.

Nicole no pronunció ni una sola palabra. Continuó apoyada en el hombro de Clay, serenamente, como si él no hubiese dicho nada.

—¿Nicole? ¿Me oyes?

—Sí —respondió ella con voz apenas susurrada.

Él retiró el brazo para apartarse un poco y mirarla.

Sin mirar a Clay, Nicole se sentó, le volvió la espalda y lentamente comenzó a ponerse la enagua.

—Nicole, quiero que digas algo. No te habría hablado de esto, pero Bianca ya se lo ha dicho a la mitad del condado. No deseaba que lo supieras por otra persona. Me pareció que yo debía informarte.

Ella no contestó nada mientras deslizaba el vestido por la cabeza.

—¡Nicole! —exigió Clay, y la aferró por los hombros para obligarla a que lo mirase. Contuvo una exclamación cuando vio que los ojos castaños, generalmente tan cálidos y afectuosos, se mostraban fríos y duros.

—No creo que desees que yo diga nada.

Él la atrajo, pero ella tenía el cuerpo rígido.

—Por favor, háblame. Miremos de frente este asunto y comentémoslo. Una vez que hayamos aclarado la atmósfera, podremos trazar planes.

Ella lo miró, con una leve sonrisa en los labios.

—¿Planes? ¿Planes para marcharnos y dejar a un niño inocente en manos de Bianca? ¿Crees que será una madre perfecta?

—¿Qué demonios me importan sus cualidades como madre? Solo te deseo a ti, y quiero estar únicamente contigo.

Ella levantó las manos y apartó a Clay.

—Ni una sola vez has dicho que el niño no podía ser tuyo.

Él la miró fijamente, sin parpadear. Había previsto la pregunta y quería ser sincero.

—Estaba ebrio y fue una sola noche. Ella se metió en mi cama.

Nicole le dirigió una fría sonrisa.

—Quizá debo perdonar lo que se hace bajo la influencia del alcohol. Después de todo, mira lo que me sucedió precisamente por eso. Estaba borracha la primera vez que me hiciste el amor.

—Nicole. —Clay se inclinó sobre ella.

Nicole retrocedió bruscamente.

—No me toques —dijo en voz baja—. No me toques nunca más.

Él le aferró con fuerza el hombro.

—Eres mi esposa y tengo el derecho de tocarte.

Nicole le arrancó la mano y descargó en la cara de Clay una fuerte bofetada.

—¡Tu esposa! ¿Cómo te atreves a decirme eso cuando no he sido más que tu amante? Me usas cuando me necesitas para satisfacer tus deseos físicos. ¿Bianca no es suficiente para ti? ¿Eres el tipo de hombre que necesita más de una mujer para calmar su sensualidad?

La huella dejada por la mano de Nicole se destacó vívidamente en la piel de Clay.

—Sabes que eso no es cierto. Sabes que siempre he sido honesto contigo.

—¿Lo sé? ¿Qué sé de ti? Conozco tu cuerpo. Sé que ejerces cierto poder mental y físico sobre mí. Puedes conseguir que haga lo que deseas; puedes inducirme a creer las historias más absurdas.

—Escúchame, tienes que creer en mí. Te amo. Nos iremos juntos de aquí.

Ella echó hacia atrás la cabeza y rio.

—Tú eres quien no me conoce. Reconozco que no he demostrado mucho orgullo mientras he estado cerca de ti. En realidad, no he hecho otra cosa más que tumbarme de espaldas cuando entrabas en una habitación, o arrodillarme o ponerme sobre ti. Ni siquiera pregunto qué te gusta. Me limito a obedecer.

—¡Basta! ¡Esto es indigno de ti!

—¿Lo crees? ¿Cuál es la auténtica Nicole? Todos suponen que es una especie de madre naturaleza que alimenta a todo el mundo, acepta la responsabilidad de los problemas de cada uno y pide muy poco. ¡No es así! Nicole Courtalain es una mujer, una mujer de la cabeza a los pies, con todos los sentimientos de codicia y todas las pasiones de otras mujeres. Bianca es mucho más inteligente que yo. Sabe lo que quiere y lo busca. No se sienta en su casa a esperar pacientemente el mensaje de un hombre que la verá por la mañana para jugar al amor. Sabe que ese no es el modo de conseguir lo que desea.

—Nicole —dijo Clay—, por favor, cálmate. No estás hablando en serio.

—No —dijo sonriendo Nicole—. Creo que por una vez hablo en serio. He estado en América todos estos meses y he dedicado todo mi tiempo a esperar. Esperé a que me dijeras que me amabas, y después esperé a que te decidieras entre Bianca y yo. Creo que he sido muy estúpida, muy tonta y fantasiosa. Confié en ti como una niña. —Emitió una risa parecida a un rezongo—. ¿Sabías que Abe me desgarró las ropas y me ató a una pared? Fui tan estúpida que solamente pude pensar en que él me mancharía y que después ya no sería digna de ti. ¿Te imaginas eso? Probablemente estabas acostado con Bianca mientras yo, gran estúpida, trataba de mantenerme limpia para ti.

—Ya es suficiente. Ya has dicho demasiado.

—¡Caramba, caramba! El exigente Clayton Armstrong ha oído demasiado. ¿Demasiado de quién de nosotras? ¿De la redonda Bianca o de la flacucha Nicole?

—Calla y escúchame. Te he dicho que esto no modifica las cosas. Nos marcharemos tal como habíamos planeado.

Ella lo miró hostil, con el labio superior curvado en un gesto de desprecio.

—¡Pero a mis ojos la situación es distinta! ¿Crees que deseo pasar la vida con un hombre que tan fácilmente puede abandonar a su propio hijo? ¿Qué sucederá si nos marchamos al oeste y tenemos un hijo? Si se te cruza en el camino una jovencita, quizás huyas con ella y abandones a nuestro hijo.

Las palabras de Nicole golpearon a Clay, que retrocedió un paso.

—¿Cómo puedes creer eso?

—¿Por qué no? ¿Qué has hecho para que yo piense de otro modo? Fui una tonta, y, por cierta razón, quizá tus espaldas anchas u otra tontería por el estilo, me enamoré de ti. Y como eres hombre, aprovechaste bien mi sexualidad de escolar.

—¿Crees realmente eso? —preguntó Clay.

—¿Acaso puedo creer otra cosa? No he hecho más que esperar constantemente. Esperé para comenzar a vivir. ¡Pues bien, ahora eso se ha terminado!

Se calzó los zapatos, se puso de pie y caminó hacia la entrada de la pequeña cueva.

Clay se puso deprisa los pantalones y la siguió.

—No puedes marcharte así —dijo aferrándola del brazo—. Es necesario que entiendas.

—Entiendo muy bien. Tú elegiste. Creo que se trató de ver quién quedaba embarazada primero. Los Courtalain nunca han sido muy fértiles. Qué lástima, quizá yo hubiese ganado la carrera. ¿En ese caso habría sido la dueña de la gran residencia? ¿De los criados? —hizo una pausa—. ¿Del niño?

—Nicole.

Ella miró la mano de Clay sobre su propio brazo.

—Suéltame —dijo fríamente.

—No lo haré hasta que razones.

—Quieres decir que debo permanecer aquí hasta que con bellas palabras me convenzas de que retorne a tus brazos, ¿verdad? Eso ha terminado. Eso está completamente muerto.

—No lo dices en serio.

Ella habló con voz muy serena.

—Hace dos semanas vino a verme el médico que estaba en el mismo barco en que llegué a América.

Clay la miró fijamente.

—Sí, el testigo que tú reclamabas urgentemente en aquel momento. Dijo que me ayudaría a conseguir la anulación.

—No —dijo Clay—, yo no quiero.

—Ha pasado el momento de que quieras. Lo has tenido todo, o mejor sería decir a todos los que deseabas. Ahora me toca el turno. Ya no esperaré más y comenzaré a vivir.

—¿De qué estás hablando?

—En primer lugar de la anulación del matrimonio, y después me dedicaré a ampliar mi negocio. No veo por qué no puedo aprovechar esta hermosa tierra de la oportunidad.

Un leño cayó en el pequeño hogar, y la burbuja de vidrio que encerraba el unicornio atrajo la mirada de Nicole. Resonó la risa seca y fría de la joven.

—Debí comprender cómo eras cuando formulasteis esos votos infantiles. Yo no era suficientemente pura para tocar el unicornio, ¿verdad? Solo tu querida y muerta Beth era bastante buena para gozar del privilegio.

Pasó frente a Clay y salió a la fría mañana. Se dirigió tranquilamente al bote y comenzó a remar, de regreso al muelle del molino. Su abuelo le había dicho que nunca debía mirar atrás. No era fácil evitar que su mente llorase la pérdida de Clay. Evocó la imagen de Bianca, satisfecha y embarazada, con las manos descansando sobre el vientre que guardaba al hijo de Clay. Miró su propio estómago liso, y se sintió complacida porque no estaba embarazada.

Cuando llegó al muelle comenzaba a sentirse mejor. Se incorporó y levantó los ojos hacia la casita. Sería su hogar permanente un tiempo más y por lo tanto debía repararla. Necesitaba más espacio, una sala abajo y dos dormitorios más arriba. Pero comprendió inmediatamente que no tenía dinero. A un lado del molino había buenas tierras de cultivo y ella recordaba imprecisamente que Janie había dicho que estaban en venta. Pero no tenía dinero para comprar tierras. Después, recordó sus vestidos. Sin duda, valían algo. Vaya, solamente el manguito de cebellina... le habría agradado arrojarlo todo a la cara de Clay. Ordenar que le entregaran las ropas, amontonadas frente a su puerta. Pero ese gesto de altivez le habría costado mucho. En casa de los Backes, varias mujeres admiraron las prendas de Nicole. De pronto recordó la capa forrada de armiño que había dejado sobre el suelo de la cueva. Pero jamás podría regresar allí... nunca.

Muchos planes se cruzaban en su cabeza cuando entró en la única habitación de la casita. Janie estaba inclinada sobre el fuego, con el rostro enrojecido a causa del calor. Gerard se había acomodado en una silla, aplastaba un bollo en un plato. Los mellizos estaban en un rincón y reían detrás de un libro.

Janie la miró.

—Sucede algo.

—No —dijo Nicole—. Por lo menos, nada nuevo. —Miró a Gerard—. Gerard, acabo de llegar a la conclusión de que usted sería un excelente vendedor.

Gerard enarcó una ceja.

—La gente de mi clase... —comenzó a decir.

Nicole lo interrumpió al mismo tiempo que retiró el plato que el hombre sostenía sobre las rodillas.

—Esto es América, no Francia. Si come, tiene que trabajar.

Él le dirigió una mirada hostil.

—¿Qué puedo vender? No sé nada de cereales.

—Los cereales se venden solos. Quiero que convenza a algunas hermosas jóvenes de que se las verá todavía más hermosas ataviadas con sedas y cebellinas.

—¿Cebellinas? —preguntó Janie—. Nicole, ¿de qué estás hablando?

Nicole le dirigió una mirada que obligó a callar a Janie.

—Suba conmigo y le mostraré las prendas. —Se

volvió hacia los mellizos—. Y vosotros dos comenzaréis a estudiar y a recibir clases.

—Pero, Nicole —la interrumpió Janie—, no tienes tiempo. El operario del molino ya llegó.

—Yo no me ocuparé de eso —dijo firmemente Nicole—. Arriba vive una mujer muy educada, que se alegrará muchísimo de guiar a los niños.

—¿Adele? —se burló Gerard—. No podrá conseguir que entienda lo que usted desea y mucho menos que lo haga.

—No nos agrada la señora que grita —dijo Alex, sosteniendo la mano de Mandy y retrocediendo un paso.

—¡Basta! —dijo Nicole en voz alta—. Ya estoy harta de estas quejas. Janie y yo no estamos al frente de un hotel gratuito. Gerard, usted me ayudará a conseguir dinero para comprar tierra. Mi madre se hará cargo de los niños y los mellizos tendrán que educarse. En adelante seremos una familia, no una aristocracia con un par de criados.

Se volvió y comenzó a subir la escalera.

Janie la miró sonriente.

—No sé qué le ha sucedido, ¡pero me agrada!

—Si ella cree que yo... —comenzó a decir Gerard.

Janie agitó un cucharón caliente y pegajoso frente a la cara de Gerard.

—O usted trabaja o lo despachamos a Francia y allí le cortarán la cabeza o tendrá que dedicarse a fabricar zapatos, como su padre. ¿Ha entendido?

—¡No puede tratarme así!

—Puedo, y lo haré. Si no sube esa escalera, como dijo Nicole, tal vez descargue mi puño en su fea cara.

Gerard comenzó a hablar, pero calló al ver el puño de Janie muy cerca de su cara. Ella era una mujer alta y fuerte. Gerard retrocedió un paso.

—Aún no hemos terminado —dijo. Murmuró varias maldiciones en francés y siguió a Nicole hasta el desván.

Janie se volvió hacia los mellizos, les dirigió una mirada de advertencia, batió palmas dos veces y ordenó a los niños que también subiesen la escalera.

18

Wesley llevó a Nicole río arriba, hasta la casa en que se alojaba el doctor Donaldson, y después los tres se dirigieron a la casa del juez. Wes no hizo muchos comentarios cuando Nicole le dijo que deseaba anular su matrimonio con Clay. En realidad, nadie dijo gran cosa, y Nicole tuvo la sensación de que todos consideraban que ese paso era inevitable. Ella había sido la última en depositar cierta confianza en Clay.

Se necesitó muy poco tiempo para anular el matrimonio. Nicole temía que, como tantas personas la habían visto con Clay, y puesto que se había consumado el matrimonio, la situación podía ser más complicada. Descubrió que incluso si hubiesen tenido hijos, y en vista de la fuerza utilizada durante la ceremonia de matrimonio, se justificaba la anulación del vínculo conyugal.

El juez conocía a Clay y a Wesley de toda la vida. Nicole le había sido presentada durante la fiesta de los Backes. Detestaba disolver el matrimonio, declarar que nunca había existido, pero no podía cuestionar el testimonio del médico.

Además, había escuchado las murmuraciones acerca de la mujer con quien Clay vivía. En su fuero íntimo decidió visitar muy pronto a Clay y decirle lo que pensaba de su comportamiento inmoral. El juez miró con simpatía a la bella francesita. No se merecía el daño que Clay le había infligido.

Declaró anulado el matrimonio.

—¿Nicole? —preguntó Wes cuando salían de la casa del juez—. ¿Te encuentras bien?

—Por supuesto —respondió Nicole con voz seca—. ¿Por qué no tendría que estarlo? Si quisieras comprar tierra, ¿dónde irías en primer lugar?

—Me imagino que visitaría a los dueños. ¿Por qué?

—¿Conoces al señor Irwin Rogers?

—Por supuesto. Vive a un kilómetro y medio de aquí.

—¿Podrías llevarme y presentarme? —preguntó.

—Nicole, ¿de qué se trata?

—Deseo comprar la tierra de cultivo contigua al molino. He pensado cultivar cebada esta primavera.

—¿Cebada? Pero Clay puede darte...

Se interrumpió al ver la mirada de Nicole.

—Ya no estoy vinculada con Clayton Armstrong y no tengo nada que ver con él. Me abriré paso sola en el mundo.

Comenzó a avanzar por el camino, pero Wes le aferró el brazo.

—No puedo creer que todo haya terminado entre tú y Clay.

—Creo que hace mucho que terminó, pero yo he sido demasiado ciega para comprenderlo —dijo serenamente Nicole.

—Nicole —empezó a decir Wes, mirándola. La luz del sol que iluminaba la cara de la joven arrancaba chispas a sus ojos. Examinó la boca de Nicole, con ese fascinante labio superior—. ¿Por qué no te casas conmigo? Nunca has visto mi casa. Es enorme. Todos los que están contigo podrían vivir allí y ni siquiera los veríamos. Travis y yo tenemos más dinero del que necesitamos y no necesitarías trabajar.

Ella lo miró un momento, y después sonrió.

—Wesley —dijo—, eres muy amable. Pero, en el fondo, no deseas casarte conmigo.

Se apartó un poco de él.

—¡Sí, lo deseo! Serías la esposa perfecta. Podrías dirigir la plantación y todos te querrían.

—¡Basta! —dijo ella riendo—. Conseguirás que me sienta muy vieja. —Se puso de puntillas y besó la comisura de la boca de Wes—. Te agradezco el ofrecimiento, pero no deseo salir de un matrimonio y entrar directamente en otro. —Lo miró con los ojos entrecerrados—. Y si tienes la osadía de mostrarte aliviado, jamás volveré a hablarte.

Wes alzó la mano de Nicole, la besó y le estrechó los dedos.

—Es posible que llore, pero ciertamente no me sentiré aliviado.

Nicole rio y retiró la mano.

—Ahora necesito amigos más que un amante. Si de veras deseas ayudarme, podrías tratar de que el señor Rogers me venda a buen precio la tierra.

Wesley la miró un momento. Su oferta de matrimonio había sido un impulso del momento, pero pensándolo mejor se dijo que sería muy grato realmente estar casado con una persona como Nicole. Ella lo hubiera sorprendido si hubiera aceptado, y Wes deseaba que hubiese sido así.

Sonrió a la joven.

—El viejo Rogers se sentirá tan complacido de vender esa tierra que prácticamente te la regalará.

—Nada de violencia —dijo Nicole riendo.

—Quizás un dedo o dos fracturados, pero nada más.

—Bien... si solo son los dedos.

Ambos rieron y bajaron por el camino hacia la casa del señor Rogers.

En efecto, consiguieron la tierra a buen precio. Nicole tenía muy poco efectivo, solo el dinero obtenido por Gerard gracias a la venta de las ropas, pero el señor Rogers aceptó que le pagara la tierra durante varios años. Por su parte, Nicole aceptó moler gratis durante tres años el grano de la granja de Rogers.

—No puede decirse que haya regalado la tierra —afirmó Wes cuando salieron—. ¡La molienda del grano gratis tres años!

A Nicole le chispearon los ojos.

—¡Espera a que reciba su factura por el cuarto año!

Cuando salieron de la casa del señor Rogers, fueron al impresor, y Nicole ordenó que imprimieran hojas que anunciaran las tarifas de molienda de su molino.

—¡Nicole! —dijo Wes cuando oyó las cifras que ella dictaba al impresor—. ¿Cómo pretendes ganar dinero? Es un tercio menos de lo que cobra Horace.

Nicole sonrió.

—Competencia y cantidad. ¿Usted me traerá su grano o lo llevará al molino de Horace?

El impresor se echó a reír.

—Wes, creo que esta joven lo ha atrapado. Hablaré de eso a mi cuñado y estoy seguro de que acudirá a usted.

Wesley miró a Nicole con renovado respeto.

—No tenía idea de que hubiera un cerebro detrás de esa cara bonita.

Ella lo miró con expresión grave.

—No creo que lo hubiera. O, por lo menos, estaba oscurecido por ideas infantiles acerca del amor y el romance.

Wesley tenía en su rostro una expresión preocupada al salir de la tienda del impresor. Adivinaba que Nicole estaba más herida de lo que se mostraba dispuesta a reconocer. Pensó: «¡Maldito Clay!» No tenía derecho a utilizarla de ese modo.

De regreso a la casita del molino, Nicole afrontó dificultades originadas por Gerard. El hombrecito la miró disgustado.

—Ya fue bastante desagradable que tuviese que vender ropa de mujer. —Se interrumpió y se alisó el pelo. Lo llevaba cortado al estilo de un patricio romano, con elegante descuido. Mantenía los cabellos bastante cortos, sin ondas ni rizos—. Por supuesto, a las mujeres les agradó recibirme. No se parecen a las personas de esta casa. Escucharon complacidas las anécdotas de mi familia, los grandiosos Courtalain.

—¿Desde cuándo la familia de Nicole es también la suya? —exclamó Janie.

—¡Ya lo ve! —gritó Gerard—. Aquí no se me aprecia.

—Terminen de una vez —dijo Nicole—. Estoy cansada de oírles disputar. Gerard, usted demostró que es un perfecto vendedor. A las mujeres les encanta su acento y sus modales elegantes.

El hombre se irguió por efecto de los cumplidos.

—Si lo desea, puede entregar las hojas de publicidad a las esposas de los agricultores. En realidad, tal vez sea una buena idea.

—Las hojas impresas no son sedas —murmuró Gerard.

—Pero la comida es comida —dijo Janie—. Y si desea comer, tendrá que trabajar como todos.

Gerard avanzó un paso hacia Janie, con el labio superior curvado en un gesto de desprecio, pero Nicole apoyó la mano en el antebrazo del hombre y lo contuvo. Gerard miró la mano de Nicole, después elevó los ojos hacia la cara de su compatriota, y al fin regresó nuevamente a la mano. Con la suya cubrió la mano de Nicole.

—Por usted, lo haría todo.

Con la mayor cortesía posible, Nicole se apartó de él.

—Isaac lo llevará en el bote para que visite todas las casas a lo largo del río.

Gerard sonrió a Nicole como si hubieran sido amantes y después salió en silencio de la casa.

—No confío en él —dijo Janie.

Nicole hizo un gesto con la mano.

—Es inofensivo. Solo quiere que lo tratemos como si fuese un aristócrata. Pronto aprenderá.

—Eres demasiado generosa. Sigue mi consejo y mantente lejos de él.

La primavera llegó con rapidez a los campos de Virginia, y con ella maduraron los tempranos cultivos. No pasó mucho tiempo antes de que las enormes piedras de moler comenzaran a girar nuevamente, después de la prolongada pausa invernal. Las hojas que Nicole había mandado imprimir fueron provechosas y los agricultores llegaron de lugares muy distantes para moler su grano en el molino.

Nicole jamás se tomaba un minuto de descanso. Empleó a otro hombre con el fin de que ayudara en los campos, sembrados con cebada y trigo. Gerard colaboró de mala gana en el molino, pero aclaró que consideraba seres inferiores a los norteamericanos. Nicole le recordaba a cada momento que su abuelo, el duque, había trabajado dos años en un molino.

Al parecer, nadie contemplaba la idea de que los mellizos regresaran con Clay, y Nicole sabía que eso era un signo de la confianza que él le profesaba. Una vez por semana Isaac cruzaba el río con los niños y los llevaba a visitar a su tío.

—Tiene mal aspecto —informó cierta vez Isaac, al regreso de una de estas visitas.

Nicole no se molestó en preguntar a quién se refería. A pesar del trabajo intenso, Clay nunca estaba muy lejos de su pensamiento.

—Bebe demasiado. Nunca lo he visto beber tanto como ahora.

Nicole se apartó. Hubiera debido alegrarse de que él

se sintiera tan mal, pues ciertamente se lo merecía. Pero en realidad la idea no le agradaba. Se separó de Isaac y fue al huerto. Quizás unas horas de trabajo con la azada la ayudarían a apartar de la mente el recuerdo de Clay.

Una hora más tarde Nicole se apoyó en un árbol y con el antebrazo se enjugó el sudor de la cara. Con los movimientos vigorosos realizados durante el trabajo, había entrado en calor.

—Vamos, le he traído un vaso de limonada —dijo Gerard.

Ella asintió, agradecida, y bebió todo el líquido.

Gerard retiró una brizna de pasto de la manga del vestido de algodón.

—No debería permanecer aquí, al sol. Le echará a perder ese hermoso cutis.

Deslizó la mano por el brazo de Nicole.

Nicole estaba excesivamente fatigada para apartarse. Los dos se encontraban en un lugar muy sombreado, fuera de la vista de la casa y el molino.

—Me alegro de este momento a solas —dijo Gerard, acercándose más a Nicole—. Es extraño que vivamos en la misma casa, y, sin embargo, rara vez se nos ofrece la oportunidad de estar solos, de mantener una conversación íntima.

Nicole no deseaba ofenderlo, pero tampoco quería alentarlo. Se apartó un paso.

—Puede hablar conmigo cuando lo desee. Confío en que lo entenderá así.

Él se acercó de nuevo y deslizó la mano por el brazo de Nicole, en una caricia.

—Usted es la única que aquí me entiende. —Habló

en francés y acercó más su cara a la de Nicole—. Venimos del mismo país, pertenecemos al mismo pueblo. Ninguno de estos sabe cómo es ahora Francia. Nos une un vínculo común.

—Ahora me considero americana —contestó ella en inglés.

—¿Cómo es posible? Usted es francesa, como yo soy francés. Pertenecemos a los grandes Courtalain. Piense que podríamos continuar el linaje.

Nicole se irguió y lo miró con hostilidad.

—¡Cómo se atreve! —exclamó—. ¿Olvida a mi madre? Está casado con ella y, sin embargo, me formula proposiciones como si yo fuese una fregona.

—¿Acaso es posible olvidarla cuando sus gritos casi me enloquecen? ¿Cree que por un instante olvido que estoy unido a ella? ¿Qué puede darme? ¿Quizás hijos? Soy un hombre, un hombre sano, y merezco tener hijos. —Le aferró el brazo y la acercó más—. Usted es la única. En este país perdido de la mano de Dios, usted es la única que merece ser la madre de mis hijos. ¡Usted es una Courtalain! La sangre de nuestros hijos será sangre azul, sangre real.

Nicole necesitó un segundo para entender lo que él quería. Y cuando lo comprendió se le revolvió el estómago. No había palabras que pudiesen expresar lo que sentía. Lo abofeteó fuertemente.

Gerard la soltó inmediatamente y se llevó la mano a la mejilla.

—Me las pagará —murmuró—. Lamentará haberme tratado como si yo fuera uno de esos sucios americanos. Ya verá quién soy.

Nicole se volvió y regresó al huerto. En definitiva, Janie había tenido razón al referirse a Gerard. La joven se dijo que debía mantenerse apartada todo lo posible del francés.

Dos semanas más tarde, Wes trajo la noticia de que Clayton había contraído matrimonio con Bianca.

Nicole trató de endurecerse para soportar el efecto de la noticia.

—Intenté razonar con él —dijo Wes—. Pero ya sabéis cuán obstinado es. Tú fuiste siempre la elegida de su corazón. Cuando se enteró de la anulación estuvo ebrio cuatro días. Uno de sus hombres lo encontró a orillas del pantano, en el prado del sur.

—Supongo que recobró la sobriedad para asistir a su propia boda —comentó fríamente Nicole.

—Dijo que lo hacía por el niño. ¡Maldito sea! No entiendo cómo tuvo fuerza suficiente para acostarse con esa vaca.

Aferró el brazo de Nicole cuando ella se volvió.

—Siento haber dicho eso. No quise ofenderte.

—¿Acaso podrías ofenderme? El señor Armstrong no significa nada para mí.

Wes permaneció en el mismo lugar y vio alejarse a Nicole. Deseaba estrangular a Clay por lo que le había hecho a esa joven.

En Arundel Hall imperaba la suciedad. En varios meses no habían limpiado la casa. Bianca se había sentado frente a la mesa del comedor e ingería bollos azucarados con crema. Su vientre enorme se destacaba tanto que parecía que daría a luz de un momento a otro.

Clay entró en la casa y se detuvo frente a la puerta del comedor. Tenía las ropas cubiertas de lodo y la camisa rota. Se veía ojeroso.

—Qué hermoso espectáculo cuando regreso a casa —dijo en voz alta—. Mi esposa. Pronto será la madre de mi hijo.

Bianca no le hizo caso y continuó comiendo lentamente la crema deliciosa y abundante.

—¿Comiendo por dos, querida? —preguntó Clay. Como no obtuvo respuesta, comenzó a subir la escalera. Había ropa sucia por doquier. Abrió un cajón y vio que estaba vacío. Ya no lo esperaban las camisas limpias y remendadas.

Maldijo y cerró de golpe el cajón. Después salió de la casa y caminó deprisa hacia el río. Ahora pasaba muy poco tiempo en su casa. Dedicaba casi toda la jornada a los campos; por la noche se sentaba solo en la biblioteca y bebía hasta que creía posible dormir. Pero incluso así, difícilmente conseguía conciliar el sueño.

A orillas del río se desnudó y se internó en el agua. Después del baño, se tendió en la hierba y se durmió.

Cuando despertó ya era de noche y durante un momento no supo dónde estaba. Regresó a la casa aturdido, en una especie de duermevela.

Oyó los gemidos en cuanto entró en la casa. Reaccionó prontamente y sacudió las nieblas del sueño. Bianca yacía acurrucada al pie de la escalera y con una mano se sostenía el estómago.

Clay se arrodilló junto a Bianca.

—¿Qué sucede? ¿Te has caído?

Ella lo miró.

—Ayúdame —jadeó—. El niño.

Clay no la tocó y salió corriendo de la casa para llamar a la partera de la plantación.

Pocos minutos después, regresó seguido por la mujer. Bianca yacía en el mismo lugar en que él la había dejado.

La partera deslizó las manos sobre la forma inerte de Bianca, y, cuando las levantó para acercarlas a la luz, los dedos estaban ensangrentados.

—¿Puede llevarla a la planta alta?

Clay alzó a Bianca. Se le dibujaron las venas del cuello a causa del esfuerzo realizado para transportar escaleras arriba el pesado cuerpo. La depositó suavemente sobre la cama.

—Vaya a buscar a Maggie —ordenó la partera—. Necesitaré ayuda para atender a esta mujer.

Clay permaneció sentado en su biblioteca, bebiendo sin descanso mientras Maggie y la partera atendían a Bianca.

Maggie abrió discretamente la puerta.

—El niño ha muerto —dijo en voz baja.

Clay la miró asombrado. Después, sonrió.

—De modo que perdió al niño, ¿eh?

—Clay —dijo Maggie. No le agradaba la expresión que veía en los ojos del hombre—. Me gustaría que cesara de beber.

Él se sirvió otra copa de licor.

—¿Usted no debería consolarme? ¿Decirme que habrá otros niños?

—No los habrá —dijo la partera desde la puerta—. Es una mujer muy gruesa y cuando cayó por la escalera recibió un fuerte golpe. Interiormente está muy dañada, sobre todo sus órganos femeninos. Y no estoy muy segura de que pueda vivir.

Clay vació la copa y volvió a llenarla.

—Vivirá. De eso no me cabe la más mínima duda. Las personas como Bianca no mueren fácilmente.

—¡Clayton! —gritó Maggie—. Esto lo ha impresionado mucho. —Se acercó a él y le tomó la mano—. Por favor, deje de beber. De lo contrario, mañana no podrá trabajar.

—Trabajar —dijo Clay, y sonrió—. ¿Por qué tengo que trabajar? ¿Para qué? ¿Para mi querida esposa? ¿Para el hijo que acaba de perder?

Bebió más licor y se echó a reír. Era una risa desagradable.

—Clay —dijo Maggie.

—¡Salgan de aquí! ¿Un hombre jamás puede estar solo?

Las mujeres salieron lentamente de la habitación.

Cuando amaneció, Clay continuaba bebiendo y esperando el olvido que la bebida debía aportarle.

En los campos, los trabajadores comenzaron la jornada. Era poco usual que Clay no los vigilara. Hacia la tarde comenzaron a trabajar con movimientos más lentos. Era mejor que el patrón no estuviese vigilándolos.

El cuarto día, cuando Clay tampoco se acercó a los campos, y algunos hombres ni siquiera se molestaron en trabajar.

19

Corría el mes de agosto de 1796, un año después. Nicole estaba de pie en la cima de la colina y contemplaba su propiedad. Se llevó las manos a la cintura y se masajeó los músculos fatigados. Se aliviaba un poco el dolor, si podía ver la causa de la fatiga. El cálido sol de agosto caía ardiente sobre las altas plantas de tabaco. Los capullos de algodón pronto comenzarían a abrirse. El trigo dorado, casi maduro, se balanceaba suavemente agitado por la brisa. El ruido de las piedras de moler, que se movían regulares y constantes, surcaba el aire. Uno de los mellizos gritó y Nicole sonrió al oír la áspera reprimenda de Janie.

Había pasado bastante más de un año desde la anulación de su matrimonio. Nicole tenía conciencia de que había medido el paso del tiempo desde ese momento en la oficina del juez. Después de aquel fatídico día, ella había hecho poco más que trabajar. Todas las mañanas se levantaba antes del amanecer, atendía el molino y cuidaba los cultivos desde la siembra hasta la cosecha. La primera vez que llevó el producto al mercado, los hombres se rieron, pues creían que podrían obtener los productos a bajo precio. Pero Nicole no se dejó engañar; negoció con mucha firmeza. Cuando se retiró del mercado sonreía y los hombres que le habían comprado meneaban la cabeza. Wesley caminaba a su lado y se reía.

Ese año Nicole compró más tierra. Utilizó todo el dinero obtenido en la cosecha del año precedente para adquirir más parcelas. Ya era dueña de sesenta y cinco hectáreas de tierra de la orilla más alta del río. Tenía buen desagüe y el suelo era fértil. Afrontaba algunas dificultades por la erosión, pero ella e Isaac pasaron parte de los meses invernales preparando reparos de piedra. También limpiaron la nueva tierra. Había sido un trabajo difícil y duro, pero lo habían hecho. Después, al principio de la primavera, habían plantado el tabaco y más tarde sembraron los restantes campos. Tenían un huerto, una vaca lechera y gallinas junto a la casa.

La casa no había cambiado. Se había destinado todo el dinero disponible a mejorar la tierra. Adele y Gerard ocupaban una parte del desván, y Janie y Nicole la otra. Los mellizos dormían abajo, cada uno en su jergón. Faltaba espacio, pero todos habían aprendido a arreglarse. Janie y Gerard rara vez se hablaban y cada uno fingía que el otro no existía. Adele continuaba viviendo su fantasía de la Francia prerrevolucionaria. Nicole había podido convencer a su madre de que los mellizos eran sus nietos y de que Adele debía educarlos personalmente. Durante días enteros era una excelente maestra. Avivaba las lecciones con relatos fascinantes de su vida en la corte. Les hablaba de los tiempos en que ella era niña y de las extrañas costumbres del rey y la reina de Francia. O, en todo caso, esas costumbres parecían peculiares a los niños. Cierta vez Adele relató que la reina había ordenado que todos los días le llevasen sus prendas en canastos de mimbre forrados de género verde de nuevo, que se usaba una sola vez, y después lo regalaban a los criados. Los mellizos a veces se cubrían con hojas verdes y decían que eran los criados de Adele. Y ella se mostraba muy complacida.

Pero, a veces, un detalle menudo desequilibraba a Adele y conmovía su frágil serenidad. Cierta vez Mandy se ató al cuello una cinta oscura y Adele vio a la niña. La visión de la niña le recordó la ejecución de sus amigas y después gritó horas enteras. Los mellizos ya no se atemorizaban a causa de los gritos de Adele. Se encogían de hombros o corrían a buscar a Nicole para decirle que fuese a ver a su madre. Después de unos días, durante los cuales Adele se acurrucaba dominada por el miedo y hablaba del asesinato y la muerte, solía regresar a su mundo fantástico. Jamás tenía conciencia del presente, y no sabía que estaba en América y que Francia se hallaba muy lejos de allí. Reconocía únicamente a Nicole y los mellizos, toleraba a Janie y miraba a Gerard como si no existiese. Nunca se le permitía tratar con desconocidos, pues la intimidaban horriblemente.

Gerard parecía satisfecho porque su esposa no tenía idea de quién era él. En cuanto veía a Nicole, parecía que Adele olvidaba el tiempo que había pasado en la cárcel y el período que había vivido en casa de los padres de Gerard. Con Nicole hablaba de su marido y su padre como si aún estuviesen vivos, como si de un momento a otro pudiesen regresar a la casa.

Gerard se mantenía apartado del resto de los habitantes de la casa de Nicole. De hecho, era un extraño. No era el mismo desde el día en que Nicole lo había abofeteado. Desaparecía varios días seguidos y regresaba en medio de la noche, sin explicar adónde iba. Cuando estaba en la casa, a menudo se sentaba junto al fuego y miraba a Nicole, hasta que a ella se le soltaban puntos de su costura o se clavaba una aguja en el dedo. Nunca volvió a abordar el tema del matrimonio con Nicole, pero a veces ella deseaba que lo hiciera. En ciertos casos, cuando Nicole lo sorprendía mirándola, la joven deseaba que ese hombre se enfrentase a ella, porque de ese modo podrían enredarse en una discusión a fondo. Pero cuando lo pensaba mejor sentía que su actitud era absurda. Gerard no estaba haciendo nada censurable por el mero hecho de mirarla.

En todo caso, y al margen de sus restantes faltas, Gerard cumplía una función en el molino. Sus modales cortesanos y su particular acento atraían tantos clientes como los bajos precios de Nicole. Un número extraordinario de mujeres jóvenes acudía con sus padres a pedir que les moliesen el grano. Gerard los trataba a todos como si fueran aristócratas franceses, jóvenes o viejos, gruesos o delgados, feos o bonitos. Las mujeres emitían risitas cuando las tomaba del brazo y las paseaba alrededor del molino. Pero nunca se alejaba con ellas y los padres siempre sabían dónde estaban sus hijas.

Solo una vez Nicole entrevió los pensamientos de Gerard. Una joven especialmente fea ponía sus ojos en blanco, muy complacida, mientras Gerard le besaba la palma de la mano y murmuraba frases en francés. Un brusco cambio en la orientación del viento permitió a Nicole oír lo que él decía. Aunque sonreía, Gerard estaba diciendo que esa mujer era como estiércol de cerdo. Nicole se estremeció y comenzó a alejarse; no deseaba oír nada más.

Irguió la espalda y miró al otro lado del río. No había visto a Clay desde el día en que él le habló del embarazo de Bianca. En cierto modo, se hubiera dicho que eso constituía un episodio muy remoto, pero al mismo tiempo parecía que habían transcurrido nada más que minutos. No había una sola noche en que ella no pensara en Clay, en que no anhelase tenerlo cerca. A menudo, el cuerpo traicionaba a Nicole y muchas veces ansiaba pedirle un encuentro en el claro. En momentos así no le importaban ni su orgullo ni los ideales superiores. Solamente atinaba a pensar en él, en su cuerpo fuerte y cálido que la estrechaba.

Meneó la cabeza para aclarar la visión. Era mejor no demorarse en el pasado ni recordar lo que ya no era. Ahora vivía bien y estaba rodeada por personas que la amaban. No tenía derecho a sentirse sola, no podía dejar de agradecer lo que se le ofrecía.

Volvió los ojos hacia la plantación Armstrong. Incluso desde lejos, Nicole podía apreciar que no estaba bien cuidada. Se había dejado pudrir en los campos la cosecha del año precedente. Al ver lo que sucedía, Nicole se sintió dolorida, pero nada podía hacer. Isaac la mantenía informada de lo que estaba sucediendo: la mayoría de los hombres a sueldo se habían marchado hacía mucho tiempo, se habían vendido los contratos de algunos criados, lo mismo que casi todos los esclavos. Solo quedaban un puñado de personas. Esa primavera se había sembrado parte de las tierras bajas, pero nada más. Las tierras altas permanecían sin cultivar y en ellas solo había tallos podridos. Isaac decía que a Clay no le importaba, y que Bianca estaba vendiendo todo lo que encontraba para pagar sus ropas y la constante redecoración de la casa. Isaac decía también que la única persona de la plantación que tenía trabajo era la cocinera.

—No es un espectáculo agradable, ¿verdad?

Nicole se volvió bruscamente y vio a Isaac de pie junto a ella. También él miraba más allá del río. Durante los meses que habían pasado desde el secuestro, Isaac y Nicole habían llegado a estrechar relaciones. Los unía un vínculo forjado por la tragedia común. Ella siempre había tenido la sensación de que las personas que la ayudaban, en el fondo, se consideraban subordinadas a Clay, y eso valía también hasta cierto punto para Janie. Solo con Isaac existía ese vínculo especial. E Isaac a menudo miraba a Nicole como si estuviese dispuesto a dar la vida por ella.

—Puede salir del paso si la cosecha es buena y hasta ahora el tiempo ha sido perfecto —observó Nicole.

—No creo que Clay tenga la fuerza necesaria ni siquiera para cosechar el tabaco, y mucho menos para llevarlo al mercado.

—Eso es absurdo. No hay hombre más laborioso que Clayton Armstrong.

—No había... —dijo Isaac—. Eso era cierto antes, pero ahora lo único que sabe hacer es acercar la botella a su boca. ¿Y qué resolvería trabajando? La esposa gasta más de lo que podría pagarse con cuatro plantaciones. Cuando voy allí con los mellizos, siempre hay cobradores que persiguen a Clay. Si permite que la cosecha se le pudra en el campo, lo perderá todo. Terminarán con la propiedad.

Nicole se apartó. No deseaba oír más.

—Creo que tengo que revisar unos papeles. ¿Los Morrison han traído esa cebada que tú pediste?

—Esta mañana —respondió Isaac, que caminaba detrás de Nicole. El joven respiró hondo y por milésima vez formuló mentalmente el deseo de que ella se relajase un poco, aunque fuese por el bien de los que compartían su vida en la casa. También deseaba que Wesley los visitara, pero Travis había viajado a Inglaterra y Wes tenía que ocuparse de su propia plantación. Nadie podía conseguir que Nicole dejase de trabajar siquiera unos minutos.

Gerard se recostó sobre un árbol y observó a Isaac que caminaba detrás de Nicole, mientras ambos regresaban al molino. A menudo se preguntaba qué había entre ellos. Pasaban muchas horas juntos. El último año Gerard había conocido a muchas personas y la mayoría se habían mostrado dispuestas a decirle todo lo que él quisiera saber. Sabía que Nicole era una mujer apasionada. Había escuchado varias veces el relato del comportamiento de la joven en la fiesta de los Backes. Su actitud había sido la de una mujer vulgar, y eso delante de mucha gente; sin embargo, lo abofeteó cuando él se atrevió a tocarla.

No había pasado un día sin que él recordara cómo

lo había abofeteado y el modo de mirarlo, como si Gerard hubiese sido un reptil venenoso. Sabía por qué se había negado a él. Creía que ella era mejor que Gerard. Después de todo, ella pertenecía a la familia Courtalain, cuya historia estaba relacionada con los reyes y las reinas de Francia. ¿Y quién era Gerard? El hijo de un zapatero. Él creía que ella lo aceptaría después de enterarse de que eran parientes, pero no era así. Para ella Gerard era hijo de un zapatero y no importaba lo que él hiciera, la situación siempre sería la misma.

Gerard pensó en lo que se había obligado a hacer el último año. Nicole lo había obligado a prostituirse con esas groseras norteamericanas. Eran mujeres toscas, desprovistas de educación, y conocían únicamente ese desabrido idioma norteamericano. A Gerard le encantaba observar la expresión en los ojos de las mujeres cuando les decía cosas horribles en francés. Eran demasiado estúpidas para entender sus palabras.

Y por la noche, Nicole lo torturaba, jugaba con él hasta que Gerard ya no podía soportarlo más. Solo una cortina separaba el cuarto de Gerard del espacio que Nicole ocupaba. Él estaba acostado, en la oscuridad, y Adele roncaba a su lado, y Gerard escuchaba a Nicole desvestirse. Conocía los sonidos de cada prenda. Sabía cuándo ella estaba desnuda, un instante antes de ponerse el camisón. Imaginaba el cuerpo bronceado de la joven y que él abría los brazos y la recibía. ¡Y entonces le mostraría! Conseguiría que ella se arrepintiese de haberlo abofeteado.

Se apartó del árbol. Llegaría el momento en que ella se arrepentiría de haber creído ser mejor que Gerard.

Imaginaba todo lo que le haría. La obligaría a arrastrarse y rogar. ¡Sí! Era una mujer apasionada, pero él la tocaría únicamente si Nicole se lo pedía de rodillas. Le demostraría que el hijo de un zapatero no es inferior a cualquiera de sus encumbrados parientes franceses.

Caminó entre los árboles y se alejó del molino. Ese lugar lo enfermaba. Todos reunidos, riendo y conversando... sin duda hablando del propio Gerard. Una vez había alcanzado a oír a dos hombres que se referían al «francesito». Gerard se apoderó de una piedra, pero después lo pensó mejor. Había modos mejores de vengarse, sin necesidad de herir a nadie. Más avanzado el otoño, esos dos hombres habían perdido toda la cosecha de tabaco. Uno de ellos quebró.

Gerard sonrió al recordarlo. Mientras caminaba a lo largo del risco, un movimiento en el lado opuesto del río atrajo su atención. Era una mujer bastante corpulenta a caballo. Se detuvo y miró un momento. Durante el último año había visto cada vez menos actividad en esos campos. Nunca le había interesado especialmente la relación de Nicole con Armstrong. Sabía que antes Nicole estaba casada con él, y que en la fiesta de los Backes se había comportado como la amante de ese hombre. Muchas veces Gerard había imaginado que Nicole se comportaba del mismo modo con él. Cuando ella consiguió la anulación del matrimonio, poco después de la llegada del francés, Gerard se sintió complacido. Pensaba que estaba revelándole a quién deseaba verdaderamente. Eso lo había emocionado, sin duda, ella había obtenido la anulación para casarse después con él. Había esperado unos días y después había dado a entender a la joven que estaba dispuesto a recibirla en su lecho.

Rechinó los dientes al recordar. Ella era una coqueta y a veces prometía cosas y después reaccionaba como si él la hubiese insultado.

Mientras miraba, la mujer que estaba en el lado opuesto del río levantó el látigo y asestó un buen golpe sobre la grupa del caballo. El animal saltó, después inclinó la cabeza y contrajo el cuerpo. La mujer fue despedida por el aire y cayó sentada, levantando una nube de polvo y guijarros.

Gerard vaciló un momento y después echó a correr hacia el muelle. No tenía una idea muy clara de sus propias intenciones, pero sabía que era necesario llegar a la mujer.

—¿Está herida? —preguntó cuando estuvo cerca.

Bianca estaba sentada en el suelo, con su cuerpo dolorido a causa del golpe y del rato que había cabalgado. Se quitó de la boca un pedazo de tierra y lo miró con disgusto. Se sorprendió al ver a Gerard. Hacía mucho tiempo que no veía a un caballero, e identificó inmediatamente el atuendo de estilo francés. Gerard vestía una chaqueta de paño verde con el cuello y los puños de terciopelo. Llevaba camisa de seda blanca con la corbata bien anudada. Las piernas delgadas estaban enfundadas en pantalones de color castaño con seis botones de perlas en la rodilla.

Bianca suspiró. Era agradable ver a un hombre que no estuviese vestido con prendas de cuero. También la complacía ver un cuerpo esbelto, el cuerpo de un caballero, en lugar de la corpulencia de un peón rural.

—¿Puedo ayudarla? —repitió Gerard cuando vio que la mujer no contestaba. Advirtió el sentido de la mirada de Bianca. No era la primera vez que observaba esa expresión en América. Las mujeres tenían hambre de cultura y refinamiento.

La examinó mientras le ofrecía la mano. Era una mujer corpulenta, muy corpulenta. El vestido de raso rojo, muy escotado, revelaba un busto enorme. Tenía los brazos muy gruesos, que presionaban sobre las mangas del vestido. La cara mostraba el aspecto de algo que antes había sido bonito, pero ahora estaba recargado y deformado irremediablemente. A pesar del corte anticuado del vestido y la tela inadecuada, Gerard comprendió que era una prenda cara.

—Permítame ayudarla —dijo Gerard con su acento más cálido—. Me temo que estropeará ese cutis exquisito si continúa al sol.

Bianca se sonrojó y después aceptó la mano que él le ofrecía.

Gerard se vio obligado a realizar un esfuerzo considerable. Le pareció aún más corpulenta cuando la vio de pie.

Era unos cinco centímetros más alta que él y pesaba por lo menos veinticinco kilogramos más.

Gerard no le soltó la mano y la condujo amablemente hasta la protección de la sombra de un árbol. Con un gesto amplio, se quitó la chaqueta y la extendió sobre la hierba.

—Por favor —dijo con una reverencia—. Es necesario que descanse después de una caída así. Una joven delicada como usted tiene que cuidarse.

Se volvió hacia el río.

Bianca se acomodó sobre la chaqueta y después miró a Gerard, que ya se alejaba.

—No pensará abandonarme, ¿verdad?

Ella miró por encima del hombro, como para expresarle de manera inequívoca que, habiéndola encontrado, no quería ni podía abandonarla.

Gerard se detuvo a la orilla del río y sacó su pañuelo. Pertenecía a Adele; el único que la dama poseía, era de seda pura, con encaje de Bruselas y las iniciales A.C. Gerard había eliminado cuidadosamente la A y dejado la C, puesto que ahora él era un Courtalain.

Humedeció el pañuelo y se lo llevó a Bianca. Se arrodilló al lado de la joven.

—Tiene una mancha en la mejilla —dijo en voz baja. Como ella no reaccionó, Gerard agregó—: Permítame. —Sostuvo en la mano el mentón de Bianca y comenzó a limpiarle cuidadosamente la suciedad.

Bianca pensó que era extraño que el contacto con Gerard no le inspirara rechazo. Después de todo, él era un hombre.

—Se le ensuciará el pañuelo —balbuceó.

Él le respondió con una sonrisa de profunda tolerancia.

—¿Qué es la seda comparada con la piel de una mujer hermosa?

—¿Hermosa? —Lo miró con asombro. El azul de los ojos era apenas visible a causa de las mejillas excesivamente abultadas. El hoyuelo de la mejilla izquierda ya no era visible—. Hace mucho que nadie me llama hermosa.

—Qué extraño —dijo Gerard—. Yo hubiera dicho que su marido, porque estoy seguro de que una dama de su belleza está casada, y que él se lo repite todos los días.

—Mi marido me odia —dijo abiertamente Bianca.

Gerard reflexionó un momento. Advirtió que esa mujer necesitaba un amigo y también necesitaba hablar. Se encogió de hombros. Él no tenía nada que hacer, y, además, a veces las cosas que le decían las mujeres solitarias eran útiles.

—¿Y quién es su marido?

—Clayton Armstrong.

Gerard enarcó el entrecejo.

—¿El propietario de este lugar?

—En efecto. —Bianca suspiró—. Por lo menos, lo que resta de esto. Él se niega a trabajar porque me odia. Dice que no quiere matarse trabajando en el campo solo para comprarme algunos adornos.

—¿Adornos? —repitió Gerard.

—En realidad, soy una persona frugal. No compro nada que no necesite..., algunas prendas sencillas, un carruaje, adornos para la casa, nada que una dama de mi posición no necesite.

—Es una vergüenza que tenga un marido tan egoísta.

Bianca desvió la mirada hacia el río.

—*Ella* es la culpable de todo esto. Si no se hubiese arrojado a los pies de mi marido, no habría sucedido nada parecido.

—Pero yo creía que Nicole había estado casada con el señor Armstrong.

Gerard no fingió desconocer el tema.

—Estuvo casada, pero yo la puse en su lugar. Creyó

que podía apoderarse de lo que era mío, de lo que tanto trabajo me había costado, pero no lo logró.

Gerard miró a su alrededor y contempló los campos de tabaco que se extendían a su izquierda.

—¿Hasta dónde exactamente llega la propiedad de Armstrong?

Pareció que Bianca se reanimaba.

—Es rico, o podría serlo si trabajara un poco. Tiene una bonita casa, aunque es muy reducida.

—¿Nicole renunció a todo esto? —preguntó Gerard, hasta cierto punto para sí mismo.

La cólera enrojeció las mejillas de Bianca.

—No renunció. Luchamos y yo gané. Eso es todo.

Ahora Gerard estaba realmente interesado.

—Hábleme de esa lucha. Realmente, me interesa mucho.

Se sentó en el suelo y escuchó absorto el relato de Bianca. Lo sorprendió la astucia de la mujer. Esa era una persona a quien él podía entender. Sonrió cuando ella le explicó cómo había pagado a Abe con el fin de que secuestrase a Nicole. Y la miró casi con respeto cuando ella le dijo que había llegado al extremo de meterse en la cama de Clay.

En América nadie había escuchado con tanta atención a Bianca, ni le habían mostrado tanto interés. Ella misma siempre había creído que el modo de manipular a Clay y a Nicole había sido sumamente astuto, pero al parecer nadie lo había visto así. Al comprobar que Gerard exhibía un interés tan vivo, Bianca continuó relatándole cómo había pagado a Oliver Hawthome para conseguir que ese hombre la dejara embarazada. Bianca se estremeció al recordar el episodio y dijo que había tenido que drogarse para soportar el contacto con ese individuo.

Gerard se echó a reír.

—¡Y no fue siquiera el hijo de Armstrong! ¡Qué maravilloso! No dudo que Nicole se enfureció cuando descubrió que su amado esposo dormía con otra e incluso la había dejado embarazada. —Obedeciendo un impulso, aferró la mano adiposa de Bianca y besó la piel tensa—. Qué lástima que perdiera el niño. Hubiera sido un justo castigo para Armstrong que el niño se pareciera a un vecino y no al presunto padre.

—Sí —dijo Bianca con expresión soñadora—. Me habría gustado que él hiciera el papel del tonto, en pago de todo lo que se burló de mí.

—De usted sería imposible burlarse. En realidad, tontas son las personas que no la aprecian como merece.

—Sí, sí —murmuró Bianca—. Usted me comprende.

Permanecieron en silencio un momento. Bianca creyó que había encontrado a su primer amigo, alguien que estaba interesado en ella. Todos los demás parecían tomar partido por Clay o Nicole.

Con respecto a Gerard, por el momento no sabía qué hacer con las revelaciones de Bianca, pero sabía que de un modo o de otro le serían útiles.

—Me presentaré: soy Gerard Gautier, de la familia Courtalain.

—¡Courtalain! —exclamó Bianca—. Pero ese es el apellido de Nicole.

—Sí, estamos... emparentados.

A Bianca se le llenaron los ojos de lágrimas.

—Usted se ha aprovechado de mí —murmuró desesperada—. Me ha escuchado, ¡pero está del lado de Nicole!

Comenzó a incorporarse, pero el peso de su cuerpo la tiró de nuevo hacia atrás.

Gerard apoyó las manos sobre los hombros de Bianca y la obligó a sentarse.

—Que yo esté emparentado con ella ciertamente no significa que esté de su lado. Lejos de eso, soy huésped en su casa y no pasa un momento sin que me recuerde que dependo de su caridad.

Bianca parpadeó rápidamente para limpiarse las lágrimas.

—Entonces, usted sabe que esa mujer no es el ángel puro que pretende ser. Se casó con mi prometido. Trató de quitarme Arundel Hall y la plantación. Sin embargo, todos parecen creer que yo soy la que ha procedido mal. Y yo solo tomé lo que era mío.

—Sí —convino Gerard—. Aunque cuando dice «todos» supongo que se refiere a los norteamericanos. Pero, ¿qué puede esperar de personas tan groseras e ignorantes?

Bianca sonrió.

—Son gente muy estúpida. Nadie vio cómo Nicole se arreglaba con ese horrible Wesley Stanford.

—¡O con Isaac Simmons! —dijo asqueado Gerard—. Pasa muchísimas horas diarias con ese vulgar plebeyo.

Una campana sonó a lo lejos. Llamaba a comer a los trabajadores de la plantación que aún quedaban.

—Debo marcharme —dijo Bianca—. ¿Podríamos... vernos otra vez?

Gerard utilizó su escasa fuerza para ayudarla a incorporarse y después se puso la chaqueta. No fue una tarea fácil.

—Nada podría impedir que yo la viese otra vez. Debo decir que por primera vez desde que llegué a América siento que he hallado a una amiga.

—Sí —coincidió en voz baja Bianca—. Yo pienso lo mismo.

Él le tomó la mano y la besó tiernamente.

—Entonces, ¿mañana?

—Aquí, a la hora del almuerzo. Yo traeré de comer.

Él asintió deprisa y se separó de Bianca.

20

Bianca miró un momento la figura de Gerard, alejarse. Era de veras un hombre apuesto... tenía modales delicados, refinados, muy diferentes a los que podían verse en esos repugnantes norteamericanos. Se volvió hacia la casa y suspiró al recordar que debía recorrer un largo trecho. Esa distancia era culpa de Clayton. Bianca había pedido que alguien la llevase en carruaje a través de la plantación, pero Clay se había reído de la idea y había dicho que no estaba en condiciones de trazar caminos porque ella fuera tan perezosa que no aceptara caminar.

Durante la larga caminata hasta la casa, Bianca pensó en Gerard. ¿Por qué no se había casado con un hombre como él? ¿Por qué había aceptado a un individuo tan mezquino y grosero como Clayton? Hubiera sido feliz con un hombre como Gerard. Repitió varias veces el nombre. Sí, la vida con él hubiera sido muy placentera. Jamás se hubiera burlado de Bianca, ni la hubiese ofendido.

Una vez en la casa, desapareció el sentimiento de euforia. El lugar estaba increíblemente sucio. No se había limpiado a fondo en más de un año. Las telarañas colgaban del techo. Sobre la mesa había ropas, papeles y flores secas. El suelo estaba enlodado. Las alfombras estaban tan cargadas de polvo que el mero hecho de caminar sobre ellas levantaba pequeñas nubes.

Bianca había intentado mantener un grupo de criados, pero Clay siempre le había impedido aplicar su disciplina. Apoyaba a los criados contra ella. Después de unos meses se había negado a emplear personal en la casa. Decía que el carácter de Bianca era demasiado agrio y que no podía imponerse a nadie el castigo de soportarlo. Bianca había discutido con Clay y le había dicho que no tenía idea del modo de tratar a los criados, pero, como ocurría siempre, él no le hizo caso.

—Aquí viene mi pequeña esposa... ¿aunque corresponde llamarla pequeña? —dijo Clay. Estaba apoyado en la baranda de la escalera, frente a la puerta del comedor. La camisa que vestía en otro tiempo había sido blanca, pero se la veía sucia y desgarrada; la llevaba abierta hasta la cintura, apenas sujeta por el ancho cinturón de cuero. Las botas altas estaban cubiertas por costras de lodo. En la mano sostenía una copa de whisky, la bebida que consumía a cada momento.

—Imaginé que la campana llamando a comer te traería de regreso —dijo Clay perezosamente. Se pasó la mano sobre el mentón sin afeitar—. No importa lo que suceda, es suficiente mencionar la comida para que acudas corriendo.

—Me repugnas —replicó ella con expresión hostil, y pasó al comedor. La mesa grande estaba atestada de alimentos. Maggie era una de las pocas personas que habían continuado sonriendo a Clay a lo largo de ese año. Bianca se sentó con movimientos cuidadosos y desplegó una servilleta de hilo sobre el regazo, mientras estudiaba la comida.

—¡Qué apetito! —dijo Clay desde la puerta—. Si fueras capaz de mirar así a un hombre, lo dominarías sin remedio. Pero los hombres no te interesan, ¿verdad? Tus únicos intereses son la comida y tú misma.

Bianca depositó en su plato tres trozos de carne.

—No sabes nada de mí. Quizá te interese saber que algunos hombres me consideran atractiva.

Clay rezongó y bebió un sorbo de whisky.

—Nadie podría ser tan estúpido. En todo caso, confío en que yo soy el único que llega a ese nivel de estupidez.

Bianca continuó comiendo, lenta pero constantemente.

—¿Sabías que tu querida y perdida Nicole se acuesta con Isaac Simmons? —sonrió al ver la expresión en la cara de Clay—. Siempre fue una perra. Solía encontrarse contigo incluso cuando vivías conmigo. Las mujeres como ella no pueden vivir sin un hombre, y, para el caso poco importa qué clase de individuo sea. Estoy segura de que también se acostó con Abe. Quizá representó el papel de casamentera cuando los reuní en esa isla.

—No te creo —dijo Clay por lo bajo—. Isaac es casi un niño.

—Y tú, ¿qué eras a los dieciséis años? Ahora que ella se ha librado de ti, puede hacer lo que le dé la gana con quien quiera. Apuesto a que le enseñaste alguno de tus sucios trucos en la cama y ahora ella se los enseña al precioso e inocente Isaac.

—¡Cállate! —gritó Clay, y le arrojó la copa a la cabeza. Fuese porque estaba demasiado ebrio para apuntar bien o porque ahora ella tenía más práctica en esquivar, lo cierto es que Clay erró el tiro.

Clay salió de la casa y caminó hacia el despacho y los establos. En los últimos tiempos, rara vez visitaba su despacho; no le parecía necesario. Cuando llegó a los establos, se apoderó de una jarra de whisky y caminó hacia el río.

Se sentó en la orilla y apoyó la espalda en un árbol. Desde allí podía ver los campos sembrados de Nicole. La casa y el molino estaban fuera de su campo visual y Clay se alegraba de que así fuese. Ver la fecundidad y la productividad de los campos de Nicole ya era más que suficiente. Se preguntó si Nicole alguna vez pensaría en él, si lo recordaría. Vivía con ese pequeño francés que, según afirmaba Maggie, tenía embobadas a casi todas las mujeres de Virginia. Desechó la idea de Isaac. Bianca tenía la mente enferma.

Clay bebió un largo sorbo de whisky. Necesitaba cada vez más bebida para olvidar. A veces, de noche, despertaba de un sueño en que sus padres, Beth y James lo acusaban todos de olvidarlos, de destruir lo que les pertenecía. Por la mañana solía despertar con nuevas ideas, una esperanza distinta, planes para el futuro. Entonces veía a Bianca, la casa sucia y los campos sin cultivar. Al otro lado del río, el sonido de las risas o los gritos de uno de los mellizos resonaban en el aire. En un movimiento inconsciente, alargaba la mano hacia la botella de whisky. El whisky le adormecía los sentidos y lo ayudaba a olvidar, y, en definitiva, evitaba que oyese o pensara.

No prestó la más mínima atención cuando las nubes cubrieron el sol. Avanzó el día y el manto de nubes se espesó. Se desplazaban perezosamente, pero cubrían porciones cada vez mayores del cielo. A lo lejos, un rayo surcó el cielo. Se disipó el calor del día y comenzó a soplar el viento. Barrió los campos de trigo y cebada. Golpeó el cuerpo de Clay y mordisqueó la camisa suelta. Pero el whisky lo mantenía caliente. Incluso cuando cayeron las primeras gotas, Clay no se movió. Comenzó a llover, cada vez más intensamente. La lluvia empapó su sombrero, el agua comenzó a juntarse sobre el ala y después le corrió por la cara. Clay ni siquiera advirtió la fría humedad cuando la camisa se le pegó a la piel. Permaneció sentado, bebiendo.

Nicole se volvió hacia la ventana y suspiró. La lluvia ya duraba dos días y no amainaba ni siquiera un minuto. Habían tenido que suspender la molienda porque el río había crecido tanto que era difícil controlar el agua que llegaba en los cubos. Isaac le había asegurado que los cultivos estarían a salvo mientras los muros de piedra resistiesen, y parecía que podían aguantar. El agua arrastraba al río la capa superficial del suelo de las tierras altas. Se hubieran sentido totalmente a salvo de los peligros de la lluvia si no hubiesen tenido que preocuparse por la erosión.

Nicole se sobresaltó cuando oyó fuertes golpes en la puerta.

—¡Wesley! —dijo, contenta de verlo—. ¡Estás empapado! ¡Entra!

Wesley se quitó el impermeable de tela encerada y lo sacudió. Janie recibió la prenda y la colgó a secar.

—¿Por qué has venido con este tiempo? —preguntó Janie—. ¿Problemas con el río?

—¡Muchos! ¿Hay café? Tengo frío y estoy mojado.

Nicole le entregó un gran jarro de café y Wesley bebió de pie, frente al fuego. Gerard estaba sentado en un rincón de la habitación, en silencio, con la expresión distante. Wes alcanzaba a oír a los mellizos que hablaban en la planta alta, probablemente con la madre de Nicole, a quien él había visto una sola vez.

—Bien, estamos esperando —insistió Janie—. ¿Que te ha traído por aquí?

—En realidad, me dirigía a la casa de Clay. Habrá una inundación si la lluvia continúa.

—¿Una inundación? —preguntó Nicole—. ¿Y perjudicará a Clay?

Janie dirigió una mirada dura a Nicole.

—Lo que es más importante, ¿nos perjudicará?

Wes observaba a Nicole.

—Las tierras de Clay siempre han estado expuestas a las inundaciones... por lo menos las parcelas más bajas. Sucedió una vez, cuando éramos niños. Aunque, por supuesto, en esa época el señor Armstrong había ordenado sembrar los otros campos.

—No lo entiendo.

Wes se arrodilló y con una astilla de madera comenzó a trazar un diagrama que representaba las tierras de Clay, las de Nicole y el curso del río. Precisamente, poco después del molino, el río se desviaba bruscamente hacia las tierras de Clay y el nivel del suelo bajaba bastante y creaba una planicie inundable. Del lado de Nicole la tierra era alta, pero la de Clay era tierra baja, fértil, pero también constituía el punto destinado a recibir el excedente de agua del río.

Nicole apartó los ojos del dibujo.

—Entonces, mis tierras están drenando en las de Clay, y contribuyen a la elevación del nivel del río.

—Supongo que se puede interpretar así, pero no podría decirse que tienes la culpa si Clay pierde las cosechas.

—¿Perder las cosechas? ¿Todas?

Wes pasó el atizador sobre el mapa dibujado en la ceniza.

—Él tiene la culpa. Conoce bien el mecanismo de las inundaciones. Cada año aceptó el riesgo y sembró esos terrenos, porque allí la tierra es muy fértil. Siempre se protegió sembrando más tierras en terreno alto. El padre de Clay solía considerar que la suerte lo favorecía cuando llegaba a cosechar esos campos.

Nicole se puso de pie.

—Pero este año ha sembrado únicamente las tierras bajas.

Wes se acercó a ella.

—Él sabía lo que hacía. No ignoraba lo que podía ocurrir.

—¿No es posible hacer nada? ¿Es inevitable que lo pierda todo?

Wes le pasó el brazo por los hombros.

—Nadie puede detener la lluvia. Si lograses suspender la caída de agua, él se salvaría, pero, fuera de eso, no hay otro recurso.

—Me siento tan impotente... Ojalá pudiera hacer algo.

—Wesley —dijo Janie con voz áspera—. Seguramente tienes apetito. ¿Por qué no comes algo?

Wes sonrió a la mujer.

—Me encantaría tomar un bocado. Pero decidme cómo están aquí las cosas. ¿Os parece que puedo ver a los mellizos?

Janie se acercó al pie de la escalera.

—El duque de Wesley está aquí —gritó— y desea ver a sus altezas reales.

Wes miró incrédulo a Nicole. Ella elevó los ojos al cielo, meneó la cabeza y suspiró, y después hizo un gesto de impotencia con las manos. Wes casi se sofocó con la risa. Los mellizos bajaron la escalera como una tromba y se arrojaron a los brazos del visitante. Él los recibió, giró con ellos y los arrojó al aire, mientras los niños gritaban de alegría.

—Wes, deberías casarte —dijo Janie con voz terriblemente seria, mientras dirigía una mirada significativa a Nicole.

—Lo haré cuando usted me acepte —dijo riendo—. ¡No! ¡No puedo! Recuerdo que ya prometí matrimonio a una de las hermanitas de Isaac.

—Es mejor para ti —rezongó Janie—. Pídeme en matrimonio y lo acepto. Ahora, deposita en el suelo a esos jovencitos y ven a comer.

Después, mientras Wes comía y respondía a las preguntas de los mellizos, vio la expresión en el rostro de Nicole. Sabía lo que la había impresionado. Extendió la mano sobre la mesa y estrechó la de Nicole.

—Ya verás como todo se arregla. Travis y yo nos ocuparemos de que él no pierda la plantación.

Nicole levantó la cabeza.

—¿Por qué hablas de perder la plantación? La pérdida de la cosecha de un año no significa que pierda la propiedad entera.

Wes y Janie se miraron.

—En circunstancias normales, no sería el caso, pero, por otra parte, los hombres rara vez pierden toda la cosecha. Clay tenía que haber sembrado en las tierras altas.

—Pero incluso si pierde la cosecha, sin duda dispone de suficiente reserva en efectivo para sobrevivir. Me parece increíble que la plantación vaya a la quiebra en un solo año.

Wes apartó el plato. La lluvia seguía golpeando el tejado.

—Más vale que sepas la verdad: el año pasado, Clay dejó que sus cultivos se pudriesen en el campo, pero gracias al intenso trabajo durante los años precedentes, y a todo lo que hicieron su padre y su hermano, su situación financiera era sólida. Pero Bianca...

Vaciló, al ver la expresión en los ojos de Nicole. La joven trataba de mantener una actitud serena, pero Wes no se engañaba y veía cómo la hería la sola mención del nombre de Bianca.

—Bianca —continuó diciendo Wes— ha contraído deudas extraordinarias. Hablé con Clay hace un mes y me dijo que ella tomó prestadas ciertas sumas y utilizó como garantía la plantación, con el fin de enviar dinero a su padre, que vive en Inglaterra. Al parecer, ella intenta recuperar la antigua casa de su familia.

Nicole se puso de pie, se acercó al fuego y con el atizador removió distraída las cenizas. Recordó el parque que se extendía frente a la casa de Bianca, el mismo que anteriormente había sido propiedad de los Maleson. Bianca siempre decía que un día ella conseguiría recobrar el hogar de la familia.

—¿Y Clay le permitió utilizar su tierra? Eso no parece muy propio de él.

Wes esperó un momento antes de contestar.

—No estoy seguro de que hablemos del mismo Clay. Nicole, él ha cambiado. A decir verdad, ya no le importa la suerte de la propiedad o su propio destino. No da un paso sin una copa de whisky en la mano. Intenté razonar con él, pero no quiso escucharme. Se limitó a ignorarme. En cierto sentido, es la peor actitud que ha podido adoptar. Clay siempre ha tenido carácter y es muy capaz de descargar un golpe antes de pensar, pero ahora...

Dejó inconclusa la frase.

—De modo que Clay perdió la cosecha del año pasado y ahora es posible que le suceda lo mismo. ¿Intentas decirme que está en bancarrota?

—No. Travis y yo hemos conversado con los acreedores y estamos apoyando a Clay. De todos modos, dije a Clay que debía evitar que Bianca continuara gastando del mismo modo.

Nicole se volvió para mirar a Wes.

—¿Y dijisteis a Clay que lo ayudaríais a afrontar sus deudas?

—Por supuesto. No deseaba que él se inquietara demasiado.

—¡Hombres! —dijo con fiereza Nicole, y después agregó en francés unas frases que indujeron a enarcar las cejas a Gerard, que lo escuchaba todo con expresión pasiva—. ¿Qué dirías si Clay viniera a informarte que te considera incapaz de administrar tu tierra y que no debes inquietarte, porque él se hará cargo?

—¡No es lo mismo! Somos amigos, siempre lo fuimos.

—Los amigos se ayudan mutuamente, no se destruyen.

—¡Nicole! —la previno Wes, que estaba enojándose—. Conozco a Clay de toda la vida...

—¡Y ahora arrojas un ancla a un hombre que se ahoga! ¡Eso es lo que haces!

Wes se puso de pie, con el rostro rojo de furia y las manos aferrando la mesa.

Janie intercedió.

—¡Terminad de una vez! Os estáis comportando como niños; no, peor que niños, porque los mellizos nunca actúan así.

Wes comenzó a calmarse.

—Lo siento. No quise enojarme, pero, Nicole, me acusas de cosas terribles.

Ella se volvió hacia el fuego, con el atizador todavía en la mano. Había corregido el curso del río dibujado por Wes. Lo miró mientras hablaba.

—No hablé con mala intención. Sucede sencillamente que Clay es un hombre muy orgulloso. Ama la plantación y preferirá renunciar a ella antes que perderla.

—Eso no tiene sentido.

Nicole se encogió de hombros.

—Me imagino que, en efecto, lo que digo no parece muy sensato. Quizá tropiezo con ciertas dificultades para expresarme. Wes, ¿no hay modo de evitar que el río se desborde?

—Quizá rezando. Si cesa la lluvia, es posible que el agua descienda.

—¿Por qué esas tierras no se inundan todos los años? ¿Por qué se trata de inundaciones ocasionales?

—El curso del río está cambiando. Cuando nosotros éramos niños, el abuelo de Clay nos dijo que en su propia infancia no había tierras bajas, y que año tras año el río se desplazaba un poco y dejaba al descubierto unos metros más de tierra.

—Ven —dijo ella, y se apartó del mapa dibujado en las cenizas—. Muéstrame aquí el sentido de lo que estás explicando.

Wes se arrodilló frente al hogar.

—Creo que el río intenta formar una curva. Esta curva solía ser más recta, más amplia, pero en el curso de los años ha cambiado.

Ella examinó el mapa.

—Lo que quieres decir es que el río está carcomiendo mis tierras altas y creando esa planicie baja en la propiedad de Clay.

Wes la miró sorprendido.

—No creo que eso deba preocuparte. Él río necesitará cincuenta años para llevarse una parcela importante de tu tierra.

Ella no hizo caso de la mirada de Wes.

—¿Y qué sucede si le entregamos lo que desea a ese dios del río?

—¿De qué estás hablando? —preguntó Wes.

Al principio había creído que un impulso egoísta movía a Nicole, y que la preocupaba la posibilidad de que el río le arrebatase su tierra.

—Nicole... —dijo Janie—. No me agrada ese tono de voz.

Nicole tomó una astilla de madera.

—¿Qué sucedería si mis tierras fuesen cortadas aquí? —Trazó una línea de una curva del río a la otra—. ¿Qué sucedería?

—Es una tierra húmeda y empinada y probablemente se desprendería y caería al río.

—¿Y de qué modo eso influiría en el nivel del agua?

A Wes se le agrandaron los ojos cuando empezó a comprender lo que ella pensaba.

—Nicole, no puedes hacer eso. Necesitarías cavar varios días y la tierra que se desprendería está sembrada con tu trigo.

—No has respondido a mi pregunta. ¿Descendería el nivel del agua?

—El río tendría más espacio y podría distribuirse mejor... quizá. ¿Cómo podemos saberlo?

—Estoy pidiendo una opinión, no una respuesta absoluta.

—¡Sí, maldita sea! Es probable que al río le encantase tragarse tus tierras en lugar de las de Clay. ¿Qué les importa una cosa o la otra a esas malditas aguas?

—Te agradecería que cuidases el lenguaje en presencia de los niños —dijo recatadamente Nicole—. Bien, necesitaremos palas y picos para las raíces y las piedras, y...

Wes la interrumpió.

—¿Sabes cómo está el tiempo? La lluvia cae con tal fuerza que puede matar y hablas de trabajar en esas condiciones.

—No conozco otro modo de cavar una zanja. Tal vez tú puedas hacerlo bajo techo, de modo que todos trabajemos secos y tibios.

—No puedo permitirte que hagas eso —dijo francamente Wes—. Clay puede arreglarse sin necesidad de que te sacrifiques. Travis y yo le prestaremos el dinero y el año próximo las cosas mejorarán.

Nicole lo miró fríamente.

—¿De veras? ¿El año próximo las cosas mejorarán? Mirad lo que le hemos hecho. Todos lo hemos abandonado. Es un hombre que necesita una familia. Era feliz cuando tenía a sus padres, a James, a Beth y los mellizos. Y, después, uno por uno todos lo abandonamos. Durante un tiempo le ofrecí mi amor, pero después se lo negué... y también le quité a los mellizos. —Levantó un brazo y señaló en la dirección de Arundel Hall—. Antes era una casa feliz, habitada por personas a quienes él amaba y que lo amaban. ¿Qué tiene ahora? Incluso sus sobrinos viven con una extraña y no con él. Tenemos que demostrarle que su persona nos importa.

—Pero Travis y yo...

—¡Dinero! Eres como un marido que ofrece dinero a su esposa en lugar de la atención y el amor que ella necesita. Clay no necesita dinero; necesita saber que alguien se interesa por él. Tiene que sentir que no está solo en el mundo.

Wes se puso de pie y la miró fijamente, y lo mismo

hicieron Janie y los mellizos. Gerard entornó los párpados, pero su expresión indicaba que estaba profundamente interesado.

—¿Adivinas lo que siente Clay? —preguntó serenamente Wes—. ¿O estás trasladando lo que tú misma sientes? ¿No eres tú la que se siente solitaria y desea que alguien te demuestre interés?

Nicole trató de sonreír.

—No lo sé. Ahora no tengo tiempo de pensar en eso. Cada minuto que perdamos el nivel del río subirá y se acercará al tabaco de Clay.

Wes aferró bruscamente el brazo de Nicole y la abrazó.

—Si un día encuentro a una mujer que me ame la mitad de lo que tú amas a Clay, me aferraré a ella y no la soltaré nunca.

Nicole se apartó de él y se enjugó una lágrima.

—Por favor, deseo guardar algunos secretos, y, además, no dudo que tendrás una conducta tan ridícula como la que Clay y yo hemos demostrado. ¡Bien! —dijo con voz enérgica—. Organicémonos. Quizá puedas conseguir algunas palas, ¿verdad?

Janie se desató el delantal, lo colgó en la percha que estaba junto a la puerta y se apoderó del impermeable de Wes.

—¿Adónde vas? —preguntó Wes.

—Mientras los dos charláis, yo trataré de hacer algo. Ante todo, pediré prestadas algunas prendas a Isaac. Salir sin ropa adecuada bajo esta lluvia no es el mejor modo de trabajar. Y después iré a buscar a Clay.

—¡Clay! —dijeron al unísono Nicole y Wes.

—Vosotros podéis creer que es un inválido, pero yo sé a qué atenerme. Puede cavar tanto como otro cualquiera, y aún lo acompañan algunos hombres. Ojalá tuviésemos tiempo para traer también a Travis.

Nicole y Wes continuaban mirándola sin hablar.

—¿Os proponéis echar raíces allí? Nicole, ven conmigo al molino. Wes, marca los lugares donde habrá que cavar la zanja.

Wes aferró el brazo de Nicole y la empujó hacia la puerta.

—¡Vamos! ¡Hay trabajo que hacer!

21

Janie se sintió impresionada cuando vio Arundel Hall. Había una gran filtración en el tejado del porche y estaba inundado. La puerta de la casa se hallaba entreabierta y la alfombra oriental tenía un borde completamente empapado. Entró en la casa e intentó cerrar la puerta. La permanente humedad de la lluvia había hinchado la madera, de modo que era imposible cerrarla. Enrolló la alfombra húmeda para apartarla de la puerta y miró apesadumbrada el suelo abombado y estropeado frente a la puerta. Sería necesario reemplazar el roble.

Irritada, pasó la mirada por el ancho vestíbulo. La intensa humedad determinaba que la suciedad y los restos que había en la casa oliesen mal. Cerró los ojos un momento y mentalmente pidió perdón a la madre de Clay. Después atravesó el vestíbulo y se acercó a la biblioteca.

Abrió la puerta sin llamar. Vio inmediatamente que era la única habitación que no había cambiado, aunque tampoco estaba limpia. Permaneció de pie en el umbral varios minutos, mientras sus ojos se adaptaban a la penumbra.

—Seguramente he muerto y he llegado al cielo —dijo una voz tartajosa que brotó de un rincón—. Mi hermosa Janie con pantalones de hombre. ¿Quizá te propones imponer una moda?

Janie se acercó al escritorio, encendió una lámpara y después aumentó la intensidad de la llama. Contuvo una exclamación cuando vio a Clay. Tenía los ojos rojos, la barba sucia y rala. Dudaba que se hubiese lavado en varias semanas.

—Janie, mujer, ¿quieres acercarme esa jarra que está sobre el escritorio? Hace rato que quiero alcanzarla, pero parece que no tengo fuerza suficiente.

Janie lo miró un momento.

—¿Cuánto tiempo hace que no come?

—¿Comer? No hay comida. ¿No sabías que mi querida esposa lo consume todo?

Intentó incorporarse. Pero el esfuerzo le pareció excesivo.

Janie se acercó a Clay.

—¡Huele!

—Gracias, querida, es la palabra más bondadosa que me han dicho en mucho tiempo.

Lo ayudó a incorporarse. Se lo veía muy inseguro sobre los pies.

—Deseo que venga conmigo —dijo Janie.

—Por supuesto. Te seguiré a donde quieras.

—Ante todo, saldremos a la lluvia. Quizás eso le refresque, o por lo menos le lave. Después, iremos a la cocina.

—Sí —dijo Clay—. La cocina. El lugar favorito de mi esposa. La pobre Maggie ahora trabaja más que cuando cocinaba para toda la plantación. ¿Sabías que todos se han marchado?

Janie sostuvo a Clay mientras caminaban hacia la puerta lateral.

—Sé que nunca he visto un caso de autocompasión peor que el suyo.

La lluvia fría los golpeó con fuerza. Janie inclinó la cabeza para evitar los alfilerazos del agua, pero pareció que Clay ni siquiera los advertía.

En la cocina, Janie avivó el fuego y agregó leña. Se apresuró a depositar una cafetera sobre la parrilla. El lugar estaba en el más completo desorden, un espectáculo muy distinto a la escrupulosa limpieza que antaño había reinado allí. Tenía el aspecto de un lugar al que nadie prestara atención.

Janie ayudó a sentarse a Clay. Y después salió otra vez a la lluvia en busca de Maggie. Sabía que necesitaría ayuda para devolver la sobriedad a Clay.

Una hora después, Maggie y Janie habían obligado a Clay a beber una cantidad extraordinaria de café y a comer media docena de huevos revueltos. Mientras estaban en eso, Maggie no cesaba de hablar.

—Esta ya no es una casa feliz —dijo Maggie—. Esa mujer mete la nariz en todo. Pretende que nos inclinemos ante ella y le besemos los pies. Todos nos reíamos antes de que Clay se casara con ella. —Hizo una pausa y dirigió una mirada dura a Clay—. Pero después, no hubo modo de complacerla. Todos los que podían marcharse, lo han hecho. Cuando comenzó a reducir las raciones de comida, incluso huyeron algunos esclavos. Creo que sabían que Clay no los buscaría. Y acertaron.

Clay comenzaba a recobrar la lucidez.

—Janie no desea conocer nuestros problemas. La gente que habita el cielo no quiere saber del infierno.

—¡Usted eligió el infierno! —empezó a decir Maggie, iniciando un discurso que sin duda había repetido muchas veces.

Janie apoyó la mano en el brazo de Maggie para interrumpirla.

—Clay —dijo con voz serena—, ¿está bastante lúcido para escucharme?

Él apartó los ojos del plato de huevos. En su cara se dibujaban profundas ojeras. La boca era una línea recta con las comisuras muy marcadas. Parecía más viejo que lo que Janie lo recordaba.

—¿Qué quieres decirme? —preguntó secamente.

—¿Sabe lo que está haciendo la lluvia con sus cultivos?

Clay frunció el entrecejo y después apartó el plato. Janie lo devolvió a su lugar anterior. Clay obedeció y volvió a comer.

—Es posible que esté ebrio, pero creo que no he podido ignorar todo lo que está sucediéndome. Es decir, todo lo que yo mismo he provocado. Sé muy bien lo que está haciendo la lluvia. ¿No os parece que es un final apropiado? Después de todo lo que mi esposa —dijo la palabra con profundo sarcasmo— le ha hecho a esta plantación, parece que los dos la perderemos.

—¿Y está dispuesto a permitir eso? —preguntó Janie—. El Clay a quien siempre conocí luchaba por lo que quería. Recuerdo que usted y James combatieron un incendio durante tres días.

—Oh, sí, James —dijo Clay en voz baja—. Entonces me importaba lo que pudiera sucederme.

—Usted quizá no se preocupe por lo que le sucede —dijo fieramente Janie—, pero a otras personas les importa. Ahora mismo Wesley y Nicole están bajo la lluvia tratando de desprender parte de la tierra de Nicole para salvar la suya. Y lo único que usted hace es esperar aquí, chapoteando en su orgullo egoísta.

—¿Orgullo? No he tenido orgullo desde que... desde cierta mañana en una cueva.

—¡Basta! —gritó Janie—. Basta de pensar en usted mismo y escúcheme. ¿Ha oído una sola palabra de lo que le he dicho? Wes dijo a Nicole que estas tierras probablemente se inundarían y ella ideó un modo de salvar los cultivos.

—¿Salvarlos? —Clay levantó la cabeza—. El único modo es conseguir que cese la lluvia o quizá construir un dique río arriba.

—O también, si el río pudiese desviarse, en lugar de desbordar sobre estas tierras...

—¿De qué estás hablando?

Maggie se sentó al lado de Clay.

—Janie, has dicho que Nicole se propone salvar la cosecha de Clay. ¿Cómo?

Janie miró a sus dos interlocutores, que ahora se mostraban interesados.

—¿Conocéis la curva cerrada que describe el río debajo del molino? —No esperó la respuesta—. Nicole imaginó que si cavaba allí una zanja, el río podía seguir ese curso en lugar de inundar las tierras bajas, donde está el tabaco de Clay.

Clay se recostó en el respaldo de la silla y miró a Janie. Sabía exactamente lo que Janie quería decir. El exceso de agua del río necesitaba una salida y en ese sentido un lugar era tan bueno como otro. Pasó un momento antes de que hablase.

—Si el río, en efecto, sigue ese curso, ella perderá varias hectáreas de tierra —dijo finalmente.

—Eso es lo que dijo Wes. —Janie sirvió más café para los tres—. Trató de convencer a Nicole, pero ella dijo... —hizo una pausa y miró a Clay—. Dijo que usted necesitaba que alguien creyese en usted mismo, que necesitaba que alguien se preocupase de su suerte.

Clay se puso de pie bruscamente y se acercó a la ventana de la cocina. La lluvia era tan intensa que a lo sumo pudo recoger una impresión de lo que sucedía afuera. Pensó en Nicole. Había permanecido ebrio casi un año porque no quería pensar o sentir, y, sin embargo, no había alcanzado su propósito. Ni por un minuto, ebrio o sobrio, había dejado de pensar en ella y en lo que podría haber sido, en lo que habría sido solo con que él... Y cuanto más pensaba, más bebía.

Janie tenía razón, sentía lástima de sí mismo. A lo largo de su vida siempre había sentido que controlaba las cosas, pero después le habían arrebatado a sus padres y más tarde a Beth y a James. Creyó que deseaba a Bianca, pero Nicole lo había confundido. Y cuando comprendió cuánto la amaba, ya era demasiado tarde. Ya la había ofendido tanto que ella no deseaba confiar nuevamente en él.

La lluvia golpeó contra el cristal. Allí afuera soportando ese frío diluvio, Nicole trabajaba para él. Estaba dispuesta a sacrificar su tierra, sus cultivos, la seguridad de todas las personas que dependían de ella, y lo hacía por él. ¿Qué había dicho Janie? Para demostrarle que alguien se preocupaba por él.

Se volvió hacia Janie.

—En la plantación me quedan unos seis hombres. Iré a buscarlos y traeré palas. —Caminó hacia la puerta—. Necesitarán alimento. Vaciad las alacenas.

—¡Muy bien! —sonrió Maggie.

Las dos mujeres clavaron los ojos en la puerta cuando Clay desapareció.

—Esa tierna damita todavía lo ama, ¿verdad? —preguntó Maggie.

—Nunca cesó de amarlo, aunque desde luego yo intenté convencerla de que lo olvidara. En mi opinión, no existe hombre bastante bueno para ella.

—¿Y ese francés que vive con ella? —preguntó Maggie con expresión hostil.

—Maggie, no sabes de qué estás hablando.

—Tengo unas horas para escuchar —dijo Maggie, y comenzó a guardar alimentos en las faltriqueras. Cocinarían en el molino. Era mejor llevar la comida cruda y mojada que intentar el transporte cuando estuviera caliente.

Janie sonrió.

—Entonces, comencemos. Tengo un año entero de información que comunicarte.

La lluvia se precipitaba con tal fuerza que Clay apenas podía ver a sus hombres mientras cruzaban el río. El agua lamía los bordes de los botes de remo y amenazaba con tragarse a los hombres tanto como a la tierra. El río ya había crecido bastante y se había llevado varias hileras del tabaco de Clay.

Cuando llegaron a la orilla opuesta, los hombres cargaron las palas y comenzaron a subir la colina, con la cabeza inclinada, de modo que el borde del sombrero los protegiese un poco, al menos, de la lluvia. Cuando llegaron al sitio en que los otros estaban cavando, no perdieron tiempo y comenzaron a trabajar. El Clayton que había ido a impartirles órdenes no era un hombre a quien se atreviesen a desobedecer. Clay hundió la pala en la tierra blanda. No era el momento de dedicarse a pensar en que estaba colaborando con el sacrificio de Nicole. De pronto, le pareció importante salvar la cosecha. Deseaba recoger ese tabaco tanto como jamás había deseado algo en su vida.

Cavó con más energía que la que había demostrado antes. Parecía poseído por un demonio. Estaba tan concentrado en el movimiento de la pala, que al principio no sintió la mano que le tocaba el brazo. Cuando retornó al presente, se volvió para mirar a los ojos a Nicole.

Verla de nuevo lo sobresaltó. A pesar de la intensa lluvia, era como si estuvieran solos. Ambos llevaban sombreros de ala ancha y el agua les corría por la cara.

—¡Toma! —gritó ella para imponerse a la furia de la lluvia—. Café.

Le ofreció una jarra. Su mano protegía la abertura del recipiente.

Clay recibió el jarro y bebió el contenido sin decir palabra.

Ella recuperó el recipiente vacío y se alejó.

Clay permaneció inmóvil un momento y observó a Nicole, que trataba de caminar sobre el lodo. Parecía muy pequeña enfundada en las ropas masculinas y calzada con botas grandes. Alrededor de Clay, pisoteados en el lodo, había tallos de trigo casi maduro, el trigo de Nicole.

Por primera vez miró a su alrededor. Quince hombres cavaban la zanja. Vio a Isaac y a Wes en un extremo. A la izquierda se extendía la parcela que ellos intentaban desprender. El trigo se inclinaba bajo la lluvia furiosa, pero la ladera de la colina garantizaba un buen drenaje. No lejos había un muro de piedra bajo. Clay había visto a Isaac y a Nicole construyendo esos muros. Cada vez que ella levantaba una piedra, Clay bebía un poco más. Ahora, todo ese trabajo iría a parar al río, desechado como si no significara nada. Y todo por él.

Cavó de nuevo la pala en la tierra y comenzó a cavar con más energía aún.

La escasa luz del día empezó a desvanecerse pocas horas después. Nicole se le acercó de nuevo y con gestos le indicó que debía detenerse y comer. Clay meneó la cabeza y continuó cavando.

Llegó la noche y los hombres continuaron trabajando. No había modo de mantener encendidas las lámparas, y así cavaban medio por instinto y medio gracias al mejoramiento de la visión nocturna. Wesley trataba de mantener a los hombres en las líneas que él había fijado.

Hacia la mañana, Wes se acercó a Clay y con un gesto le indicó que lo siguiera. Los cavadores estaban muy cansados, fríos y doloridos. La tarea era bastante dura, pero combinada con la intensidad de la lluvia provocaba un agotamiento total.

Clay siguió a Wes hasta el extremo de la zanja. Estaban muy cerca del final. En una hora, poco más o menos, sabrían si el trabajo realizado serviría de algo. De pronto, Clay pensó que quizás el río no se sintiera obligado a aceptar el sacrificio de Nicole. Podía permanecer en el mismo curso y no hacer caso del canal.

Wes miró con gesto inquisitivo a Clay y le pidió opinión acerca de la formación de la boca de la zanja. La lluvia era tan intensa y ruidosa que no podían hablar. Clay señaló un atajo que terminaba en la curva del río y los dos amigos comenzaron a cavar allí.

El cielo comenzó a aclararse al alba. Los hombres pudieron ver lo que habían hecho y dónde debían continuar. Solo faltaba un metro y medio pan completar la profunda zanja. Wes y Clay se miraron por encima de la cabeza de Nicole. La joven cavaba junto a los hombres, sin levantar jamás la vista. Todos pensaron lo mismo. En pocos minutos más sabrían si habían tenido éxito o no.

De pronto, el río respondió a la pregunta. Se mostró tan codicioso que no pudo esperar que cavaran el metro y medio que faltaba. El agua inundó la zanja por los dos extremos al mismo tiempo. El suelo mojado y blando se desplomó como si estuviese hecho de masa de pastelería. Los cavadores apenas tuvieron tiempo de saltar a un lado para evitar que los arrastrase el agua. Clay aferró de la cintura a Nicole y la dejó en un nivel más alto y seguro.

Todos retrocedieron un poco y vieron cómo el río

cubría la tierra sembrada de trigo. El suelo se desprendía formando láminas espesas, oscuras y fértiles, y caía al agua, y al fin desaparecía para siempre. El agua turbulenta barría la tierra como lava volcánica.

—¡Mirad! —gritó Wes por encima del ruido.

Todos volvieron los ojos hacia la orilla opuesta, en la dirección señalada por Wes. Estaban tan fascinados por la visión de la tierra que caía al agua que no habían prestado atención a los campos de Clay. Cuando el río fue a llenar el vacío dejado por la tierra de Nicole, que ahora viajaba a impulsos de la corriente, el nivel descendió bastante. Las últimas hileras de tabaco, que un rato antes estaban bajo el agua, ahora aparecieron otra vez, achatadas y echadas a perder, pero las hileras que estaban un poco más arriba se habían salvado.

—¡Hurra! —gritó Nicole, y fue la primera.

De pronto, el cansancio se disipó en todos. Habían trabajado la noche entera para alcanzar una meta y lo habían logrado. El júbilo reemplazó a la fatiga. Comenzaron a agitar en el aire las palas. Isaac aferró la mano de Luke y ambos bailaron en el lodo.

—¡Lo conseguimos! —gritó Wes imponiéndose al ruido de la lluvia. Alzó a Nicole y la arrojó al aire. Después la recogió y la pasó a Clay, como si la joven fuera sido un saco de grano.

Clay sonreía de oreja a oreja.

—Tú lo hiciste —dijo riendo, mientras recibía a Nicole—. ¡Tú lo conseguiste! ¡Mi hermosa y brillante esposa!

La abrazó con fuerza y la besó, en un beso intenso y hambriento.

Durante un momento, Nicole olvidó la hora, el lugar, todo lo que había sucedido. Besó a Clay con toda la pasión que sentía. Experimentaba un sentimiento de necesidad y para ella Clay era el único alimento.

—Para eso habrá tiempo después —dijo Wes, y tocó en el hombro a Clay. Sus ojos transmitieron una advertencia. Los hombres los miraban con curiosidad.

Nicole miró a Clay y ella misma advirtió que en su cara las lágrimas se mezclaban con la lluvia.

Él la soltó de mala gana. Se apartó de Nicole con un movimiento rápido, como si ella le quemase, pero la mirada de Clay continuó sosteniendo la de Nicole, en un gesto que expresaba al mismo tiempo fascinación y duda.

—Comamos —gritó Wes—. Ojalá las mujeres tengan preparado bastante alimento, porque podría consumir por lo menos una carreta de comida.

Nicole se apartó de Clay. En su cuerpo sentía más vida que durante todos los meses anteriores.

—Maggie está aquí, de modo que sabes que es probable que haya más que suficiente.

Wes sonrió, le pasó el brazo por los hombros y todos comenzaron a caminar hacia el molino.

Habían preparado una mesa sobre caballetes y el alimento hubiera sido suficiente para cien personas hambrientas. Había pan recién horneado, todavía caliente y fragante. Los esperaban grandes potes de crema fría. Y también ensalada, pescado hervido, ostras, cangrejo, pavo, carne de vaca y pato. Había ocho clases de pasteles, doce tipos de verdura, cuatro tortas, tres vinos, tres clases de cervezas, además de leche y té.

Nicole se mantuvo apartada de Clay. Tomó su plato colmado de comida y se sentó sola en un rincón, junto a las ruedas de moler. Él había dicho que Nicole era su esposa y durante un momento ella sintió que lo era. Parecía que había pasado tanto tiempo desde que ella fue su esposa... y, sin embargo, quién sabe por qué, intuía que en realidad nunca lo había sido. Solo esos breves días en casa de los Backes, Nicole había sentido que se identificaba con su papel.

—¿Cansada?

Levantó la mirada hacia Clay. El se había quitado la camisa húmeda y una toalla colgaba de su cuello. Parecía vulnerable y solitario. Nicole ardía en deseos de abrazarlo, de consolarlo.

—¿Tienes inconveniente en que me siente contigo?

Ella meneó la cabeza en silencio. Hasta cierto punto estaban fuera del alcance de las miradas del resto.

—No estás comiendo mucho —dijo Clay en voz baja y con un gesto de la cabeza señaló el plato lleno—. Tal vez necesitas un poco de ejercicio para abrir el apetito.

Los ojos de Clay brillaron.

Nicole trató de sonreír, pero la proximidad de Clay la inquietaba.

Clay tomó un pedazo de jamón del plato de Nicole y se lo comió.

—Maggie y Janie han hecho un gran trabajo.

—Pudieron utilizar tus alimentos. Fue muy amable de tu parte mostrarte tan generoso.

Los ojos de Clay se ensombrecieron cuando miró a Nicole.

—¿De veras estamos tan distanciados que ni siquiera podemos hablar? No merezco lo que has hecho hoy por mí.

»¡No! —dijo cuando ella comenzó a interrumpirlo—. Permíteme terminar. Janie dijo que yo había estado chapoteando en la autocompasión. Creo que así fue. Creo que estuve sintiendo que no merecía lo que me había sucedido. Esta noche he tenido mucho tiempo para pensar. He acabado de comprender que la vida es como uno la hace. Dijiste cierta vez que yo no atinaba a decidir lo que deseaba. Tenías razón. Quería tenerlo todo y creí que lo conseguiría con solo pedirlo. Creo que era demasiado débil y no podía soportar ningún tipo de carencia.

Ella apoyó la mano sobre el brazo de Clay.

—No eres un hombre débil.

—No creo que tú me conozcas, como tampoco yo mismo no me conozco. Te he hecho cosas terribles y ahora esto... —No pudo terminar la frase. Se le quebró la voz—. Tú me devolviste la esperanza, algo que perdí hace mucho tiempo. —Puso su mano sobre la de Nicole—. Te prometo que no volveré a defraudarte. No me refiero solo al tabaco, sino también a mi vida. —Miró la mano de Nicole y le acarició los dedos—. No creí que fuera posible, pero te amo más que nunca.

A Nicole se le formó un nudo en la garganta y no pudo hablar.

Clay la miró a los ojos.

—No hay palabras para decirte lo que siento por ti o para agradecerte lo que has hecho. —Se interrumpió bruscamente, como si se ahogara—. Adiós —murmuró.

Desapareció antes de que ella pudiese hablar.

Clay salió con paso rápido del molino, dejando allí la camisa, y sin hacer caso de la gente que lo llamaba. Una vez afuera, apenas advirtió que la lluvia se había convertido en una mera llovizna. Con las primeras luces del alba pudo ver los cambios sufridos por la tierra. Donde antes los campos de Nicole descendían hacia el río, ahora caían cortados a pico. El río mismo parecía más sereno. Como un gran animal que ha comido bien y que ahora estuviera digiriendo su festín.

El muelle se mantenía intacto y Clay cruzó el río, ahora mucho más ancho, en dirección a su propio embarcadero. Caminó lentamente hacia la casa. Era como si estuviese despertando después de un año de pesadilla. Sentía a su lado la presencia de James, que se mostraba abrumado por lo que Clay había hecho con esa hermosa y fértil plantación.

También vio el descuido en que se hallaba la casa. Cruzó el charco que se había formado sobre el suelo de madera.

Bianca estaba de pie en la escalera. Se protegía con una gruesa bata de seda celeste. Debajo llevaba un camisón de raso rosado. El cuello, los puños, la pechera y el extremo de la bata estaban adornados con un ribete muy ancho de finas plumas multicolores.

—¡Bien! ¡De modo que has llegado! De nuevo estuviste fuera toda la noche.

—¿Me has echado de menos? —preguntó sarcásticamente Clay.

Ella le dirigió una mirada que fue respuesta suficiente.

—¿Dónde están todos? ¿Por qué no han servido el desayuno?

—Creía que estabas preocupada por mí, pero, en cambio, tu interés se centra en las habilidades de Maggie.

—¡Quiero una respuesta! ¿Dónde está el desayuno?

—Ahora están sirviendo el desayuno al otro lado del río, en el molino de Nicole.

—¡Ella! ¡Esa mujerzuela! De modo que allí has estado. Debí comprender que no podrías vivir sin satisfacer tus repugnantes y primitivas necesidades. ¿Qué utilizó esta vez para atraerte? ¿Te ha dicho algo de mí?

Clay desvió la mirada con un gesto de repugnancia y comenzó a subir la escalera.

—Gracias a Dios, tu nombre jamás fue mencionado.

—Al menos ha aprendido eso —dijo altivamente Bianca—. Tiene astucia suficiente para comprender que la conozco bien, que sé quién es ella. Todos estáis demasiado ciegos y no advertís que es una mentirosa rapaz y tramposa.

Clay se volvió con un rugido contra Bianca. Dio tres o cuatro pasos y se detuvo frente a ella. La aferró por el cuello de la bata y la arrojó fuertemente contra la pared.

—¡Basura! Ni siquiera tienes derecho a pronunciar su nombre. En el curso de tu vida jamás has tenido un gesto de decencia para con nadie y la acusas de ser como tú. Anoche, Nicole sacrificó varias hectáreas de su tierra para salvar la mía. Allí estuve toda la noche, cavando junto a ella y otras personas que saben lo que significan la bondad y la generosidad.

Empujó de nuevo a Bianca contra la pared.

—Me quitaste todo lo posible. En adelante, yo dirigiré este lugar. Créeme, tú no lo harás.

Bianca respiraba con dificultad. Las manos de Clay le cortaban la circulación. Las mejillas regordetas se habían hinchado a causa de la presión.

—No puedes ir con ella. Soy tu esposa —jadeó—. Este lugar es mío.

—¡Esposa! —repitió sarcásticamente Clay—. En vista de los errores que he cometido, creo que casi lo merezco. —La soltó y retrocedió un paso—. ¡Mírate! No te gustas y tampoco gustas a nadie.

Se volvió hacia su habitación y allí se acostó y se durmió instantáneamente.

Bianca permaneció inmóvil como una estatua de mármol cuando Clay se alejó. ¿Por qué él le había dicho que la propia Bianca no se gustaba a sí misma? Ella provenía de una antigua e importante familia inglesa. ¿Cómo era posible que no se sintiese orgullosa de sí misma?

Sintió ruidos en el estómago y se llevó la mano al vientre. Con paso lento salió de la casa y fue a la cocina. No sabía nada de cocina, y los barriles de harina y otros ingredientes crudos simplemente la confundían. Tenía apetito, mucho apetito, y no encontraba qué comer. Las lágrimas brotaban de sus ojos cuando salió de la cocina y caminó hacia el jardín.

Al fondo del jardín había un pequeño pabellón, protegido por dos enormes y antiguas magnolias. Se sentó sobre un cojín y, cuando advirtió que estaba completamente empapado, comenzó a ponerse de pie. Pero, ¿de qué servía? Su bella bata ya se había estropeado.

Las lágrimas corrieron por sus mejillas mientras los dedos nerviosos tiraban de la bata.

—¿Puedo molestarla? —dijo una voz con bastante acento.

Bianca alzó bruscamente la cabeza.

—¡Gerard! —exclamó, y de nuevo las lágrimas brotaron de sus ojos.

—Ha estado llorando —dijo él con comprensión. Comenzó a sentarse al lado de Bianca, pero advirtió a tiempo que los cojines estaban mojados. Arrojó uno por sobre la baranda y después usó un pañuelo, no el pañuelo de seda de Adele, para secar la mayor parte del agua del banco de madera. Se instaló—. Por favor, dígame qué sucede. Creo que en este momento usted necesita un amigo.

Bianca ocultó la cara entre las manos.

—¡Un amigo! ¡No tengo amigos! En este horrible país todos me odian. Esta mañana él me dijo que ni siquiera yo me gustaba a mí misma.

Gerard se inclinó hacia delante y tocó los cabellos de Bianca. No estaban del todo limpios.

—¿No comprende que él le dirá todo lo que pueda lastimarla? Él desea solamente a Nicole. Hará lo que sea o dirá lo que le parezca mejor para conseguirla. Quiere que usted se marche, porque así podrá tener a la otra.

Bianca lo miró con los ojillos enrojecidos sobre las mejillas hinchadas.

—No podrá tenerla. Está casado conmigo.

Gerard sonrió, como si estuviese frente a una niña.

—¡Qué inocente es usted! Tan tierna y vulnerable, tan natural. ¿Le dijo dónde estuvo anoche?

Ella hizo un gesto con la mano.

—Dijo algo acerca de una inundación y de que Nicole le había salvado sus tierras.

—Por supuesto, ella quiere salvarle la tierra. Su plan es apoderarse un día de la plantación. Se las ingenió de manera que pareciera que hacía un gran sacrificio, pero en realidad estaba facilitando la formación de nuevas parcelas de la plantación Armstrong y ella ha decidido que llegará el momento en que todo esto le pertenecerá.

—Pero, ¿cómo? Varios testigos presenciaron mi matrimonio con Clay. No es posible anularlo.

Gerard le dio una palmadita en la mano.

—Usted es una verdadera dama. Ni siquiera puede concebir la traición que anida en esos dos. Usted les tendió algunas trampas, pero no eran más que trampas, nada que perjudicase realmente a otros. Ni siquiera el secuestro tuvo la intención de herir. Pero los planes de estos dos no son tan inocentes... o equitativos.

—¿Qué... qué quiere decir? ¿El divorcio?

Gerard guardó silencio un momento.

—Ojalá se tratase solo del divorcio. Creo que están planeando... un asesinato.

Bianca lo miró atónita un momento. Al principio no pudo adivinar cuál sería la víctima del crimen. La idea de que Nicole se precipitase desde un alto risco la atraía. Si Nicole desaparecía, la vida de Bianca mejoraría mucho. Pero la desconcertaba la posibilidad de que Clay considerase asesinar a Nicole.

Muy lentamente comenzó a cobrar conciencia de lo que quería decir Gerard.

—¿Yo? —murmuró—. ¿Desean matarme?

Gerard le sostuvo con fuerza la mano.

—Me temo que soy tan ingenuo como usted. Me llevó bastante tiempo comprender lo que sucedía. No podía entender por qué Nicole renunciaba voluntariamente a una parte de su tierra, a menos que la impulsara un motivo que nadie sospechaba. Finalmente, esta mañana lo comprendí con absoluta claridad. Esos bárbaros hicieron tanto ruido en el molino que no pude dormir. Comprendí que si Nicole volvía a ser la dueña de la plantación, la tierra nueva creada por el cambio del curso del río la beneficiaría.

—¡Pero... un asesinato! —jadeó Bianca—. Usted está equivocado.

—¿Armstrong nunca ha intentado lastimarla? ¿Jamás la ha golpeado?

—Esta mañana. Me empujó contra la pared. Apenas podía respirar.

—Es un hombre violento. Empieza a perder el control de sí mismo. Uno de estos días usted descubrirá un delgado cordel cruzado en la escalera, y, cuando intente bajar, tropezara y caerá.

—¡No! —exclamó Bianca, y se llevó la mano al cuello.

—Por supuesto, Armstrong estará lejos de la casa cuando eso suceda. Después, no necesitará más que retirar el cordel. Y entonces representará el papel del marido agobiado por el dolor, y usted, mi querida amiga, estará muerta y fría en un ataúd.

Los ojos de Bianca parecían desorbitados a causa del miedo.

—No puedo permitir que eso suceda. Tengo que impedirlo.

—Sí, tiene que ser muy cuidadosa. Por mi bien tanto como por el suyo.

Ella lo miró.

—¿Por su bien?

Gerard levantó la mano de Bianca y la sostuvo entre las suyas.

—Usted creerá que soy un torpe, un hombre demasiado audaz. No, no puedo decírselo.

—Por favor —rogó ella—. Usted dijo que éramos amigos. Puede revelarme lo que piensa.

Él bajó los ojos, pero vio que el suelo estaba demasiado húmedo para arrodillarse. Se estropearían sus ropas.

—La amo —dijo con voz desesperada—. ¿Cómo puedo pretender que me crea? Nos hemos conocido ayer apenas, pero a partir de ese momento casi no he pensado en otra cosa. Su imagen me persigue constantemente. Todos mis pensamientos van hacia usted. Por favor, no se ría de mí.

Bianca lo miró asombrada. Jamás un hombre le había declarado su amor eterno. En Inglaterra, Clay había pedido la mano de Bianca, pero se había mostrado reservado, distante, como si mientras proponía matrimonio estuviera pensando en otra cosa. El modo de mirarla de Gerard aceleraba la respiración de Bianca. Sí, él la amaba de veras. ¡Él la amaba de veras! Eso era evidente. Después del primer encuentro ella había pensado varias veces en Gerard, pero solo porque lo consideraba una persona gentil y comprensiva. Ahora lo veía bajo una luz diferente. Bianca podía amar a ese hombre. Sí, podía amar a una persona que tenía modales tan refinados.

—Yo no podría reírme de usted —dijo.

Gerard sonrió.

—En ese caso, ¿puedo abrigar la esperanza de que llegue a retribuir aunque sea una pequeña proporción de mi afecto? No pediré mucho, solamente verla de vez en cuando.

—Por supuesto —contestó Bianca, todavía desconcertada por las afirmaciones de Gerard.

Él se irguió y se ajustó la corbata.

—Ahora tengo que marcharme. Quiero que me prometa que se mostrará muy cuidadosa. Si le sucediese algo, aunque se viese afectado uno solo de sus cabellos, se me destrozaría el corazón. —Dirigió una sonrisa a Bianca y entonces vio algo sobre la baranda del pabellón—. Casi lo olvidaba. ¿Aceptaría este pequeño detalle para demostrarle mi afecto? —Entregó a Bianca una caja de más de dos kilogramos de chocolate francés. Era el regalo que le había ofrecido la hija de un agricultor, la misma que había comprado uno de los vestidos de Nicole.

Bianca casi le arrebató la caja.

—No he comido —murmuró—. Esta mañana él no me permitió comer.

Arrojó al suelo la cinta que ataba la caja y retiró la tapa. Tragó ocho bombones antes de que Gerard pudiese ni siquiera respirar.

Bianca se detuvo, con la boca llena, y un hilo de chocolate húmedo en la comisura de los labios.

—¿Qué pensará usted de mí?

—Pienso únicamente que la amo —dijo Gerard cuando consiguió dominar su asombro ante el espectáculo que Bianca ofrecía con su ataque a la caja de bombones—. No sé si usted comprende que la amo como es. No reclamo ni deseo cambios. Usted es una mujer, una mujer hermosa y completa. No quiero una joven delgada y sin formas. La amo como usted es.

Bianca lo miró con la misma expresión que había adoptado cuando descubrió los bombones.

Gerard sonrió.

—¿Podemos vernos nuevamente? Tal vez dentro de tres días, al mediodía. Yo traeré el almuerzo.

—Oh, sí —dijo Bianca—. Me encantaría.

Él se inclinó profundamente, tomó la mano de Bianca y la besó. Advirtió que la mirada de Bianca continuaba fija en los bombones. Después de dejarla, Gerard permaneció un momento a la sombra de un árbol y la vio devorar los dos kilogramos de bombones en cuestión de minutos. Sonrió para sí mismo y retornó al molino.

Tres días después, Gerard estaba sentado frente a Bianca en un rincón poco frecuentado de la plantación Armstrong. Entre ambos podían verse los restos de un festín. Janie había tenido que consagrar toda la mañana a la preparación de esa comida. Al principio había rehusado obedecer la orden de preparar la comida para el almuerzo campestre. La intervención de Nicole la había obligado a obedecer. A Gerard no le agradaba una mujer que desobedeciera sus órdenes.

—Él intenta matarme de hambre —dijo Bianca, con la boca llena de crema y pasteles de almendra—. Esta mañana recibí como desayuno solo dos huevos pasados por agua y tres bizcochos. Y anuló mi orden de comprar unos vestidos nuevos. No sé qué pretenderá que lleve. Estos estúpidos norteamericanos ni siquiera saben coser bien. Los vestidos se abren constantemente por las costuras.

Gerard observó interesado la enorme cantidad de alimento que Bianca devoraba con verdadera prisa. Él había solicitado comida para seis personas, pero ahora no estaba seguro de que fuese suficiente.

—Dígame —preguntó—, ¿se ha mostrado cuidadosa últimamente? ¿Ha estado atenta al peligro?

Sus palabras bastaron para inducir a Bianca a dejar el tenedor. Se llevó una mano a la cara.

—Me odia. A cada momento veo indicios de su odio. Después de las lluvias cambió su actitud. No me permite comer. Ha empleado a varias mujeres para que limpien la casa, pero cuando les imparto órdenes no me escuchan. Es casi como si yo no fuese la señora de la plantación.

Gerard desenvolvió una pequeña torta revestida de chocolate. Tocó el brazo de Bianca y le ofreció el postre. Los ojos de Bianca brillaban cuando se apoderó del manjar.

—Si usted y yo fuésemos los dueños de la plantación, todo se arreglaría de diferente modo.

—¿Usted y yo? ¿Cómo podría ser eso? —Ya había devorado la torta y miraba mientras Gerard desenvolvía otra.

—Si Armstrong muriese, usted heredaría la propiedad.

—Es un hombre repulsivamente sano, tan sano como cualquiera de sus mulas. Creí que tal vez se mataría bebiendo, pero después de la lluvia no ha vuelto a probar una gota de whisky.

—¿Cuántas personas lo saben? Todo el mundo ha contado que durante un año o más estuvo bebiendo muchísimo. ¿Qué sucedería si sufriese un... accidente después de embriagarse?

Bianca se irguió y miró con fijeza los restos de la comida. No quedaba mucho y ella detestaba dejar sobras, pero sinceramente su estómago no soportaba un solo bocado más.

—Ya le he dicho que ahora no bebe —insistió con expresión distraída.

Gerard rechinó los dientes ante la estupidez de la mujer.

—¿No cree que podríamos arreglar una última borrachera?

Bianca levantó lentamente la cabeza y miró a Gerard.

—¿Qué quiere decir?

—Clayton Armstrong es un hombre perverso. La trajo aquí con engaños. Después, cuando usted llegó a este horrible país, la utilizó y la maltrató.

—Sí —murmuró Bianca—. Sí.

—No podemos permitir que esto continúe. Usted es su esposa. Y, sin embargo, él la desprecia. ¡Por Dios, ni siquiera le permite comer!

Bianca se acarició el enorme estómago.

—Usted tiene razón, pero, ¿qué puedo hacer?

—Eliminarlo. —Sonrió al observar la expresión del rostro de Bianca—. Sí, sabe lo que quiero decir. —Se inclinó sobre los platos sucios y tomó la mano de su interlocutora—. Tiene todo el derecho del mundo. Usted es tan buena que ni siquiera advierte que es su vida o la de ese hombre. ¿Cree que un individuo como Clayton Armstrong se detendrá ante el crimen?

Ella lo miró asustada.

—¿Acaso él puede hacer otra cosa? Desea a Nicole pero está casado con usted. ¿Le ha pedido el divorcio?

Ella meneó la cabeza.

—Lo hará. ¿Y usted se lo concederá?

De nuevo Bianca negó con la cabeza.

—En ese caso, él hallará otros modos de desembarazarse de una esposa que no le interesa.

—No —murmuró Bianca—. No le creo.

Trató de incorporarse, pero su propio peso y toda la comida que había ingerido la obligaron a permanecer en el mismo lugar.

Gerard se puso de pie y le ofreció sus manos, pero antes afirmó bien los pies en el suelo para sostener el peso.

—Piénselo —dijo, cuando al fin ella consiguió incorporarse—. Es cuestión de saber quién sobrevive al otro. Se trata de él o de usted.

Se apartó de Gerard.

—Debo irme —dijo.

Tenía un torbellino en la cabeza a causa de los pensamientos terribles insinuados por Gerard.

Caminó lentamente de regreso a la casa. Antes de entrar, examinó con cuidado las puertas, no fuese que alguien se ocultase detrás de ellas. Mientras subía pesadamente la escalera, con la mirada exploraba los cordeles destinados a provocarle una caída mortal.

Una semana más tarde, Clay mencionó por primera vez la posibilidad del divorcio. Ella se sentía muy débil y fatigada a causa de la falta de alimento y descanso. No había recibido una comida apropiada desde el día del almuerzo con Gerard. Clay había ordenado que se impusiera una dieta rigurosa a Bianca. Tampoco había podido descansar mucho, porque a cada momento soñaba con que Clay se le acercaba armado de un cuchillo, gritando que uno de los dos debía morir.

Cuando al fin él aludió al divorcio, fue como si una pesadilla hubiese cobrado realidad. Estaba sentada en la sala de estar. Clay había devuelto al lugar la forma que tenía antes de la redecoración ordenada por Bianca. Era como si Clay ya estuviese tratando de eliminar todos los rastros del paso de la joven inglesa por su casa.

—¿Qué podemos ofrecernos el uno al otro? —estaba diciendo Clay—. Estoy seguro de que yo te importo tan poco como tú me importas a mí.

Bianca negaba obstinadamente con la cabeza.

—En realidad, tú quieres a esa mujer. Pretendes abandonarme para unirte a ella. Los dos habéis planeado todo esto.

—Esa es la idea más absurda que he oído jamás. —Clay intentó dominar su malhumor—. Tú fuiste quien me obligó a contraer matrimonio. —La miró con los ojos entrecerrados—. Y también la que me mintió acerca del hijo.

Bianca ahogó una exclamación y se llevó la mano a los pliegues carnosos que le cubrían el cuello.

Clay se volvió y caminó hacia la ventana. Poco antes se había enterado del episodio de Oliver Hawthorne. Ese hombre había perdido la mayor parte de su escasa cosecha a causa de la lluvia y dos de sus hijos habían muerto de fiebre tifoidea, de manera que había ido a reclamar dinero a Clay, pero entonces supo que el niño había muerto. Clay expulsó de la plantación al hombre.

—Tú me odias —gimió Bianca.

—No —dijo serenamente Clay—, ya no te odio. Lo único que deseo es que nos separemos. Te enviaré dinero y me ocuparé de que estés cómoda.

—¿Cómo puedes hacer eso? Crees que soy estúpida, pero sé que casi todo lo que ganas proviene de este lugar. Parece que eres rico porque tienes tanto, pero no es así. ¿Cómo puedes mantener la plantación y además enviarme dinero?

Clay se volvió bruscamente, con los ojos sombríos a causa de la cólera.

—No, no eres estúpida, solo eres increíblemente egoísta. ¿No comprendes cuánto deseo verme libre de ti? ¿No puedes ver cuánto me repugnas? Estaría dispuesto a vender la plantación solo para no ver más esa máscara adiposa que tú llamas cara.

Abrió la boca para continuar hablando. Pero, de pronto, cambió de actitud y salió deprisa de la habitación.

Bianca permaneció sentada en el sofá, inmóvil, durante largo rato. No deseaba pensar en lo que Clay le había dicho. En cambio, recordaba a Gerard. Sería agradable vivir con él en Arundel Hall. Ella sería la señora de la residencia y organizaría comidas y supervisaría la organización de distintas reuniones sociales, mientras él hacía lo que los hombres hacen fuera de la casa. Al anochecer, él volvería al hogar y ambos compartirían una agradable comida. Y, después, él se despediría con un beso hasta la mañana siguiente.

Paseó la mirada por la habitación y recordó los adornos que le había agregado. De nuevo se había convertido en un lugar desnudo y feo. Gerard no le impediría redecorar la casa. No, Gerard la amaba como ella era.

Se puso lentamente de pie. Comprendió que debía verlo, que debía hablar con el hombre a quien amaba. Bianca no tenía alternativa. Gerard había acertado. Clay planeaba desembarazarse de ella y estaba dispuesto a hacerlo apelando a cualquier medio.

22

—¿Qué está haciendo aquí? —preguntó Gerard mientras ayudaba a Bianca a desembarcar del bote, en la parte del río ocupado por Nicole. Miró alrededor con expresión temerosa.

—Tenía que verlo.

—¿No pudo enviar un mensaje? Yo habría acudido inmediatamente.

Los ojos de Bianca se llenaron de lágrimas.

—Por favor, no se enoje conmigo. No podría soportar más enojos.

Gerard la miró un momento.

—Venga conmigo. Debemos evitar que nos vean desde la casa.

Ella asintió y lo siguió. Caminaba con dificultad. Tuvo que detenerse dos veces para recobrar el aliento.

Cuando llegaron a la cima de una colina desde la cual podía verse la casa, Gerard le permitió detenerse.

—Ahora, dígame lo que ha sucedido. —Escuchó atentamente el discurso prolongado y emotivo de Bianca—.

De modo que sabe que el niño que usted concibió no era suyo.

—¿Eso es malo?

Gerard la miró con disgusto.

—Los tribunales no ven con buenos ojos el adulterio.

—¿Tribunales? ¿Qué tribunales?

—Los tribunales que le concederán el divorcio y a usted se lo quitarán todo.

Bianca sintió que se le aflojaban las piernas y finalmente se sentó en el suelo.

—He trabajado mucho para conseguir esto. No puede quitármelo. ¡No puede!

Gerard se arrodilló a su lado.

—¿Habla en serio? Hay modos de impedir que se lo robe todo.

Ella lo miró.

—¿Se refiere al asesinato?

—¿Acaso él no intenta matarla? ¿Le agradaría regresar a Inglaterra como divorciada? Todos dirían que usted no fue capaz de retener a un hombre. ¿Y qué diría su padre?

Bianca recordó cuántas veces su padre se había reído de ella. Había afirmado que Clay no la aceptaría en cuanto conociera un poco a Nicole. Y jamás le permitiría olvidar el episodio si ella retornaba deshonrada.

—¿Cómo? —murmuró—. ¿Cuándo?

Gerard se puso en cuclillas. Había una luz extraña en sus ojos.

—Pronto. Es necesario que sea pronto. No debemos permitir que él revele a alguien sus planes.

En ese momento, un movimiento atrajo la atención de Bianca.

—¡Nicole! —exclamó, y después se llevó la mano a la boca.

Gerard se volvió instantáneamente. Detrás estaba Adele, medio oculta por los árboles. Nicole había necesitado mucho tiempo para convencer a su madre de que no era peligroso pasear por el bosque, detrás de la casa. Y esa era la tercera vez que ella salía sola.

Gerard necesitó solo un paso para aferrar el brazo de su esposa.

—¿Qué has oído? —dijo, presionando fuertemente el brazo de Adele.

—Asesinato —dijo ella, con los ojos casi desorbitados a causa del miedo.

Gerard le asestó una fuerte bofetada en la mejilla.

—¡Sí! ¡Asesinato! ¡El tuyo! ¿Me entiendes? Di una sola palabra de esto y Nicole y los mellizos irán a la guillotina. ¿Te agradaría ver rodar sus cabezas en el canasto?

La expresión de Adele pasó del terror a algo que solo puede comprender quien ha conocido el horror más profundo.

Gerard deslizó un dedo sobre el cuello de Adele.

—Recuérdalo —murmuró, y la apartó de un empujón.

Adele cayó de rodillas, se incorporó deprisa y huyó hacia la casa.

Gerard se ajustó la corbata y después se volvió hacia Bianca. Ella permanecía de pie, con la espalda apoyada contra el árbol y una expresión de temor en los ojos.

—¿Qué demonios ocurre? —preguntó él.

—Jamás lo había visto así —murmuró Bianca.

—Lo que usted quiere decir es que nunca vio cómo un hombre protege a la mujer amada. —Y como vio que ella dudaba, Gerard continuó—: Tenía que asegurarme de que no repitiera lo que oyó.

—Lo repetirá. Por supuesto que dirá todo lo que ha oído.

—¡No! Sobre todo después de lo que le dije. Está loca. ¿Usted no lo sabía?

—¿Quién es? Se parece a Nicole.

Gerard vaciló.

—Es su madre. —Y, antes de que ella pudiese formular más preguntas, agregó—: Espéreme mañana a la una donde nos encontramos el otro día. Allí podremos trazar nuevos planes,

—¿Traerá el almuerzo? —preguntó Bianca.

—Por supuesto. Ahora, márchese antes de que alguien la vea. No quiero que nos vean juntos... todavía —agregó. La tomó de la mano y la llevó hasta el muelle.

Cuando Nicole regresó del molino, Janie la recibió en la puerta, y en su rostro había una expresión solemne.

—Tu madre está pasando un mal momento. Nadie puede calmarla.

Un grito horrible amenazó sacudir el techo de la casita y Nicole subió deprisa la escalera.

—¡Mamá! —dijo Nicole, y trató de abrazar a su madre. La cara de Adele estaba tan desfigurada que apenas podía reconocérsela.

—¡Los niños! —gritó Adele, agitando desordenadamente los brazos—. ¡Los niños! ¡Las cabezas! Quieren asesinarlos, matarlos. ¡Todo está manchado de sangre!

—Mamá, por favor. ¡Estás a salvo!

Nicole hablaba en francés, lo mismo que Adele.

Janie se hallaba junto a la escalera.

—Me pareció que los mellizos la preocupaban. ¿Eso es lo que dice?

Nicole se debatía tratando de sujetar los brazos de su madre.

—Creo que sí. Habla de los niños. Quizá se refiere a uno de mis primos.

—No lo creo. Apareció gritando en la casa hace pocos minutos y trató de ocultar a los mellizos en el guardarropa que está bajo la escalera.

—Ojalá que los niños no se hayan asustado.

Janie se encogió de hombros.

—Están acostumbrados a todo esto. Se acurrucaron en el guardarropas y salieron en cuanto ella se dirigió a su cuarto.

—¡Los matará! —gritó Adele—. Yo no lo sabía. Nunca lo supe. La señora gorda los matará.

—¿Qué está diciendo ahora? —preguntó Janie.

—Tonterías. ¿Puedes conseguir un poco de láudano? Creo que el único modo de que se calme es haciendo que se duerma.

Cuando Janie se marchó, Nicole continuó tratando de calmar a su madre, pero Adele estaba frenética.

Seguía hablando del asesinato, la guillotina y la mujer gorda. Cuando Adele mencionó a Clayton, Nicole comenzó a prestar más atención.

—¿Qué pasa con Clay? —preguntó Nicole.

Los ojos de Adele estaban desorbitados, y se le habían desordenado los cabellos.

—¡Clay! También a él lo matarán. Y a mis niños, a todos mis niños. A los niños de todos. Mataron a la reina. Matarán a Clay.

—¿Quiénes matarán a Clay?

—Ellos. ¡Los asesinos de niños!

Janie estaba al lado de Nicole.

—Creo que intenta decirte algo. Me pareció que pronunciaba el nombre de Clay.

Nicole recibió de Janie la taza de té.

—Bebe esto, mamá. Te sentirás mucho mejor.

El láudano no tardó en producir su efecto. Abajo, Gerard entró en la casa.

—Gerard —dijo Nicole—. ¿Ha sucedido algo que haya trastornado a mi madre?

Gerard se volvió lentamente hacia Nicole.

—No la he visto. ¿Está sufriendo de nuevo otro de sus ataques?

—¡Como si eso le importase! —dijo Janie, que pasó junto a Nicole, camino al hogar—. En vista de que es su esposa, debería sentir algo por ella.

—En todo caso, jamás comunicaría mis sentimientos a una persona como usted —replicó Gerard.

—¡Basta ya de una vez! —ordenó Nicole—. Con esa actitud, ninguno ayuda a mi madre.

Gerard hizo un gesto con la mano.

—No es más que uno de sus ataques. A estas alturas, usted ya debería estar acostumbrada.

Nicole se acercó a la mesa.

—No sé por qué, pero este es diferente. Es casi como si intentase decirme algo.

Gerard la miró con los ojos entrecerrados.

—¿Qué podría decir que no haya dicho ya cien veces? El único tema que conoce es el asesinato y la muerte.

—Es cierto —observó Nicole con expresión pensativa—. Pero esta vez mencionó a Clay.

—¡Clay! —dijo Janie—. No conoce a Clay, ¿verdad?

—Por lo que yo sé, no. Y mencionó varias veces a una mujer gorda.

—Es imposible adivinar a quién se refiere —comentó Janie.

—Por supuesto —intervino Gerard, con un calor poco característico en él—. Sin duda vio juntos a Clay y a Bianca y, como no los conoce, se asustó. Usted sabe que los extraños la aterrorizan.

—Es muy probable que tenga razón —dijo Nicole—. Pero en todo caso me parece que en esto hay algo más. Insistió en afirmar que alguien intentaba matar a Clay.

—Siempre está diciendo que alguien intenta matar a otro —observó irritado Gerard.

—Tal vez, pero nunca ha confundido el pasado y el futuro como lo ha hecho ahora.

Antes de que Gerard pudiese agregar una palabra, Janie intervino.

—Es inútil preocuparse ahora. Por la mañana puedes tratar de hablar con tu madre. Quizá después de una noche de descanso ella esté en condiciones de explicarse más claramente. Ahora, siéntate y toma su cena.

La casita estaba oscura y silenciosa. Afuera, las aguas del río corrían lentas y serenas por el curso modificado. Era un día bastante tibio para tratarse del mes de septiembre, y las cuatro personas que ocupaban el dormitorio del desván dormían sin mantas.

Adele se movía inquieta. A pesar de la elevada dosis de somnífero, daba vueltas y se agitaba y tenía extraños sueños. Sabía que debía hacer algo, pero no tenía idea del modo de comunicarlo. Parecía que el rey y la reina de Francia se mezclaban con un agricultor llamado Clayton, un hombre cuyo rostro ella no alcanzaba a ver. Pero veía claramente la muerte, la muerte de Clayton, la de todos.

Gerard apagó el delgado cigarro que había estado fumando y en silencio salió de la cama. Se puso de pie y miró a su esposa. Habían pasado muchos meses desde la última vez que él la había abrazado. En Francia se había sentido honrado de ser el esposo de una Courtalain, aunque tuviese la edad de Adele. Pero, al conocer a Nicole, los sentimientos que lo unían a Adele se habían esfumado. Nicole era una versión más joven y más bella de su madre.

En silencio, sin provocar el más mínimo ruido en el suelo de madera, se acercó al lado de la cama ocupada por Adele y después se sentó en el borde. Se inclinó sobre ella para aferrar la almohada.

Adele abrió los ojos apenas un instante antes de recibir la almohada en la cara. Comenzó a resistirse, pero después comprendió que era inútil. Era lo que había estado esperando. Durante todos los años pasados en la prisión, a cada instante había esperado la muerte. Finalmente había llegado y estaba preparada.

Gerard retiró la almohada de la cara de Adele. En la muerte se la veía bonita, más joven que nunca. Gerard se puso de pie y después se acercó a la manta colgada que dividía esa parte del dormitorio de la que ocupaban Janie y Nicole.

Contempló a Nicole, con el cuerpo apenas protegido por el fino camisón. La mano de Gerard ansiaba deslizarse por la curva de la cadera de la muchacha.

—Pronto —murmuró—. Pronto.

Volvió a la cama, se acostó junto a la mujer a quien acababa de asesinar, y se durmió. Pensó únicamente que los movimientos de Adele ya no lo molestarían.

Cuando Nicole descubrió el cuerpo sin vida de su madre a la mañana siguiente, la casa estaba vacía. Los mellizos y Janie habían ido a recoger manzanas, y, como de costumbre, Gerard había salido solo.

Se sentó en silencio en el borde de la cama, apretó con su mano la mano fría de su madre, tan parecida a la suya propia, y le acarició las mejillas. Se volvió y con movimientos muy lentos abandonó la casa.

Caminó hasta el risco que se elevaba sobre el molino y la casa. De pronto se sintió muy sola, muy aislada, Durante años había creído que su familia no existía. Después, la reaparición de su madre había modificado la situación. Ahora, solamente tenía a Clay.

Volvió los ojos hacia el río, y, más lejos, hacia Arundel Hall, tan perfecta bajo los primeros rayos del sol. Se dijo que, de todos modos, no tenía a Clay. Debía comprender que él se había marchado, lo mismo que, en definitiva, había hecho Adele.

Se sentó en el suelo con las rodillas recogidas e inclinó la cabeza. Nunca dejaría de amarlo ni necesitarlo. Ahora, lo único que ella deseaba era el consuelo de los brazos de Clay estrechándola, diciéndole que la vida continuaba después de la muerte de Adele. Incluso las últimas palabras de Adele se habían referido a Clay.

Levantó bruscamente la cabeza. Una mujer gorda planeaba matar a Clay. ¡Por supuesto! Adele había oído a Bianca que planeaba la muerte de Clay.

La mente de Nicole trató de examinar las explicaciones posibles. Tal vez Bianca se había encontrado con un cómplice en un lugar próximo al molino. Si Clay moría, Bianca se convertiría en propietaria de la plantación. Nicole se puso de pie y corrió hacia el muelle. A fuerza de remos, cruzó el río en pocos minutos. De nuevo en tierra firme, se recogió las faldas y corrió hacia la casa.

—¡Clay! —gritó al pasar de una habitación a otra, Mientras buscaba a Clay, y a pesar del sentimiento de apremio, pudo echar una ojeada a la casa. Parecía que las paredes la recibían con los brazos abiertos. El retrato de Beth había retornado a su lugar sobre la repisa de la chimenea, en el comedor. Nicole le dirigió una rápida ojeada y tuvo la sensación de que los ojos de Beth expresaban cierta inquietud.

Finalmente, entró a la biblioteca. Allí, la sensación de la presencia de Clayton era abrumadora. El escritorio estaba cubierto de papeles, pero se veía limpio, como un lugar de trabajo permanente.

Advirtió el momento exacto en que él se acercó por detrás, pero Nicole no se volvió. El olor intenso de la transpiración de Clay se mezcló con el cuero de la habitación. Nicole respiró hondo y después se volvió lentamente para mirar a Clay.

Ella lo había visto muy poco durante el último año y una sola vez durante varias horas. El hombre humilde y silencioso que había ido al molino para ayudar a cavar la zanja era un extraño para Nicole. Pero el hombre que ahora estaba ante ella era el mismo de quien se había enamorado. Tenía la camisa abierta hasta la cintura, estaba empapado de sudor, y mostraba las manos y los antebrazos manchados de tabaco. La postura, con los pies muy separados y las manos en la cintura, le recordó la primera vez que lo vio a través de un catalejo.

—Has estado llorando —observó Clay con voz neutra.

Su voz le provocó un escalofrío, y, de pronto, no supo por qué estaba allí. Se apartó de él y avanzó un paso hacia la puerta.

—¡No! —Nicole obedeció la orden—. Mírame —dijo Clay en voz baja.

Nicole se volvió lentamente.

—¿Qué ha sucedido?

La voz de Clay expresaba profunda preocupación.

A Nicole se le llenaron los ojos de lágrimas.

—Mi madre... ha muerto. Debo volver a casa.

Los ojos de Clay no la abandonaron ni un instante.

—¿Acaso no sabes que estás en tu casa?

Las lágrimas amenazaban con brotar. Ella no tenía idea de que Clay aún la impresionaba tanto. Meneó la cabeza y sus labios formaron en silencio una negación.

—Ven aquí.

Clay habló sin levantar la voz, pero el acento contenía una orden.

Nicole se negó a obedecerle. En su cerebro perduraba cierta capacidad de razonamiento, y Nicole sabía que más valía no repetir lo que antes había existido entre ambos. Pero sus pies no se mostraron igualmente razonables. Uno de ellos se movió y avanzó un paso.

Clay se limitó a mirarla y la corriente eléctrica entre ellos fue casi tangible.

—Ven —repitió.

Las lágrimas afluyeron y los pies de Nicole la arrojaron sobre él. Clay la recibió en sus brazos y la estrechó con infinita ternura. La llevó al diván y allí la sostuvo abrazada.

—Si quieres llorar, tienes que hacerlo donde corresponde, sobre el pecho de tu hombre.

La sostuvo y le acarició el cabello mientras ella lloraba y expresaba todo el dolor provocado por la muerte de su madre.

Un rato después Clay comenzó a hacer preguntas.

Trató de que ella hablase de su madre, de los buenos tiempos. Nicole explicó la relación de Adele con los mellizos y señaló que cuando estaban reunidos parecían tres niños.

De pronto, ella se incorporó y le explicó lo que la había llevado a Arundel Hall.

—¿Has venido a advertirme que alguien intentaría matarme?

—No alguien —dijo Nicole—. Bianca. Creo que la intención de mi madre fue decirme que Bianca planeaba asesinarte.

Clay reflexionó un momento.

—¿No es posible que ella oyera a Isaac o a otros hombres hablando de Bianca? Uno de mis hombres me dijo el otro día que, si él hubiera tenido una esposa como la mía, probablemente la habría asesinado.

—Eso es terrible —exclamó Nicole.

Clay se encogió de hombros.

—Adele pudo haber oído una afirmación parecida. Probablemente fue el mismo comentario sin importancia.

—Pero, Clay...

Él apoyó un dedo sobre los labios de Nicole y la obligó a callar.

—Me complace que yo te preocupe tanto como para que hayas venido a advertirme, pero Bianca no es una asesina. Carece del cerebro y el coraje necesarios. —Clavó la mirada en la boca de Nicole y con la yema del dedo le acarició el labio superior—. He echado mucho de menos tu divertida boca al revés.

Nicole trató de apartarse, lo cual no era fácil en vista que estaba sentada en las rodillas de Clay.

—Nada ha cambiado —dijo.

Clay sonrió a Nicole.

—Es cierto. Nada ha cambiado entre nosotros desde el día en que casi te violé en el camarote del barco. Nos hemos amado desde el primer encuentro y eso nunca cambiará.

—No, por favor —rogó Nicole—. Todo ha terminado. Bianca...

Clay manifestó enojo.

—No quiero oír nuevamente su nombre. He tenido mucho tiempo para pensar después de la inundación. Comprendí entonces que aún me amas. Bianca no fue la causa de los problemas entre nosotros; la causa fue nuestra propia obstinación. Tú sabías que yo temía perder la plantación y yo no demostré suficiente fuerza, y tampoco tú creíste demasiado en mí.

—Clay... —comenzó a decir Nicole. En el fondo del corazón, ella sabía que Clay decía la verdad, pero, en realidad, no le gustaba oírla.

—Querida mía, ahora todo está aclarado. Comenzaremos de nuevo. Pero esta vez no nos separaremos. Esta vez nadie podrá separarnos.

Nicole lo miró. Habían pasado por muchas cosas, y, pese a todo, el amor que los unía perduraba. Nicole intuyó que esta vez conseguirían lo que deseaban.

Apoyó la cabeza en el hombro de Clay y él la estrechó fuertemente.

—Casi diría que nunca me fui de aquí.

Él le besó el cabello.

—Tienes que abandonar mis rodillas, porque de lo contrario te acostaré en este diván y te haré el amor.

Nicole deseaba reír y bromear con él, pero el dolor provocado por la muerte de su madre continuaba abrumándola.

—Ven conmigo, querida —dijo Clay—. Volvamos al molino y veamos a tu madre. Después podremos trazar planes. —Con la mano elevó el mentón de Nicole—. ¿Confías en mí?

—Sí —dijo Nicole con voz firme—. Confío en ti.

Clay la obligó a incorporarse; después, también él dejó el diván. Nicole contempló asombrada el bulto en los pantalones de Clay. De pronto, le pareció que la habitación era un lugar muy cálido.

—Vamos —dijo Clay con voz ronca—. Y deja ya de mirarme de ese modo.

Le tomó la mano y la llevó fuera de la habitación.

Ninguno de los dos vio a Bianca, que estaba de pie junto a la puerta del comedor. Se encontraba fuera de la casa cuando vio a Nicole que corría hacia Arundel Hall. Había decidido perseguirla, con el propósito de recordarle que estaba introduciéndose en terrenos de propiedad privada. Una vez dentro, oyó los movimientos de Nicole que recorría la casa, golpeando las puertas de los dormitorios y comportándose como si fuera la propietaria del lugar. Nicole se desplazaba con excesiva rapidez, de modo que la mujer más corpulenta no podía seguirle el paso. Finalmente permaneció de pie junto a la puerta y escuchó lo que ellos hablaban.

La complació enterarse de que la esposa de Gerard había muerto. Bianca y Gerard nunca habían mencionado el hecho de que él ya estaba casado, pero Bianca sabía que la mujer era anciana y que no podía vivir mucho tiempo más.

Se asustó cuando Nicole reveló que Bianca planeaba asesinar a Clay. Pero después oyó decir a Clay que Bianca no tenía inteligencia ni coraje suficientes y entonces se tranquilizó. En pocos segundos pasó del hielo al fuego. Supo entonces que podía ejecutar el plan de Gerard. Después de lo que había dicho de ella, Clayton Armstrong merecía morir.

Salió de la casa y fue a buscar a un niño a quien poder enviar al molino con un mensaje destinado a Gerard. Comprendió que disponía de poco tiempo antes de que Clay adoptase medidas para desembarazarse de ella.

Nicole estaba frente al molino y bebía grandes sorbos del agua de un jarro. El agua fresca era muy grata después de afrontar una mañana difícil. El grano de otoño había madurado por completo y nadie tenía un minuto de descanso.

En todo caso, el trabajo la distraía de los planes que ella y Clay habían trazado. Habían sepultado a Adele junto a la tumba de la madre de Clay.

—De este modo siempre la tendremos cerca —dijo él. Después, ambos abordaron a Bianca para hablar del futuro. Clay dijo que estaba cansado de guardar secretos y que en adelante deseaba que todo se hiciese a la luz del día. Bianca había mantenido silencio y escuchado atentamente lo que Clay tenía que decir. El ofrecimiento que él le hizo (mantenerla el resto de su vida) era muy favorable y tanto Clay como Nicole sabían que esa responsabilidad representaba una pesada carga que ambos tendrían que afrontar durante años. Clay buscó la mano de Nicole bajo la mesa. Ahora los unía un intenso sentimiento de cooperación.

Después de la reunión, ninguno de los dos habló y ambos se dirigieron al claro secreto que estaba cerca del río. A pesar de que hacía bastante más de un año que no se unían físicamente, no sentían mucho apremio. Se tomaron su tiempo, se miraron, se exploraron y se saborearon mutuamente. Estaban descubriéndose otra vez.

No hubo largas explicaciones y tampoco insistieron en que la conducta de ambos había sido muy estúpida. No tenían la sensación de que algo iba suceder; solo una alegría profunda porque de nuevo se habían reunido. Sentían que eran una sola persona, no dos individuos que desconfiaban el uno del otro, que emitían juicios erróneos y soportaban malentendidos permanentes.

—¡Nicole!

La voz áspera de Gerard arrancó de su ensoñación a Nicole y la devolvió al presente.

—¿Sí?

—Hemos estado buscándola. Uno de los mellizos se cayó del risco. Janie desea que usted venga.

Nicole dejó caer el paño, se recogió las faldas y echó a correr, acompañada de cerca por Gerard. El risco estaba desierto.

—¿Dónde están —preguntó Nicole.

Gerard se acercó más.

—Está dispuesta a hacer cualquier sacrificio por ellos, ¿verdad? Usted se da entera a todos, excepto a mí.

Nicole retrocedió un paso.

—¿Dónde están los mellizos?

—En el infierno, por lo que a mí me importa. Quería tenerla aquí, sola. Deseo que dé conmigo un breve paseo.

—Tengo que trabajar. Yo...

Se interrumpió cuando vio la pistola en las manos de Gerard.

—Veo que ahora me concede su atención. ¿O es el resultado que obtienen todos los hombres que usted elige?

Nicole curvó el labio y lo maldijo en francés.

Gerard sonrió a la joven.

—¡Qué pintoresco! Bien, ahora quiero que venga conmigo... en silencio.

—No.

—Imaginé que contestaría así. ¿Recuerda que usted pensó que mi querida esposa había escuchado decir a Bianca que planeaba asesinar a Armstrong? Por una vez en la vida de esa loca, su conjetura fue acertada.

Nicole lo miró fijamente, con los ojos muy abiertos.

—Usted mató a mi madre —murmuró.

—Qué muchacha más sagaz. Demasiado sagaz. Ahora, si desea ver con vida a su amante, tendrá que obedecer. —Movió la pistola—. Por ahí, y recuerde que su vida depende de usted.

Nicole atravesó el bosque, alejándose del molino, y bajó hasta la orilla del río, donde Gerard había escondido un bote de remos. Lo satisfizo el hecho de que Nicole tuviese que remar para cruzar el río, mientras él permanecía sentado en la popa e impartía órdenes. Gerard se refería constantemente a su propia astucia y al modo en que Nicole lo había atraído desde el momento mismo de la llegada del francés al molino.

Desembarcaron en un rincón distante de la plantación Armstrong. Allí había un depósito de herramientas vacío, medio oculto bajo un árbol, la puerta colgaba de un gozne roto.

Apenas habían llegado a la puerta cuando Bianca salió del bosque.

—¿Dónde estaba? ¿Y qué hace ella aquí?

—Eso no importa —replicó ásperamente Gerard—. ¿Lo hizo?

Los ojos de Bianca, convertidos en una ranura por las mejillas grotescamente adiposas, tenían un brillo antinatural.

—No salió a caballo. No hizo lo que tenía que hacer. Puse el vidrio en la montura, como usted dijo, pero él no pidió el caballo.

—¿Qué sucedió? —preguntó Gerard.

Bianca había estado sosteniendo su propia falda. Ahora la soltó. Tenía delante una gran mancha de sangre.

—Le disparé —dijo, como si el hecho la sorprendiese a ella misma.

Nicole gritó y quiso echar a correr hacia la casa, pero Gerard la aferró del brazo. Descargó un fuerte golpe en la boca de la joven y la envió al interior del cobertizo.

—¿Está muerto? —preguntó Gerard.

—Sí —respondió Bianca. Parpadeó y su voz se parecía extrañamente a la de una niña. Mostró la otra mano, que había mantenido oculta en la espalda—. Traje la otra arma.

Gerard se la arrebató y después apuntó con ella a Bianca.

—Entre allí —ordenó.

Bianca frunció el entrecejo, desconcertada, y después entró en el cobertizo.

—¿Por qué está Nicole? ¿Qué hace aquí mi criada? —se limitó a preguntar.

—¡Bianca! —gritó Nicole—. ¿Dónde está Clay?

Bianca se volvió lentamente y miró a Nicole, que apretaba su cuerpo contra la pared.

—¡Tú! —murmuró—. ¡Tú hiciste esto!

Casi cayó sobre Nicole, con las manos como garras.

Nicole apenas pudo respirar cuando el enorme peso de Bianca cayó sobre ella.

—¡Quítele las manos de encima, prostituta gorda! —gritó Gerard.

Arrojó un arma al suelo, metió la otra bajo el cinturón y comenzó a separar a Bianca de Nicole.

—¡Quiero matarla! —gritó Bianca—. ¡Permítame matarla!

Gerard desenfundó su arma y apuntó a Bianca.

—Usted es quien morirá, no ella—dijo.

Bianca sonrió.

—Usted no sabe lo que dice. Soy yo, ¿recuerda? La mujer a quien ama.

—¡Amar! —se burló Gerard—. ¿Acaso alguien podría amarla? ¡Preferiría aparearme con una de las vacas!

—¡Gerard! —le rogó Bianca—. Usted está trastornado.

—¡Vaca estúpida y vanidosa! Supuso que yo, un Courtalain, podría amar a una persona como usted. La hallarán muerta, como consecuencia del suicidio, agobiada por el dolor provocado por la muerte de su marido, asesinado sin duda por ladrones.

—No —murmuró Bianca, con las manos extendidas y las palmas hacia arriba.

—Sí —sonrió Gerard, sin duda muy complacido consigo mismo—. La propiedad Armstrong pasará a manos de esos tontos mellizos, y, como no hay otros parientes, Nicole desempeñará la función de tutora y yo seré el marido.

—¡Nicole! —jadeó Bianca—. Usted dijo que la odiaba.

Gerard se echó a reír.

—Fue un juego, ¿recuerda? Usted y yo jugamos a un juego y yo gané.

Nicole comenzaba a recobrar la calma. Tal vez pudiese distraer la atención de Gerard hasta que alguien los descubriese.

—Nadie creerá que Bianca se suicidó a causa de Clay. Todos saben que ella lo odia.

Bianca dirigió una mirada de odio a Nicole. Y, entonces, entre las dos se estableció por una vez una corriente de entendimiento.

—Sí —dijo Bianca—, los peones y los criados de la casa saben que rara vez nos vemos o nos hablamos.

—Pero últimamente la gente dice que ustedes se han reconciliado, que Armstrong ya no bebe y se ha convertido en un marido perfecto —dijo Gerard.

Bianca pareció desconcertada.

—Bianca es una dama inglesa —dijo Nicole—. En Inglaterra pertenece a la nobleza, pero en Francia ya no hay aristócratas. Ella sería una esposa admirable.

—¡No es absolutamente nada! —opinó Gerard—. ¡Nada! Y todos saben que en Francia se restablecerá la monarquía. Y, entonces, yo estaré casado con la nieta de un duque. ¡Los grandiosos Courtalain revivirán a través de mí!

—Pero... —comenzó a decir Nicole.

—¡Basta ya! —gritó Gerard—. Cree que soy estúpido, ¿verdad? ¿Piensa que no adivino que su plan es inducirme a seguir hablando? —Movió el arma en dirección a Bianca—. No la aceptaría aunque fuese la mismísima reina de Inglaterra. Es gorda, fea e increíblemente estúpida.

Bianca se arrojó sobre él y sus manos buscaron la cara del francés. Gerard se debatió un momento bajo el peso que lo sofocaba.

El arma se disparó y Bianca se apartó con movimientos lentos y las manos sobre el estómago, mientras la sangre comenzaba a teñirle los dedos.

Los ojos de Nicole estaban fijos desde hacía un momento en la pistola que Gerard había arrojado descuidadamente al suelo, pero ahora Gerard y Bianca se debatían entre Nicole y el arma. Paseó la mirada por el cobertizo vacío y de pronto vio una tabla de madera apoyada contra la pared. Con gran esfuerzo consiguió levantarla.

Unos instantes después del estrépito del arma, Nicole golpeó a Gerard con la tabla. Gerard trastabilló mientras Bianca caía al suelo.

—Me hirió —murmuró Gerard en francés, y con los dedos trató de restañar la sangre de su sien—. Pagará por lo que ha hecho.

Avanzó hacia ella, mientras Nicole retrocedía.

Bianca, cuyo vestido estaba tiñéndose de sangre,

alcanzó a ver confusamente que Gerard se acercaba a Nicole. El arma estaba al alcance de su mano. Usó los últimos restos de su fuerza para levantarla, apuntar y oprimir el disparador. Murió antes de ver que su puntería había sido certera.

Nicole permaneció absolutamente inmóvil cuando Gerard, de pronto, se detuvo. Pareció que él reaccionaba antes de que Nicole oyese el disparo. Los ojos de Gerard mostraron sorpresa, desconcierto a causa de lo que le había sucedido. Y, después, muy lentamente, cayó muerto; en sus ojos todavía se reflejaba el asombro.

Nicole se apartó del cuerpo de Gerard. Los dos yacían en el suelo. La mano extendida de Gerard había caído sobre la de Bianca, y, mientras Nicole miraba, un último reflejo determinó que la mano de Bianca se cerrara sobre la de Gerard. En la muerte lo retuvo como nunca hubiera podido hacerlo en vida.

Nicole se volvió y salió corriendo del cobertizo. Corrió la distancia que la separaba de la casa. ¡Tenía que hallar a Clay!

Había manchas de sangre en el suelo de la biblioteca, pero ningún signo de la presencia de Clay. Nicole sabía que su corazón había cesado de latir mucho antes.

De pronto, se detuvo y se sentó en el diván; se cubrió la cara con las manos. Si quería encontrar a Clay, necesitaba tiempo para pensar y serenarse. Tal vez alguien lo había hallado y lo había retirado de allí. No, si hubiera sido eso, la casa se vería llena de actividad.

¿Adónde podría haber ido?

Se levantó, porque sabía dónde estaba Clay... En el claro.

Tenía los ojos llenos de lágrimas mientras recorría la distancia de más de un kilómetro que la separaba de la cueva. Le dolían los pulmones y el corazón le latía con fuerza, pero Nicole sabía que no debía detenerse.

Apenas pasó la puerta secreta lo vio. Parecía casi cómodo, acostado cerca del agua, con un brazo extendido.

—Clay —murmuró Nicole, mientras se arrodillaba.

Él abrió los ojos y sonrió a la joven.

—Me equivoqué con Bianca. Mostró valor suficiente y trató de matarme.

—Déjame ver —dijo Nicole mientras retiraba del hombro de Clay la camisa ensangrentada.

Era una herida limpia, pero él estaba debilitado por la pérdida de sangre. Nicole se sintió aturdida a causa del alivio que sentía.

—Debiste permanecer en la casa —dijo Nicole mientras desgarraba una tira de su enagua y comenzaba a vendar la herida.

Él la miró.

—¿Cómo supiste que estaba aquí?

—Después tendremos tiempo para hablar de eso —replicó Nicole—. Ahora necesitas que te vea un médico.

Comenzó a incorporarse, pero él la tomó del brazo.

—¡Dime!

—Bianca y Gerard están muertos.

Él la miró largamente. Más tarde podría enterarse de los detalles.

—Ve a la cueva y trae el unicornio.

—Clay, no hay tiempo...

—¡Ve!

De mala gana, Nicole fue a la cueva y trajo el pequeño unicornio de plata encerrado en la burbuja de vidrio. Clay lo depositó en el suelo y con una piedra rompió el vidrio.

—¡Clay! —protestó Nicole.

Él se recostó sobre la hierba; en la mano tenía el unicornio que al fin estaba fuera de su envoltura.

—Dijiste cierta vez que yo no te creía digna de tocar lo que Beth había tocado. Lo que no sabías es que yo era el impuro. —Se apoyó en un codo. Tenía escasa fuerza después de romper el vidrio, y dejó caer el unicornio bajo el escote de Nicole. Dirigió una media sonrisa a la joven—. Después lo recuperaré.

Ella sonrió; sus mejillas aparecían bañadas en lágrimas.

—Tengo que ir a buscar a un médico.

Él la cogió de la falda.

—¿Regresarás a mí?

—Siempre. —Se acomodó mejor la pechera del vestido—. Un pequeño cuerno de plata está pinchándome y alguien debería ayudarme a retirarlo.

Clay sonrió con los ojos cerrados.

—Me ofrezco voluntario.

Ella se volvió y caminó hacia la salida del claro.